探寻三峡历史文化　揭开巴人失踪之谜

巴人密码 ③

巴王秘宫

周茂全 ◎ 著

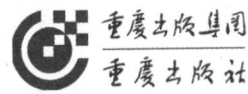

重庆出版集团
重庆出版社

图书在版编目（CIP）数据

巴人密码·3，巴王秘宫 / 周茂全著. — 重庆：重庆出版社，2023.10
ISBN 978-7-229-17828-4

Ⅰ.①巴… Ⅱ.①周… Ⅲ.①长篇小说—中国—当代 Ⅳ.①I247.5

中国国家版本馆CIP数据核字（2023）第146392号

巴人密码3·巴王秘宫
BAREN MIMA 3·BAWANG MIGONG
周茂全　著

责任编辑：苏晓岚　赵光明
责任校对：朱彦谚
封面设计：张合涛
版式设计：王平辉

重庆出版集团
重庆出版社　出版

重庆市南岸区南滨路162号1幢　邮政编码：400061　http://www.cqph.com
重庆豪森印务有限公司印刷
重庆出版集团图书发行有限公司发行
E-MAIL：fxchu@cqph.com　邮购电话：023-61520417
全国新华书店经销

开本：710mm×1000mm　1/16　印张：19.5　字数：320千
2024年1月第1版　2024年1月第1次印刷
ISBN 978-7-229-17828-4
定价：39.00元

如有印装质量问题，请向本集团图书发行有限公司调换：023-61520417
版权所有　侵权必究

目 录

第四十四章	回归赤穴	2
第四十五章	初寻秘穴	25
第四十六章	吸魂术	36
第四十七章	地腹秘宫	54
第四十八章	午夜霞光	79
第四十九章	死亡之旅	104
第五十章	遗骨之谜	134
第五十一章	沐抚大峡谷	144
第五十二章	密谋夺宝	167

第五十三章	再闯石笋河	177
第五十四章	古峡秘符	192
第五十五章	黄雀在后	209
第五十六章	巴国故地	220
第五十七章	魂断永谷水	231
第五十八章	巴王秘宫	246
第五十九章	殉葬	269
第六十章	通天之路	287
尾声		305

五个年轻人遇险石笋河，神秘穿越沐抚大峡谷，历经地下秘宫的死亡之旅，最终战胜种种匪夷所思的艰难险阻，在三峡地区的崇山峻岭间找到了雪藏2000多年的巴王秘宫！

秘宫里面到底隐藏了什么？巴王当年又为何要修建秘宫？几大巫师间不可避免的对决最终孰胜孰负？

《巴人密码》第三卷《巴王秘宫》，将一一为你揭开谜底。

第四十四章　回归赤穴

1

2006年9月8日傍晚，七星山。

七星老人欣慰地看着五个凯旋的年轻人，虽然风尘仆仆一脸倦色，一个个却显得更为健壮了。尤其是出发前白净文弱的向前进，如今也有了黑油油的肤色和明显的臂肌。

他们是昨天傍晚从瀑布下面的秘洞钻出神堂湾的。出来的地方已经是接近山脚了，他们又辗转回到天子山，从农户家取了车子，连夜返程。仍是李虎和沈立轮番驾驶，在24个小时内回到了七星山。

此刻，他们坐在茅庐前的坝子里，身披着红红的夕阳，沐浴着凉爽的山风，品啜着七星老人早已备好的苞谷粥，就像回到家里一样，一个个笑逐颜开，感觉温馨而又踏实。

饭后，沈立领着几人忙着整理装备，架设帐篷。他们需要好好休息一番，以良好的精神和体能状态去开始新的探险。

李虎则拉着漆大大来到大石脚下，一老一少盘膝而坐。

李虎向漆大大详细汇报了穿越神堂湾的全部过程。李虎说得很慢，按照行程路线侃侃而谈，对一些特别的细节详加描述。当然，与桂花郡主那一段尴尬的情缘，虽然不时引起他心中一阵阵隐痛，在漆大大面前却讲不出口，只字未提。

老人一直默默地听着，不动声色。即便李虎讲到曾带着一身重伤在神堂湾现身后又不治而亡的那位巴家先祖，漆大大也仅仅挑了挑眉头，没有插嘴说过一句话。

当李虎最后讲到他们如何移开巨石钻出秘洞时，沈立刚好完成了自己工

第四十四章·回归赤穴

作。他走过来，轻声对漆大大说："有一件事情……我百思不得其解，所以一直藏在心里没对他们说出来！——我们从秘洞出来后，当时大家发现下面河谷有游人正在拍照，一个个都兴高采烈的。那个时候，我曾悄悄返回去过。本是想要记住秘洞的位置和进洞的路径，结果却再也找不到那个洞口了，连被李虎移动过的那块巨石也不见了。我曾经反复核对，找了又找，相信自己是没有走错地方的……"

"啊？！"

沈立原本声音不大，仍然被好奇跟过来的几个年轻人听到了。

小樊和向前进都倒抽一口冷气，齐声发出讶异的惊呼："真有这等事？"

几个年轻人一起把目光投向七星老人。

七星老人闭目半晌，摇摇头，喃喃说道："这种事情，是一时难以说得清的！你们既是从神堂湾出来，也就学会见怪不怪了吧！"

话刚说完，老人忽然挥出一掌，向李虎胸上印去。李虎猝不及防，自然生出一股强力自卫，老人的手掌一下子被弹开了。老人睁大眼睛"咦"了一声，随即露出悲喜交集的表情，感叹说："不错，确是正宗的先天功！否则，又如何能与你原有功力融为一体！只是，你没问问，他又是如何练成这身功夫的？"

李虎听了，不由悚然一惊！

他曾听七星老人讲过，这先天功，是当年巴家落难的小弟，被星斗山祖师观的得道高人救起后传授的，几百年来，一直是齐家的家传功夫。这驼背聂梯一身纯正的先天功与齐家如出一辙，但他僻处神堂湾，又是如何学会的？

当时，李虎为驼背聂梯的寂然而逝伤痛不已，然后又一门心思想着要穿出秘洞，竟忽略了这个问题。如今想来，这里面竟有着极大的蹊跷！

老人问道："你说他曾留给你一管竹箫？"

李虎忙从包里取出那管箫来，七星老人接过一看，神色大变，匆匆将箫管往李虎手中一塞，起身向茅庐快步而去。李虎一时不明就里，"啊"了一声，呆立在地，合不拢嘴来。

只见老人又从茅庐中匆匆出来，手中多了一管竹箫。拿过来与李虎手中那箫一比，无论形制、大小，几乎一模一样。同样沉重如铁，圆滑的表面在渐渐暗淡的夕照下同样闪耀着紫幽幽的光泽，只是李虎那箫的两端多出几处

3

残损的小缺口，平添出几分沧桑的样子。

这一对比，李虎心中疑惑更甚，背脊竟然生出一股莫名其妙的寒意来。

老人从李虎手中拿过两管竹箫，认真比看一番，扭头瞧着挂在山头的半枚夕阳，目光如暮色一般苍茫，半晌无语。

一阵难堪的沉默之后，老人长长叹出一口气来，望着渐渐消失的夕阳，缓缓说道："在唐崖司玄武山下，有一片依山傍水的肥沃土地，名叫紫竹园。当年，逃难的巴家小弟劫后余生，便在这里隐姓埋名落地生根，繁衍出齐家一脉。在齐家院子的房前屋后、山涧箐沟，长满一丛丛奇特的竹子，其干细而坚，秆节奇特，古朴瑰丽，色彩多姿。初生时一袭新绿，三年色深，黑而紫，坚沉如铁。紫竹园之名，便由此而来。不知是齐家的哪一位祖先，将竹竿断之而为管箫，并弄成一门制箫吹箫的独特技艺，代代相传。齐家子孙中，即便不会吹出婉转动人的调子，随地取一截紫竹也能做出一管箫来，鲜有不会弄箫的。"

说到这里，老人深情抚摸着李虎带回的那根紫黑透亮的箫管，自言自语说："这管箫，无论是取材还是制作工艺，一眼就能看出是出自齐家之手！当年去探神堂湾的，李家和齐家不约而同，都有一人去而无返。据你们了解，李家那位先人已在神堂湾现身并受到礼葬，但齐家这位先人的下落呢？这管紫竹箫是如何到了驼背聂梯手中？他一身纯正深厚的先天功又是从何而来？……"

"可是，"小樊用有些发颤的声音说，"齐家那位……先人进入神堂湾，已经是几百年前的事情了，而且在神堂湾并没有见到活着的他……怎么会……？"

夜幕深垂，四周层层叠叠的山影在黑暗之中模糊了。郑雯独自在帐篷里燃着一盏营灯，映出微弱的橘红色光芒，让围坐在七星老人身边的几个年轻人显得影影绰绰。

李虎的心，不由自主又回到在神堂湾的那些时光，他想起和桂花姑娘一起在船棺崖祭祀先祖时，曾在空中见到与驼背聂梯颇为相似的神秘影像，又联想到驼背聂梯将送他们出境作为他一生中最后的特殊任务，心中灵光一闪，脱口说道："在神堂湾，我曾听土司说过：我们这片天地虽然不大，却有三种不同层面的人共存。或许，驼背聂梯就是……"

第四十四章·回归赤穴

"嗯！"七星老人点头说，"岂止神堂湾，天底下都是如此！我们这个宇宙世界，从来都是多种时空并存，相互处于生生不息的轮回之中。"

虽然话是这样说，但他们仍然难以理解这冥冥之中的因缘蹊跷。几人在夜色之中任爽风拂体，心中一时凉彻肺腑，一时烦乱如麻。

最后，樊高打破沉默说："漆大大，我们在山下还遇到过一桩怪事哩。"

"嗯？"

"上次，我在柏杨坝碰到李虎哥他们时，有一个杨端公硬说我们有人收了他的法力。这次回来经过柏杨坝又遇到他，一副穷途末路的可怜相，却一口咬定收了他法力的人就是李虎哥！我们好不容易才摆脱了他的纠缠。您说，这事奇怪不奇怪？"

七星老人听罢，呵呵一笑，说："他能认出是虎子，倒也有些眼力。"

"可是，"李虎不解地说，"我什么时候收过他的法力？我又哪有这本事？"

"这种事情，是再也正常不过的，只能怪那杨端公运气不济、活该倒霉了！临下山时，你刚刚学过心法，我曾让我身边一部分灵界朋友随你而行，做你的护法，供你一路差遣！杨端公不幸遇上你，那些帮助他的灵就是小巫见大巫了，于是弃暗投明，就一起跟你走了。也不能怪这些灵是势利眼，他们是见贤思齐，一心一意拜你为师，为的是能够得到你能量气功的加持，在维护你的同时也能提高自身的修行。杨端公自身没有什么通灵能力，一旦失去了灵的帮助，自然就失去法力了。"

李虎听了，歉然不安地说："没想到会是这样！这……岂不真是砸了人家饭碗？"

"呵呵，"漆大大笑着说，"你大可不必为此不安！胜者为王，古今一理。那杨端公遇上你，也是他命中注定的劫数。"

这时候，郑雯钻出帐篷，手里执着一盏营灯，拥着一团明光款款而来，闻声说道："你要砸了谁的饭碗？"

李虎知道她一直在帐篷里干什么，关切地问道："完了？"

郑雯叹息一声，递过手中笔记本，遗憾地说："拓片没有了，故事也中断了！……没有结局，也没有我们要寻找的答案。"

李虎接过笔记本，看过一眼，又递给郑雯，说："前面的内容，大家都知道了，包括漆大大刚才我也给他介绍过了。你声音好听，这部分就给大家读读吧。"

郑雯白了他一眼，也不推辞，接过本子在旁边一块石头上坐了下来。李虎连忙接过营灯，蹲在一边为她照明。郑雯清清嗓子，便就着灯光，口齿伶俐地朗读起来——

星光下安葬了苴侯，经过短暂的歇息，士兵们迅速恢复体力，一个个又是斗志昂扬。晨光乍现时候，队伍又悄无声息地上路了。

一路疾行。中午不久，便至汉丰。

这是一片宽阔的山间盆地，偶有小小的丘陵起伏。从北边崇山峻岭中蜿蜒而来的两条河流在此交汇，然后向南顺着山谷直奔大江而去。在这片肥沃土地上，居住着一支姓党的小小族系，世世代代守着这片土地，过着与世无争的宁静生活。

党姓邑侯在依山傍水的地方建有一座小小邑城，其实也就是一片宽敞的庄园。庄园虽然简陋，却也朴素大方、堂堂正正。

原本在巴国族系中，党姓邑侯只能叨陪诸侯末座，难登大王之堂。今见巴王亲临本邑，当真喜出望外，倾其所有，热情接待。

邑侯让出自己庄园，巴王一行暂且住下。

虽然暂时脱离了宗人领地，但距离尚近，强敌瞬息可至，汉丰仍非久留之地。但刚刚一场恶战下来，加上连续几天长途跋涉，士兵们实在是疲劳已极。巴王决定在此休整一夜，明晨继续上路。

吃过晚饭，木青王后忽然感到一阵剧烈的腹痛，浑身直冒冷汗。祭师看后，对巴王说："王后白日里一场厮杀，晚上又连续行走，震动胎气，恐怕是要小产了。"

原来，王后已有三个月身孕，因国家变故突如其来，百忙之中竟将此事给忘了！

巴王猛击自己的脑袋，悔恨莫名。他握住王后的手，自责地说："青青，真是对不起！我没能照顾好你。"

"不！"王后流着泪说，"陛下，是我不好！没照顾好我们的小王子，真是罪该万死！我们的小王子……不知还能不能够保住？"

祭师叹息说："保是保不住了！我弄一剂汤药，王后喝了可以来得顺利点儿。"

王后听了，禁不住失声痛哭。巴王握住王后的手，轻吻着她的脸，柔声说："既是保不住，那就是他自身福寿不足。我们来日方长，到时候再生他八个十个王子！眼下颠沛流离，还是保重身子要紧！"

王后喝了祭师的汤药后，疼痛稍减，便到床上歇息了。

到了半夜时分，王后果然产下拳头大一个肉团，一时血流不止，巴王急得团团转。祭师们隔着幕帐，一筹莫展。最后还是王后从娘家带来的一名侍女，不知用什么方法，在王后腰背、腹根一阵揉捏，累得满头大汗，终于止住了出血。巴王松下一口气来，当即取下身上一块玉佩，赏给侍女。

刚刚忙活消停，庄外隐隐传来公鸡啼鸣。

巴王说："哦，天快亮了。"

王后十分歉疚，躺在床上虚弱地说："又让你一宿没睡。快歇歇吧！"

"你好好休息。"巴王安慰说，"我没事！"

2

巴王刚刚来到外厅，便见一名祭师匆匆走来，悄声禀报说："刚才，房中铜鼓无故而动，镗然而响，显是报异！我们几个立即占卜，得知敌人将于天亮后抵达！"

巴王闻言大怒："这宗人和我到底有什么不共戴天之仇？！如此紧追不放！"

丞相说："大约还有两个时辰，马上启程，往北走，可望在他们追上以前进入山里。我们人少，高山密林正好掩护！"

"王后这个样子，怎么走？！"巴王恨恨地说，"我就不走了！等在这里，与他决一死战！老像丧家犬一样被人赶着东奔西跑，狼狈不堪的样子，又有什么意思！"

丞相扭头问祭师："敌人会有多少？"

"不像有很多的样子……但比我们的人多。"

"我准赢他！"巴王充满信心地说，"昨日上万敌人，不是照样被打得落花流水？！"

丞相忧虑地说："宗人原是巴国治下的第一大族，人口众多，又骁勇善战。就怕他们一拨接一拨，源源不断，死缠烂打，那就麻烦了！"

巴王固执地说："他只是一个族系，人口再多，仓促之间又能集到多少兵来？我就不信了！不管他有多么骁勇善战，我们的战士以一当十！来一个杀一个，来两个杀一双！丞相去问问这里的邑侯，天亮时能够募集多少士兵。不要他们厮杀，只站在一旁呐喊助威就行！"

巴王亲自挂帅，立即吩咐埋锅造饭。同时，向来路派出探子，及时侦知敌人消息。他将一千二百名王室卫队分成四股：两名校尉各领一百名战士天亮前去敌人必经的谷口深处，相距三里埋伏，见到敌军后，只作骚扰性进攻，然后佯败而退；另两名校尉各领三百战士埋伏在谷口外面两旁的庄稼地里，听到中军号令便掩杀而出。其余四百战士，随巴王当面迎敌。

战士们经过一夜休息，精神百倍，饭后迅速进入预定位置。

汉丰虽是小邑，邑侯以勤王之名，天亮时也征集到五百壮丁。邑侯一身甲装手执长矛，亲自率队来到巴王面前。虽然服色不一，手中武器参差不齐，但个个精神抖擞，显得威武雄壮。巴王见了十分满意。

天亮后，巴王率领剩下的四百名卫队士兵，加上邑侯留下的两百亲兵和新征到的五百壮丁，亮起国王大旗，千余人的队伍，鼓锣齐鸣，浩浩荡荡开赴离谷口两里处的旷野，正对谷口整齐排列，严阵以待。

日上东山，天空一片晴朗。

不久，前方山谷里，隐隐传来一阵喧哗之声，随后又渐渐沉寂。一会儿，又一阵喧哗从稍近的地方传来，声音显得更大了。

不一会儿，谷口大道上，旌旗飘飘，人影绰绰。——敌军出现了！

看到敌军队形不整，巴王面现喜色：震慑，已达到预期效果！

敌军在谷口停下了步伐！显然，他们已经看见国王大旗和旗下威武的阵势。

长途奔袭，关键在一个"袭"字！没想到，在峡谷中，他们反而遭到王室卫队的袭击。这告诉他们：巴王早有准备！猝不及防中，他们气势已泄去一半；加上长途行军，连夜奔袭，士兵疲惫不堪，又连遭王军袭击，此时斗志涣散。但敌帅见巴王旗下不过千余人，而己方有三千之众，心存侥幸，于是重整队伍，擂响战鼓，一路呐喊着往国王大旗奔杀过来。

巴王静静地立在旗下，不动声色。待敌军奔到一箭范围之内，才擂起战鼓，吹响号角。

"咚咚咚咚！"

"呜呜——"

一时间，号角悠扬，战鼓铿锵。深沉厚重的铜鼓声，苍凉悠长的牛角号，穿透长空，在旷野上、山谷间，悠悠回荡。

战士们挥动手中武器，唱起战歌，跳起战舞，血脉偾张，斗志昂扬。

巴王待士兵们鼓足了劲，手中宝剑向前一指，随着一声猛喝，率先冲出，旗下六百勇士一齐呐喊，紧跟着国王向敌军掩杀过去。

与此同时，从谷口里，两旁庄稼地中，预埋的伏兵一起涌出。敌人不明就里，但觉王军从四面八方源源涌出，杀声震天，场面十分威武。就连在一旁摇旗呐喊的本地壮丁也觉热血沸腾，不由自主挥动武器，随汉丰邑侯呐喊着加入战斗行列。

在措手不及之中，敌军胆气一怯，斗志瓦解，便如山倾水泄，一塌糊涂。原本就不整齐的队伍很快就被冲散了。兵不顾将，将不顾兵，各自混战，迅速陷入被动挨打局面。队伍在混乱之中，被分割掩杀，渐渐失去还手之力。

战斗打得干净利索！及至中午，三千敌军已尽数被歼。数百名俘虏被带到营外，将为死去的战士作人牲祭祀。

尽管如此，巴王一点儿也不感到轻松。此役虽然全歼来犯之敌，王室卫队也损失了五百精锐战士。卫队士兵，除有少量濮人外，大部分是清江五姓子弟。忠心耿耿，骁勇善战，是一支从刀光剑影中拼杀出来的铁血队伍。如今王室流落在外，与族人分离，损失一名战士便再难补充。从江州出发的三千卫队，眼下只有不到一千人了，再难应付敌人的大举进攻。

从俘虏口中得知，宗人邑侯被重伤后，在回去的路上就断气了。他弟弟立即自任邑侯，发誓要为哥哥复仇。眼下，新任邑侯诸事待理，他还会组织新的进攻吗？

巴王又想到那些扶老携幼走在前面的族人。他们虽然多走了三天路程，却是一直和王室船队保持联络，互通消息。自从王室被迫放弃船只走陆路来到汉丰，就与他们失去联系了。虽然出发前早已明确目的地，沿途又有德高望重、经验丰富的长老带领，还有族人子弟组成的护卫队伍，但现在失去了王室的消息，他们会更加担忧王室的安全了。而他们自己呢，他们一路安全么？现在到了什么地方？进入庸地后他们会立住脚跟吗？能不能够拥有一片重建家园的土地？

木青王后经过一夜休息，精神已经恢复好多，听到胜利消息后更是非常高兴。中午，便挣扎着要起来去看宗人俘虏。

巴王坚决不许，劝她说道："你产后身体虚弱，需要好好疗养。只有等你体力恢复后，我们才好上路！"

王后摇头说："不必等了，不要为我耽误了王室的行程！这里离宗人领地太近，多待一天就多一分危险。去找一匹马来，我骑着马就可以上路了！"

巴王沉思着说："此地确实不能久留！如你身体能够坚持，等我们埋葬了战死的士兵，明天一早就上路吧！此去一路翻山越岭，真是要辛苦你了！"

王后欠身说："你放心，我身体一向很棒，不会有事的！"

但他们并没有按预定时间上路，随后追来的敌人在半夜时候缠上了他们。

当守在峡谷里的哨兵奔到营地报警时，巴王从熟睡中醒来，已能望见从峡谷中钻出来的那条明晃晃的火把长龙了。

新任的宗人邑侯亲率五千精兵，没容巴王布好阵势，便将他的营地团团围住了。

白天临时征集助阵的本地壮丁早已散去，王室卫队仅剩不到八百人。苴侯带来的两百名兵士因苴侯之死，将满腔悲愤发泄到宗人士兵身上，在战场上冲锋陷阵折损近半，加上木青王后的一百名女兵及王室成员，所有一千余人全部集中在邑侯庄园内。周围虽有高台木栅，对敌人构成的防御却十分有限。即便敌人围而不攻，仅仅断水断粮，用不了几天，也会将庄园内一千多人置于死地。

巴王说："为今之计，我们只能强行突围了！我亲自领头，组成方队，猛打猛冲。杀开一条血路并不难，难的是冲出重围之后如何迅速摆脱敌人的

第四十四章·回归赤穴

追击！"

"走水路！"丞相说，"翻山越岭是宗人强项，弄舟驾船则远不如我们。白天，我已经让本地邑侯准备了几十条小船，藏在离此不远一道林木荫蔽的河湾里，以备不时之需，现在正好用得着。只是我们得改变前进路线了。驾船顺流而下，轻便快捷，便于摆脱强敌。但出彭水，入大江，就是楚国地界了。我们只能悄无声息地躲入峡江两岸的崇山峻岭之中，先隐藏下来，再作下一步打算。"

离开自己的国土，这是巴王最不愿意的事情了。

一旦进入楚国领地，自己便再无立足之处了。要么隐姓埋名，苟且偷生；要么行不改名，做流亡之王。楚王或许能够以礼相待，加上屈原此时正受楚王重用，从中斡旋，或能换得一时平安。然而，一旦强秦相逼，难保楚王不会出卖自己这个一无所有的流亡之王。总之，一旦离开巴国土地，自己失去根基，再无用武之地。那时候，复国大计必成泡影，一番雄心也只能付诸东流了。

所以，巴王坚决地摇了摇头！他说："强秦虽强，但巴乃泱泱大国，他一时半会儿，也没法将我万水千山尽入囊中。在我们自己的广袤领土上，只要离开城池大路，避其锋锐，依靠我们骁勇忠诚的族人，尽可与之周旋，徐图再起！而一旦进入他国领地，失去自己的根基，我们就只有任人宰割的份儿了！"

丞相沉吟着说："陛下的想法立足长远，固然不错！但就眼前情势，却不容我们有更多的选择。走水路南下，恐怕是我们现在唯一的逃生之路了！如被敌人咬住不放，敌众我寡，恐怕是凶多吉少！"

木青王后果断地说："丞相言之有理！现在情况紧急，不容我们过多考虑。只有先摆脱眼前强敌，然后见机行事！"

巴王不顾劝阻，来到庄园栅栏边，瞭望四周，只见敌军举着明晃晃的火把来来往往，人声鼎沸，似乎正在一面查看地形，一面调整阵势。他脑中闪过一个念头，不由惊出一身冷汗：倘若敌人不用刀枪进攻，只需将手中数千只火把向庄园掷来，国王卫队外有大军围困，内无藏身之地，只怕须臾之间就尽化灰烬了！

眼下，敌人的用意十分明显：在稳操胜券的情况下，并不急于进攻，而是要先将对方稳稳地困住，等天亮以后，看清周围形势再从容进攻。

巴王定下神来，心知此时敌军刚到，长途疲惫，地形不熟，布阵未稳，正是突围的天赐良机。于是咬咬牙，果断说道："好！向河湾突围，立即行动！"

3

邑侯的庄园建在一个两河夹出的三角洲上，在一片平旷的土地上筑起一个高高的土台，然后立柱建房，围上栅栏，便成一座颇具气势的邑侯庄园。

庄园后面，一道缓坡向上，是延绵的山脊，林木茂盛。丞相所说隐蔽船只的河湾，便在山脊下的一片林荫之中。此次突围，可谓孤注一掷，命悬一线，虽然庄园居高临下，趁敌军不备俯冲而出，可收出其不意之功，毕竟双方实力悬殊，决不可心存侥幸！

巴王采用丞相的建议，将卫队精锐一分为二，一队从前门冲出，鼓锣齐鸣，聒噪造势，以吸引和牵制敌军。另一队则随国王率中军悄无声息出后门，直奔河湾。这实际上是壮士断臂，金蝉脱壳之法。所有将士无不明白此理，争相要作前队。尤其是苴侯留下的那一百余名亲兵，声称这里离苴侯葬身之地不远，他们不愿再走了，宁愿与宗人战死，以殉苴侯！巴王虎目蕴泪，点头同意了他们的请求。

眼看数百名跟随自己出生入死、生龙活虎的士兵从此一去不返，尽管巴王恋恋不舍，却又别无他法！

正分配待定，忽见丞相领着一个威风凛凛的本地壮汉，径直来到巴王面前。巴王见到壮汉，觉得似曾相识，心中略感诧异。丞相对左右说："你们看，这位壮士身材相貌，与国王陛下是否相像？"

众人一片惊叹，无不点头称是。

丞相对巴王说："陛下，请把您的甲衣给这位壮士穿上，由他假扮您，率卫队，打王旗，大张旗鼓冲出前门。"

巴王对那壮士凝视片刻，伸手拍拍他肩，长叹一声，无言点了点头。

第四十四章·回归赤穴

正待解甲换衣，忽听外面一阵大声喧哗，接着鼓角齐鸣。巴王心中一惊，提了剑便向外奔去，随口问道："敌人发动进攻了？"

迎面匆匆跑来一名校尉，大声报告说："陛下，我们的援军到了！"

"援军？"巴王大惑不解，"我们哪来的援军？"

"你听，这是我们自己的战鼓声，大部分敌人都向西边蜂拥而去了！"

巴王来到栅栏边，果见台下的火把变得稀稀落落了。西边传来清晰的鼓声，正是巴军作战的节奏。厚重的夜幕下，只见星星点点的火把在不停地移动着，还有隐隐约约的厮杀声一波波传来，却没法看清战场上的情形。台下敌军，虽然分兵西去，其数量仍不可小觑；而且，绘有宗人族徽的旗帜并未移动，还在火光映照下迎风飘荡。

巴王见一祭师正朝这边走来，问道："到底怎么回事？"

祭师说："确定是我们的援军无疑！只是卦爻并没显示这援军是来自何方。"

丞相说："陛下，且不管这援军来自何方，眼下机不可失！我们正好利用敌人分心，从后门冲杀出去，然后出其不意驾舟南下！"

"不！"巴王斩钉截铁地说，"既是有援军到来，我一定得与他们会面！眼下平添一股生力军，正是歼敌良机！南下的事情，再说吧。传我命令：留下一百名士兵守护中军和王后，其余将士随我冲出前门，杀他一个措手不及！"

丞相不由喊了一声："陛下！"

巴王挥挥手："不必多说，赶快行动吧！"

两位祭师看着正在集合的队伍，对望一眼，摇摇头，心中暗自叹息。

巴王手执宝剑，身先士卒，率仅有的八百名士兵，利用台下敌人火把的余光，悄无声息打开栅门，如猛虎出山，俯冲而下。敌人全无防备，被巴王一剑斩断旗杆，绘有宗人族徽的帅旗如折翅的雄鹰跌落尘埃。

一心关注着西边战事的新任邑侯猝不及防，慌忙应战，却被乱成一团的己方士兵糊里糊涂裹挟而去。巴王率领的八百勇士有如巨大的洪流从天而降，以迅雷不及掩耳之势，将原本布防整齐的宗人阵地撕开一道口子，然后向西一路掩杀过去。

此刻，王室卫队的士兵跟在巴王身后，同仇敌忾，均抱着必死之心，加之地势熟悉，在宗人阵地上砍杀冲刺，横冲直闯，如入无人之境。

围困庄园的宗人，先是被西边一阵突如其来的冲杀搞得莫名其妙，接着响起了王军堂堂正正的战鼓声。这是他们十分熟悉的声音，以前宗人子弟随巴国王军出征，也是踩着这样铿锵有力的节奏冲锋陷阵的。这鼓声，既是他们的勇气和力量，也是他们的荣耀与自豪。在这鼓声中，他们从来都是所向披靡，战无不胜的！而如今，这魔幻般的鼓声却是冲着他们而来！所有的宗人士兵都在极度的震撼之中一下子蒙了头，随即胆寒起来，不知所措。

宗人邑侯见状，大声喝道："愣个什么神！王军早就覆灭了，亡国之君的少数残余就在我们的包围圈里，已成瓮中之鳖，早晚手到擒来！那边喧闹的只是少数散兵游勇在捣鬼，没什么可怕的！"

话虽如此，宗人邑侯还是分出半数兵力，命他们迅速肃清这股来历不明的进犯之敌。

然而，来犯之敌并未如邑侯想象的那样容易打发，战鼓声越来越近，杀声越来越响，敌人显然已经突破了自己的防线。正在邑侯惊疑不定之时，万万没想到被他围住的"瓮中之鳖"又冲出"瓮"来，以雷霆之势给他当头一击，被王剑斩断了帅旗。等邑侯醒过神来，整个局势已经完全脱离掌控，混乱之极！

就这样，在宗人数千兵士的阵地上，王室卫队八百勇士犹如一个巨大的石碾，一路向西滚滚压去，在宽阔的土地上留下一层残缺不堪血肉模糊的宗人士兵尸体，很快与向东攻击而来的援军会合一处了。

一个卫队士兵捡来一支火把，举在巴王前面，大声喊道："国王在此！"

援军士兵围上前来，见到满身血迹的年轻国王手执宝剑，威风凛凛立在当地，一个个匍匐在地，失声痛哭。

巴王扶起前面的士兵，爱惜地说："你们一路辛苦了，大家都起来吧！谁是你们头领？"

援军头领立即向前，擦去眼泪，躬身报告："国王陛下！"

巴王见援军头领生得高大威猛，心中一喜，忙问："你们是从何而来？怎么知道我们在这里被宗人所困？"

头领说："陛下，我们是随您一起离开虎都江州的！沿途负责保护族人安全！"

第四十四章·回归赤穴

听闻此言，巴王突然目光一峻，严厉喝问道："你们既然身负保护族人之责，为什么竟来到这里？族人们现在境况如何？"

头领哽咽说："族人们现在已经全部到达庸地，与当地人融洽相处，各族均已划到适当地盘，站稳了脚跟。我们一直和陛下的船队保持着半日距离，沿途不断派人与陛下船队联络消息。后来探知宗人大举作乱，正在围攻国王，各族长老这才急令我们星夜寻来，不惜一切代价保护国王安全！"

"我们曾有一支部族在庸地世代居住，你可知道他们现在境况如何？"

"他们仍然居住在那里，在当地颇有势力。我们新到各族到了庸地，是在他们的热情帮助下才划定地盘站稳脚跟的。"

"唔。"巴王点头说，"眼下强敌当前，我们需要尽快组织起来，在天亮以前消灭他们以绝后患！你们一共有多少人？"

"一共两千人，其中有两百士兵是庸地部族派来的。我们出发以后，他们听说国王有难，临时才从族人中募集两百名勇士，连夜赶上我们的！"

巴王心中感动，大声说："让我看看庸地的勇士们！"

只听一阵呼啦啦声响，从后面拥过来一群战士。火把昏黄的光线不能及远，巴王在一片模糊中只隐隐约约看到他们赤膊短褂，手执长矛短剑等各色武器，伸手拍拍一位战士的胳膊，大声喊道："庸地的儿郎们，你们都是好样的！"

一位庸地战士振臂高呼："巴王万岁！"

"巴王万岁——"

"巴王万岁——"

……

"好啦！"巴王说，"刚才一战，大家杀得痛快淋漓，宗人的队伍已被我们消灭近半！他们虽然人数较多，但初来乍到，黑夜之中地形不熟，我们要乘胜追击，决不能让他们喘过气来！现在，我们兵分左右两路，由熟知地势的王室卫队带领，绕着庄园向前攻击，力争在太阳升起以前，将敌人全部消灭！"

"全部消灭！"

"全部消灭！"

……

4

夜空之中，巴人战鼓再次响起，伴着铜鼓与号角，雄浑壮阔，催人奋进！

"全部消灭"四个字，成了王军在夜幕之下区分敌我的口令。星光被云层覆盖，夜色如墨。在这样的夜战中，敌不见我，我不见敌，眼睛已失去作用，仅凭耳朵辨闻声息，常常出现自相残杀的局面。这时，王军士兵便喊出"全部消灭"的号令，借以分辨敌友。一开始，宗人士兵在邑侯严督之下，仗着人多势众奋力抵抗，甚至一度进入反攻，一时血肉翻飞，战斗异常激烈。

但宗人出兵以下犯上，毕竟名理不正，在王军堂堂战鼓声中，宗人士兵见对手前仆后继，越杀越勇，一个个终于胆寒气怯，渐渐失去进攻之力，只是出于求生本能才被动招架。因而，杀到后来，在王军锐不可当的追击之下，宗人士兵竟争先恐后丢掉火把，一个个尽往黑暗深处逃去。但他们地势不熟，往往糊里糊涂撞上王军的刀口，做了鬼还不知道是怎样死去的。

当王军左右两路会合一处时，一场黑暗中的惨烈混战结束了。不知不觉中，灿烂的曙光已经染红大地。这时，他们吃惊地发现，敌人已经没有了，而两路王军加在一起，也仅剩七八百人了。

巴王游目四顾，但见庄园周围空旷的平地上，密密麻麻躺满了尸体，有宗人士兵，也有王军士兵。不少尸体或身首异处，或缺胳膊少腿，横七竖八，惨不忍睹。肥沃的土壤浸透碧血，呈现出棕红的色泽。

巴王隐隐感觉不对头，对左右说："清理一下战场，救起我们受伤的士兵！此外，一定要找到敌酋的尸首！"

说罢，巴王带头朝前走去，一一查看着地上的尸体。当他们走到庄园后面临近山脚时，卫队首领忽然叫道："陛下，您看！"

地面上有一大片凌乱的脚印，一直向前消失在森林之中。巴王说："残敌躲进了山里，我们进去搜搜！"

"不！等等。"卫队首领一下拦住了巴王。

原来，卫队首领担心残敌未清，一直率两百名精锐跟在巴王身边，以防

第四十四章·回归赤穴

不测。此时发现敌情，他更不愿让巴王以身涉险了。他对身边一名士兵说："你去，通知队伍赶快到这里集合！"

话没说完，忽听"嗖"的一声，林中飞出一箭，不偏不倚，正中巴王胸口。巴王"嗷"了一声，一手捂胸，大喊："一定是敌酋在林中，快抓住他！"

卫队首领吓得魂飞魄散，连忙扶住巴王，颤声说："陛下，您没事吧？"

巴王咬牙说："一点小伤，不碍事。快！不要让敌酋跑了！"

正在这时，只听"嗖嗖嗖"响成一片，箭矢如蝗而至。卫队首领用他高大的身躯护住巴王，身边士兵却倒下十多个，他自己也在肩上股上各中一箭。

"哈哈哈哈哈哈哈——"

随着一阵狂放的笑声，林中钻出一个手执弓箭的红面大汉。在他身后，源源涌出无数宗人士兵。那大汉手里捏一支箭，掂了掂说："陛下，我为你准备有两支箭！刚刚插到你身上的这第一箭，是为我兄长射的。杀兄之仇，就这一箭而了了！下一支箭，可就是为我自己了。只要你交出印玺和权杖，我可以拉开弓却不把箭射向你！"

"无耻狂徒！……"

巴王一气之下牵动伤口，不禁喷出一口血来。

忽然传来一声娇斥："无耻狂徒！赶快弃箭投降，或可饶你不死！"

原来，自曙光初现，木青王后便来到室外，一直在栅栏边观察战场情况。林中一箭射中巴王，被她亲眼瞧见，禁不住哀号一声，大惊失色，她不顾从人拦阻，飞身奔下高台，来到巴王身边，一把将他揽入怀中，擦去他嘴角渗出的血迹，痛心叫道："陛下！"

这时，巴王的队伍已快速聚集过来，团团护住巴王。而林中涌出的宗人残余士兵约有五六百人，也全都拥在红脸大汉身后。双方相距不到一箭之远，皆全神贯注，剑拔弩张，严阵以待，战事一触即发。

巴王审时度势，无论实力还是士气，己方都是稳操胜券，便指着对方红脸大汉，对王后说："那是宗人邑侯的弟弟，捉住他，为我们死去的儿郎报仇！"

但王后最关心的还是巴王的伤势。祭师仔细察看后对她说："幸喜陛下并未伤着要害，药石可治！"

王后于是起而怒指红脸汉，斥道："狗贼！叫你投降，为何还不弃箭？！"

红脸汉子气极而笑，说道："一群亡命之徒，还摆什么国王架子！本人是新任宗人邑侯，虽有杀兄之仇，却不欲置你们于死地！只要乖乖交出王室印玺和权杖，还可留给你们一条活命之路！"

"哼哼！"王后义正词严道，"你兄长犯上作乱，那是死有余辜！至于你，未得赐封，自号邑侯，更是篡逆之罪！趁早缴械投降，或可得免一死！"

"哈哈哈哈！"那汉子笑道，"你就是木青王后吧，果然是倾城倾国的美人儿，难怪堂堂蜀王为了一亲芳泽，不惜大兴兵戈以至亡国丧命！不过眼下看来，你的气色可不太好，真是我见犹怜，都是疲于奔命的结果吧？巴王现在已是穷途末路，自身难保了，你不如弃暗投明跟了我，那可是享用不尽的荣华富贵哩！哈哈哈哈哈……"

木青王后不动声色，将手一伸，冷冷地说："拿弓箭来！我要亲手射杀这不知天高地厚犯上作乱的恶贼！"

红脸汉哈哈大笑，不以为意地说："我的美人儿哩，弓箭可比针线沉重多了，你拿着可不要闪着了手儿！"

正好祭师刚刚取下巴王胸上的箭，王后顺手拿过来，搭上弓，抬臂一举，也不用瞄准，"当"的一声放了出去。

那红脸汉子笑声未绝，箭已挟着一股劲风劈面而至。他慌乱之中忙一仰头，箭镞正好穿喉而过。只见他鼓着一双惊骇莫名如见鬼魅的金鱼眼睛，伸手向王后一指，喉头发出"嗬嗬"的声响，嘴里喷出一口浓浓的血水，便仰面倒下了。可怜他精心准备原本是要置巴王于死地的箭矢，反过来竟要了自己的命。

巴王看得真切，用沙哑的声音兴奋地喊道："儿郎们，给我斩尽杀绝！"

有人擂起战鼓，吹响号角，巴王的队伍发一声喊，一起掩杀过去。可怜那些宗人士兵，以前随王军征战，冲锋陷阵猛如虎豹；此刻首脑一去，斗志全无，一个个都在抱头鼠窜之中成了王军的刀下鬼。

王后刚才一箭用尽全力，此刻瘫软在地，望着已经包扎好伤口的巴王，露出轻松的笑容，虚弱地说："陛下，现在强敌已去，我们没事了。"

巴王爱怜地抚着她的肩背，责备说："你身子虚弱，不该如此耗力的。"

巴王说罢，一阵咳嗽，牵动伤口，皱眉吐出一口带血的痰沫来。王后挣扎着扶住巴王，忍不住哭泣起来，哀哀说道："陛下……你可不要吓我！"

巴王微微一笑，喘息说："放心吧，我不会有事的！"

第四十四章 · 回归赤穴

此时,残敌已全部肃清,百十名受伤的俘虏被拴成一串,垂头丧气地蹲在一堆。巴王因伤势过重无法动弹,被抬回庄园,祭师们忙着侍候药石,祭祀祈祷。

到了下午,在本地邑侯帮助下,战场已清理完毕。掩埋、祭祀结束之后,已是夕阳满山了。尚余的六百多名士兵齐聚庄园,休整待命。

但躺在床上的巴王却发起高烧来,时昏时醒,嘴里偶尔咕噜几句什么,也没人能听得懂。王后、丞相和几位祭师围在床前,一时束手无策。

丞相说:"宗人叛乱虽然暂时平息下去,难保昨晚没有脱逃的士兵回去通风报信。宗人族大势众,又有范发这样足智多谋的年轻人,实在不可小觑。所以,这里仍非久留之地。陛下如今这个样子,何去何从,我们得尽快拿出主意来!"

一位祭师说:"陛下伤及肺腑,必须静养,不宜远行颠簸。"

"走水路,不会有什么颠簸。"丞相沉吟说,"但陛下本意,是不愿南下的。"

王后稍稍恢复了一些体力,强打起精神说:"既不能留在这里,又不宜远行颠簸,审时度势且顾眼下!那就走水路吧,越快越好!"

恰在这时,床上烧得面色潮红的巴王又发出声音来。这次他们听得清清楚楚,巴王说的是:"赤穴,赤穴!"

王后喜极而泣,说道:"赤穴是白虎神廪君的发源之地,陛下是同意南下了!"

"可是,"丞相摇头说,"赤穴现在楚国境内,此去千里迢迢,难保不会暴露行踪,那时候,恐怕不得不失去自由,寄人篱下了!这可是陛下最不愿意见到的局面。"

"唉!"王后长叹一声说,"走一步看一步吧。眼下,保住陛下性命才是最要紧的!"

清点队伍,族人派来的两千名援军,最后仅剩三百多名,一个个仍是斗志昂扬,誓死捍卫国王安全!王后感慨说:"让他们回去吧,以免族中父老牵挂。此行南下,一时没有强敌,人多反而容易暴露,我们有三百名精悍的卫队勇士足够了!"

但那些士兵却不肯离去,一个个跪倒在地痛哭流涕,定要与国王、王后共进退!

木青王后流着泪对他们说:"幸喜你们救援及时,宗人叛乱已平,但我们也付出了惨重的代价!眼下国王陛下受伤,不宜远行,我们先得寻一清静之地养伤,人多反而不好。所以,请你们回去告诉族中父老,先立住脚跟休养生息,待陛下伤好后,会尽快回到你们中间,以图大举!"

如此,那些士兵才恋恋不舍,挥泪告别王室,黉夜北去。

王室一行,也在天亮以前,乘上小舟,偃旗息鼓,沿彭水逶迤南下……

5

拓片译文,到此全部结束。

明知如此,李虎仍然忍不住问道:"没了?"

郑雯摇摇头说:"没了。"

一时,众人无语,似乎全都沉浸在那段血雨腥风的远古岁月中难以自拔。还是沈立打破沉默,说:"这汉丰和彭水是古名吧,它们在什么位置?"

李虎解释说:"汉丰就是现在的开县,在云阳西北方向约50公里处。彭水现名小江,经开县向东南而流,到云阳注入长江。"

七星老人缓缓说道:"……原来,他们是要去赤穴。"

"但是我认为,"郑雯说,"他们并没有也不可能真正回到赤穴去!作为廪君巴人的发源地,赤穴在考古界可谓赫赫有名。据众多考古学家的共识,巴人赤穴的具体位置,就在湖北长阳境内清江伴峡北岸的难留山,因其山势独立峻绝,又称难留城。如今山名柳山,洞叫榨洞,其周围有一个庞大的石穴群,构成了远古时代的一个穴居人村落。里面的地物特征与远古历史文献的记载惊人吻合,尤其是著名的阴阳二石,至今状态完好。从20世纪60年代开始,不少考古学家曾对榨洞进行过多次发掘,出土了大量的石器和陶片。但没有任何证据表明,那里曾作为巴王最后的秘宫。如果真是那样,赤穴的发掘,恐怕早就成了轰动世界的重大考古发现。"

七星老人说:"雯雯说的当然没错!在当时那种情况下,如果叫你选择,

第四十四章·回归赤穴

恐怕也不会真去赤穴。且不说王室一行早已不适应穴居的生存条件，单是赤穴这个名字，就够惹人注目了。所以我想，他们只是以赤穴为方向，其最终的归宿地，应该是在前往赤穴的途中某处。可惜拓片已经缺失了，不然，我们应该从那些记载中找到具体位置的。"

"听您意思，"李虎问道，"似乎您对秘宫所在，已经有所了解？"

"不！"老人摇头说，"在这以前，我对此一直毫无依据，也并无成见。我的意思是说，我们首先要确定他们行进的方向，然后还要找到他们所走的路线。这样，我们的目的范围就明确了！而能够为我们提供答案的，就是拓片和谜语了。"

郑雯回忆说："记得上次您曾说过，我家石虎上的那组谜语就是指引秘宫位置的，我们应从石芦河两岸的洞穴中寻找，其中石笋河一段是重点。是这样吗？"

"还记得那组谜语吗？"

"满载旨酒，船行倒流。崖生嘉鱼，神穴挂壁。"

"我们首先要设想，在当时情况下，巴王一行从彭水，也就是从今天连通开县与云阳的小江南下前往赤穴，最有可能选择的路线是哪里？"

郑雯想了想，忽然眼睛一亮，脱口说道："倒流河！"

七星老人暗自点头，鼓励地问道："倒流河在哪里？"

"大溪和石芦河。在上古时期，因为三峡不时形成壅堵，造就了这两条十分奇特的倒流河。当长江水位上涨，它们就南向而流，穿越齐岳山，连通清江；一旦长江水位下降，它们又与清江分隔，转向北流。自古就有人认为，在远古长江三峡未通以前，清江就是长江的主河道。郦道元更是在《水经注》中明确记载，连接清江与长江的通道就是出口在鱼腹的黛溪，也就是今天奉节瞿塘峡下端的大溪。对于这个说法，也一直有不少人持怀疑态度，认为在清江和大溪间，横亘着齐岳山这道雄伟峻绝的分水岭，它们是如何连通的？这是争议的焦点，也成为有待破解的谜题。"

说到这里，郑雯停了下来，扭头张望。李虎知道她从读译文到现在已经说了半天，一定是口渴了，连忙沏了一碗老荫茶递过来。郑雯接过，一气喝了个底朝天，然后狠狠透出一口气来，用手擦擦下巴。

李虎接过碗，笑道："还喝么？"

郑雯摇摇头，继续说："其实，对这个问题的破解，不仅能够弄清楚清江和大溪是如何连通的，还能够说明五千年前廪君巴人是怎样北上进入长江流域的。所以，一些专家学者便去清江源头和大溪源头作实地考察，希望能够弄清问题的真相。几年前，我父亲也曾到过齐岳山，他在迷宫般的山峦河谷间转悠了一个多月，最终在云阳、奉节、利川三县交界处的龙关口，找到了他所需要的答案。"

七星老人一直饶有兴味地倾听着，此时不禁两眉一挑，问道："龙关口？你父亲得出的是什么答案？"

"您对龙关口熟悉么？"

老人点点头："你说吧。"

"当地人说龙关口是'一尿流三县'，父亲认为这是一个十分关键的地理穴位，也是不少学者为了证实清江与长江相通一直在寻找而未能找到的'溪遗迹'。从龙关口向东是一道长达几十公里的幽深峡谷，其海拔只有180米，完全切穿了高达1600余米、阔达几十公里的齐岳山。更为关键的是，龙关口通过周围隐秘复杂的河谷系统，南接清江，北连石芦河与大溪，只要长江水位超过180米，这几条河就完全相通了。而石芦河与大溪，也就形成了倒流河这种世界罕见的地理奇观。这正好为长于舟楫的巴人，提供了极为便宜的交通条件。所以，父亲认为，龙关口就是当初巴人南北转进的秘密通道。"

"那么，"老人笑眯眯地看着郑雯说，"现在我们要找的答案，也就出来了？"

"我认为，是的。巴王一行南下彭水，入大江，再下行不到一百里就到了石芦河口的故陵镇。据称，故陵古镇曾是巴人进入长江流域后建起的第一座邑城，著名的'巴乡清'酒曾作为商周两朝贡酒，就出产于这里。如果石芦河与大溪就是连接清江的通道，他们肯定会沿石芦河进入清江。这就与石虎上的谜语相吻合了：'满载旨酒，船行倒流。'我们可以设想，巴王船队到了故陵，曾作短暂停留，然后船上装满'巴乡清'美酒，继续沿石芦河倒流向南。接下来，我们需要破解的，就是'崖生嘉鱼，神穴挂壁'这两句谜语了。所谓'神穴'，应该就是隐藏的秘宫了。"

"好！"七星老人展颜一笑，点头说，"雯雯对前两句谜语的破译无疑是正确的。最近几十年来，我也一直在齐岳山区的大小峡谷间穿行，同样也

第四十四章·回归赤穴

是为了寻找巴人先祖的足迹。龙关口之所以鲜为人知，就是因为它隐藏在迷宫般的齐岳山深处，受交通条件限制，外人很难接近。这些年来，从大溪、石芦河到清江上游很多人迹罕至的隐蔽峡谷，甚至包括一些不为人知的神秘洞穴都留下过我的足迹。我知道有关巴王秘宫的传说，也没指望瞎猫能够撞上死耗子，只是闲来无事为了熟悉地理环境，猜测着古人穿行其间的神秘路径。现在看来，这些功夫的确是没有白费。"

郑雯说："这么说来，下两句谜语，您已经有了答案？"

老人没有直接回答，只沉思说："从石芦河到清江，须穿越几段幽深险峻的大峡谷，由石笋河峡谷经龙关口峡、竹笋河峡谷，再经沐抚大峡谷到鱼峡口进入清江主流。但我认为，巴王的船队是在将进石笋河的地方就停了下来的，我们就不去猜测什么缘由了吧。时间久远，我们也无从考证。或许是长江水位上涨让石芦河自然倒流，或许是王室祭师施禁咒以无上法力令其倒流，总之，他们的船队到了石芦河上游就再没往前了，在石笋河下游一片名叫盖下坝的肥沃土地上停留了下来。离盖下坝不远的石笋河绝壁上有一洞穴，名叫鱼泉洞，每到夏秋，洞内不时会流出一种鱼来，其身长而扁，肥美无比。当地人因其头部似羊，便称为羊鱼。这种阴河鱼是其他地方没有的，成为当地的特产。当洞内流出的水大时，一些被冲上崖畔的鱼让树梢的钩刺挂住，往往在挣扎之际便成了山鹰的美食。那洞口嵌在峭森森的绝壁间，寻常人等也上不去。那些长年居住在盖下坝的当地人，有一个奇怪的风俗，每年七月半，他们都要焚香烧纸，向洞口遥拜。我曾向他们追问过祭拜缘由，却没人讲得清楚，只含混说是祭拜洞神，以祈平安，是随先辈习惯，自古如此。"

郑雯喃喃说："祭拜洞神！'崖生嘉鱼，神穴挂壁'，这不就是说的鱼泉洞么？"

老人说："以前，我对鱼泉洞呈现出的一些不同寻常的地方，也曾作过一些不着边际的猜想，只是见了你那石虎上的谜语后，心中才暗暗有了几分肯定。你们知道么？鱼泉洞最古老的名字是叫'大安洞'。现在，当地政府在规划旅游资源时，又恢复了'大安洞'这个古名。而大安洞下面不远就是盖下坝。这也是一个极其古老的地名！你们说说看，在古语中，这盖下坝的'盖'字作何解释？"

樊高说："在土家语中，'盖'，就是高山的意思。"

"盖下坝？"郑雯呼地站起来，兴奋得声音都有些变调了，"您是说，大安洞下面那地方名叫'盖下坝'？"

老人点头说："是的。"

郑雯激动地说："我相信，'盖下坝'这个地名一定是很有来头的！在巴人古语中，'盖'就是宫殿的意思！你们想想，在石芦河一个偏僻山沟里的小地名中，为什么会出现一个'盖'字？我认为，盖下坝这个古地名，确切的意思就是指宫殿下的坝子。还有'大安洞'这名字也大为蹊跷，它是否是暗指巴王'大安'之处？两处地名这一结合，其寓意不言自明！漆大大，我可以肯定地说，大安洞，就是我们要寻找的'神穴'！"

李虎一掌击在腿上，大声说："好了！现在毋庸置疑。目标既已明确，时间紧迫，我们立即检查装备，明天一早出发！"

此时，蔚蓝澄碧的天空中，一轮满月悬挂在头顶。朗朗清辉下，只见漆大大一脸忧色望着天空，心事重重地说："只怕此行……不会太顺利啊！今天已经是七月十六了，我们七星聚会，一直还差着一星哩！"

李虎惊问："您是说，还有一位……杨仙姑？"

"是啊！杨仙姑原本是该到此与你们会面的。可她至今没有消息，看她那星宿，晦暗不明，只怕是凶多吉少啊？"

向前进一脸诧异，担忧地说："几天前我见到她，还好好的嘛！"

李虎仰望星空，果见北斗七星中，斗柄相交处的天权星几乎看不见了。天权星原本就是七星中最暗的一颗，现在更是显得若有若无。他看不懂星相，更谈不上通过星相去解读什么密码信息，不由焦虑地说："难道这杨仙姑，遇到了什么麻烦？"

七星老人说："这几天来，我一直在传递讯息，试图与她取得联系，但她毫无反应。……看她星光微弱，似乎生命垂危，却又阳魂未散！……到底发生了什么事情呢？作为最后一代'比兹卡'，一生就为这几天，见到讯息，她应该有所回应的……"

第四十五章　初寻秘穴

1

9月9日凌晨，七星山。

昨天夜里，李虎几人和七星老人一起对秘符的解读有了一个大致眉目，这让他们十分兴奋。他们确定了下一步的行动路线，又检查了必要的装备。

在回来的路上，考虑到下一步将要进入洞穴，他们在利川对所需装备作了适当的补充，现在可以说是一应俱全。七星老人决定，天亮后将亲自领他们去大安洞口。

"不过，这还只是我们一厢情愿的猜测，"临睡前，老人看着几个一脸兴奋的年轻人，冷静地告诫说，"虽然有石虎上的谜语作依据，也不一定就准确。进洞以后，一定要按照另外几只石虎的谜语去逐一印证。每一条谜语都是紧密相连、环环相扣的，如果发现有什么不对，就应及时退出另寻目标！"

李虎说："你不和我们一道进去？"

"祖先神规定过，'比兹卡'是不能进入秘宫的。我只能领你们到洞口，进去以后，就全靠你们自己作出判断了！"

李虎听说漆大大不和他们一起进洞，忽然感到一种沉重的压力，他想了想，说："倘若我们找到秘宫，完成觐见后，该如何处置……里面那些东西？"

老人沉默半晌，才淡淡说道："你们是'罗布巴'，祖先神早已选定的朝觐者！既然赋予你们重任，如何处置，就应该由你们全权决定了。进去以后，见机行事吧！"

老人见时候不早了，几个年轻人虽然兴奋，却都面呈倦色，便催促他们赶快休息。

几个年轻人这一松懈下来，不由呵欠连连，各自钻进帐篷，立时鼾声四起。

曙光初现时,老人忽然唤醒他们,又将他们领到巨石顶上,和李虎一起布下气场,为其余几人带功调理,直至旭日升起,阳光万丈,几人睁开眼来,个个精神饱满。

吃过早餐,临行时,老人却问道:"路径你们都记住了吧?"

李虎说:"记住了!您不是和我们一起去么?"

"我恐怕是去不成了!"老人一脸凝重地说,"夜里行功,得知今天有重要客人到访,我得留在家里迎接!"

向前进关切地问道:"什么重要客人?是杨仙姑么?"

老人叹口气,摇摇头说:"杨仙姑看似尚在,却又杳无消息。我留在这里迎接客人,正是要向他追问杨仙姑的下落哩!"

李虎闻言,不由悚然一惊,问道:"这客人是谁?"

老人凝望着李虎,认真说道:"这人大概你是见到过的,鹰鼻阔脸,长发披肩。"

李虎未及答话,已听郑雯惊诧地说道:"难道……是他?鉴宝会上那神秘老人?!"

老人平静地说:"人家终于从暗处现身了,这也是好事!此前,杨仙姑应该与他有过一场遭遇,结局也可想而知了,他一定是从她那里得到了一些消息。"

向前进惊问:"什么结局?您是说,杨仙姑她……"

老人伸手拍拍向前进,安慰说:"不必担心!等我见到那人,一切自会明白!"

"那我们……"李虎犹豫说,"先陪着您,打发完客人再出发?"

"不!"老人摇摇头,坚决地说,"你们留在这里毫无作用!人家真正的目的,是你们手中的秘密!你们还是按原计划出发,不要因为人家的干扰就改变我们的行程。我在这里先和他周旋一阵,趁便打探杨仙姑的下落。"

临走时,老人上上下下打量着李虎,叮嘱说:"你现在今非昔比了,功力深厚,却是火候不足。我们尚不清楚来人到底什么背景,千万不可掉以轻心!要是我没能制服住他,就全靠你们自己了。记住,一旦与敌遭遇,一定要相信自己,沉着应战。先守住自己,探知对方虚实,要确保立于不败之地,再伺机进攻!"

第四十五章·初寻秘穴

李虎听得心惊:"那何不我们两人一起,合力对付!"

"没这必要!"老人自信地笑笑说,"我们只是要作好最坏的打算,实际情形嘛……恐怕还到不了那一步!"

于是,五人小组告别了七星老人,自七星山南坡而下。

按照行程计划,他们应该先到二十公里外的双河口,从那里开始穿越十二公里的无人峡谷石笋河,直抵大安洞。

早晨的阳光清新亮丽,远处白云在青翠的山坳间自由流淌着,淡者若丝,浓者似奶,都被阳光浸染得一片晕红。李虎等人心中有事,背着沉重的行李包在山道上快步前行,对眼前云蒸霞蔚的美妙景致毫无兴趣。

另有一行也是五人,正沿着七星山南坡上行。行至半山腰,几乎与李虎他们猝然相遇,是浓浓的晨雾掩盖了那几人的行踪。

当他们发现李虎几人时,李虎一行正放下包袱,站在一道高高的山梁上歇气。

当时,小樊望着下面群山环抱中的柏杨坝,在淡淡的晨雾中若隐若现,感慨说:"几天前,我在下面这块坝子游玩时,并未看出它有多么特别。如今看去,竟是这样美丽!"

郑雯介绍说:"这里居高临下,正好可以一眼览尽这一带的地理形势。柏杨坝通过前面那道峡谷与我们昨天刚刚经过的利中盆地相连,属于利中盆地的北缘。利中盆地四面群山环抱,在高山屏障中自成一个地理单元,就如四川盆地一样,是一个典型的'四塞之地'。根据地质调查,在第四纪时,利中盆地还是群山环抱中一个很大的'L'形古湖,在古书记载中,名为'陂湖'。这是一个罕见的高山湖泊,湖底最低海拔也在一千米以上。是在三峡尚未凿开之前的漫长岁月里,长江南流造成的地理奇观。后来,经过成千上万年湖水的溶蚀,在盆地的东北部形成了号称'世界第一'的大溶洞——腾龙洞。腾龙洞的形成,不但将陂湖之水导入清江,也承消了长江南流的巨量水流。陂湖之水经腾龙洞一泄而空,利中平原包括我们眼前的这片柏杨坝,才最终浮出水面,成为养育一方的沃土。

"由此我们可以看出,长江南流,对整个三峡地区的地质构成,尤其是对遍布地下的溶洞群的形成,可以说是起了决定性的作用。长江之水就是一把神奇的艺术之刀，经过数百万年的精雕细琢，才有了令我们叹为观止的这些天坑溶洞、奇峡幽谷。"

当郑雯说出这段话的时候，正好山梁下面的浓雾之中走出几个人来。

当先两人一高一矮，一胖一瘦，正是谢天、谢地兄弟俩。几天时间不见，两人长相更为奇特夸张了。矮胖的谢天越发显出横空出世的姿态，高瘦的谢地则更似一根略具人形的肉棍了。两人并排一站，让人自然就然联想到了"10"这个数字。

他俩先是听到一阵熟悉的声音，然后透过一层薄薄的雾霭，一眼认出了正在说话的郑雯。两人惊得慌忙止住步伐，刚要"啊"出声来，却又整齐划一地以手掩嘴，将刚要冒出喉咙的一个"啊"字活活地吞了下去。

跟在他们身后的是黑鹰二号、三号和六号。他们是在半夜时分奉了"大师"之命，连夜从威虎山庄出发，驾车经汪营、凉雾绕一大圈到了柏杨坝，然后弃车直奔七星山而来。

"大师"说得非常肯定，他们跟丢了的目标眼下全部齐聚在七星山。时间十分紧迫，必须在对方出发前牢牢地黏上。"大师"给他们的任务，是监视、跟踪，但不许露面，不到紧要关头绝不能让对方发现。所以，几人乍一见到目标，不禁喜出望外，小心翼翼地互相打着手势，迅速隐入浓雾之中。

谢地用手罩着嘴，悄声说："奶奶熊的！是她，郑……姓郑那娘们！"

谢天不忍退后，贪婪地盯住郑雯，压着嗓子恨恨道："臭、臭婆娘！这么多天了，咋他妈还和那高个儿搞在一起？"

谢地幸灾乐祸说："他们本来就在一起嘛！你见不得了？"

谢天"哼"了一声，说："你……知道他们是要去哪儿？"

黑鹰二号鄙夷地望了望那对活宝，轻声说："他们出发了！跟上！"

此时，李虎一行已经拐向东边的一条小路，快步走了下去。

黑鹰二号掏出手机，立即向"大师"报告，捣弄一阵却发现没有信号，气得他直想摔了手机，恨恨地说："他妈的！这鬼地方咋会没有信号？"

谢地幸灾乐祸地说："早给你说过，这一带他奶奶熊的莫名其妙得很，岂止没信号，到时候恐怕连你那法术也不灵了哩！"

黑鹰二号狠狠瞪了他一眼，黑着脸说："少他妈废话！给我远远跟着，不能让他们发现了，也不能脱离了目标！"

第四十五章·初寻秘穴

双河口是发源于湖北凉雾山麓的古老的永谷水与云阳县境内荆子坝水的汇合处,这里河谷宽敞,地势稍见开阔。从这里往北,就是人迹罕至、幽深曲折的石笋河了。石笋河峡谷又与龙桥河相通,沿龙桥河上溯,便是著名的龙关口峡,是齐岳山最早被长江切穿的地方,也是三峡未通前长江南下东去的主河道。

李虎他们沿着河滩一直走到两壁夹峙形如天门的谷口,再也没法往前走了。

看看河道里水量充沛,他们停下来,沈立取出军用橡皮艇,一边用手动气泵充好气,一边要求每个人都穿好救生衣,系好安全带。

橡皮艇一共五个座位。按照沈立安排,郑雯在前,李虎、沈立居中,向前进小樊在后。大家坐好后,沈立让前后三人将保险绳与橡皮艇四周的抓绳连在一起,他和李虎执桨,橡皮艇缓缓向前滑出,渐渐进入河心。

开始一段,水流比较平缓。进入峡谷前,左边山崖上有流瀑若练,在阳光下迭扑飞洒,闪出七彩之光,宛若珍珠跳跃。小樊仰首观看,啧啧有声地说:"我猜,这就是漆大大说的'金洞喷珠'了,这里是入峡的标志,果然是一道奇观!"

入峡以后,光线陡然一暗,哗哗水声中,让人感到森森凉意。两岸峭壁森然,直刺云天,仰头唯见一线青碧之光。崖壁上生长着古老的冷蕨物和厚厚的苔藓石花,显得斑驳陆离。偶尔有长长的青藤垂下水面,抚弄着漂流者的头脸。

河里不时有奇形怪状的巨大石块横亘其中。此时盛夏刚过,河里水量充沛,被乱石激荡,水花飞溅,轰然有声。巨大的水声充斥于整个峡谷,相互说话得大声才能彼此听清。

他们发现,河心乱石中,不时会出现不少上小下大的笋状石柱,大小高矮,各不一样。看这些石柱,并非水流裹挟而至或是自山上跌落而来,竟是从河床上自然生长出来的,偶尔一根石柱顶端还会如乱发般披散着一丛杂草,甚至歪歪斜斜长出一棵树来。

几人一路欣赏着这些石柱,无不惊叹。郑雯指指点点,大声说道:"原来,这石笋河之名,大概就是由此而来吧!"

李虎指着前边说:"也不定然吧,你们看看那里!"

只见前面一根巨大的石柱自河边突兀而起，孤标耸立，扶摇直上两百余米，宛如一椽大笔巍然朝天。石柱顶端有古松横斜，粗壮的柱身则是藤萝网裹。几人立即想起，这一定就是漆大大讲过的"御笔朝天"了，又叫"梦笔生花石"。传说玉帝在天上住得有些烦了，一天玩心大发，随手画了一幅想象中的"天外桃源"图。哪知在他转身之际，被一阵清风连画带笔吹落人间，那幅画落在永谷河变成了真山真水，作画的御笔也倒插在河边。于是，这成就了人间的一道罕见奇观。

大家正看得有趣，忽听沈立叫道："小心了！"

原来，橡皮艇正随着激流跌下一道约两米高的河坎，被抛进一个水花咆哮的深潭之中。几人猝不及防中连艇带人没入翻卷咆哮的浪花之中，全身浸透，有两人还不小心喝下了几口凉水。好在橡皮艇很快从水中泛起，众人刚刚透出一口气，郑雯和向前进因呛水还在咳嗽不止，橡皮艇又直直撞上河心一堵长满绿苔的巨石。慌乱之中，沈立用手中铝质桨板在巨石上轻轻一拨，只听"噗"的一声，橡皮艇擦着巨石向旁边斜出，又被激流带着，以飞快的速度直向崖岸冲去。

恰好崖边有一槽形洞口，恰如怪兽的巨嘴，吞下了大部分汹涌而至的河水。那洞顶离水面不到一米高度，垂挂着大大小小的钉齿状石笋，宛若巨兽口中尖尖的獠牙。眼前皮艇被巨洞飞快吸去，前面的郑雯眼望着迎面而来的森然巨口，直吓得肝胆俱裂，不由自主地发出惊骇的叫声，自以为万难幸免，已两手捂着眼睛本能地伏下身去。

就在这间不容发之际，李虎飞快地将手中桨板塞给沈立，他那高长的身子猛的一掌拍向迎面而来的崖壁，橡皮艇飞一般的速度顿时一缓，然后他以两掌轮番撑住，橡皮艇艰难地调过头来，贴着崖根长满利齿的洞口，终于摆脱激流，擦过一片浅浅的水域，缓缓驶向河心，漂入一段波平浪静的平潭之中。

惊心动魄之间，几人死里逃生。

潭中碧水，绿如翡翠。橡皮艇在几乎静止的水面上漂浮着，众人呆看着潭中倒影，一个个面色苍白，彼此喘息相闻，似乎还没从刚才绝险的一幕中回过神来。

第四十五章·初寻秘穴

2

黑鹰二号领着几人赶到双河口时,李虎他们已经驶入峡谷,黑鹰二号只隐约见到他们身着橘红色救生衣的背影。

嘴快的谢地失望地说:"这下可追不上了!他们坐的是橡皮艇。"

黑鹰二号白了他一眼,对黑鹰六号说:"你负责这一片的,知道这是什么地方?他们漂流而下又是要去哪里?"

六号朝四周望望,迟疑着说:"这里好像是叫双河口,前面大概就是传说中的石笋河了!据说是一条曲折幽深的峡谷,人迹罕至,神秘莫测,没工具是难以穿越的。"

二号听了,大为光火,训斥道:"什么好像大概!你他妈就不能说得肯定些?!过了峡谷又是什么地方?"

六号委屈地说:"我也只是从地图上看到的。穿过峡谷,是一个名叫盖下坝的地方,好像当地政府要在那里修一个水电站。"

"有旱路可以过去么?"

六号望望峡谷两边直刺云天的陡峭山崖,摇头说:"这个,我不大清楚。"

二号用鼻孔"哼"了一声,对三号、六号说:"你们两个,去找一个当地人来问问!越快越好!"

谢天、谢地望着飞奔而去的三号、六号,不安分地说:"那,我们……?"

"你们就在这好好待着!"

谢地咕噜说:"奶奶熊的,待着就是待着,又有什么好好的?什么叫好好待着?"

谢天不会放过每一个能够贬损他弟弟的机会,接嘴说:"你他妈原本就是呆头呆脑的,好也是呆,不好也是呆,又分什么好与不好?"

"呵呵,"谢地从来就没有服气过他的哥哥,反唇相讥说,"看看谁才是呆头呆脑!奶奶熊的,就你那一肥二胖的猪猡相,我看简直就是那个……呆若木鸡!"

"够了！"在地上转着圈子的黑鹰二号听得厌烦，大声喝道，"都给我把你那鸟嘴闭上！惹毛了，不要以为老子不敢收拾你们！"

谢天、谢地吓得白眼直翻，果然噤声不言了。

他们原本不是黑鹰成员，一向只在老头子身边使唤，并不懂得黑鹰真正的地位，一向也没有把他们放在眼里。而在平日里，黑鹰们对老头子捡来的这一对活宝也是尽力敷衍，极少招惹，这更滋长了两人目中无人的习惯。上次他俩去巫溪跟踪郑雯，意外地发现了李虎和一只新的石虎，可谓功劳不小。但在云利路上兄弟俩却栽了一个大跟斗，不但跟丢了人，弄丢了车，还有从养父那里学来的一些旁门功夫也莫名其妙地失灵了，最后灰头土脸、狼狈不堪地回到山庄。老头子十分恼怒！

这次事情紧急，山庄内一时人手调集不齐，老头子临时差遣，对他俩一再申斥说，必须不折不扣听从黑鹰号令，否则任何一个黑鹰都有权置他们于死地，允许先斩后奏，甚至可以斩而不奏。他俩吓得脸色发白，虽然心有不服，却又慑于老头子威仪，不敢有丝毫违抗，只好把一肚子的委屈努力地压着。

不一会儿，三号、六号各领了一个当地人小跑而来。

一个是背着背篓的妇女，一个是拿着柴刀的男人。妇女三十多岁样子，长得很壮实，说话嗓门粗大倒像个男人；那男人却是枯瘦如柴、弱不禁风的样子，留着两溜老鼠胡子，怕有五六十岁的年纪了。两人都说，从这里上山，悬崖半腰间有一条羊肠小道可通盖下坝，只是那路太过险要，曾摔死过不少胆大的，所以极少有人敢走。

二号和颜问道："你们走过这路么？"

那妇女把头摇得货郎鼓似的，瓮声瓮气说："我的妈也，我可没那个胆儿！"

那老头儿有气无力地说："好多年没有走过了，也不知那路……还在不在。"

"这么说，你以前走过？"

老头儿动动嘴皮，没有发出声来，只是略微点了点头。

二号掏出一张钞票，举在手中对老头儿说："只要你给我们领个路，把我们带到盖下坝，这一百块钱，就是你的了！"

老头儿盯着那钱，眼里突然放出光来，扭头看看那妇女，正要说话，妇女却抢先说道:"他大伯,这钱可不是好挣的!"

那老头儿目不转睛地看着二号手中钞票,喉咙动了动,"咕"的咽下一口口水,终于没有发出声音来。

二号耐心地说:"我再加一百!这张你先拿着,到了盖下坝,再给你另外一百。怎么样?"

老头儿咬了咬牙,一跺脚说声"好",伸手接过那钱,小心塞进裤袋,对那妇女说:"郭妹儿,麻烦你给我屋里说一声,就说我去盖下坝了,下午就回来!"

妇女说:"他大伯,这万挂悬崖的,你可要过细点儿!"

"晓得!"老头儿说着,又从贴身裤袋里掏出那张崭新的百元大钞来,展开看了看,递给妇女说,"你把这钱也给我屋里,就说是我今儿挣的!"

二号见对方已收过钱,便不耐烦地说:"好啦!赶快走吧!"

李虎一行漂流还不到一半的里程,便遇上一段怪石嶙峋的河滩,橡皮艇一不小心就被乱石卡住,走走停停,速度始终快不起来。偶尔一段急流险滩,速度自然快了,却又危机四伏,随时可能人仰艇翻,让人提心吊胆。

好不容易穿出乱石阵,眼前出现一段笔直的峡谷,河床平坦,水流畅快。橡皮艇轻快地向前滑去,在爽爽凉风中随波逐流,虽然摇摇荡荡,却也不致倾覆。众人舒出一口气来,顿觉畅情惬意,闲下的目光不禁四下张望,一时应接不暇。

两岸峭壁森然肃立,古藤蕨物垂挂如瀑,阵阵鸟鸣声声婉转,和着潺潺切切的水响,奏出一曲天籁之音。艇上诸人,一时情痴意迷,谁也不肯出声打破这天赐的宁静。

其间,右岸峭壁忽然洞开一门,露出一道幽深的峡谷,谷中传出轰然水响,一股碧流欢然涌出,与眼前河道汇为一处,河水平添一半,一时洋洋洒洒,向前冲去。

郑雯扭着头,留恋地贪看着峡内景物,猛然省悟说:"旁边这道峡谷,河道比我们刚才走过的还要宽大,像是一条主河道,肯定就是龙桥沟了!听漆大大说,从这里直通龙关口,是长江古道,神秘的远古倒流河,也是当年巴人南北转进的秘密通道哩。"

樊高说:"这么说来,这里就是巴王计划回到赤穴的必经之道了?"

李虎说:"按谜语所说,巴王半途而止,说不定还没有走到这里哩!"

说话间,橡皮艇已驶入一个清冽碧透的水潭,河水静止不流,宛如一面明镜,空灵清幽,鉴天映峡,明媚如画。旁边一根巨大石柱擎天而起,雄伟挺拔,以锐不可当之势直刺蓝天。众人仰观通壁无挂,仿佛摇摇欲坠,无不惊心动魄。

小樊叹道:"我的乖乖,唐僧取经要过通天河,我们取经怕是遇到了通天柱吧!"

郑雯笑着说:"什么乱七八糟的!这里,一定就是漆大大说的'龙剑倚天'了。"

"嗯,"小樊笑道,"我晓得,传说龙女恋上樵夫,被龙王爷一剑斩断情缘,然后还插剑示威,也着实可恶!好在雯雯姐的爸爸不是龙王爷……"

这小樊嘴贫惯了,口无遮拦想啥说啥,突然想到郑雯爸爸刚刚去世,一句话说了半截连忙咽住了。其他人见小樊尴尬,一时均无言语。

郑雯似乎并未想到那些,她朝两岸观察着说:"我们得注意了!漆大大说,转过'龙剑倚天'就是大安洞了。我们要在绝壁上找到一个倾斜着的椭圆形洞口,据说,在洞口处还残留有古代石砌的墙垣。"

小樊连忙接口说:"大安洞出羊鱼,我们只要找到长角的鱼就行了!看它是从哪里流出来的,那就一定是大安洞了。"

李虎笑说:"什么长角的鱼!古书上说'其头似羊,丰肉少骨,美于余鱼',是指羊鱼头部尖而长,与羊相似,哪里就长角了?"

众人哄笑声中,橡皮艇已转过一个弯,郑雯一仰头,果见高高的绝壁上悬着一个椭圆形洞口,兴奋地朝上一指,喊道:"你们看,在那儿!"

其余人早已看见,在离河岸七八十米高的悬崖上有一倾斜着的巨大洞口,洞外遍生草丛荆棘,翠枝绿蔓,参差披拂,为洞口镶上一道天然的华丽装饰。左边光滑的峭壁上,留有一道湿湿的水迹,遗憾的是,多日未雨,不见长瀑飞泻。

他们泊到岸边,收拾好橡皮艇,踏上一片铺满细小卵石的河滩。看看时间已过了下午一点,经过六七个小时的艰苦跋涉,几人早已是饥肠辘辘了,便席坐在被河水冲刷得干干净净的卵石滩上吃过简单的午餐,然后在山崖荆

第四十五章·初寻秘穴

棘丛中找到那条传说中的羊肠小道。沈立用一把丛林刀在前面开路,一行人蜿蜒向洞口攀去。

还未走近洞口,那恢宏雄伟的气势便逼压而来,让人心生敬畏,惴惴不安。那洞口,估计有近十层楼那么高,顶部呈穹隆状,各种奇形怪状的钟乳石垂挂其上。

走近了才看清,百十米宽的洞口被厚厚的石墙封住,仅在一旁留有一道小小的门洞,可容一人通过。墙垣门道均留有枪眼炮位,人立其上,四野开阔无遗,八方尽收眼底。其地势之险,关隘之雄,可谓"一夫当关,万夫莫开"。广场般宽阔的洞厅内,有土墙围成数间无顶之房。据说,晚清时期社会糜烂,曾有人在洞中铸造私钱,被官方侦知,千军万马也只能远远地望洞兴叹,没法近前围剿。

李虎是最后一个走进门洞的。刚跨进门洞的时候,隐隐听到一个熟悉的声音说:"洞里处处危机,一切小心为上!"

李虎闻言一惊,扭头四望,却不见那人身影。他听得明明白白,那是漆大大的声音。随即想起漆大大并没有一起前来,心中不由又是一惊!

随即,李虎省悟到,这话听来字字清晰,却并非自耳畔传来,而是在脑中响起。难道这就是漆大大曾经说过的"千里传音"?难道自己竟也有了运用意念传收信息的如斯功力?

这时,李虎忽然感到一阵隐隐的不安。他觉得,他们此行走得太顺了,顺利得让人感到有些不真实!他是土生土长的云阳人,知道大安洞以其"洞中套洞、九洞相连"的特点,早已远近闻名,也有人将其称为"天下第一洞"。李虎曾多次听人讲起过在大安洞游览探险的经历,也见到过一些洞内拍摄的照片。这一片包括石笋河以及十多公里外的龙缸在内的区域,已被批准名为"龙缸国家地质公园",县里早有开发计划,并将洞内风光拍成影片当作当地的一张地域名片广为宣传。如此广为人知的名胜之地,布满了现代人类探索猎奇的足迹,还有什么秘密可言?难道里面真还藏有不为人知的隐秘之地?

他满怀狐疑地望着洞厅里面那道光线阴暗通向黑暗深处的甬道,心想:难道它真能将我们带进那座在神秘地腹之中雪藏了两千多年的巴王秘宫?

第四十六章　吸魂术

1

9月9日上午9：00，七星山。

阳光明媚，山风飒飒。茅庐前的平坝中，七星老人端坐在一张木椅上，手中端着一碗琥珀色的老荫茶。他已经在这里坐了一个小时了，旁边放着一只茶壶，悠闲地等候着他的客人。

9点整，在平坝的另一边，突然现出一个高大的身影，也不知他从何而来，仿佛自地底冒出一般。只见那人红光满面，长发披肩，身着一袭宽大的黑衫。

七星老人静静望着来人，不动声色。

一阵爽朗的笑声过后，那人开口说道："齐老先生果然尚还健在！"

"呵呵，"七星老人笑道，"早该入土的人了。只是重任在身，身不由己啊！"

"是啊！小生近日方才得知，齐老先生以百年之身隐居深山，数十年来默默守望着一个惊天之谜，所以小生今日特来拜会！"

"既然你已得知，那就不是什么秘密了！"

"呵呵，所以说，天下没有不透风的墙啊！"

七星老人指指对面空着的一把木椅，说："你远来是客，请坐吧！"

"您是前辈，小生不敢和您平坐！就是这里甚好。"

那人说罢，便席地而坐，顺势盘好两腿，双手搁膝，捏起一个法诀。

一时，两人均不言语。明晃晃的阳光下，一个闭目盘膝一本正经，一个闲闲品茶若无其事，似乎各有所好，互不相扰。但看来客用意，似乎如临大敌，摆出了一副对决的架势。

看场上两人，一个威猛高大，一个清瘦矮小，形成鲜明对照，各自悄无

第四十六章·吸魂术

声息。

大约一个时辰过去，平坝中央无故发出"噗"的一声轻响，就像吹破一个气球，随即腾起一阵细微的尘埃。

七星老人眉头皱了一皱，忽然爆发出一阵爽朗大笑，恍然说道："我道是谁！原来是故人所遭。真是缘来缘去缘未散啊！你是黑鹰的弟子吧？与他威虎山一别七十多年过去了，他也谢世有三十年了吧，想不到如今还是阴魂不散啊！"

原来，七星老人为防来人突袭，早已在周围布下一个无形的气场，即如向四周伸出一张细密而敏感的触角之网，能够感知周遭一切细微的变化。黑衫人在平坝上甫一冒头，即已发现这张无形之网，所以不敢贸然近前，只远远席地而坐，也渐渐布开气场。

黑衫人谨记师傅的警告，对七星老人心存忌惮，不敢贸然出手。因见对方裹在气场当中，灵机一动，也如法炮制展开气场，渐渐以气相触，探其虚实。谁知双方气场刚一触动，对方便已识出自己真实面目，心中不禁骇然，鼻孔轻"哼"了一声，并不言语。

此时，七星老人两腿也已盘上了木椅，虽不像对方那样郑重其事，却也收敛了轻松随意的姿态。见黑衫人无语，老人又说："想不到他还给我留了这样一手！听说你是姓谢吧？他既未下山，又是如何将一身功夫传授于你的？"

黑衫人开口道："正如您所说，一切都是缘吧！今日你我七星山一会，又何尝不是前世修来的缘分？所谓因缘际会，一切都是前缘注定了的！"

"呵呵，小朋友能够参透因缘，倒是通达，可比你师傅强多了……"

说到这里，七星老人忽然停下，皱起眉头"咦"了一声。沉吟半响，猛然喝问："告诉我！你把杨仙姑怎么了？！"

那黑衫人浑身一震，眼里倏忽射出两道精光，一张红脸罩上了一层阴云。随即又闭上眼睛，用若无其事的口吻说："先生何出此言？"

七星老人枯瘦的脸上一时黑云大盛，眼中寒光迸射。他冷冷说道："刚刚还说你比黑鹰要强，哼哼！没想到你比他更加恶毒无耻！这次……你恐怕是难逃公道了！"

黑衫人不安地扭动了一下身子，猛地推出一股力道。七星老人恍如未觉，显得若无其事，只咬着牙齿一字一句悲愤地说道："真想不到你如此阴损恶毒！运用巫界最为人所不齿、臭名昭著的吸魂术，将杨仙姑的魂灵包括一身功力智识尽数占为己有。你记住，施恶者必有恶报！你必将为此付出惨重代价！"

阳光下，黑衫人额头有汗光闪烁。他终于开口说："哼哼！那也是她咎由自取！"

原来，八天前的那个夜晚，在威虎山庄，杨仙姑遁入向万成室内，向万成为她解除哑咒，便迫不及待地要求杨仙姑揭去面罩，想要一睹仙姑真容。

杨仙姑露出愠怒的眼神，直问道："我就不明白了，你我素不相识，一向井水不犯河水，为何如此三番两次的要和我过不去？"

向万成呵呵笑道："怎么是素不相识？！我对仙姑，那可是慕名相思几十年啊，到如今甚至连你长啥模样都不知道！不如此这般你能到我房里来么？"

"你如此处心积虑，就是为了想一见我的真面目？"

"是啊！你的声音是那样柔美婀娜，令闻者情不自禁，却又一直用面具和布匹将自己包裹隐藏起来，难道是你身上有什么缺陷有损你的完美？"

"哼哼！我的缺陷不是别的，就是太完美了！因为担心它会魅惑人的眼睛，让人看了会把持不住，失心发狂，我才遮住了它！"

向万成爆发出一阵狂放的大笑，说："哈哈哈哈，只是听听你的声音，我就已经开始发狂了！看看吧，我都已经是这样一个老头子了，相信你也不会年轻多少，还有什么样的'魅'是我没有见过的？还有什么样的'惑'是我不能抵御的？你就不要装模作样了，露出你的庐山真面目吧！"

杨仙姑冷笑一声，挺着腰姿轻轻走动了几步。如水一般的轻柔丝绸缝制的宽大衣衫，几乎无法掩藏她身体凹凸有致的迷人曲线。而这玲珑曲线随着她款款走动的婀娜节奏，更是如行云流水一般灵动婉转，变幻莫测。

在杨仙姑随意走动中，那混合了玫瑰与百合的奇妙芳香又若隐若现地飘了过来。向万成陶醉地嗅着，却又舍不得闭上他那双眼睛。他知道，只要揭开这层薄薄的紫色丝绸，就能看到一个一丝不挂的美妙躯体，他听到自己心里发出一声痛苦的呻吟，随手扭开了一盏壁灯，室内一下洒满柔和的橘色光线。

　　灯光下，杨仙姑那紫色衣衫更显得灵动无常，闪耀出梦幻般的神秘光泽。

　　向万成痴痴地看着，不敢相信在紫衫内走动着的会是杨仙姑的身体。因为这比他在三十多年前看到的那个杨仙姑，显得更为矫健灵动。看那波动曲线的柔韧与弹性，简直就是一个十七八岁的妙龄少女。这三十多年的时光不但没有在她身上留下任何侵蚀的痕迹，反而让她显得越发年轻了，难道这些年来她竟练成了什么神仙回春之术？

　　向万成心中疑惑更甚，不由得暗暗加强了戒备。他将一直盘着的双腿从沙发上放了下来，故意说道："现在哑咒已给你解除。既然不愿展露仙容，又何苦再在我眼前晃来晃去，让我心烦意乱？！你……走吧！"

　　杨仙姑一声轻笑，随意在一张椅子坐了下来，平静地说："我走南闯北几十年，达官贵人也见过一些，还从没见过如此怠慢客人的！"

　　这一坐下，她那一双赤裸的脚便从袍子里露了出来。

　　向万成一眼见到，便惊叹得移不开目光了。小巧玲珑的趾头，弓形的足背，肉乎乎的足掌，全都呈现出婴儿般鲜嫩的浅红色。向万成再次听到自己内心发出痛苦的吟叹，竭力控制住体内最原始的冲动，悄悄调匀气息，笑着说："是我无礼了！仙姑肯赏光留下来，也是我谢某人前世修来的福分。"

　　"你姓谢？是干什么的？怎么我一向没有听说过？"

　　"呵呵，我年轻时浪迹天涯，也曾学过几招粗浅的法术。那时候不知天高地厚，原本想看看你的美貌，没想到反而冒犯了你。后来改邪归正学做生意，这些年也发了一点小财。想起年轻时的胡作非为，心中虽有悔意，却始终是忘不了你。所以，昨天又胡作非为了一回，无非也是想见见你的仙容罢了，请你务必要理解我的一片痴心。"

　　"哼哼，看来你对女人倒是肯用心思！还说什么粗浅法术，你那一身深不可测的功力，如非得遇奇缘，又从何而来？！你叫谢什么？"

　　"谢力维。听说过这名字么？"

　　"谢力维？……多年以前，倒是听说过。后来怎么又不见了踪影？"

　　"说过嘛，后来我做生意去了！"

　　"哼哼，任是多大的生意也买不回你那一身出神入化的功力！既不愿实言相告，我何苦要知道你的来历？告辞了！"

杨仙姑刚一站起身来，向万成连忙跟着站起来，伸手拦住她，笑着说："好了，我就实言相告吧。三十年前，我还在浪荡江湖的时候，途经一座高山，大雪之中遇到一位奄奄一息的老人。我救了他，又在山上照顾他一年，直到为他送了终，这才离开。就是在这一年里，他将一身本事传给了我。这大概也是前世注定的缘分吧！至于你说的什么深不可测、出神入化，那是你的恭维，实不敢当！"

杨仙姑一双眼睛静静地看他良久，叹息一声，轻轻说道："外界传言不可尽信，我这张脸你不看也罢！我让你长过一次疔疮，你让我折了一回嗓子，两相抵消，今生今世，我们谁也不欠谁的了。让我走吧！"

杨仙姑说完，便朝墙边走去。向万成伸手一拦，急道："仙姑！既来之，则……"

一句话没说完，他那伸出的手掌已触到杨仙姑肩上。虽然她穿着袍子，但那薄薄的丝绸隔不住他敏锐的触觉，她那肌肤细腻的触感和温暖的弹性传上他的手指，让他两个耳门不由自主"嗡"了一下，顿时全身如遭雷击，仿佛每一个细胞都被快速流动的血液充溢鼓荡得肿胀坚硬起来。

2

杨仙姑被他触到身体，退后一步，冷笑说："好吧，你既执意要看，就看吧！"

说着，她用裹在长袖中的手指将头罩轻轻提起，然后往后一推，漆黑闪亮的浓发如瀑布一般倾泻下来。再低下头，将头发向后一拢，让齐腰的长发披到了身后。空气中飘浮着玫瑰与百合的淡淡幽香，在她抬头之际，堪堪现出一张脸来。这张脸映入向万成眼中，只见他眼皮一撑，张大嘴唇"啊"了一声，不由自主退后一步。

如果说这世界上真有仙女，向万成相信他现在就看到了！

仅用"完美"二字，实在不足以形容他此刻看到的这张脸。不错，她那

第四十六章·吸魂术

光洁的前额是完美的,她那如湖水般波光盈盈的眼睛是完美的,她那饱满而富有曲线的嘴唇是完美的,还有她那匀称而优美的脖子是完美的,甚至她那如婴孩般红润的皮肤所透出的象牙般的光泽也是完美的。但是,由这些完美的东西组合而成的这张脸,就远远超出了"完美"的境界。因为这张脸透出了一种特别的神韵!乍一看去,似乎超凡脱俗,不食人间烟火,有一种高高在上,拒人于千里之外的冷漠之气;但再看上一眼,就发现这张脸是可亲可爱、撩人心魂的了。正如她自己所说,这是一种"魅惑",一种任何男人都无法抗拒的神奇力量!

这时候,向万成心中闪过一个疑问:这是我在三十多年前看到的那个杨仙姑吗?但这个疑问仅仅一闪而过就被他抛到一边了,他实在是已经无力顾及!

他知道决定命运的时刻来临了!

是的,他无法抵御眼前的"魅惑"!但这不正是他一直想要的吗?他已经成功地掩盖了自己的真实目的,把自己当成一个不惜为女人冒险的老色鬼。他当然知道眼前这美色就是一个阴险的陷阱,但他别无退路,只能一往无前!在你死我活的较量中,要么得到一切,要么失去一切!

于是,他深深吸进一口气,目光一瞬不瞬地看着杨仙姑,梦呓般地说:"我终于相信了你所说的'魅惑',我坦言我一生中从未遇到过这样的'魅惑',我无法抗拒也无意去抗拒这样的'魅惑'!即使它会毁了我,我也无怨无悔!"

说罢,他伸出双手向她肩上抚去。她双肩的曲线与她那匀称细嫩的颈部曲线完美和谐,在紫黑色丝袍的映衬下焕发出白皙温润的柔美光泽,让人不由自主会产生抚摸与亲吻的冲动。但她向后退去,敏捷地躲开了他的抚摸。

她若无其事地摇摇头,温柔地说:"我知道一句古话:戒急用忍!看你现在猴急的样子,我希望你能耐下心来忍一忍,冲动总是不会有好结果的!你有茶吗?或者别的什么能喝的也行,我现在口渴了。"

这一招很灵。向万成的注意力被引开,一下子冷静下来,将她领到房间一角的吧台旁。格子上摆满了各种酒类和饮料,杨仙姑却只要了一杯矿泉水。

此时,她握杯的手指裸露出来,在水晶杯的衬托下显得晶莹剔透,真如粉雕玉琢。向万成连忙吞下一大口加了冰块的红酒,浇了浇腹中刚刚燃起来的烈火，笑着说道："你身上香味很特别，用的什么香水？"

杨仙姑摇摇头说："我从来不用香水。"

"是吗？"向万成很是惊讶，不可置信地说，"可我明明闻到了玫瑰和百合的芳香！"

杨仙姑浅浅一笑，立时向万成百骨俱酥。

这是他第一次见到她的笑容，他想，戏文上所谓的"倾城倾国"，大概指的就是这种笑容吧。哦，不！无论古今中外，这世上哪还会有第二个女人能够发出这样的笑容？灯光下只见她朱唇轻启，那牙齿微微闪出的瓷光，还有隐隐见到的粉红的舌头，几乎灼伤了他的眼睛。他借着倒酒，艰难地抽开了自己的目光。但杨仙姑就站在自己眼前，刚刚那清晰的影像就固执地留在自己眼中，久久挥之不去。

只听她用轻柔的声音缓缓说道："你嗅觉倒很灵敏。实话告诉你吧，平常，我就爱饮百合露，用玫瑰水沐浴。"

"哦，这样的女人，真是千娇百媚羡煞个人！"向万成在心中暗暗叹道，"她要不是杨仙姑，要不是与巴人石虎之谜有莫大渊源，可真舍不得下手啊！"

他一双眼睛直勾勾地盯在她的脸上，色眯眯地说："你这笑，可真是……荡人心魄！"

她扭动细长的脖子，优雅地摆了摆头，很随意地将一绺垂到耳边的头发拢到脑后，又是微微一笑，说："看你这室内陈设，也不像是一个粗糙的主人，干什么如此急不可待！"

向万成一气干了杯中红酒，润润干涸发烧的喉咙，然后喘息说："不怕你笑话，我此刻真的是欲火中烧，快要把持不住了！"

她"嗤"的一声轻笑，缓缓搁下手中杯子，仿佛不耐闷热，曲肘提了提挂在肩头的袍子，让圆润的双肩裸露了出来。这时，向万成的视线被她胸前一双丰满结实的乳房吸住了。那乳房展现一半，呼之欲出，被丝袍遮住的部分是一个模糊的乳白色圆球，圆球尖端的草莓色光晕也隐约可见。

向万成朝前跨上一步，竭力克制着，不让自己表现得太过粗鲁。他用一双宽大的手掌轻轻握住她的双肩，慢慢地俯下身，将嘴唇向她唇上压去。

"啊……不！"

她用双手撑住他的胸，扭头躲开了。她纤细的手指轻轻滑过他的胸部，

第四十六章·吸魂术

滑过他的乳头。向万成忍不住号叫一声，一把扯开自己的黑袍，毫无顾忌赤身裸体地立在她的面前。

挺拔的躯干，结实的肌肉，不折不扣一个运动员的身体。

她用赏识的目光看着他，双手在他厚实的胸上来回抚摸着，然后一只手缓缓向下游走，抚过腹部，听到他喉头发出一声痛苦的呻吟，她满意地笑了笑。

她收回手，曲曲手臂，也不知怎样一弄，那闪着迷人光泽的丝质长袍便如水一般流泻到地上，剩下一个玉雕般的人儿亭亭而立。

在壁灯柔和的橘色灯光下，她身上每一寸肌肤都晶莹透亮，熠熠生辉；每一条曲线都如行云流水，婉转奔放。

玫瑰与百合的芬芳在四周弥漫着。

向万成试探性地将手轻轻放到她臀部的弯曲处，轻柔地抚摸着，然后婉转向上，轻轻捧住她柔韧饱满的乳房，屈下一只腿，半蹲下去，将一只乳房放进嘴里，像婴儿一样吮吸着它。向万成津津有味地吸着，直到她推开他的头。向万成喘息着站立起来，发出一声野兽般的轻吼，一把将她紧紧搂住。

她在他怀里挣扎着喊道："哦，轻一点，不要把我揉碎了……"

她话没说完，便被向万成堵住了温和而柔软的嘴唇。她不再挣扎，当他将舌头塞进她的嘴里时，她用自己的舌头迎上，并缠绕在一起。

从她嘴里，他似乎品尝到一种奇妙的果汁，芬芳中有淡淡的甜味，他猜测那是百合的味道。然后，他将她抱到宽大的床上，无所顾忌地压了上去。然而，她灵巧地从他身下翻了出来，并顺手一带，让他仰过身子。她抬腿骑到他的身上，然后屈腿蹲下来，引导他缓缓进入她神秘的身体，随之发出一声畅快的呻吟。

而向万成在这销魂的一刻，脑中却电光般闪过一个念头：通过这个神秘幽暗的潮热洞穴，能够找到神秘的巴人宝藏吗？

此时，窗外正迎来一抹浅红的曙光。

最初的缠绵与欢娱，只是一场华丽的序曲！

他们很快进入你死我活的搏斗之中，这真是名副其实赤裸裸的贴身肉搏，肌肤相亲之外，缠绵呻吟之中，有最阴险的智谋，有最无耻的方术。

她在上面翩跹进退，浪舞如蝶。他在下面发出低沉的呻吟，脸上肌肉扭曲着，现出极度痛苦的表情。此时，向万成哼哼不断，嘴角垂涎，欲醉欲仙，正在进入快乐的峰巅。杨仙姑俯下身去，将一头丝绸般的黑发倾泻到他血脉偾张的脖子上，双手搂住他坚实的臂膀轻轻抚弄着，用温热柔软的舌头轻舔着他的乳头。她要将对方的快乐迅速推向极致。

然而，向万成被催眠的意志很快从极乐世界里浮了出来，他意识到致命的危险正在逼近！他艰难地抬起手臂，大叫一声，将杨仙姑猛地向外推去。杨仙姑似乎早有准备，上半身被他推得直了起来，下面却纹丝未动。

她昂起头，将头发向后一甩，陶醉地闭上眼睛，喉头发出一声令人销魂的轻吟。

只见向万成整个身子剧烈一震，喉头滚动，再次发出痛苦的号叫！

此刻，向万成真正体会到了她那"魅惑"不可抗拒的力量！

然而，他到底晚了一步。此时，只觉得意志一直坚守的阵地已被摧毁，大堤缺口一开，瞬间崩溃，体内浩瀚积蓄源源外泄，不可抑制。

"不！"向万成惊骇莫名之际，在心底绝望地喊道，"我绝不能让她吸干了！"

3

千里之湖，即便溃决一时，若能及时补救，重筑大堤，仍可不伤大体，重复旧观！

向万成当然明白这个道理。他完美的掠夺计划还未实施，更为厉害的隐秘攻击还没展开！但他首先得让自己止住这要命的外泄，才有实施反击的根基。

向万成毕竟是向万成，老辣之余更有豪赌的勇气！

他索性暂时不去理会外泄的现实，专心思考逆转之计。心中一定，立即沉住了气息。于是，不动声色默运潜功，渐渐守住丹田之气，终于让外泄之势慢慢缓和下来。他这一缓过气来，便在暗中悄然蓄势，捏准杨仙姑换气的间隙，从喉头暴出一声吼叫，猛然发力，翻身而起。

第四十六章·吸魂术

向万成体大力强,功力更深,肉搏之中原本比杨仙姑要胜出一筹。但此时双方力道此消彼长,已是势均力敌了。杨仙姑施法在先,抢占了势头,譬如借势行船,更是居于赢势。而向万成一招落后,招招受制,便如逆水行舟,力艰势危。

向万成刚刚翻到上面,尚未稳住身子,被她借势一歪又翻了过来。

双方不再伪装,都撕去了情意绵绵的假面具,露出狰狞丑陋的真面目。他们使出全部的力气来较量,相互搏斗,奋力对抗,高下难分。从床上滚到地下,从这边翻到那边,从日头高照缠斗到繁星四起。向万成厚厚的头套在翻滚中脱落了,油光闪亮的秃头更是显得硕大无比。杨仙姑一头丝绸般的黑发,也搅成了一团被汗水濡湿的乱麻。

谁都不愿脱离对方,谁也不能脱离对方!

毕竟向万成修为更加老到,他在止住了最初的精力外泄之后,一直苦苦守住,不使对方更有丝毫进展。这样苦苦坚守很长一段时间后,体内精力渐渐有所恢复,他暗暗心喜,却丝毫不肯表露出来。他知道,只有走出劣势,走过平势,占据优势,然后出其不意给对方雷霆一击,才有可能稳操胜券。

所以,当他体内力量足以扳平劣势进入平势时,他反而不动声色,仍以苦苦坚守的姿态与对方抗衡,以麻痹对方意志,为自己进一步恢复精力赢得时间。

而杨仙姑出其不意占据优势,取得第一场胜利之后,被对方苦苦守住便再无进展。她多次摧动进逼,均未得逞。在长时间的对峙之中,双方各走偏锋,使尽手段,默诵各种能量的咒语,都试图借助外界之力,增加己方赢势。窗外曾经数度电闪雷鸣,乌云聚合,狂风呼啸,飞沙走石,都在势均力敌之中烟消云散,最终未成气候。

阳光照常明媚,星月依然清朗。

杨仙姑明白,在势均力敌的情况下,取胜的关键是意志。谁能坚守到最后谁就是赢家!她并不知道对方力量已渐渐胜过自己,见向万成一直苦苦坚守,她便耐心地等着,等着对方因力竭而投降的那一刻。

杨仙姑一生性烈似火,早年为男人所累,后来因爱生恨,反而累及男人。不知有多少好色之徒将身家性命都丢在了她的石榴裙下,她其实早已厌倦了这种病态的两性角逐。在温家大院出发前,她曾偷偷为自己算过一卦,卦辞说,这是一场毕生仅见的乾坤大战，凶险惨烈，诡秘莫测，但最终会给自己一生带来一个完美的收官！

所以，她满心期待着，期待着一场豪华的胜利！她自信地想，收拾完眼前这个男人，就从容洗手，彻底远离肮脏丑恶的男人世界。

卦辞没有说错，是杨仙姑理解错了！

这其实是一场还没开始就已经注定了结局的对决！

杨仙姑和向万成，原本就不是一个力量层面的对手！她只想吸尽他的元阳，最后还会留给他一个苟延残喘的躯体；而他则要拿走她除开皮囊之外的所有一切，尤其让他看重的是她头脑中有关远古巴人的神秘知识。

他要将她彻底吸干！

"吸魂术"，这是在巫界早已绝迹的最为歹毒的邪术，多数行中人甚至连这名字都没有听说过。向万成因一偶然机缘学会后，还从来没有使用过。多年来，他还一直没有遇到过他认为值得运用这方法去对付的人。

杨仙姑作为他的首例，他是志在必得！

当向万成在对峙中悄悄储够了力量，见杨仙姑仍是一副耐心等待、稳操胜券的模样，便趁机翻到了上面。就在这一瞬间，向万成毫不犹豫地发起了闪电般的反击！

他利用她的疏忽猛然发力，突然向内深入驱进。杨仙姑猝不及防大吃一惊，立刻绷紧，拒绝他的深入。但杨仙姑为时已晚，他已直达中心，并施展功夫，在她奋力抵抗之中从她最隐秘的深处撕开了一道缺口！

梦寐以求的时刻终于来了！

向万成突入到了杨仙姑灵魂的城堡，而且在她还没有完全反应过来之时，发起猛然的通灵攻击！运咒，发功，一系列动作一气呵成，既准且狠，干净利索！

杨仙姑痛苦地惨叫一声，感觉自己的心灵中枢在猝不及防中遭到毁灭性攻击，灵魂正在泛散消解，有如冰雪遇上烈火一般消融释化。

这是杨仙姑始料未及的，如此致命的攻击方法她甚至闻所未闻！

此时，她被彻底解除了武装，毫无还手之力！唯有睁大一双惊恐无奈的眼睛，瘫倒在他的身下，宛若一条沙滩上垂死的鲨鱼，徒劳地挣扎着，偶尔自喉头发出几声绝望的哀鸣……

第四十六章·吸魂术

向万成如强盗一般闯入杨仙姑身心内部最隐秘的空间，在里面肆无忌惮横冲直闯，砸开她隐藏知识和魔力的宝库，贪婪地吸走里面的一切。他欣慰地感觉到，自己失去的力量又如潮水一般地涌了回来，而对方毕生积聚的功力、魔法、知识乃至所有经验，都如美味佳肴一般源源不断地充实着自己永无餍足的空间。

这是抢劫的时刻！也是收获的时刻！

向万成就像野蛮的匪徒冲进了富饶的村庄，面对手无寸铁的村民，肆意掠夺！

这也是他充分享受的时刻！

他凝视着杨仙姑那张先前还是那样可亲可爱、撩人心魂的脸，此刻却因惊惧、恐怖而彻底变形了。让人无法抵御的神秘"魅惑"，此刻已经荡然无存！

皱纹正爬上她的额头，正向面部扩散。眼睛渐渐呆滞，湖水般清澈的眼波正被恐惧搅得浑浊不堪，挺直的鼻梁向一边歪塌下去，嘴角淌出黏稠的唾液，光滑鲜嫩的肌肤也皱纹四起，一点一点地变得干瘪、枯萎了。

这样缓慢的、细微的变化，正是他插入她体内的那根吸管的功劳！

感觉杨仙姑的无边功力正注入自己浩瀚的心海，再看着鲜艳如花的杨仙姑正在他的眼前渐渐枯萎、消失，这让向万成心满意足。

杨仙姑数十年的修为便如一口深不可测的枯井，源源不断，向万成不得不一个小时又一个小时地坚持着，吮吸着。当他感觉到对方体内流动减弱接近干枯的时候，室外，一个新的日头已经快要完成一天的旅程，悬上了西边的山头。

最后，杨仙姑终于被彻底吸干，变得空空如也仅剩一副干枯的皮囊，萎缩在地一动不动了。这时候，又是一个繁星四起的夜晚了。

这一场旷世罕见的世纪之战，差不多持续了整整两天时间！

杨仙姑丧命于此，却没法奔赴黄泉，因为她丧失了自己的灵魂！她的灵魂已被向万成吸进了自己体内，囚禁着，并且即将吞并融化，合二为一。

至此，杨仙姑算是完成了对自己人生的收官，但绝非完美！

此时，向万成非但不觉疲倦，反而显得更加精力旺盛了。他缓缓站了起来，在步履踉跄中感到下面一阵疼痛。

但他是一位得胜的将军，内心充满了辉煌的喜悦。当他蹒跚着走到吧台时,不由发出一声由衷的欢呼,倒出满杯红酒一饮而尽。

最后,向万成看了一眼蜷缩在地板上的杨仙姑,她那天仙似的面容已经变成一个丑陋不堪的老太婆,满头如丝绸般闪闪发亮的青丝没有了,头上仅剩下稀稀疏疏几根枯槁的白发;乳房变成一张贴身的皱皮,扁平结实的小腹此时已肿胀起来,布满褶皱;尤其那一双粉雕玉琢的手,已是又瘦又黑,鸡爪一般了。

向万成厌恶地扭过头,再也不愿多看一眼,随即走进了浴室。

他在浴缸里浸泡了很长时间,然后又在龙头下狠狠地冲洗。直到他感觉自己洗得干干净净了,这才另外取了一副假发戴好,再套上一身便服,打开房门红光满面地走了出去。

这时,已经是第三天曙光升起的时候了。

但是,接下来,意想不到的事情发生了。

就在人们忙于处理杨仙姑肿胀的尸体,清洗房间的时候,向万成踌躇满志地坐在会客室的沙发上,叫过秘书小梁,正要安排下一步的行动计划,突然感到胸中一阵剧烈绞痛,然后大汗淋漓滚倒在地,人事不省了。

这是向万成一生从未遇到过的事情。

秘书小梁和保镖、黑鹰们慌成一团,尝试各种解救办法,都无济于事。最后将他送到重庆最好的医院,经过各种高科技医疗设备的逐一检测,发现已经昏睡数日的向万成各种体征完全正常。各方面专家多次会诊,百思不得其解。大家面对这样的罕见症状,各抒己见、各执一词,正所谓"百家争鸣,百花齐放",却难以形成一个有效的治疗方案。

用秘书小梁的话说,那一场会诊,是"全世界各种狗屁意见打胡乱说满天飞",最终谁也没有说出一个所以然来。就这样整整折腾了五天。

正在众人束手无策之时,向万成又莫名其妙地苏醒过来。

他在数千元一天的高级病房里缓缓睁开眼睛,环顾四周,见到置身在一个陌生环境里,大惑不解地问:"这是什么地方?"

秘书小梁喜极而泣,向他絮絮叨叨述说了这几天的遭遇。

向万成听罢,眨巴眨巴眼睛,挥动挥动手脚,结果好端端的,浑如没事一般,不由皱眉说:"真是糊涂!今天几号了?"

"9月8号。"

第四十六章·吸魂术

"赶快回去!"

4

向万成和他的随从们从医院出发,一路风驰电掣赶回威虎山庄时,又是一个繁星四起的夜晚了。

在宽敞的林肯车后座上,向万成时而闭目运功,时而大发雷霆,显得极为烦躁。一回到山庄,便是一阵莫名其妙的咆哮,命令所有人原地待命,而且不准弄出任何声音。

然后,向万成独自钻进卧室,"乓"的一声摔上了门。手下们经过几天折腾,早已累得筋疲力尽,此番得到命令,一个个面面相觑,却又不得不执行,只好垂头丧气,待在会客室里闭目无语。

原来,这几天向万成昏迷不醒,乃是他和杨仙姑那场战争的延续,是两个灵魂在他体内的继续搏斗。杨仙姑虽然躯体被毁,但灵魂始终不屈。而向万成初次运用"吸魂术",并无经验。此番在自身体内引"狼"入室,凭空多出一个客体灵魂,而且新来者又不服从主人的教化,不愿放弃其独立的意志。于是,两个原本敌对的灵魂便在体内大打出手。

所谓"神仙打架,凡人遭殃",向万成那躯体一时政出多门,失去统一指挥,没了活力,无所适从,只得呼呼大睡,让"形而上"的灵魂们尽管闹去。

没想到,这一闹,竟然闹了整整五天。

最终结果当然是强者一统江山,向万成取得了最后的胜利!

不是单纯凭力量征服,更无法靠精神同化,而是向万成在昏睡之中靠自身通灵的魔法对体内异灵进行融化,合二为一。杨仙姑的意志像冰一样被融释掉,化作了向万成灵魂中的水。此刻,向万成便躲在自己卧室里,焚香入定,以通灵之力打开刚刚吸纳的知识宝库,迫不及待地翻找有关巴人石虎的秘密。

他的收获比他预期要大!

而且不是一般的大。他获得了一个"比兹卡"所拥有的全部知识,甚至他自己就是一个"比兹卡"了！这是他始料未及的，简直让他欣喜若狂！

当他得知"大师"七星老人和五位"罗布巴"以及他们此前所做的种种事情时，兴奋得冲出卧室，立即命令留在山庄内的三个黑鹰和谢天、谢地一对活宝，连夜赶往七星山，对李虎等五位"罗布巴"实施不间断的跟踪。此时，他深感身边人手不够，又命小梁通知其他黑鹰放下手中一切工作，以最快时间火速赶到山庄会齐。

一切安排停当后，向万成独自上了楼房顶上的天台。

他在一个特制的圆形石台上盘膝而坐，仰望着满天闪烁不定的星斗。向万成此刻的心情从最初的兴奋之中平静下来，又感到了隐隐的担忧！

让他兴奋的是，几十年来苦苦寻觅的东西，居然得来全不费功夫！现在，一切线索都有了。既然有人前面探路，他完全可以来个"螳螂捕蝉，黄雀在后"。掠夺他人成果原是他的拿手好戏，手下训练有素的黑鹰们对此更是轻车熟路。以黑鹰们去对付"罗布巴"，他相信是可以稳操胜券的。

但此刻，更令他担忧的，则是神秘莫测的宝藏守护者"七星老人"！

这是横亘在他面前，让他不得不去跨越的一道最险要的障碍！作为"比兹卡"的大师，"七星老人"是否就是七十多年前以一句话将师傅囚禁在威虎山的那个齐岳山齐老头？如果真是他，凭自己现在的本事有无胜算？如果不除掉这条危险的看门狗，虽有"比兹卡"不能进入秘宫的远古神训，安知他就不会成为黄雀后面那个手持弹弓的猎手？！

他好久没有和真正的高手过招了！

事实上，在很长时间以来，他的视野从小小的威虎山投向全国、全世界，一直还没有遇见过这样的高手。数年前，他曾在澳大利亚和一位当地土著降头师有过一场较量，那是他记忆中最为厉害的一位对手。事实上，他那次赢得干净利索！

刚刚和杨仙姑的这场雌雄对决，是最过瘾的了，但也只能算是一个热身运动。他知道，真正的高手，或大隐于市，或高隐于山，大都深藏不露！所以他从来不敢托大，碰见任何一个高级别的对手，他都会如临大敌般认真对待。七星老人能够成为"比兹卡"的"大师"，绝非等闲人物，如果真是当年那位姓齐的老对头，自己能否取胜恐怕尚属难料。

向万成从浩瀚无垠的星空中找到北斗七星，认真观察着每一颗星。尤其

第四十六章·吸魂术

是七星老人所属的那颗贪狼星，他反复观看，希望由此了解"大师"的真正实力。让他失望的是，这些星宿只提供了每一个人的基本信息，没法进行更加深入的了解。

最后，他只能对自己现有的实力进行一番认真评估了。

他端坐天台中央，闭目凝神，调匀体内气息，让其生生不息自转周天。杨仙姑内力深厚，数十年的修为积累被他悉数占为己有，如今他的功力是两大高手之和，普通人苦练一生也难以企及，自是今非昔比了。至于从杨仙姑那里取得的种种奇能异术，他原本并不看重，对付七星老人这样的高手也用不着。但随之而来的通灵能力却是至关重要的，它为自己领来一大批灵界追随者，这让自己原有的魔法平添了无穷威力。

由此，他信心倍增！无论神秘的七星老人如何厉害，他自信都有取胜之道。

当他寻到信心之源，从自我宇宙中睁开双眼，发现已经是红日高照了。他毫不耽误，当即运功作法，向艳阳遍洒的七星山遁去。

甫一照面，向万成就断定，七星老人果然就是齐岳山齐老头！

见齐老头早有准备，他虽然不觉意外，却也不敢怠慢，远远地席地而坐，然后排气试探。没想到，刚一触动，齐老头就识破了自己来历，随后又一语道出了杨仙姑与"吸魂术"。这让向万成暗暗心惊，知道眼前这位其貌不扬的矮小老头功力果然是浩如烟海，深不可测！

这时，只听七星老人缓缓说道："杨仙姑的账我们暂且搁一搁！此次你有备而来，想必是处心积虑已久，志在必得！我只奉劝一句，秘宫之内，一草一木都是被祖先神下过禁咒的，非指定之人，连秘宫都不许进，你却一心想要贪据，就不怕遭到天谴？！"

向万成听了哈哈大笑，说："谁说只有你们才是巴人之后？实话告诉你吧，我并不姓谢，我姓向，我的师傅黑鹰也是姓向，我们都是与向王天子向大坤一脉相承，是清江五姓之一！祖先之物，凡是后辈都有分享之权，凭什么就不许我们取得？！"

说罢，他从怀里掏出一张纸片，对着七星老人展开来，理直气壮地说："看看这个吧！你那几只石虎现在才现世，我们却是几百年前就有了这个！几百年来，我们从来就没有停止过寻找。凭什么就该你们独吞？！"

七星老人见了，点点头说："哦！我早该想到了，果然是你们！告诉我，九年前，在美国的童恩正教授是不是你们谋害的？还有，上个月在重庆，童恩正教授的学生郑若愚教授，又是不是你们谋害的？你们为什么要这样做？难道仅仅是为了灭口吗？"

向万成又是一阵哈哈大笑："我也一直在追问这些问题呢，甚至曾经还一度怀疑是你杀了他们！不错，我是派人去美国找过童教授，但绝对没有加害于他！看看吧，我手中这些字符到现在都还没有破解呢，我有必要去杀他们么？"

"如此说来……"七星老人似乎醒悟到什么，沉吟一会儿，又说，"你们处心积虑，非止一日，曾数次对刚刚现世的秘匣石虎下手，或盗或抢，均未得逞。现在你也应该明白了吧，那就是秘匣本身有咒语的护佑，非分之人，不可染指！"

"呵呵，谢谢提醒！不过，这问题我早就弄明白了。要不然，你那几位'罗布巴'又哪有那么顺利？只是，有一事我不太明白，我有两个不成器的……劣徒，在离此不远的云利路上，将我所传授的几招原本并不高明的防身之术弄丢了！不仅如此，人也变得糊里糊涂，连是怎样回去的都说不清楚了。我想，这该不会是那秘匣上的咒语之功吧？"

"呵呵，那只是老夫和两个小朋友开的一个小小玩笑。当时，有两个'罗布巴'正向七星山赶来，你那两个宝贝嗅着气味一路跟踪，我在这山上见到，不愿意一时来人太多，太热闹老夫可受不了！所以，便略施小术，让他哥儿俩失去目标，成了一对没头苍蝇，顺便也化去了他们一身邪术。你应该明白，这都是为他们好，以免今后害人害己！"

"其实我应该想到的，也只有'大师'您才有这样的神通！不过，该热闹的还是得热闹，你受不了也得受啊！眼下，我们在这里闲谈的时候，你的那些'罗布巴'们可能正热闹着哩，你知么？他们可是一下子增加了好多位同伴！哈哈哈哈……"

"呵呵，那是'罗布巴'们自己的事情了！不管他们喜欢也好，讨厌也罢，相信他们自有解决之道。你既来到七星山，还是说说我们之间的事情吧！"

"既然知道我前来的目的，你还想要说什么？"

"……你知道你手中那纸片的来历么？"

第四十六章·吸魂术

"当然知道,这一直就是我们向家的祖传之物!"

"那么,向家当初又是从何而来?"

"真是笑话了,祖传之物,当然是从祖先的祖先那里一辈一辈传下来的!"

"看来你是真不知道了!那我就实话告诉你……"七星老人将当年向大坤为当皇帝灭巴家满门抢走石虎的故事,耐心地向他讲了一遍,最后说,"这就是你纸片上那些字符的来历,它记载着一桩两百多条人命的血案!现在,你还相信自己是巴人之后么?就算你真是巴人后裔,没有被祖先神选定作为'罗布巴',你也是不能去染指那些神圣之物的,先祖的禁咒灵验无比!老夫言尽于此,你如果一定要以身试法,其结果一定是很惨的!"

这巴家湾的血腥故事,原本向万成也听黑鹰老人讲过,但此时他却装作糊涂,冷笑说:"哼哼,为了独吞那些宝物,就编出这许多的无稽之谈来,谁又相信?!"

七星老人望他良久,深深叹出一口气来,冷冷说道:"你既然执迷不悟,那就动手吧!连同杨仙姑的新账,我们也一并清算了!"

说罢他看看地上影子,知道日头已经开始偏西了,心中惦念李虎他们,感到前景甚为模糊,便暗暗向李虎发出了一声告诫。

第四十七章　地腹秘宫

1

　　黑鹰二号一行在当地向导的带领下，自双河口登上山腰一条羊肠小道，在悬崖绝壁间蜿蜒攀行。沿途绝险之处甚多，令人胆战心惊，大气也不敢出。

　　在绝壁上攀爬行进，走了近三个小时，他们来到一个槽沟边，向导立住脚步，惴惴地说："这里就是流石沟了。"

　　只见两边山崖间夹着一道近百米宽的沟槽，槽内布满了大大小小灰黑色的砾石，形成一道约七十多度的陡坡，麻乎乎灰蒙蒙的寸草不生。向导仰起头，指着高入云间的山巅上一道醒目的豁口，介绍说："这还是古老时候崩山落下的石块，经过成千上万年的风化侵蚀，就形成了这种锋利又坚硬的龙骨石。我们过去的时候可要小心了，下脚一定要轻，要准！如果踩动一块石头，整条沟里大大小小的石头就会像洪水一般涌流下来！以前这里不知被石流裹走了多少人，最后连尸骨都没法找到。"

　　黑鹰几人听了，再看看周遭环境，都不由得暗暗地抽了一口冷气。虽然铤而走险之事原是他们的家常便饭，但如此险恶的环境却是第一次经历。黑鹰二号一双锐利的眼睛向其余几人望望，镇定地对向导说："走吧，我们会小心的！"

　　向导叮嘱说："你们要踏着我的脚印走，相互不要离得太近！"

　　说着他便蹑手蹑脚领先踏上了由大大小小砾石垒成的陡坡，几位黑鹰无声地跟上。后面剩下两个，一向习惯走在前面的谢天此刻脸色却有些发白，迟疑地站在那里迈不开步子。谢地看了他一眼，也不言语，踩着前面黑鹰六号的步伐跟了上去。谢天咬了咬牙，猛提一口气，也摇摇晃晃地迈开了步子。几人之间相互隔着三五米距离，一个个就像进入地雷阵一般提心吊胆，小心

第四十七章·地腹秘宫

翼翼。

那向导看上去一副有气无力的病夫模样，走起路来，却显得身轻如燕，甚是灵活。此时，他走到中间一块大石上稳稳站定，回身看着跟来的几个人，见谢天在后面身子摇摆不定，走得十分艰难，担忧地叮嘱说："后面那位下脚重些，你记着要尽量踩上最大的石块！"

谢天平日最忌别人说他肥胖，此刻他知道向导是嫌自己体重，不满地"哼"了一声，脚下却不得不按照他的指点去寻找最大的石块。谁知越是担忧就越要出事，谢天刚刚经过向导站过的那块大石，一不小心失去重心，身子一歪，还是踩动了脚下的一块石头。

前面向导听见后面声音有异，大惊失色，连忙稳住身子回头一瞧，见谢天被脚下石块一带，已经仰面躺了下去。向导吓得什么也顾不上了，立时飞起脚板在砾石坡上朝前面崖岸狂奔而去，嘴里同时大声叫道："快跑！"

先是一阵轻微的"啰啰啦啦"声自脚下响起，接着隐隐响起"轰轰隆隆"的如雷之声，却似从山体内部传来，仿佛整座大山都在为之动摇。灰白色的粉尘从杂乱的砾石缝中如浓烟一般冒出，并迅速弥漫开来。正所谓"牵一发而动全身"，谢天脚下踩动一块石头，就像掀翻了一块多米诺骨牌，令整个沟槽所有砾石都流动起来，仿佛流瀑奔涌，夹着飞石腾空，如排山倒海一般，势不可挡！

前面几人行动敏捷，已健步登上沟槽边坚实的崖岸。惊魂甫定之际，他们回头一看，只见落在最后的谢天正仰面躺在砾石坡上顺流而下，不时有飞石从身边滚过，他躲无可躲，完全一副听天由命的样子。腿长的谢地此时不向崖岸跑来，反而回身向谢天跑了过去。他也被流动的石块一带，立身不稳，仆地向前倒下了。躺着的谢天正好扭过头来，见状吼叫："妈个巴子你跑来干什么？！"说着，他伸出手来，恰恰与谢地伸来的一只手紧紧握在一起。

就这样，兄弟二人一横一竖，一仰一仆，无能为力地被粉尘飞扬的巨大砾石流裹挟着，轰轰隆隆之中，直奔粉身碎骨的结局而去！

这一切，只发生在短短的十来秒钟之内。崖岸上几人眼睁睁看着，那向导"哎呀"地干号了一声，不忍看，痛苦地扭过了头去。

黑鹰二号刚张口说："我们……"

忽见身材高大的黑鹰三号纵身跳下悬崖，如鹰隼一般稳稳飞落到下面十多米处悬崖边的一棵柏树上,然后又是纵身一跃,跳到更下面的一棵树上。这几下兔起鹘落,早已赶到谢家兄弟前面去了。只见他两腿牢牢地盘住树干,一只手不知从什么地方抽出一根细细的长绳,轻轻向前一挥。在茫茫粉尘的笼罩中,绳子直直向前飞去,正好迎上顺流而来的谢家兄弟,毫厘不差,堪堪套在了正向下面飞流而去的谢地脚踝上,然后借势回力一提。绷直的绳子套着谢地,谢地又紧紧握着谢天的手,就像钓鱼线上挂着的两条鱼,从砾石流中腾飞而起。黑鹰三号不待绳子势道中落,另一只手向前抓住绳子又是用力一提,如此双手连环回收,不几回合便将谢天、谢地提到了大树根下。

这大树原是自岩缝中奋力长出,树根处峭壁如削,根本没有兄弟二人的立足之地。正可谓甫脱大难,又入险境。黑鹰三号一手抱了谢地,一手提过谢天,见两人虽然灰头土脸、遍体鳞伤,手脚倒还灵便,一双眼睛也算转动自如。黑鹰三号便向上一仰头,嘴里响起一声锐利的口哨,上面果然及时垂下一根绳来。

这是黑鹰二号、六号在上面放下的绳子。

谢家兄弟此时身在险境,有了着力之处,便知发奋,抓住绳子,逐一攀上了尚可立足的羊肠小路。黑鹰三号最后上来,大汗淋漓,只说了一声"谢天谢地",便席地而坐,闭目不动了。刚才一阵,黑鹰三号见机行事,处理果断,硬是从死神手中将谢家兄弟抢夺回来,实在已经使尽浑身之力,此时急需补充体能恢复精力了。

谢天、谢地在坚硬锋利的砾石流中滚动一遭,早已体无完肤。谢天额头鼓起两个大包,便如长出两只角来,厚厚的嘴唇翻裂着,尚在滴血;谢地眼角裂开一道口子,流出的血液经粉尘一裹,在长长的驴脸上挂起一道黑色的血痂,尤其显得可怖。

他俩自始至终没有说过一句话,既未对自己死而复生表示庆幸,也未对黑鹰们的救命之恩表达谢意,只顾不停地将唾沫吐到自己手上,用来擦拭自己身上的伤痕。别人看上去,兄弟二人衣衫破碎衣不蔽体,满身尘土不见肌肤,却东一块西一块地擦出许多青紫红肿的肉斑出来,就像从泥人身上抠出一些不规则的小洞,十足便是两个罕见的怪物!但同行几人,却也并没有心情去取笑他们。

待黑鹰三号缓过劲来,黑鹰二号才向谢家兄弟问道:"你们……还能走路么？"

两人抬起一张灰脸，骨碌碌转动了几下眼珠，都无言地点点头。

"那好！"二号说，"我们已经耽误了不少时间，赶快上路吧！"

这时，那向导却瘫软在地起不来了。刚才这惊心动魄的一幕，先是让他吓得半死，后来见到黑鹰三号的施救手段，又受到极度的震惊。看着眼前几人奇形怪状如鬼似魅，着实让他暗暗惊悚不已。这时候他想要从地上起来，一双腿竟软软的不听使唤了。黑鹰三号耐心地将他从地上扶起，忽然闻到一股浓浓的膻臊之气，发现他一条裤子已被自己尿得透湿，不禁扭头皱了皱眉，又随手将他放了下去。瘦弱的向导就像浑身没长骨头一样瘫软在地，翻着一双白眼，嘴里有气无力地哼哼着。

几人没法，只好问明路径，撇下他先走了。

前面又经过"九十九道拐""手扒岩"，虽然都是绝险之地，比起让他们九死一生的流石沟来，已经算不得什么了。他们赶到盖下坝时，已是中午两点钟了。那时候，李虎一行正好在大安洞下面的河滩上吃午餐。两地相隔，不到三公里路程。

黑鹰们寻人打听，并未见到有乘橡皮艇漂流而来的几个年轻人。他们此时饥饿难忍，见河岸坡地里还残留几株未摘完的玉米，不管三七二十一便掰下十多只来，然后拾了些柴火拿到河边烧烤着，胡乱吃了一些。

那谢天、谢地见到了水，不顾一切跳了进去，脱得赤条条的，痛快淋漓洗了一场。在黑鹰二号的严厉催促下，兄弟俩才湿淋淋地爬上岸来，但见赤裸的身上青、红、紫、绿，斑斑驳驳，遍体鳞伤，让人目不忍睹。两人丢了破碎的脏衣，又没更换的衣服，便赤条条地上岸行走，浑不在意。几位黑鹰看着暗自摇头，好在峡谷之中罕有人迹，也只好由得他们了。

他们沿石笋河溯流而行，在峡谷中东绕西折，涉水攀石，经过近一个小时的艰难跋涉，来到大安洞下面那片河滩，发现滩上一片水渍，几人疑惑地停了下来。要在以前，谢天、谢地循着空气中的味儿，就可以找到李虎几人的行踪了。但现在他们已经失去了这个功能，黑鹰们只能凭自己的双眼去寻找蛛丝马迹了。有人在石缝中发现了一点新鲜的面包屑，如获至宝，立即断定这就是李虎他们落下的，他们一定是从这里上岸了。

他们找到那条羊肠小道，发现李虎他们一路披荆斩棘留下的新鲜的残茬断枝，顺着这些线索便来到了大安洞口。他们在洞厅的地面上发现了一些凌乱的足迹，是刚刚印上去的，地上偶尔还落有几片新鲜的树叶、草茎。脚印尽管凌乱，却是直直的一行，显得目标明确。那些脚印穿过宽阔的洞厅，径直向内，连续登上三级平台。在第三层平台上似乎稍作停留，地上脚印铺展很宽，最后朝着一个方向，消失在一个斜斜朝上的甬洞之中。

谢天、谢地在一个角落里发现了一只塑料袋，打开一看，里面是一些食品包装、纸巾之类的垃圾。谢天拈起一片巧克力包装纸，凑到鼻下嗅嗅，兴奋地说："是她！奶个巴子姓郑那婆娘，这是她的味儿！"

谢地鄙夷地"哼"了一声，说："捡到人家落下的一片垃圾就高兴成那样，好有出息么！"

黑鹰二号皱皱眉，随手朝空中一招，手里多出一件衣服来，抛向谢天，说："畜牲，拿去遮遮吧！"

黑鹰二号就这样变魔术般地随招随抛，变出衣物，谢天、谢地很快就穿好了衣裤。只是看来有些不大合体，谢天的衣服被撑得圆鼓鼓的，勉强才能扣上扣子；谢地那衣服又太短了，手脚半截伸在外面，却又空荡荡的显得太宽。

黑鹰六号见了，"扑哧"一笑，说："以前听小梁说，谢天是超现实主义，谢地是虚无主义，当时不解其意。现在看来，果然如此。你们看，谢天连肚皮都挤出来了，不是超现实又是什么？谢地一身空空荡荡，岂不是虚无缥缈么？"

几人哄笑，谢天、谢地也不在意，只顾举起光脚丫子，对黑鹰二号说："鞋呢？这回可要合适一些的！"

黑鹰二号又笑着为他们招来两双鞋，两人穿上果然颇为合脚。他们顺着脚印来到甬洞口，立住脚步，朝里探望着。前厅反射过来的光线，进入甬洞后显得很微弱，照到里面二十来米处便力竭而熄，将空间拱手让位于黑暗。

黑鹰二号说："我的天！这就是他们要寻找的巴王秘宫？"

"不会吧！"黑鹰六号说，"看情形，这里应该是有名的大安洞，里面早已被人探寻多遍，并广为宣传，如真有什么秘宫，那还不早就被人发现了？"

"如秘宫真在里面，"黑鹰二号分析说，"一定会有秘密机关什么的层层保护着，哪里就容易被发现了！再说，李虎他们有秘符指引，一路马不停蹄，唯一的目的就是要找到秘宫，难道还有闲情逸致来这里探幽览胜？"

黑鹰三号道："在这猜测又有什么用！他们既然进去了，肯定是有些名堂的！我们跟进去看看不就明白了？！"

"走！"

黑鹰二号将手一挥，率先朝洞里走了进去。一行人无声跟着，满身伤痕的谢天、谢地磨磨蹭蹭地走在最后面。穿过微弱的光线，进入黑暗之中后，谢天忽然叫道："妈个巴子的不行了，老子成了睁眼瞎了，什么子也看不见！"

谢地说："我也是！"

"哼哼！"走在中间的三号揶揄说，"听说你们以前在黑夜里穿墙入室如履平地，原也有些本事的嘛，怎么现在就不行了？"

"妈个巴子的，鬼晓得是哪个回事？！要在以前，我哥俩无论月黑风高，那是目光如炬。只要心中一诵口诀，穿墙入室，翻箱倒柜，想看什么就看什么！自从前几天在云利路上把车子翻进了边沟，现在一到晚上，就只能睁起眼睛说瞎话了！"

"奶奶熊的，黑暗之中，我们瞧得见别人，别人却瞧不见我们，那真是……"

"行了！"前面二号将手掌一亮，从掌心发出一团莹莹绿光来，有如手电一般，周围的地势轮廓一下子清清楚楚显现出来。他没好气地说，"跟着走吧。"

"咦！"高个子谢地睁大眼睛瞧着二号那手掌，惊异地说，"这一招倒蛮漂亮！"

"妈个巴子！"谢天极为艳羡地嘀咕道，"我们回去也让老爷子教教。"

夜视原是黑鹰们一项极为平常的本事，在这样的山洞里无须任何照明即可行走自如。

2

下午三点钟的时候，李虎他们进入大安洞前厅，在洞厅的第三级平台上停下来，换上了特意准备的探洞服，戴上手套、护膝、护腕、护肘及头盔灯，再系上安全绳，佩戴对讲机，可谓全副武装，一切准备停当，简直就像一支专业的探洞队伍了。昨天夜里，七星老人曾向他们介绍过大安洞九洞相连的大致结构及各洞特点，他们此行的任务，便是要按照石虎秘符的提示，深入洞中去寻找通往秘宫的路径。

沈立检查完大家的装备后，说："看谜语内容，这次恐怕比神堂湾之行更加艰难！我们虽然有足够的装备支持，却缺乏探洞的经验。对此，我们必须要有充分的思想准备！进洞以后，要集体行动，除非万不得已，尽量不要分开。"

李虎说："我们此行既非观光，也非探险，而是为完成使命直奔目标！所以，如何从这个复杂的洞穴系统中找到我们的路标，这是十分关键的！我们唯一的依据，就是石虎上的秘符。现在，我们先复习一下谜语，只记得自己的不行，所有谜语都要滚瓜烂熟！"

几人相互背诵，又由李虎逐个考核，确认每个人都牢牢记住了，然后说："这些谜语是有顺序的，我们还得找到这个顺序！不然，进洞以后大家也是茫然的。"

经过认真分析，大家一致同意，李虎白色石虎上所刻的"二三二二，洪水弥漫。虎族子孙，秘宫觐见"，是对时间的规定和行动的指令，毫无疑问是第一组；郑雯那组"满载旨酒，船行倒流。崖生嘉鱼，神穴挂壁"，指明洞穴位置，理应为第二组。这两组指引他们已经进入洞内，现在算是解开了。其余几组谜语，谁该排为第三，大家却有了争议。小樊那组因为有"五子拜先人，白虎启殿门"两句，都认为是进入宫殿的最后一关，应该排为最后一组。而沈立与向前进两组，孰先孰后，大家颇是费了一番脑筋。有人倾向于沈立那组在前，却又没有足够的说服力。最后，只好将两组谜语的提示都作为进洞搜寻的重点目标，特别关注洞内的"伏流"与"风洞"。

心中有了底，李虎他们这才整队出发！他们仍按原先的队形，由沈立打头，然后是小樊、郑雯、向前进，李虎殿后，从平台后面的甬洞口鱼贯而入。

几个年轻人除了从神堂湾出来时走过一段山洞，还从未有过洞穴探险的经历，地下洞穴系统在他们的心目中可算是一个神秘莫测的天外世界。

不过，刚刚进入洞内，他们更多的还是好奇。郑雯打趣说："走进这样

第四十七章·地腹秘宫

的洞穴，竟让人产生了一种回家的踏实感！以前欧洲人一直认为洞穴是进入地狱的通道，西藏人也认为黑暗的洞穴之中充满了邪恶与不祥，都是从来不敢进去的！也许因为巴人是从山洞中走出来的，作为他们的子孙，你们此刻是不是有一种宾至如归的感觉？"

"呵呵，"小樊接口说，"有人说，洞穴是地球母亲的子宫。远古人类都是从穴居时代走过来的，洞穴曾经作为人类最初的庇护所，也是原始人类敬拜神灵的地方，我们应该对此充满敬畏才是！再说，我们每个人的生命，不都是从母亲腹中那个温暖的洞穴之中孕育而出的么！但实话实说，我从小就对黑暗充满恐惧，可以说是毫无恋洞情结。此刻深入地腹，我脚下已经不是那么坚定，心中也是忐忑不安的！"

沈立回过头说："好了！进洞以后，我们要尽量少说话。"

甬洞约呈四十五度斜向上方，拱顶深处是一道幽深狭窄的裂隙，偶尔有细小的水滴无声落下，水花溅到脸上，感觉凉凉的。进入甬道二十多米后，光线减弱，眼前一片幽暗。他们为了节约电池，只打开了前中后三盏头灯，而且只开了近照的散光，一行人都能看见。

此次进洞，他们每个人都备有足够两百个小时照明的高浓缩照明电池，沈立将这些电池分成三等份，一份进洞途中用，一份回返途中用，还有一份则留着备用，以防意外。他们顺着斜坡蜿蜒向上，又走了约有一百来米，眼前空间开阔，头灯和光柱被无边的黑暗化去，知道已经进入了第二个洞厅。

首先映入眼帘的，是迎门一柱。这是一根十多米高的钟乳石柱，柱身笔直滚圆，表面如精雕细镂一般，其质地纯净，洁白如玉，宛若华表，亭亭而立。几人观摩叹赏一番，又不约而同打开头灯远光，朝洞内深处照去。黑暗之中，几根白亮亮的光柱交叉晃动，但见各种造型的钟乳石错落有致，线条流畅丰富，形态生动逼人。有的粗犷壮丽，气势磅礴；有的精致优美，小巧玲珑。其中，甚至还有一朵漂亮的"蘑菇云"，被一根巨型石柱顶在空中，在灯光映照下仿佛正涌涌翻滚，不断扩散，飘飘欲飞。整个洞厅，简直就是一座深藏地下的艺术宝库。这些漂亮的钟乳石，看似早已定格成形，其实千百万年来它们一直在不停地生长，在时间的长河里缓慢地变幻着它们的姿态。

几人这里摸摸，那里瞧瞧，一时看得呆了，竟忘记了他们此行的目的。

郑雯站在一只巨大的"海螺"前面，轻抚着那些形态逼真的螺纹，叹道：

"哦，这是水与时间的艺术！都离不开古长江的功劳啊！"

只有冷静细致的沈立没有被那些千姿百态的东西所陶醉，他先是在出口处放上一根荧光棒，以作为返回的路标，然后又在洞壁四周仔细察看搜寻。隐隐的水声将他引到一条河流旁边，他立即将同伴们招了过来。他们站在高高的石岸上，水面就在他们脚下五六米的地方。灯光之下，河水呈现出墨绿色，显得深不可测。从水面看去，似乎静若一潭，又仿佛有暗流涌动。郑雯找了一片纸屑丢到水里，只见纸片缓缓向前漂了过去。沈立取出一只狼眼手电，打开一道强光顺着水流的方向探照过去，发现河流消失在几十米外的一个暗洞之中，心中怦然而动，不禁脱口说道："这是否就是我们要找的'伏流'？"

李虎望着河流消失的地方，面色凝重。他沉思着说："我一直感觉到有些不大对劲！你们有没有觉得，我们这次是不是走得太顺了？我总觉得不应该这么容易就找到的！进洞前，漆大大曾经传过话来，要我们小心为上。不知道他是不是也有这种不踏实的感觉？我想……我们还是再往里面走走吧，多看看再说。"

他们爬上一面缓坡，穿过一道窄门，进入第三个洞厅。刚刚涉过一片浅浅的水域，李虎忽然心念一动，说道："你们等一下。"说罢，便立在那里运功作法，嘴里诵出一段唔唔咒音。

几人见他煞有介事，心中暗暗惊异。待他作完，郑雯小心问道："看你一本正经装模作样的，到底怎么回事？"

"没什么。"李虎轻描淡写地说，"我忽然感到外面有人循着我们的脚印来了，为防止被人打扰，我在刚刚进来的这个洞口设了一道禁咒。"

"隔着几个洞，你怎么知道会有人来了？"向前进不相信地说。

"你还不明白么？"小樊笑道，"我们虎子哥自神堂湾回来，现在已是身负神功，能够超越三界、纵横八荒，与漆大大相比，也是不遑多让了！"

李虎说："早上我们出发时，漆大大说今天有客人到访，大家都知道那是谁！自从沈立的第一具石虎刚刚出现，人家就开始秘密跟踪了。现在他们既然已经探知到七星山，姓谢的老头又亲自出面，我们的行踪想必也在他们视野之内了。所以，我们得时时提高警惕，对自己身后倍加小心！"

这样一说，几人心中惴惴不安，都有一种被人盯视如芒刺在背的感觉，立时变得小心谨慎起来，走路轻脚轻手，连说话也小声多了。

第四十七章·地腹秘宫

这大安洞作为千百万年溶蚀岩石的幽暗空间，大自然的原始杰作，端的是鬼斧神工，变幻莫测。而九洞相连，自成一统，更是洋洋大观，非同小可。但他们已无心去欣赏这些多姿多彩的万千景象了，什么石柱石笋、石旗石幔，什么楼台水榭、动物神仙，在他们眼里都不过是洞穴的一个构成部分罢了。他们的注意力，全都用于对洞中地势、地形的勘察和搜寻了，以去求证被他们挑选出来的那几句简单的谜语。

但是，将幽暗曲折、地势繁复的九洞查遍，除了开始见到的那条阴河，他们并没有进一步的发现。往回走的时候，几人心情都有些沉重。

李虎心中反而感到一阵莫名的轻松，他打气说："不要灰心，我们再好好看看。换一个角度观察，说不定就有新的发现了！"

话刚说完，忽听小樊"啊呀"一声，脚下踩空，整个身子朝旁边倒栽下去，一下子没进黑暗之中了。

只听"哗啦啦"一片水响，几根光柱一齐照过去，发现下面是一个宽阔的水池，小樊已仰面落入池中，溅起高高的水花。

这水池在六七米高的崖岸下面，几人立在岸上，只见小樊静静躺在水中一动不动，只有头灯发出的光柱还在晃动不已。李虎纵身跃下，落在一块突出水面的石头上，发现池中积水深度不过一米左右，小樊浮在水中，身旁好像已经泛出一片殷红。

李虎心中一惊，一个纵步飞落水中，轻轻抱起小樊，正要察看他的头部有没有受伤，却听他轻轻"哼"出一声，缓缓睁开眼来。

沈立几人在上面一时看不真切，问道："小樊怎么样了？"

"没事！"李虎说，"只是手臂划出了一道口子。你们就在那里等着，我先给他把伤口处理一下再想法上来。"

原来，小樊仰面摔下落入水中，手臂挂上一根钉状的石笋，划开厚厚的衣服，切入手臂，在肌肉上拉开一道近十厘米长的口子，深及见骨，血流不止。李虎将湿淋淋的他抱到池边一块宽阔的石台上，先将他被划破的衣袖撕开，然后取出急救包，给伤口撒上止血粉和消炎粉，再仔细缠上绷带。却见小樊紧皱眉头，龇牙咧嘴，直嘘冷气，额头也浸出汗珠来。

李虎心疼地问："痛得很么？"

小樊点点头，咬牙说："先前还不觉得。上了药后，就直痛到心里去了！"

李虎看那绷带,早被血浸得湿透了,便说:"你先忍忍,得把你这湿衣服换了再说。"

说着他拿过小樊的背包,在里面取衣服时,无意中见到一只白色的小瓷瓶,猛然想起这是神堂湾桂花郡主的大伯送给小樊的药膏,喜道:"我们试试这个!"

为小樊换好衣服,李虎拆开绷带,拿药棉拭净了伤口,再打开瓷瓶,用指头挑出一点药膏来。只见那药膏呈墨绿色,亮晶晶的胶质状,空气中立即充斥着一股清凉刺鼻的浓浓药香。李虎小心地在伤口上敷了一层,再裹上新的绷带,用胶布缠好。见小樊眉头已舒展开来,表情颇为轻松,李虎放下了心,说:"看来,这药膏还有些灵验。现在没那么痛了吧?"

小樊眉开眼笑地说:"岂止有些灵验,简直就是神了!这药膏一到,疼痛立止。先前痛得我这心子一扯一扯的,现在这伤口凉悠悠的,感觉还挺舒服呢!"

"那好。"李虎收拾着背包说,"现在我们想法上去,与他们会合后继续搜寻。"

李虎将小樊那只背包也挎到自己肩上,然后伸手去搀小樊,却见他如中邪一般,两眼直呆呆地望着前方,口中喃喃说道:"我的乖乖!千呼万唤始出来,真是多亏了我摔这一跤啊!"

李虎惊诧道:"你说什么?"

小樊顺着他那头灯的光柱向前一指,兴奋地说:"'金猴反手,暗渡伏流'!你看看,那不是'金猴'又是什么?"

3

李虎让自己的头灯与小樊头灯的光晕重叠在一起,映照的崖壁上清清晰晰现出一个图案来,果然是一只活灵活现的猴子!

那是石钟乳在崖壁上凝结而成的浮雕图案,深浅不一的橙黄色极富立体感。那猴子一脸讶异的表情,似乎正在往前奔跑,左手紧紧搂着一团什么东西,

第四十七章·地腹秘宫

右手却向后面挥，仿佛想要挡住从后面袭来的什么东西。

小樊轻声念道："'金猴反手，暗渡伏流'，你看这猴儿全身金毛，形态生动，表情丰富，那右手不正向后面反指过去么？"

"不错。"李虎仔细端详着说，"果然是活灵活现的一只猴子！可是，它那反手所指的方向，又哪来什么伏流？不过是一堵光秃秃的坚硬崖壁！"

"你看看这边，那猴子面对的方向，池水正向那里缓缓流动。我估计，那里一定有一个洞口！我们去看看，看那洞口到底有多深，通向什么地方！"

李虎移动灯光，见到一方巨石从崖岸斜伸而出，却没有发现什么洞口。再看池水，果然是在流动，而流去的方向正好被横出的巨石挡住了。李虎轻轻拍拍小樊肩头，说："你身上有伤，还是在这儿等等，待我过去看看。"

李虎将头灯调到散光，以便看清周边环境，然后沿着水池岸边走到巨石后面，涉水绕过巨石。在巨石与崖壁的夹角之中，一片向里凹进的岩嵌之下，池中之水无声地向外溢出，又顺着一道斜坡缓缓淌进下面一个浅浅的水池，如此层层向下，宛若一片梯田。李虎顺着水池向下，便进入到一个隐秘的洞口。下到"梯田"底层，积水已达膝深。李虎发现，他已置身在一个两米来高、两米来宽的方形石洞中，前方是一条笔直的甬道。

李虎踩着积水向前走去，发现洞的顶部呈拱形，底部是一个浅槽，壁面露出一层层整齐的纹理，不像是溶蚀而成，倒有几分雕凿的味道。李虎心中一动，打开头灯远光向里面照去，却是一眼见不到尽头。他踩着边缘的浅水，一步步向前继续走去，发现那水正缓缓地向洞内流去，水面露出浅浅的波纹。愈往前去，水流愈宽愈深，洞穴空间愈高愈阔。李虎踏上岸边浅浅的岩埂，一手攀着洞壁，小心向前，面上渐渐感觉到飕飕的冷风，前方却是仍然见不到尽头。

他想，迎面而来的冷风一定是从另一个更大的空间吹过来的！

李虎心中振奋，脚下的岸沿也随着洞内空间越来越宽。他快步向前走去，脚下已积成一个深潭，但水面仍在向前缓缓流动着。他似乎听到隐隐的轰鸣声，还夹杂着呼呼的风声，猛然想到谜语中的"风洞"二字，心中一阵狂喜，脚步也奔跑起来。

好在他的功夫已达到收放自如的境界，不然肯定难逃粉身碎骨的命运！

当他发现自己已经跑到悬崖边缘，猛地收住脚步，抬头一望，不由倒抽了一口冷气！

　　他那头灯远光的射程是一百五十米，照到对岸，只见到一团微弱的光斑。李虎上下左右移动那光斑，仔细辨认，发现对岸冷冷地立着一面黑褐色绝壁，崖面似刀砍斧削，直上直下，上不见顶，深不见底。李虎明白过来，他眼前所见到的，毫无疑问是地腹之中一道巨大的裂谷了。而他现在正置身在这峡谷绝壁半腰的一个洞口边，时有呼呼劲风刮面而过。偶尔飘来一阵水雾，其中还夹杂着若有若无的冷冷水星，扑面生寒，沾衣欲湿。虽然目不能及远，李虎也能感觉到，他所面临的这道地底峡谷一定十分幽深阔大。

　　从洞内流过来的水，积成一潭，然后翻过绝壁边缘一道二十多米宽的石堤，直向谷中跌下。黑暗无底的深谷之中，隐隐传来若有若无的轰鸣之声。

　　李虎定住神，先仔细察看周边环境。在他脚下的左边，是潭水跌成的瀑布，向右，则是向前延展的一个宽窄不一的崖间平台。他估计刚才走过的洞深约有七八十米，看了看肩头打开着一直没有使用过的对讲机，朗声说："喂喂，你们能听到么？"

　　对讲机里传来郑雯清晰的声音："怎么样了李虎？你发现了什么？"

　　李虎向他们简要报告了自己刚刚见到的情况，沈立说："你在那儿小心等着，不要走开，我马上拿狼眼手电和望远镜过来！"

　　七八分钟后，沈立来到李虎身边。他们趴到悬崖边，将狼眼手电调到高亮模式，先向下探照。两人轮番用望远镜观察着，发现谷底有近一百米深，下面巨石密布，河水穿插其间，浪花翻滚，隐然有声。电光顺着河流向前照去，但见峡谷两壁冰冷如铁，狼眼手电350米的直击射距，照向前方却见不到尽头。手电光又转而朝上，两岸光滑的崖壁在头顶渐趋狭窄，最终闭合成一道细细的缝隙。

　　最后，他们将手电光朝峡谷上游照去，发现峡谷向前延伸三百余米后，忽地转了一个弯，再也瞧不见后面的情境了。他们脚下的台地约有三四米宽，像是人工凿就的栈道，在悬崖间向前延伸，一直消失在拐弯之处。

　　李虎对沈立说："你在这里守着，我到前面看看。"

　　沈立将手电和望远镜都交到李虎手中，说："小心点！"

　　沈立熄了灯站在那里，望李虎顶着一柱白光快步朝前走去，在峡弯处一拐，很快便消失在浓浓的黑暗之中。初时，尚能见到隐隐的余光在黑暗中晃动，

第四十七章·地腹秘宫

后来就什么也看不见了。

时间一分一秒过去,对讲机里传来了郑雯的呼唤声:"李虎!……李虎?"

沈立回答说:"他现在去前面探路了,中间隔了几个弯道,可能没信号了,待我来试试。李虎!李虎!听到请回答!"

对讲机里"嚯嚯"响起一阵电流声,然后便没有声息了。

郑雯的声音再次响起:"怎么样了沈立?李虎那边情况如何?"

"我这里暂时也没他的信号。不过你们放心,他不会有事的!"

在辽远无际的黑暗中等待,时间过得特别漫长。而无边的黑暗似乎把距离无限延长起来,沈立忽然感到一种特别的孤独。他拉起衣袖,鲁美诺斯军表微弱的夜光此刻显得光辉灿烂,沈立看着小小的表盘,心中一片亮堂,仿佛一下子见到了整个世界。

他看看指针,现在已是晚上八点钟了。他们是下午三点入洞的,到现在已经过去了整整五个小时。而李虎前去探路,也超过四十分钟了。这四十分钟,感觉比前面过去的四个小时还要漫长。他知道在后面等着的三人现在也特别焦急,尤其是郑雯,情之所系,更是心急如焚。但他相信李虎,相信他是安全的。这么长时间没有回来,一定是有什么重要发现。他在对讲机中断断续续地和郑雯说着话,也把自己的信心传递给她。

他说:"郑雯,关心则乱,这个道理你很明白,李虎的本事你也清楚!所以,你不要胡思乱想,要静下心来。小樊怎么样了?他伤口现在还疼不?"

小樊立即回答说:"呵呵,你不说我倒忘了自己还有伤口。早就不疼了!"

正说着,沈立忽见黑暗之中有道强烈的白光猛的一闪,又倏忽不见了,就像无边的黑暗被快刀斩开一道口子,随即又闭合如初,了无痕迹。

他立即呼叫:"李虎李虎,是你么?听到请回答!"

对讲机里仍然只有"嚯嚯"的电流声。不!黑暗之中,还有其他声音传来……

"乓——乓乓乓!"

"轰——轰隆隆!"

这是从前方谷底传来的,声音有些空旷,有些缥缈,但仍能清晰地辨别出来,这是石块之类的硬物碰撞出来的声音。

沈立心中猛地一沉,暗道不好,对讲机里忽然传出郑雯的声音:"是他回来了？"

沈立掩饰说："刚才对讲机响了一下，我以为是他，正在联系。"

但刚才那闪电似的白光，此刻真如快刀一般，在沈立心中留下一道莫名的痛！那轰轰隆隆的声音也仿佛是砸在他的心坎之上！他看得十分清楚，那就是狼眼战术灯发出的强光。为什么只一闪就不见了？那声音又是因何引起的？难道李虎遇到什么不测？

不！如真是那样，这光就不会熄灭，这说明手电还在李虎的操控之中！

此时，又有一阵轰隆隆的声音传来，没有先前那样强烈，但在黑暗之中仍然显得极为刺耳。然后，一切复又归于沉寂。

沉寂之中，沈立忽然感到他腕上鲁美诺斯军表秒针发出的"嚓嚓"声，平常轻微得可以忽略不计的，此刻却有如雄浑壮阔的交响乐曲，一下子充斥了整个世界。而那每一声"嚓嚓"，都如利刃一般向沈立心尖上有节奏地剁下。

——悬念下的等待，就是忍受时间之刀的零剐碎割！

"不！"沈立见过李虎本事，一遍又一遍地对自己说，"他不会有事的！"

正在忐忑不安之时，沈立发现前方浓稠的黑暗之中，有一小块似乎正在变得稀薄。就像浓墨之上落了一滴清水，黑暗渐渐化开，显出一团灰蒙蒙来。渐渐地，那团灰色越来越淡，由灰变白，竟成一团穿透黑暗的莹莹清辉。

沈立欣慰地说："是的，那是灯光，是他回来了！李虎，你能听到吗？"

这次，对讲机里传来了李虎清晰的声音："是的，我正往回走，马上就到了！"

"郑雯你听到了吗？李虎回话了！他正往回走，马上就到了！"

郑雯的声音有些哽咽："好的好的！我们知道了！"

这时，沈立看见李虎高大的身影裹着一团朗朗清辉，从峡谷拐弯处冒了出来。他头灯打着散光，在悬崖峭壁间栈道般的狭窄平台上如履平地，正大踏步走来。沈立一颗悬着的心，终于踏踏实实地放了下来。

待李虎来到眼前，沈立见他好端端的，禁不住在他胸上捶了一拳，问道："刚才那声音怎么回事？吓我一跳！"

李虎笑笑说："不小心跌落一块石头。"

"路径好走么？有些什么发现？"

"我找到了伏流，回去慢慢说吧！"

第四十七章·地腹秘宫

沈立发现他身上还留下些微伤痕，见他不说，也没再问。两人回到水池边的石台上，郑雯、樊高和向前进都站立起来，就像迎接凯旋的英雄，隆重地欢迎他们。这短短一个多小时的分别，却是黑暗之中十分漫长的艰难等待，漫长得如同一生一世，让人刻骨铭心。此刻重逢，一个个都是情不自禁，欣喜莫名。

郑雯看见李虎，满脸笑开了花，热情地扑上前来，忽然惊问："你这脖子怎么了？！"

几人立即看见，李虎脖子右侧上有两道浅浅的血痕。郑雯伸手想去摸摸，被李虎挡住，说："是刚才不小心碰的，不妨事儿！"

郑雯却发现，李虎左手肘部的衣袖也碎开一洞，连手肘都露了出来，不禁骇然，心疼地问道："到底发生了什么事情？你不会轻易就受伤的！"

李虎看看手表，笑着说："就是轻轻擦了一下，也叫受伤？真的没事，你看这不是好好的么！现在已经八点半了，中午那点高能量食品所产生的卡路里，恐怕早被大家消耗光了吧？我们坐下来，先吃了晚餐再说！"

4

这一说，几人果然感到饥肠辘辘，纷纷取出干粮，大口咀嚼起来。

李虎说声"你们先吃"，却飞身跃上池中一块大石，背对着众人，盘膝而坐。几人惊讶地望着，不知他为何此时去做功课，却也没有出言相询。

其实李虎并非在做功课，他是想要求得七星老人的指导。他们找到了"金猴"，也发现了"伏流"，一切都顺理成章。先前过那洞子时，他发现内壁光滑，纹层整齐，曾怀疑洞子非自然形成。后来他见到光秃秃的峡谷绝壁上一直伸展的台地，又仿佛似人工凿就的栈道，心中疑感更甚。及至过天桥，进入新的洞穴，好像整个路径都是精心设计而成。这让李虎心中极为震撼，仿佛他们的目标就在眼前，只需打开一道隐秘之门就真相大白了！但在回来的途中，他心中又隐隐感到有些不安。到底是什么不安，却是说不出来！只觉得心中虚虚的，找不到以前在类似情况下曾经有过的那种笃定踏实的感觉！

此刻，他心中多少有些彷徨无主，极想听听七星老人的意见。

他一边运功作法，一边脑子里想着眼前的疑虑，不知道在这地腹深处，能否将自己的意念送达到七星老人心中。数次努力，均如石沉大海，没有得到回应。但随着两眉间一道白光升起，他隐约见到了七星老人。星光之下，只见老人的身影盘膝端坐在茅庐前的平坝中，似在打坐行功。

影像渐渐清晰起来，能看见老人微闭的双目，平和的面色。在他身下，李虎发现了一些木棍木屑，散落一地。仔细一瞧，似乎是老人常坐的那把木椅碎裂而成。这让李虎心中一惊，猛然想起早晨老人说有客人到访的事来。先前还曾替老人担忧过一阵子，进洞以后，居然将这事给忘了。李虎延展视野，在平坝另一头，他见到了那位神秘的长发老人，席地而坐，与七星老人相距二十多米。和不久前在白云机场见到的模样比较起来，那老头儿脸上没了宽大墨镜的遮挡，显得更加红润朗阔，浓眉之下同样双目微闭，却是一副煞有介事、如临大敌的模样。李虎此时明白了，那位曾经与他同机的神秘老头，原来果然是一位堪与七星老人交手的大巫师。

两人似乎有过一场较量，而此刻正在默默对峙之中！

看情形，七星老人从容应付，似乎处于守势。那姓谢的神秘老头聚精会神，显然是急于进攻！

这样两位身负绝世神功的顶级巫师，此刻放手一搏，必定惊天动地！

在李虎心中，并不怎么为七星老人担忧，他对老人充满信心！只是不知道，他们这样旷日持久的对峙，需要多长时间才能分出胜负来？但他已没有时间等待了。

作为一名"罗布巴"，注定的"朝觐者"，入洞以后，一切判断，所有的决策，都只能靠他们自己了！虽然每走一步都必须慎之又慎，但既然有事实的逻辑为依据，感觉这东西有时候也不一定是靠得住的，尤其不能因为自己的犹疑而影响了大家的信心！念及此，李虎收束气机，从大石上一跃而起。

此时，前后不过十来分钟时间，人人都吃饱喝足了。

郑雯见李虎走过来，擦了擦嘴，关切地说："快吃点东西吧，你比我们都要累！"

李虎望郑雯笑笑，抖擞精神说："我现在精神好着哩，等会儿可以边走

第四十七章·地腹秘宫

边吃。"

小樊急切地问道："听说已经找到伏流了？我们下一步怎么走？"

"是的！你们都吃好了吧，那就收拾好背包，我们准备出发！"

说罢，李虎打开头灯远光，照射到前面崖壁上的浮雕图案，又道："大家先看看这个，应该就是我们要寻找的'金猴'没错！'金猴'与'伏流'出现在同一组谜语的上下两句中，是需要联系起来考虑的！现在，由'金猴'而发现了'伏流'，两者互相印证，我认为就是谜语所指，应无疑问！"

郑雯不无担忧地说："只是……看你情形，这一路恐怕不大好走吧？"

李虎轻松地说："这个不用担忧，一路上可以说是有惊无险，大家都能过去的，没问题！"

沈立说："但是，也要提醒大家，毕竟我们处于一个十分复杂的洞穴系统之中，这是一个充满变数的未知环境，任何情况都有可能出现，必须随时随地保持高度的警觉，确保万无一失！"

李虎看看时间说，"现在刚刚晚上九点，从这儿到伏流的位置，大约有两三公里路程，我们走慢一点，不要一小时就到了。趁着大家现在精神体力都好，我们就去前面的河谷宿营！只是，小樊受伤以后，走路有妨碍么？"

小樊用缠着绷带的手在地上撑了撑，说："没问题！只要不使力，就一点儿也不痛。再说，走路用腿，也不关手什么事。我们走吧！"

说罢，小樊站起来坚持自己背好包，无论如何也不要别人代劳。

沈立仔细检查了每个人的装束后，几人立即出发。这次，改由李虎打头，沈立断尾。一行人踩着水，"哗哗啦啦"穿过甬洞，小心走上了峡谷峭壁上的"栈道"。

这"栈道"略微向下倾斜，有三四米宽，表面平坦，如马路一般，过汽车也没问题了。偶有窄处，也不窄于一两米，真可算是悬崖峭壁上的煌煌大道了。

前面李虎头灯打着远光，笔直的光柱探照着前方路面，其余几人都只开着散光，脚下看得明明白白。虽然外面悬崖峭壁深不见底，但他们只看眼前，专注于路面。偶有积石挡道，也能从容绕过。加上他们早已有过在悬崖峭壁上攀爬行走的经验，一路倒也走得稳稳当当，不慌不忙。其中有几处崩坍的缺口，仅剩有三五十公分路面，但前后也不过一两米的长度，前面李虎轻盈地飞身而过，然后回头倾过身子伸出手来，身后小樊伸手抓住，借着力，贴着岩墙一步就跨过来了。后面几人，也都是如法炮制。

走出三百余米后，"栈道"向下倾斜的坡度更大了，前面李虎速度慢了下来，并回头提醒大家脚下走稳。这时，后面人骇然发现，灯光下的"栈道"路面突然消失了，似乎被前面无边无际的黑暗虚空给吞噬了，绝壁已到尽头，不禁有些腿骨发酥，脚下打软。李虎立住脚步，回头轻松一笑，说："这里转了一个弯，但路面不窄，大家慢一点就行了。"

几人提心吊胆随着李虎，到了拐弯处果然见到好端端的路面继续向前延伸，一下子填实了心中那片黑暗的虚空，步子也迈得笃定了。

再走出约五百余米，又向左转过一个弯，"栈道"渐渐窄了起来。正当几人越发小心翼翼之时，前面李虎忽然停了下来，回头说："这里有一道两米多宽的裂缝，我用石条临时搭起了一道小桥。这石条只有四十多公分宽，不大好走，大家小心些就是了！"

原来，整个岩墙在这里突然裂开一缝，导致"栈道"断开一道两米多宽的口子。李虎返程时，想到同伴们过这裂缝没有自己这样腾飞的本事，便从几百米外找来一截石条。哪知那石条质地很脆，搭上裂缝时由于用力不当，石条从中坍断，跌入了深不见底的缝隙之中。先前沈立听到"轰隆隆"的声响，就是这样弄出来的。李虎没法，只好又去找来一截更长的石条。李虎虽有一身神力，但要从缺口的一端将石条搁到另一端去，仍然让他费了不少周折。他颈上的血痕和衣袖上的碎洞，便是由此而来。

当下，几人小心走过石桥，沿着越来越窄的"栈道"走出百来米，前面李虎闪身进了绝壁上的一个洞穴，并提醒说："小心脚下路面。"

这是一个椭圆形的甬洞，洞口与"栈道"相连，大小恰好容一人通过。

走进里面，只见洞壁生出大大小小不甚规则的圆形眼孔，轮廓比较光滑，显然是被长年累月的时光溶蚀而成的。洞底坑道微微向上倾斜，布满了奇形怪状、大小不一的石块，石块间还有浅浅的积水，水渍在灯光下隐然闪亮。他们只能侧身绕开那些大的石块，跳跃、挪腾着往前行进。好在坑道不长，而且越来越宽。五十来米后，所有人都已走出甬洞，来到一块平坦而潮湿的地面上。

李虎说："大家都打开远光，朝前面看看吧。"

第四十七章·地腹秘宫

众人这一看去，一个个都睁大眼睛，随即响起一片轻微的惊叹之声！

前面灯光映照中，呈现出一片疏疏落落的森林。只见一棵棵粗壮的大树，有的挺拔而立，有的歪歪斜斜相互依靠，甚至还有的横躺在地上断裂成截。奇怪的是，这些大树都只剩下光秃秃的树干和粗枝，丛林中见不到一片绿色的树叶。

一眼就能判断，这片奇怪的森林是某种巨大灾难留下的遗迹，仿佛是先被一阵大风刮得东倒西歪，然后又被一场大火烧成这样。

小樊咋舌说："我的乖乖！这是在哪里？是谁把森林搞成这样？难道我们已经走出洞穴，来到了外面？"

李虎打开手中狼眼手电，一道强光朝上照去，大家仰起头，看见了上面黑黝黝的巨大岩石穹顶。这表明，他们仍在洞穴之中，只是这洞穴无比阔大，大到能够容纳一片森林。

李虎说："我们眼前这一片，是远古丛林留下的化石！"

几人听罢又是一惊！只见李虎将电光朝前面照去，指着林中那些横躺着的树干，说："刚才我们过的那道小石桥，就是从这里搬去的一截树木化石。"

洞穴中的远古丛林化石！

这可是他们闻所未闻的奇事。

5

郑雯随手抚摸着眼前一根粗大的灰白色化石树干，斑驳的树皮还栩栩如生。她喃喃说道："天哪！这些硅化木可是与恐龙同龄啊，至少也有一亿年的历史了。"

向前进蹲下去察看一些断裂在地的化石端面，那上面的年轮纹层清晰可辨。他被一截褐色化石吸引了，细看半响，回头问郑雯："你能认出这是什么树吗？"

郑雯弯腰辨认一番，摇摇头说："不知道！大概是某种已经灭绝了的远古树种吧。"

向前进推推眼镜,低下头仔细看着说:"看这端面,是一种维管组织结构,这应该是一种十分原始的蕨类植物。看这树径,少说也有一米,那树高起码得三四十米吧。"

小樊正举着一只相机,不断换着角度"咔嚓咔嚓"照个不停,此时插话说:"你怕是认错了吧,蕨类植物能长到几十米的高度?"

向前进说:"如今,这样的植物长得再高也不过两三米。但研究发现,它们的祖先曾经是雨林中的巨人,长个四五十米高也是寻常之事。"

李虎在一旁催促说:"行了!我们不是来这儿做研究的,看看就走吧。"

向前进起身走出几步,忽又返身倒转回去,大声说:"等等!我想起来了,这株庞大的蕨类植物应该是古老的桫椤树!"

郑雯听说,也跟着跑过去,只见向前进又蹲到那树跟前,抚摸着树干,兴奋地说:"没错,我曾在广西见到过桫椤树的!你看这皮,它就是桫椤!"

后面沈立好不容易将郑雯、向前进从地上拉起来,在李虎的带领下,他们一行迤逦向化石林深处走去。林中,大部分树干都是笔直向上,也有的长得奇形怪状,如鹿角一般,曲盘斜张,毫不客气地占据很宽地盘。一路上,郑雯和向前进总是不停地看看这棵树,又摸摸那棵树,走走停停,恋恋不舍,引得后面沈立不停地催促。

小樊则一边拍照,一边兴致勃勃听着郑雯与向前进议论这些化石树。他孩子气地问道:"雯姐,你说,这些树是如何长到这山洞中来的?"

郑雯思索着说:"这个问题,恐怕得从这里的地理成因说起。前些年,我父亲对三峡地区的地理形成曾经作过一些研究。据说整个三峡地区,史前时期曾是'华南扬子古陆'的一部分,处于'华南海'海湾位置,到处覆盖着茂密的热带雨林。后来,是威力无比的造山运动,将沉积在海洋底部的厚层岩石挤压得隆起成山。三峡地区的齐岳山、巫山和武陵山脉,就是在距今七千万年前的燕山运动中形成的。大概就是在那个时候吧,这些茂密深厚的热带雨林被埋进山里,硅化成石,一直沉睡至今。今天,这些雨林化石能够进入我们的视野,向我们揭示出三峡地区远古地理环境及其演变过程的些许端绪,全靠了几千万年来江河发育过程中巨量水流在地底下的急剧活动,锲而不舍的冲刷溶蚀,将石灰石岩层中的碳酸钙掏空了,才形成我们眼前这些

第四十七章·地腹秘宫

洞穴和阴河。在整个三峡地区，不知埋藏着多少这样的洞穴暗流，形成了全世界最为庞大、最为复杂的溶洞伏流系统。由世界各国专家组成的多次科考证实，这里有全球最大的溶洞和最长的伏流。"

小樊说："我知道，全世界最大的溶洞就是利川的腾龙洞了，那最长的伏流又在哪里？"

郑雯道："最长的伏流，就是位于重庆奉节兴隆镇与湖北恩施板桥镇之间的龙桥暗河，其出口位于清江沐抚大峡谷的板桥境内。从1995年起，中法联合探险队就将这条暗河列为国际重大科考课题。两年前，他们第五次深入龙桥暗河，准确测出其长度为五十公里，比过去公认的最长暗河——位于广西境内的地苏暗河系统还要长十多公里，是目前经人工实测过的全世界最长的暗河。"

向前进兴奋地说："我们这也算是一次小小的科考吧，而且还有惊人的发现！樊高，回去后得把你这些照片给我备份一套。到时候，这些发现一旦公之于世，我相信，仅就这片雨林化石，就会引起科学界的一阵轰动！"

"没问题。我从粉丝们的视野里无故消失了这么长一段时间，也得向他们作出一番交代哩！"小樊打趣道，"这就叫：雨林化石惊现地下，郑雯向前进梦回远古！这片披着远古尘埃的地下原始森林，恐怕是我们第一次将人类的足迹印到了这里吧！"

"如果真是我们第一次将人类足迹印到这里，"郑雯一本正经地说，"那我们这一趟恐怕就要白走了。"

小樊不解地问："为什么？"

"我们这是为何而来？用你那聪明的脑袋想想吧！"

小樊一拍脑门，恍然大悟说："哦，对对对！我们应该是踏着祖先的足迹而来的。要是没有他们的秘符指引，我樊高大概就白白地跌入水池了吧。"

说话间，他们已经走出化石林，来到一片开阔地带。郑雯朝四周望望说："天哪，这里面到底有多大？好像没个尽头！"

6

　　李虎亮起狼眼手电，提醒说："前面就是峡谷边缘了，大家可要小心些！"
　　前方电光映照处，果然见到一壁整齐的岩墙。而脚下平阔的地面延展到十多米外，与前面岩墙还相距甚远，就在一片黑暗中消失了。他们明白，光柱下面那一片黑暗的虚空，就是未知其深的峡谷幽壑了。
　　忽然，一股阴冷的风扑面而来，让人不由打了一个寒战。
　　郑雯惴惴地说："怎么这里又有一道峡谷？"
　　沈立道："应该是前面那道峡谷延伸过来的吧。"
　　"不错！"李虎说，"峡谷在前面转了一个弯，我们刚才是钻到崖壁的这一边来了。"
　　小樊迫不及待地说："你说那伏流，又在哪里？"
　　李虎熄了手电强光，说声"跟我来吧"，便大步朝前走去。
　　这是由那片森林延伸过来，濒临峡谷的一片台地，显得宽阔而平坦。
　　然而，向前走出不远，地面即横亘着一些巨大的石块。这些石块肆无忌惮地挡在他们前面，让他们不得不在乱石堆中东绕西行，不时还得从两石间的细缝中强行挤过。向前走出五六百米后，李虎立住脚步，头灯略微向左，映照之处，一壁色泽斑驳的岩墙就耸立在眼前不到百米的距离。岩墙表面凹凸不平，显得高大厚重，上面略微向外倾出，仿佛直向这边逼压过来，几人心中都为之一颤，一时感觉喘息不畅。
　　李虎又摁亮狼眼手电的强光，对面崖壁顿时亮如白昼。白炽光团在岩墙上缓缓移动着，当光团停下来时，人们眼中出现了一个拱形洞口。洞口沿上自然凹凸的石纹呈现出浮雕般的效果。小樊惊讶地说："我的乖乖，这不是凯旋门么！"
　　郑雯伸手将他一拍，轻声道："不要说话。"
　　众人都屏住呼吸，看李虎像变戏法似的，用手中狼眼战术灯的强光让黑暗中的奇观妙景一样样呈现出来。电光顺着洞口前面的一道平台向前移动，

第四十七章·地腹秘宫

映入人们眼帘的，是横跨峡谷两壁的一道石桥。说是"桥"，有几分勉强，其实就是卡在两壁间的两块巨石。似乎这两块形如石阙的巨石从上面跌落时，争先恐后横撞在一起，谁也不肯让谁，结果双双卡在两壁之间，动弹不得，从而成就了一道奇观。

李虎说："这是大自然的神来之笔！大概地壳运动时，老天爷一时玩兴大发，巧施魔法，为我们搭起这样一座凌驾深渊之上的石桥，又从石墙洞开一条隧道直通彼洞！不然，我们纵有翅膀，也没法找到伏流了。"

向前进看着那道石桥，心虚地说："要……要从这桥上过去？"

李虎说："穿过对面那个隧洞，就是我们要找的伏流。来吧，挺好走的！"

向前进说："看上去，两块这么大的石头悬在空中，随时都要滑落的样子，这心里还真有点悬吊吊的。万一要是人一踩上去，这石头增加重量，一下失去平衡……"

李虎听得哈哈大笑，说："如此巨大的石块，卡在这里也不知有几千万年了，几个人上去就能把它踩垮了？放心吧！你看这两块巨石衔接得如此天衣无缝，桥面既平又宽，我曾在上面来回走过，绝对安全！"

石桥约有五十多米长，七八米宽，桥面果然平坦。只是连接两岸处高出地面一米多，需要攀爬才能上去。自然是李虎一马当先，一个纵步跃上了石桥，再将其余人一个个拉了上去。过桥穿洞，倒也顺顺利利，一路平安。

那洞也不过七八十米长，洞底是一道微微向下的斜坡，越走越宽敞，整个洞子竟似一个喇叭形状。刚刚来到下面一块平台，便听到一阵轻微的"哗哗"水响，几人看时，前面隔着一片宽阔的银灰色卵石滩，便横躺着一条黑黝黝的阴河，河面在灯光下波影闪烁，显然河水正在流动，与石岸相激，哗然有声。

李虎看看手表，"咦"了一声，惊讶地说："我们竟然走了近两个小时？！现在都快十一点了。大家恐怕早就累了，我们就在这里宿营休息吧。明天一早起来，我们就顺着这条伏流去搜寻下一个目标！"

沈立从李虎手中拿过狼眼手电，前后左右探照一遍，发现这是一个蚌壳形的洞厅。有近万平米的地面，洞顶较高，上面挂着一些奇形怪状的钟乳石，洞壁上也生出一些让人惊异的晶体结构。阴河经"蚌壳"两端的小洞，横穿其间。

沈立选了一个较高的石台作为宿营地。他对李虎说："我们两个还是轮流值夜，你先睡。"

"不！"李虎说，"就我一个人行了，我打坐行功也能代替睡眠！"

沈立也不推辞，他们几人钻进睡袋，疲惫的身体刚一搁好，很快便进入了梦乡。

李虎在旁边盘膝坐好，熄灭了灯，调息运功，让气机遍布四周，也很快入定。黑暗之中，同伴们均匀的鼾息声，河水轻微的咿呀声，清晰微妙，声声入耳，让李虎在这个巨大的地下秘宫之中感觉特别温馨踏实。

不知过去多久，李虎又听到另外一种声音。那声音断断续续，极其细微，大概从一百多米以外的地方传来，"呼呼"的似有人在艰难地喘息。

李虎心中悚然一惊，本能地睁开了双眼！

第四十八章　午夜霞光

1

2006年的9月11日，已是农历的七月十九日了。

这天晚上午夜过后，实际上已是9月12日凌晨一两点钟的时候了。天空一碧如洗，万里无云，半个月亮挂上中天。那月亮虽然不是那么圆满，但在初秋的夜空，却显得格外皎洁明亮，朗朗清辉如水一般泄满大地。

当时，在重庆云阳县最南端的齐岳山，清水土家族乡一家农户房前宽敞的晒场上，有五个年轻人正围坐在一张小桌边，饮酒赏月。

座中三男两女，为首的是一位名叫谭小琴的姑娘，农户主人的外甥女，从马来西亚回国探亲的。期满将行之际，她领着几位朋友从云阳新县城来到清水乡，原本打算趁着看望老舅的机会，去游览著名的龙缸龙洞和岐山草场的。没想到，城里是晴朗朗的天气，上山来却遇上一场弥天大雾。浓得发黑的雾气将一切都遮得严严实实的，咫尺难辨，几乎让她们迷失了路径。好不容易找到舅舅家，舅舅直说她们来得不巧，赶上怪事了！

"连续两三天一直是这样迷雾滚滚的，有时还能听到天上传来一些怪怪的声音，说是打雷吧，却又不下雨！最奇怪的是头天下午，太阳还是红润的，远远看到七星山上有淡淡的烟雾飘过来。开始我们也没在意，以为是有人早早的就在烧秋了。后来烟气越来越重，渐渐遮住太阳，我们才发现，哪是什么烟，那是一种妖里妖气的绿色雾气，其中还闻到一股淡淡的腥味。我们老两口在这儿住了几十年了，还从没见过这样的事情，心里还真是有些害怕哩！你舅母直说这雾不干净，邪气重得很，这不，天天在家烧香敬菩萨哩！你们说，都入秋这么久了，还有这样的天气，是不是很奇怪？"

几个年轻人长住城里，与大自然隔绝已久，于这类事情原本不懂，听得迷迷惑惑的，只遗憾观光不成了。哪知到了傍晚，天空放起晴来，彩霞满天，映得远山近树一片通红。小琴几个被迷雾锁了半天，自然要去野外玩闹一番，晒晒发霉的心情。夜深以后，又见到这干干净净的月色，更是逸兴大盛，也不管这高山之上夜凉如水，搬出她舅舅的老酒坛子，就着羊肉烧烤，与同伴一起在月下畅怀而饮。

别看小琴这名字起得婉雅，却是身具侠骨，豪爽不让须眉。

正是"秋风起，黄叶落"的悲歌季节，她望着远处月光下清影静谧的七星山和山下广阔的草场，忽见空中一行人字雁正趁着月色兼程，向南飞去，远远洒下几声碎碎的啼鸣。月色迷蒙，雁啼苍凉，小琴触景生情，心有所感，不禁击节而歌——

……

天苍茫，雁何往
心中是北方家乡……

当时，她酒入豪肠，歌之不够，竟尔起身，在月下甩开手臂，大幅摇摆，跳起蒙古舞来。歌之舞之仍不够，她又为每个人斟满浓浓香香的蜂蜜酒，端起酒碗——

……

酒喝干，再斟满
今夜不醉不还……

在远离城市喧嚣的寂寞山乡，在这样月华似水的清秋夜晚，几位年轻人身体被酒精激发，情志被歌声激发，不能自持，尽皆起舞，但见月下清影张狂。

正在意醉情迷之时，忽听"霹雳雳"一声，夜空中无端炸响一个焦雷！

随即，又是"呼啦啦"响成一片，平地刮起一阵怪异的大风来。那大风似乎挟着一股阴暗之气，不但将灿如笑脸的一轮朗月吹得摇摇欲坠，惨然失色，连满地清辉也吹得无影无踪了。在一片不祥的昏暗之中，大风呼呼怪啸着，飞沙走石，桌椅翻滚，席上杯盘碗盏落了满地。随即大粒的雨点如雹子般砸来，着体生痛，让人肌冷骨寒。几人站立不稳，一时酒醒大半，发一声喊，一起仓皇躲进了房内。

突然而至的变故，让狂欢的年轻人一时回不过神来，瑟缩在室内不知所措。

只见室内原本昏黄的电灯闪了一闪，随即熄灭了。有人拿眼向窗外觑着，却是什么也看不见。刚才还是朗朗夜空，此刻天上被浓厚的乌云塞得满满的，整个世界一下陷入了无边的黑暗与混乱之中。只有狂风暴雨的肆虐之声，夹杂着树枝断裂之声、门窗玻璃的破碎之声，"噼里啪啦"响成一片，充天塞地，猛烈地击打着人们的耳鼓。

房屋在狂风中颤抖着，发出"嘎嘎"的呻吟声，仿佛飘摇在黑暗巨浪中的一叶小舟，随时都有颠覆的危险。

谭小琴年迈的舅舅舅妈吓得趴伏在房屋一角不住颤抖，嘴里不停地叫喊着"菩萨"。几个年轻人几曾见过这等阵仗，在漫长的煎熬中苦撑着。深深感受到，在大自然的淫威面前，生命显得如此弱小无助，他们全部神经紧绷得都快要断裂了，内心处在一种莫可名状的恐惧之中，几乎要窒息过去，仿佛人间大难来临、世界末日将至！

2

狂风暴雨肆虐的时间并不长，前后不到半个小时吧，那怪异的大风渐渐平息了，让人们松下一口气来。然后，他们发现大地的轮廓又从黑暗之中浮了出来，并披上一层淡淡的如珍珠般的梦幻色彩。

有胆大好奇者倚门挨窗，仰起头来，想弄清楚这天上到底发生了什么样的古怪事情。谭小琴从包里取出相机，率先走出户外，不管三七二十一先拍下了几张照片。

晒场上已是一片狼藉，到处是断裂的树枝和破碎的瓦片。

人们战战兢兢从室内走出，也不顾脚下踉跄，都把目光投到天上。他们发现，最先冲破无边黑暗的，竟是一片金色的霞光。这霞光不知从何而来，仿佛是从地底映出，又好像是从天外照来。和以前见到过的霞光不同，他们找不到那一道道映过天空辉煌灿烂的光瀑轨迹。最初的霞光被厚厚的乌云吸收了，失去灿烂的光彩，反映到地上，变成淡淡的珍珠色，烘托出一片魔幻般的神秘氛围。

几人心中忐忐忑忑，一个个都噤声不语，不由自主仰着头，呆呆看天。

天上浓厚的黑云并非严严实实的铁板一块，而是由一团团一朵朵堆积而成。五彩斑斓的神奇霞光透过它们薄弱的缝隙，那些堆砌而成的黑色云团便斑斑驳驳如烂棉絮一般，原形毕露，一清二楚。

霞光渐渐明朗。人们心中的不安也逐渐被那霞光溶蚀了，他们仿佛从无边的地狱中走了出来，只感觉全身圆圆融融，充满再生般的喜乐祥瑞。

霞光如水！

那些厚重的阴云在霞光中慢慢变得轻盈柔软了，迅速流动，相互融化，汇成一片流畅的整体。在热烈的霞光洗染之下，阴冷厚重的黑色渐渐褪去，云层变得轻薄、鲜亮了，时而姹紫，时而嫣红，幻化出轻盈绚烂的夺目光彩。

高贵华丽的祥瑞之气遍布高天，光芒四射，映照得大地流光溢彩，如着锦缎。

正在忙于拍摄照片的谭小琴忽然停下手中动作，偏着头，凝神而听，然后又四下张望，不解地说道："你们听，这是哪来的乐声？"

陶醉中的几人先是面面相觑，然后凝神一听，果然隐隐有乐声在空中飘荡。

那声音圆润轻柔，宁静祥和，华美庄严，有如仙乐，仿佛便是从流布高空的七彩祥云中流淌而出。而云彩本身也似有灵性，随着那乐声的节奏不停变幻着，流畅婉转，千姿百态，繁复瑰丽，就仿佛是那乐声自身呈现出的形状和色彩。

"天哪！你们快看！"

随着小琴的这一声脆喊，人们发现，在富丽堂皇的云霞之中，出现了两只五色斑斓的凤凰。只见那两只凤凰拖着长长的彩羽交相而舞，飞翔的姿态宛若飘浮在空中的纱绸一般轻盈流畅，仪态万千。曼妙舞姿中，它们似乎还洒下喈喈啼鸣，鸣声珠圆玉润，充满欢娱。没人能够分辨出来，这是由天上

第四十八章·午夜霞光

云彩变幻而成的虚影，还是真有这种传说中的神鸟从仙界飞来？

几人在如梦如幻如痴如醉之中，更加生出无限的敬畏与震撼，呆呆地看着天空，只是作声不得。却听有人喃喃吟诵道：

凤凰鸣矣，于彼高冈。
梧桐生矣，于彼朝阳。
菶菶，雍雍，喈喈。

谭小琴也早已忘记了拍照，只听见自己一颗心"咚咚"跳着。她被眼前的景象震撼得近乎恐惧了，惴惴不安地说道："我记得《史记》中有'箫韶九成，凤凰来仪'的记载，如今既见彩凤飞舞，难道我们刚刚听到的，便是史书中记载的上古韶乐？那么，这声音到底从何而来的？……简直就是神迹了！"

正说着，忽听旁边一声撕心裂肺的啼号："菩萨呀！"

众人惊诧，回头看见谭小琴的舅舅，一位年近古稀的老农，满面泪水，搀着自己的老伴颤颤巍巍来到晒场中央，口里不断诵着"菩萨"，双双跪倒在地，连连作揖叩头，然后不能自持地匍匐地上，号啕大哭起来……

美丽的七彩祥云在天空中盘旋流转，持续了近一个小时，后来才渐渐淡去，化作丝丝缕缕的银须，在不知不觉间消失得无踪无影。

蓝天如一幅大幕，繁华过后复又落下，变得干干净净了。只是那轮亏蚀近半的残月已经悄然退到西方边缘，显得无精打采、暗淡无光了。

这是 2006 年 9 月 11 日午夜出现在三峡地区上空的美丽霞光，不少当地居民见证了这一奇观。其中，有多人在自己的手机或相机里留下了珍贵的照片。

第二天，重庆、武汉的主流媒体，都对这一神奇事件及时作出了相应报道。万州、恩施、宜昌等地的地方小报，更是连篇累牍，以多角度的"目击者专访"加照片，绘声绘色，将整个事件宣扬得更为真实饱满。

3

谭小琴最先将她拍摄到的图片放到了互联网上，并撰文生动描述了那段梦幻般的神奇经历。遗憾的是，不知是否技术上的原因，照片上没有显现出凤凰吉祥飞舞的影像来。然后，网上又出现了其他人在其他地方拍到的不同角度的照片，互相印证补充。

一时传得沸沸扬扬，天下皆知！

已经远赴马来西亚的谭小琴和她那几位家乡朋友还一起在网上创建了一个名为"午夜霞光"的圈子，与众多网友一起分享他们的奇遇，一时人气聚集，热闹非凡。

有人说：天呈祥瑞，象征"王政平，国有道"，正是盛世将至的预兆！

也有人说：午夜现彩霞，不符阴阳之道，有违天和，恐怕是给世人的警示！

甚至还有人说：这绝对不是什么好事！9月11日，单看这日期，就不吉利！

然而，社会上很快就响起了质疑的声音！

首先，是有人在网上指责图片作假，说是蓄意将绚丽壮观的北极光照片拿来虚应故事，糊弄网友；而有关地上景物流光溢彩的那些照片，则是通过后期光色处理而成的，任何一个摄影发烧友都能完成这项工作。总之，所谓"午夜霞光"事件，不过是一场串通多人参与的恶搞而已。于是，有记者拿着图片去请教有关气象专家。专家们解释说，三峡地区位于北纬30度，以当地气候条件，午夜时分不可能出现这种现象。即便是千年难遇的太阳风暴"击中"了地球，也只会在地球两极或接近两极的地区出现如此景观。按照专家们的逻辑，不可解释的东西都是不存在的。所以，他们也倾向于支持网上的质疑。

尽管有许多目击者的证言，但代表主流社会的质疑影响了公众的判断。出现在2006年9月11日的齐岳山"午夜霞光"事件，最终被多数人当作一个笑柄，在这个每天都有成千上万新闻值得关注的信息社会里，自然很快便淡出了公众的视野，如泡沫一般消失无影了。只有那些亲历者，那些见证过

第四十八章·午夜霞光

奇迹的人，当善意的分享遭受拒绝，他们并不在意别人的质疑，只把那段刻骨铭心的遭遇，当作人生最珍贵的记忆珍藏起来！

的确，人们的质疑也不无道理！

出现在北纬30度线上的齐岳山午夜霞光，原非自然形成，也不是所谓现代科学能够解释的。因为，这可算是一起人为导致的非常事件。

导演出这一神秘奇观的，正是坐在七星山顶一块平坝上的两位法术高明的大巫师！

七星老人和向万成在七星山顶的那块平坝上，已经对峙整整三天了。从起初客客气气的试探性交流，到互不相让的唇枪舌战，最后，只能各显神通，用实力说话了。

七星老人是"比兹卡"，守护者，又是这七星山的主人，他打定主意，只稳稳据住守势，绝不主动进攻。他要看看，眼前这位不可一世的贪婪掠夺者，到底有多大本事！

向万成暗中试探几次，不但感到对方无懈可击，反而暴露了自己的底细。初试应手，他便落了个下风，自然心有不甘。而此时对方只守不攻，其功力又深不可测，让他一时无法可想，只好一方面暗中戒备，与之默默对峙着，一方面搜肠刮肚，苦思良策。

眼见太阳渐渐偏西，投射的阳光愈来愈红，向万成心想彼主我客，自己原是有备而来，如此对峙下去终不是个事情，便偷偷蓄势，决定冒险一试，以图打破僵局！

向万成见七星老人端坐椅上，低眉垂眼，似已入定，双手猛地向前一推，一股无形的刚猛之力以雷霆之势向对方突袭而去！

只听"咔嚓"一声，七星老人忽地矮了下去。

向万成心中一喜，继续摧动内力，源源不断，排山倒海而去。

但他很快发现，七星老人端坐的姿势并没改变，甚至连眼睛也没睁开，他只是由椅子上坐到了泥地上。他原来坐着的木椅，已在"咔嚓"声中变成一堆碎片；而向万成源源发出的霸道之力，却似泥牛入海，再无消息。

向万成暗暗吃惊！原以为自己正当盛年，又新收了杨仙姑数十年的功力修为，以七星老人年迈老朽之身，纵然内力深厚，只怕也难挡自己雷霆一击！哪知对方似乎毫不受力，轻描淡写就将自己万钧之势化于无形。

向万成自觉无趣，悄悄收回内力，全神戒备，以防对方趁机反击！

等了很久，却见对方仍如木雕泥塑一般，毫无动静。向万成恍然省悟，对方只守不攻，原是用了"以逸待劳"之计！而自己居客位，却不能旷日持久地和他对峙下去，唯有"反客为主"，率先进攻，才能打破僵局！

心念一动，他偷偷摊开一只手掌，掌心出现一只蚕蛹似的肉虫，呈浅浅的灰绿色，蜷成一个半圆形，褶皱间似有一些白粉，僵僵的像在冬眠一般。

4

向万成朝手掌哈了一口气，那虫子立时有了反应，如梦中醒来一般渐渐伸直开来，身上那层灰蒙蒙的东西如雾一般散去，露出干干净净浅绿的肤色，显得既滋润又鲜嫩。向万成翕动两片嘴唇，诵出一串无声的咒语。只见那虫头尾朝下，慢慢弓起身子，将全身绷得紧紧的，然后从向万成的手掌上轻轻弹了出去，在阳光中划出一条漂亮的绿色抛物线，无声地落到他前面两三米的地方，然后在一丛乱蓬蓬的杂草根下蛰伏不动了。

向万成一面默诵咒语，一面睁眼瞧着。只见那虫子趴在草根下的阴影里，一动不动，似乎昏过去，或是睡着了。他不慌不忙，换过一串咒语继续吟诵。不久，虫子抬抬头，又翘翘尾，身子明显伸长了。过一会儿，它又抬抬头，翘翘尾，身子再长出一截。不到半个小时，那肉虫已长到一只猫那样大了，全身变得碧绿透亮，如一只充胀了的长条气球，却有两只眼睛，如黑珍珠一般嵌在头上，闪闪发亮。

这时，太阳斜斜地映照过来，在虫子紧绷的皮肤上反射出耀眼的绿色光芒。虫子还在继续膨胀！当肉虫长到一只狗那么大的时候，数十只短胖的肉足定定地趴在地上，昂首翘尾，气派非凡，显得极其威武。

盘膝而坐的向万成一直默默关注着虫子的变化，露出满意的表情。这时，只见他面色一端，两手一振，捏出一个法诀来。与此同时，向万成嘴里秘咒一变，只见那虫子忽地一挺身，嘴里喷出一股墨绿色的烟雾来。

第四十八章·午夜霞光

那绿烟从草丛下激射而出，如一支无形的箭镞，隐隐夹着一股劲风，准确地朝着七星老人笔直地射了过去，悄无声息。

墨绿色气箭被灿烂的阳光映照着，风驰电掣，色泽鲜艳，显得煞是好看。七星老人仍是端端坐着，低眉垂眼，仿佛睡着一般，浑然不觉。

空气中陡然充斥着一股浓浓的腥味！

向万成嘴角上翘，不经意露出一丝得意的微笑来。

向万成知道，这虫子可比七星老人年龄大得多了！这是黑鹰老人留给他的宝贝之一，几十年来，还从没为他效过力的。与七星老人这一场对决，可要指望它立首功了！

据黑鹰老人介绍说，这是当年他在威虎山上，从一棵硕大的千年首乌中抠出来的老母虫。刚抠出来时，也只如拇指般大小，通体雪白，却已经在地下阴寒深处的首乌块茎里寄生至少超过两百年了。这老母虫以首乌为房，又以首乌为食，都修炼成颇具灵性的虫精了。黑鹰费了很大力气，是用魔咒再加深厚内力才将它收服了的。那虫子灵性已经不浅，黑鹰在威虎山上每天带它修炼，循阴阳五行规律，吸日月天地精华，长期以石胆、丹砂、雄黄、磁石等药浸泡，又以青蛇、蜈蚣、蝎子、壁虎、蟾蜍等虫饲喂。他再用咒语勤加训练，控制其灵性，时时玩弄于股掌之上，久而久之，便驱驰如意，毫厘不爽了。

数十年下来，那老母虫在黑鹰训练之下，已修炼得通体碧绿，伸缩自如，伸展开来，体大如狗，威风凛凛，直似一位绿头大将军；收缩起来，又小如指头，显得灰不溜秋，其貌不扬，更是便于秘藏携带。

那虫子更有一项绝技，能喷射出一种墨绿色的毒气，射程可达百米以外，直如气箭，并能连连喷射，不中断。草木中之，立变焦黄。人畜中之，先是经脉内脏僵冷麻痹，继而神志不清，渐渐枯萎而死。是以，黑鹰闲时把玩，爱若至宝，并为这爱虫起了一个漂亮的名字，叫作"祖母绿"。黑鹰劈下一块千年首乌，制成一只小瓶，将其密封在内，十年八年不去动它，它便僵睡自如，毫无妨碍。

黑鹰临终前，十分郑重地将"祖母绿"交给向万成，又授了他操控的秘法口诀。初下山时，向万成还偶尔将其携至荒山野岭无人之处，取出来加以驱使，演练一二。后来步入商场，终日繁忙，他便任其僵睡。以后他多次与人较量，都从来没有到过万不得已之时，故此物一直没有机会为自己效力，闲置至今。

此次上山，面对七星老人这样的大对头，向万成特地将它携来，当作一个隐秘的杀手锏。此时施展开来，这"祖母绿"果然是威力无穷，且看那老头如何应付！

眼看那墨绿色气箭直向老头面门射去，老头却一直浑然不觉的样子，显得神色自若。向万成暗暗诧异，不相信那老头真的会无动于衷！

果然，当气箭射到距老头两三米处，便如撞到一堵玻璃墙上，再难前进半分！而且，那道无形的玻璃墙似乎有一个十分巧妙的弧弯，气箭一撞上便回过头来，又贴着地面向喷射处奔涌回来。向万成见状一惊，心道这老头果是高手！连忙推出双掌，发力助威。

气箭从"祖母绿"口中喷出之时，原是笔直一道，束得紧紧的。及至撞"墙"回头，便已散开，虽然回涌的速度很快，但势头已大大减弱了。但见绿气如滚滚浓烟，在地面上浩浩荡荡，直朝向万成这边奔赴而来。

"祖母绿"口中气箭不绝，仍在一股一股地喷射。

至七星老人面前折头而回后，经这边向万成力道一逼，散开的气雾前后遭堵，便向两旁夺路涌出。一时墨雾翻滚，空气中腥膻之气更加浓烈了。

此时，七星老人早已睁开双眼，见此情形，眼中精光一闪，脸上红云陡盛。他观色辨味，知道这绿气巨毒无比，如此蔓延开去，四周草木苍生俱受荼毒，如何了得？！

5

只见七星老人张开双臂，伸出两掌，掌心向上，嘴里念念有词。

这时，怪事出现了！

只见金灿灿阳光下，平地冒出雾气来。先是生出丝丝缕缕的白色气体，密密匝匝，如芽苗一般从地下钻出。仿佛地底下有一个巨大的蒸笼，蒸汽源

第四十八章·午夜霞光

源不断冒出。眨眼间,地面已被潮湿的雾气盖住。腾腾白雾迅速向上翻涌着,潮湿、浓稠、厚重,由四周向中央扑来,很快便将向两边蔓延的绿雾裹住,翻滚纠缠一起,渐渐止住了绿雾的蔓延之势。

茫茫白雾也被浸染成了浅绿色!

平坝上对坐着的两人均被迷雾淹住,虽然都知对方所在,气息相闻,却是不见踪影。

向万成看见白雾生起,知道七星老人在抵御毒雾的同时,还要分心出力,以白雾化解毒气,认为有机可乘。于是,不让"祖母绿"有丝毫懈怠,同时暗中使劲,加紧催逼!

一时间,迷雾滚滚,遮天蔽日,整个七星山便笼罩在一片淡绿色的迷雾之中。山风吹来,雾气随风飘荡,更是蔓延开去,流布四方。

高悬天空的太阳见到这一片乌烟瘴气,不知是气恼还是害怕,一下子掉到山后面去了。蓝天上出现几颗星星,在那探头探脑,胆怯地向这边窥视着。

七星老人见那怪虫仍在源源不断地喷射着,一时恼怒起来,口中法诀一变,双掌合拍,往前一送,十个指头一齐指向气箭射来的方向。迷雾之中,只听"噗"的一声爆响,如炸裂了一只气球。老人收了手掌,松下一口气来。

这边向万成却是大吃一惊,急忙一股劲风扫开眼前雾障,果然发现几米外的"祖母绿"不见了,甚至连一片皮屑都没见到,地上仅仅留下一个一米见方的浅坑,坑内溅洒着一些墨绿色的粉末,就像炸弹爆炸后留下的火药残迹。

向万成心中一阵绞痛,不禁大喝一声:"老匹夫!怎敢毁我爱虫?!"

七星老人冷冷说道:"你就只有这点下流手段?和黑鹰一样没有出息!"

向万成气极而笑,咬牙说:"哼哼!那就让你见识见识吧!"

星光惨淡,七星山被迷雾紧紧笼罩着。山顶平坝上相对而坐的两人各拥雾帐,隐去身影,一时均无言语。寂静之中,正酝酿着一场更为惨烈的厮杀!

浅绿色的雾霭翻滚,渐渐变得浓稠、阴暗了。七星老人感到一阵寒意,闭了眼,从两眉间冲出一道白光,密切注视着周遭的变化。他见向万成端坐地上,两手掐诀,面呈黑光,双唇翻动不已。看那样子,显然是正在发动一场更为阴险的攻势。

不久,果然平地刮来一股惨惨的阴风,随即见地上冒出一些奇形怪状的黑影来。

　　七星老人定睛一看，只见在地上滚动的全是山精水怪一类的邪恶之物。这些东西源源不断从地底下钻出来，密密麻麻满地都是，一个个手舞足蹈，兴奋异常，仿佛刚刚冲出囚笼，发出怪异的呼叫声。

　　忽听一声尖锐的哨音，满地怪物一齐呐喊着向这边狂奔而来。足下的平坝，一时黑雾腾腾，成了它们纵横驰骋的广阔战场。

　　七星老人嘴角挂起一丝冷笑，不慌不忙作起法来。

　　眼看那些怪头怪脑的家伙就快奔到七星老人身边了，忽然遭到一群猛兽的兜头拦截。这些猛兽仿佛从天而降，全是熊黑虎豹豺狼之属，一只只龇牙咧嘴，狰狞凶猛。

　　随着一阵阵低沉愤怒的咆哮，猛兽们张牙舞爪，冲入怪物阵中，抓扑撕咬。妖怪们也并不示弱，一个个摩拳擦掌迎上阵来，各自施展擅长的本领，或骑上虎背，或拽住狼尾，双方就此开始了一场天昏地暗的猛烈厮杀。

　　原本虎豹熊黑们浑身裹着白雾，山精水怪们带起的却是黑雾。这一番冲杀，双方你来我往搅成一团，但见迷雾翻腾，一时也黑白难分了。

　　从星月惨淡直杀到晨光熹微，再从红日初升杀到日头偏西，双方斗得难解难分，未见胜负。七星老人与向万成各自运功作法，互不相让，地上那些猛兽、精怪便一直搏斗下去。撕碎一只，咬死一个，立时便有新的从地下钻出，或是从空中落下，永远打不尽杀不绝！

　　到了傍晚，被夕阳映得猩红的高空中，从西边漫不经心飘来一朵黑黑的云团。

　　那云团一直飘到迷雾缭绕的七星山上空，并迅速扩展开来，严严实实覆盖在迷雾上面。这时，地面上忽然刮起一股疾风来，一时飞沙走石，正在厮杀的猛兽们被吹得歪歪倒倒，站立艰难。相反，那些原本轻飘飘的山精水怪们，在大风之中倒显得斗志昂扬，越战越勇。原本势均力敌的双方，此时形势大变。

　　向万成不知什么时候已从地上站起，只见他双目炯炯，一手捻诀，一手指天，大风之中显得威风凛凛。忽听"哗啦啦"一声大响，云团中扯出一道耀眼的闪电，随即一条巨大的苍龙挟着一股浓烈腥风，摇头摆尾张牙舞爪直向七星老人头上飞扑而来。

第四十八章·午夜霞光

6

  间不容发之际，七星老人忽从地上倒纵而起，两腿微屈，双臂平平伸出，衣袂飘飘，宛若大鹏展翅，跃上茅庐后面的巨石顶端，仍然盘膝坐好。随即，只见他两肘一曲，双掌至胸前合十，指尖朝上，安详的脸上立时罩上一层浓浓的红云，与此同时，一声长啸从他喉咙间发出。

  啸声清朗、圆润，矫若龙吟，穿透层层迷雾，响彻云霄。

  悠长的啸声未歇，空中跟着传来一声激越高亢的应和。一片五彩祥云中忽地闪出一道金光，一条金龙穿云而出，直向张牙舞爪的苍龙奔去。

  地面上，嚣张不已的山精水怪们，一闻龙吟，不由大惊失色，在猛兽们的冲击下一个个东倒西歪，瞬间钻入地下，如水滴落入尘土一般，全都消失不见了。狂奔的猛兽们仍然一往无前地冲了过去，一直冲到悬崖边，不知止歇，一个个纷纷跌下深渊，化作缕缕雾气，然后不知所终。

  正向七星老人飞扑而来的苍龙初闻啸声，在空中不由窒了一窒。随着龙吟响起，其飞腾之势也略略一阻，显得更加迟疑起来，仓皇间扭头四顾。

  那金龙比苍龙体形约小一半，却从容不迫，驾着一团白云，挟带堂堂正气向苍龙攻击。

  夕阳再一次慌忙躲到山后去了，星星们也吓得隐藏不出。

  云雾迷茫，充塞着夜空。双龙在云雾中奔腾激战，不时刮起一股股劲风，吹得草木呼号，松涛澎湃，让人感到阵阵窒息。

  端坐在巨石顶上的七星老人发现，就在自己刚刚发出啸声的这一瞬间，下面平坝中也不见了向万成的踪影。老人心中疑惑，于是打开内眼，开始在迷雾笼罩的千山万壑间搜寻。

  要从千山万壑间寻到一个人影，自然无异于大海捞针。但七星老人自有妙法，他知道，身具邪法之人，身上总会带有一股挥之不去的邪气。在大自然清纯气氛中，邪气总是无处藏身的。果然，没多大功夫，七星老人就看到了，向万成正盘坐在数十公里外的一处山巅上，闭目捏诀。在他脚下，绝崖千仞，壁立如削，是一个椭圆形的万丈深坑。

原来，就在这瞬息之间，向万成已经遁到了著名的地质奇观——龙缸的口沿之上。此刻，他立于险绝之地，从容作法，那是决心要一拼到底了！

七星老人心中不由暗暗一惊！

此处离大安洞只在咫尺之间，正是李虎他们探秘的入口所在。万一这魔头尾随入洞，可是麻烦不小！好在眼前情势，向万成一时也脱身不得。

两人从最初相距二十多米，彼此气息相闻，到现在间隔数十公里，各施本领，从斗力到斗法，不见出真章、分出胜负他们是不会罢休的了！

空中双龙缠斗，自是非同小可！地面两位作法操控者，不敢有一分一秒的懈怠，自始至终全力而为。最后，是苍龙力战不支，负伤而逃，化作一股黑烟，躲进某个隐秘的阴暗洞穴去了。金龙在空中摇头摆尾，发出一声清吟，然后扬扬自得而去。

七星老人也松下了一口气，心想这向万成如今黔驴技穷，也该知难而退了。连续两天的斗力斗法，这一放松下来，老人不由感到一阵倦意。他连身子也没有挪动，只是略微改变一下坐姿，立即做起功课来。

强敌未去，必须趁这间隙，尽快弥补精力！

一节功课做完，方睁眼，雾气尚未散去，老人忽然闻到一股刺鼻的腐败味道，心中一下警惕起来。眼前雾障不知什么时候已泛出浓郁的阴暗之色，更远处，则有不明的邪恶之气如巨浪般逼压过来。那气息尚未到近前，已让人胸口发闷，呼吸不畅了。

七星老人心中一凛！连忙在巨石周围布下真气，先护住自身。

他闭目远观，内眼穿透层层迷雾，赫然看见一物，不由全身一震！

这是一张狰狞可怖的面孔！

那鼻眼似人非人，似兽非兽，一张长长的大嘴阔得吓人；而且仅有一只硕大的脑袋，脑袋以下，再没有身子。它脑袋两旁贴着一对肉翅膀，像是一对巨大的耳朵，抬着脑袋凌空飞翔。在这只奇怪脑袋的后面，还跟着一群人面兽身、铜头铁额的高大怪物，一个个都十分狰狞，正气势汹汹向这边踏空而来！

如此狰狞可怖，这到底是何方怪物？！

眼看那怪物离自己越来越近，腐臭气息也越来越浓，老人脑中灵光一闪，猛然想起，这似人非人的脑袋难道就是传说中的饕餮？！由于贪吃无度，它身子早被撑死了，最后仅剩一具脑袋，四处游荡，专寻人吃。据说，这"饕餮"便是被黄帝砍下的蚩尤的脑袋，那么后面跟着的，无疑便是他的七十二个铜头铁额的兄弟了。

当年，黄帝战胜蚩尤，把他那万恶元凶的首级砍了下来，犹嫌不解气愤，又将跟他一起作乱的七十二名兄弟一个个杀死。这蚩尤死而不甘，遂化作饕餮，戾气不散，仍然领着他的一群兄弟四处滋扰作乱。如今，这向万成不知用何手段请来这群恶魔，其来势凶猛，让人不寒而栗！

老人知道以自己现有法力，还不足以与饕餮抗衡，一时不知如何应对。但他心知此时不可有丝毫慌乱，于是先行静心屏气。眼下他唯一的办法，只有作法向神求助了。

这饕餮来势极快，转眼已到七星山顶，直向七星老人所在的巨石扑来。到得近前，猝不及防撞上老人布下的无形气墙，像一只皮球被反弹回去，被后面跟着的兄弟赶快接住了。但其情形之狼狈，让他在兄弟们面前出了一个大丑。

饕餮气得嗷嗷直叫，再一次撞了过来！

那怪物这次虽是有备而来，却仍被弹了回去。但七星老人知道，自己功力有限，精心构筑的这堵气墙能挡住他两次甚至三次撞击，第四次是断然抵挡不住了。眼下，自己别无他法，实在是已经到了岌岌可危之境！

所以，老人不禁在心里暗暗祈祷：

"——神啊！"

7

果然不出所料，在饕餮第三次撞击时，那堵气墙已经退至离七星老人不到十米的距离了。它虽然仍被弹开，但反弹之力已是极为微弱。这似乎已在饕餮的预料之中，他不慌不忙退了回去，再次积蓄力量，准备着再一次的撞击。

这时，七星老人额头淌出汗来。

他已竭尽全力，毕生修炼的真气都用上了，仍然难挡神力无限的饕餮。先前还以为向万成已经黔驴技穷了，现在倒是自己穷途末路了。看来这些年自己隐居山里，已成了井底之蛙，自满自大，小觑天下。倘若因此未能完成使命，让秘宫遭到践踏，让祖先神蒙受到羞辱，不知去九泉之下面如何面对列祖列宗！

眼看那面目狰狞的饕餮再一次向自己飞撞而来，七星老人痛苦地闭上了眼睛。

正如预料那样，饕餮第四次撞过来时，只听"噗"的一声轻响，气墙应声而破。七星老人但觉体内真气如决堤之水，源源外泄。万分危急之时，七星老人元神烛照，本能地闭上眼睛，屏住了气机。

饕餮发出一阵得意扬扬的大笑，然后张开黑洞洞的巨口，呼出一股逼人的恶臭气息，向老人扑了过来。

恰在这时，老人福至心灵，伸手向空中一抓，掌中已多出一物。但觉寒光四射，回首一瞧，手中竟握着一柄水晶般透明的青锋宝剑。

那饕餮堪堪飞到眼前，被宝剑暴起的寒光一逼，猛地悬在空中，突然睁大眼睛，满面惊恐不堪。那张原本想要合拢的巨口合到一半，便再也合不上了。随即，便如第一次撞上气墙那样，饕餮那颗丑陋的大脑袋十分迅捷地弹了回去，被他一群同样惊惧万分的兄弟簇拥着，数十双眼睛一齐盯向老人手中寒光闪耀的青锋宝剑，一时呆若木鸡，不知所措。

老人见此情形，再看着手中宝剑，初时也是呆了一呆，同样不明所以。但很快他就明白过来，在刚才生死关头，是神授此物，借以逼退群魔。老人心中，自是感激神恩浩荡。

仔细端详手中宝剑，看那冷冷的光芒，老人忽然心中一亮，恍然省悟，这莫非便是当年黄帝斩下蚩尤首级所用的昆吾宝剑？！

据说，这柄宝剑是用昆吾山火一样的红铜打造的，出炉之时，遇风立时变成青色，如水晶般透明，寒光逼人，削铁如泥。当年，玄女将一卷天书和这柄宝剑授予黄帝，使黄帝得以战胜蚩尤，并最终用这宝剑砍下了蚩尤的头颅。

明白了此剑来历，老人不禁雀跃而起，手捏剑诀，宝剑轻挥，飘飘洒洒

第四十八章·午夜霞光

舞出一招"仙人指路"来。尚呆立在对面的蚩尤和他的兄弟们见了,一个个面色发青,不知是谁发一声喊,立时群魔奔逃如矢,瞬间消失在迷雾之中了。

大敌甫退,七星老人立时感到一阵眩晕,无力地跌坐在地,淌下一身汗来。

恍惚之中,老人但觉手中一轻,睁眼看时,宝剑已在倏忽间不见了踪影。老人心中雪亮,连忙撑起身子,虔敬地向空中遥遥地拜了一拜,这才重新打坐,调息入定。

情势不明,老人也不敢久耽。一个时辰后,自觉已恢复七八分精力,从冥冥中睁开眼来,但见晚霞满天,明媚耀眼。两天来的弥天大雾,此刻早已消失得干干净净。老人心中一喜,不禁一跃而起,舒臂展胸,迎着晚霞长啸一声,方觉神清气朗。

猛然想到被自己小看了的对手,不知他此时又有什么新的手段?

老人不敢怠慢,忙以内眼视之,只见向万成仍在龙缸沿上的绝壁之巅,正如自己刚刚所做,他也在夕阳之下打坐运功,头顶热气腾腾,衣襟已经湿透一大片。看来,这小子能够搬动蚩尤这魔头,实在也是费力不小。

夕阳落山,晚风吹来,老人感到一阵凉意,发觉自己原来也是汗透重衣了。

虽然刚才运功中已经基本蒸干了,毕竟湿气未除,被清凉凉的晚风一激,便觉寒入骨髓。眼见向万成还没有恢复过来,一时半会儿也不会使出新的花招,七星老人又从容入定。他要尽快将耗费的精力补足,以不变应万变!

两个时辰后,老人已完全恢复过来,感觉全身精气弥漫。他心里正牵挂着李虎几人,不知他们现在情况如何,忽听空中传来一阵奇怪的声音,立时警觉起来,抬眼望去。

空旷辽远的天幕之上,繁星捧着一轮皎月,亮汪汪的银辉流满大地。

老人听到,蔚蓝而寂静的夜空中,隐约飘浮着几缕乐声。那音色古朴醇厚,调子却显得悲凉幽怨,正是落叶萧萧的秋之悲声,一种穿越远古的邈远回音。

七星老人听得心中诧异。再凝神而视,只见向万成手中握着一枚拳头大小的东西,黑不溜秋的,正放在唇边悠悠吹着。

那是一个内空的如梨子形状的东西,随着向万成手指有节奏的弹动,柔润的声音便如水一般从一些小孔中流泄出来。

老人发现,随着声音一起从那些黑色小孔中流出来的,还有一缕缕淡淡的烟雾。那些奇怪的烟雾,被月光映得蓝幽幽的,氤氤氲氲。

悠悠的音韵向四方流布扩散，那些郁结的烟雾冉冉向上，在向万成头顶上空越聚越多，竟逐渐形成一面巨大的黑色旗帜，在夜空之中缓缓招展。

七星老人不知向万成那葫芦里卖的是什么药，全神戒备着，心中惕厉不安！

老人知道，此时此刻，向万成绝不可能还有闲情逸致弄曲自娱。他手中那奇形怪状的神秘物事，说不定就是一件十分厉害的邪恶利器！

但那到底是个什么东西呢？

老人猛地想到一物，不由大吃一惊！

8

老人凝神辨认，果然不出所料，那黑不溜秋的梨形东西还真是一只十分古老的骨制古埙，是巫界传说中最臭名昭著之物！

也不知向万成是从哪个坟墓之中捣弄出来的。

那原是远古巫师驱神弄鬼用的一种乐器。尤其是古代那些法力高深的巫师死后，其骨殖被人偷偷取出制成骨埙，更是魔法无边，真有"惊天地、通鬼神"的巨大魔力。后来，因其使用起来太过邪恶，往往伤及无辜，被巫界禁用，早已绝迹上千年了。

这向万成当真是被自己小觑了，即便当年黑鹰在世，似乎也没有他这般层出不穷的阴邪手段。此刻他有骨埙在手，不知又会弄出什么样的祸害来！

七星老人正忧心忡忡地想着，以自己现有法力，一时还有什么样的应对之术呢？！却听那声音突然一转，音调变得高亢而短促，更加悲怆激越了。

与此同时，晴朗朗的天空忽地划过一道耀眼的强光，随即"霹雳雳"炸响一个焦雷，直震得地动山摇，让人胆寒不已！地面随之刮起一股阴惨惨的大风，一时飞沙走石，天昏地暗，仿佛天倾地陷，让整个世界都动荡飘摇起来了。

七星老人猝不及防，被一股强劲的黑风裹住，几乎站立不稳，眼看要随

第四十八章·午夜霞光

风而去。

狂风怒号中，四周一片漆黑。老人使了一个"铁板钉"，刚刚稳住身子，却被一阵冰雹般的密集大雨兜头砸下，一时连呼吸也倍感艰难了。他索性盘膝坐好，调匀气息，迅速布下一个帐篷般的小小气场，让己身藏身其间。

肆虐的狂风暴雨被挡在外面了，却一次次毫不示弱猛烈地冲击着无形的帐篷。老人诵了一阵驱妖降魔之咒，毫无效果。激昂跌宕的骨埙之音，穿透哗哗啦啦嘈嘈切切的无边风雨，声声入耳，声声钻心。

初时，七星老人听闻那埙声，只觉心神不宁。待要调息宁神，埙韵忽然一变，尖锐刁钻宛若一条条啮人的毒蛇，直往心里钻去，让人烦乱恐惧。

老人烦乱之中强摄心神，试图以禁咒之声驱赶那邪恶的魔音，数度无效。老人气血上涌，心情越来越狂躁，鞭人的雨粒已经突破他用真气撑起的"帐篷"，直向头脸砸来。

情急之下，七星老人无意中触到挂在腰间的九节紫竹洞箫，心念一动，随即掏出凑到嘴边，轻叩指头，缓缓奏出几个音符。

箫声悠扬典雅，轻柔恬静，老人心中如饮甘露，立时宁定下来。随之，流畅优美的调子便如行云流水一般，从手指间源源涌出。这是老人从未吹奏过的曲子，并不知道下一句该是什么样的音符节奏，却又熟悉得如同呼吸一般，仿佛流水，遇石而激，逢弯便绕，跌宕起伏，自然流淌。

老人回忆起来，几年前，他曾在睡梦中听人吹奏过此曲。

当时，他见一素衣老者在溪边闲弄箫管，奏的便是此曲。七星老人闻之，恍若身入仙境，置身于灵山美池、鹿鸣鹤舞之间，听得如饮甘露，如沐春风。

曲终过后，那人告诉他说，曲名《箫韶九成》，乃王者之曲，非常人能奏，也非常地能闻。醒来后，老人清清楚楚记得梦中之事，却一点也记不起梦中之曲了。

《箫韶九成》这名，他早就从史籍中得知过。知道"箫韶"便是令孔子闻之而三月不知肉味的韶乐，是上古舜帝之乐，由舜帝自南方诸族的巫歌加工而成。不仅是宫廷祭庙之乐，更是化育天下的美德之乐。北伐时，他的队伍过湘潭，他曾得便去过韶山，据说韶山便因舜帝南巡至此命奏韶乐而得名。如今，"韶乐"一词，仅见于史书记载，早已失传多年了。当时梦中听来，虽然感觉美妙绝伦，但境过便忘，亦无从追究。没想到，此时奏响，行云流水一般，又恍若梦中了。

老人在吹奏中，自然而然运上浑厚的内力。他沉浸于箫韵之中，物我两忘，完全不知道此刻与强敌对决，正面临生死关头。

箫声不疾不徐，穿透肆虐的风暴，直达高天。

短促高亢的骨埙之音，挟着狂风暴雨，激越而疯狂，强大得不可一世！没想到，恬静悠扬的箫声轻轻一起，那么柔和平静，清清朗朗，珠圆玉润，分明盖过了骨埙之音。骨埙之音似乎不甘居下风，一时恼羞成怒，向更高音域滑去，欲以强力与箫声相抗。

箫声不为所动，不疾不徐，舒缓自如，其至善至美、化育天下的王者魅力渐渐显现出来。

风小了，雨住了，天地渐渐宁静下来，黑腾腾的迷雾正在飘散。

那骨埙之音愈滑愈高，反而显得苍白无力了；后来难以为继，退又退不下来，已势成骑虎；高到不能再高之时，终于发出裂帛似的一声锐响，埙破音绝！

七星老人只感到耳膜隐隐一痛，骨埙就此沉寂了，再没响起。

此时，地面雾气升上高空，集结成一团团黑云，密布高天，织成厚厚黑幕。

随着箫声一转，有霞光自云后射出，光瀑穿透黑幕，山峦轮廓在一层迷蒙的奶色之中渐渐浮显出来。七星老人口中运气，十指握箫，已无思无想，完全融化在清宁和美的乐曲之中，自身也成乐曲的一部分了。

当黑云被霞光洗净刷匀，染成七彩的流霞，天空一片耀眼的灿烂。老人身披彩霞，容光焕发。他见到了空中"凤凰来仪"、脚下"百兽率舞"的盛大景观。他心中始终宁定自如，无喜无悲，无惊无惧，并没有想到这是圣乐《箫韶九成》引来的神迹。

曲终很久以后，老人才渐渐回过神来。

这时，天空月隐星坠，仅剩一片干干净净的蓝天了。东边天际隐隐发白，新的一天也即将开始了。

一场惊天动地的大对决就这样无声无息地结束了！

老人不由想到，此时向万成在干什么呢？

第四十八章·午夜霞光

9

当七星老人再寻找向万成时,却已不见他的踪影了。

在龙缸口沿最高的山巅上,向万成落座的地方,有几片破碎的骨殖,散落在地,想来便是那骨坽的下场。此外,老人还发现地上有一摊隐隐的血迹,知道是在坽箫对决中,向万成强力相抗,为自己内力所伤。此时看来,他伤得不轻,起码暂时已经无力再战,一定是躲到某个隐秘之地养伤去了。

他打开天眼,四处搜寻一番,不见向万成踪迹。心中不由喟叹:看来,自己并无通天彻地之能哪!这些年的自负,差点辜负了列祖列宗的重托!事到临头,结果被一个向万成逼得手忙脚乱,如非神助,后果当真不堪设想!

老人想起深入地腹的李虎几人,不知他们现在结果如何?

屈指算来,现在已是9月12日清晨了。过去三天来,七星老人一直与向万成斗力斗法,三十多个时辰,丝毫没有松懈过。此时,老人非但未觉疲倦,反倒精力充沛,神清气爽。或许,这正是吹奏圣乐"箫韶"的神效!

他试图和李虎意念交流,几次发出问讯,见对方毫无反应,又再次用天眼搜索。

这次,他见到了,在大安洞前厅后面平台上一间土墙围成的小屋里,躺着三个人。其中,有一人枕着双臂斜靠在土墙上,机警地睁着两眼,还不时歪着头听听外面的动静。另外两个,一长一短蜷缩地上,却睡得正酣。老人认出,这酣睡的二人,正是上次跟踪李虎、郑雯,被自己整治过的那一对傻瓜,据向万成称正是他的手下。

看来,李虎他们尚在洞中。这三人多半是偷偷尾随而来,不知为什么没有跟了进去,却只在洞口守候着。

三天了!李虎他们既然仍在洞中,一定是有所发现,说不定已找到秘宫了。老人心中一阵振奋,立即作法向大安洞遁去。

黑鹰二号一直睁着双眼,也没有听见任何动静,却忽然发现这小屋里似乎多出一个人来,心中不由一惊。他连忙揉揉眼睛细看,曚昽晨光中,果然立着一个矮小的人影，如鬼似魅，影影绰绰，离自己不过两三米距离，一动不动。

黑鹰二号惊骇莫名，感到背心阵阵发凉，猛地坐直了身子，厉声喝问："你是谁？！"

只听一个苍老的声音呵呵一笑，温和地说道："这话原该我问你们哩！都起来吧，跟我到外面来，详细给我说说。"

说罢，那人自顾转身走了出去。

谢天、谢地从梦中惊醒，呆呆地望了望走出去的模糊背影，擦擦眼睛，二话不说，便梦游般地跟了出去。这黑鹰二号除了自己师傅外，几曾受过这等喝唤，心中气愤已极，自是一百个不情愿，一万个不甘心！哪知两条腿却鬼使神差地迈开跟了上去，想停也停不下来，连自己也觉莫名其妙。

那人走到一块石头前，转身坐下，用手指指前面，轻声说："都到这里站好。"

几人便如学生听老师话一般，乖乖站好了。

这时，光线稍明，他们看清眼前坐着的，不过是一瘦小的老头。眉目倒也和善，不知为什么却让他们感到一股至高无上的威仪，尽管心中隐隐觉得不对头，却是一点反抗的意志也没有，从内到外服服帖帖，乖乖听从摆布。

只听那老头问道："你们跟踪李虎他们到了这里，为什么不进洞去？"

谢地习惯性地抢着说："奶奶个熊，进去了的！我们……"

见谢天狠狠瞪了他一眼，谢地连忙噤了声，只是低头弄手。

谢天下意识地摸了摸自己额上一个青包，接着开口道："妈个巴……子的。"

面对这个神秘老头，一开口就冒出粗话来，谢天似乎觉得大大不妥，破天荒地红了脸，以至口舌受滞，说到后面那个"子"字时，声音低得几乎听不出来，只是靠了语音的惯性才把它含糊带出。

他掩饰地笑了笑，接着说："我们进到第三个洞的时候，撞到了瞎眼鬼，突然就看不见了，他……这个黑鹰二号的手掌也不亮了。我们一行几人全都成了睁眼瞎，连先前见到那婆娘她们放的荧光棒也找不着了。我们就在里面瞎天瞎地瞎转着，不是这个头上撞了个包，就是那个腿上擦落块皮。妈个巴……我们转啊，转啊，转得晕头转向，总也转不出来……"

那老头听得哈哈大笑,说:"你们没带手电筒或是火把什么的?"

"没有!"谢地偷偷看了谢天一眼,略带怯意说,"老爷子一开门就说时间紧迫,我们走得……走得有些……那个屁滚尿流……"

谢天纠正说:"是匆匆忙忙。"

"……嗯,匆匆忙忙的,老爷子也没说他们要钻什么洞什么的,所以……"

"这么说来,"老头打断说,"你们还有'灯下黑'的功夫?"

10

谢地睁大一双眼睛,呆呆地说:"什……什么'灯下黑'?"

"就是黑暗中不用灯也能看得见。"

"这个,他们黑鹰都会,就是我们两个不会,是……这个老爷子偏心!"

"你刚才说,什么……二号的手掌能够发亮?"

谢天朝旁指指说:"就是他,黑鹰二号!"

老头颇感兴趣地问:"呵呵,向万成这小子,居然用'黑鹰'给你们编号?你们都是他的徒弟吗?一共编了多少号?"

"一共有十号,不包括我们两个。不过,那黑鹰一号,就是黑鹰的大哥,已经被我们兄弟俩剥了皮……"

老头眉头一跳,惊讶地说:"怎么回事?"

"就是这个,他和我们小师娘那个……就被老爷子……"

"嗯?"

谢天不满地看了谢地一眼,张张嘴想说什么,却面红耳赤地吐不出声来,最终和着一口口水咽了下去。谢地怜悯地看了他一眼,补充说:"是说的原先那小师娘,他们在床上正办得热火朝天的,就被老爷子一头撞见,所以……"

"哦!你不用说了。"老头皱皱眉,又望着一边的黑鹰二号说,"这么说,你就是黑鹰二号了,其他黑鹰呢?"

二号狠狠地瞪了谢天一眼,规规矩矩回答说:"他们原本都在各地办事。

现在，大概正往这里集结。"

老头沉吟道："正往这里集结……集结后要干什么？"

二号说："这个……就是跟踪，监督……"

谢天接嘴说："抢宝呗！李虎他们进洞不是要去寻找宝物么，还有那娘们……"

老头哼了一声，又望着二号说："听说你掌心会发亮，你有'掌上明珠'功夫？"

二号无言点点头。谢天、谢地惊讶地对望一眼，各自举起手掌，凑到眼前看看。谢地摇摇头，悄声问："掌上明珠？"

谢天点点头，一本正经地轻声回答说："掌上明珠！"

老头看着黑鹰二号，又问："你们在里面转悠了多长时间？"

二号说："我们是昨天上午才出来，在里面转了……大概四十来个小时吧。"

"呵呵，看来，这是虎子的火候还不够啊！要不然，你们恐怕到现在都还在里面转悠哩。实话告诉你们吧，那不是撞了什么瞎眼鬼，是你们中了人家的迷魂咒。你们在里面法术不灵，失去方向，都是人家迷魂咒的作用！前不久，你们这一高一矮的两个小宝贝，不是在路上也经历过一次么？"

谢天、谢地惊讶地"啊"了一声，异口同声说："你怎么知道？"

老头笑笑说："告诉我，李虎他们是什么时候进去的？"

谢天说："这个……两天前的那个下午吧，具体时间我们也不清楚。"

"到现在一直没有出来？"

"没有！要不，我们还在这里做啥！"

"听口气，你们一起进去的不只三个人吧，其他人呢？"

"他们，三号去买东西，六号……"

黑鹰二号见谢天说得缠夹不清，接过话头说："我们一行共有五个人。另外两个，一个去通知其他黑鹰往这里聚集，另一个去利川采购探洞的设备去了。他们是昨天上午走的，我们一直在这守着。"

"好吧！"老头挥动双手，看似舒展了一下手臂，却见二十多米外的一块石头腾地燃了起来，熊熊火苗带起一股浓浓的青烟，让几人感到一阵炙热。几人还没来得及惊讶，便听"叭"的一声，那石头从中炸裂，开了一道口子，

第四十八章·午夜霞光

瞬间变得通体透红。

站着三人一时看得目瞪口呆。

老头狠狠地盯着三人,厉声说:"我不管你们以后的行动是如何安排的,现在趁着老人家我心情还不错,你们赶快给我滚蛋!滚得远远儿的,再也不许打李虎他们的主意了!非分之物,得之不祥。记住这话,你们回去也告诉向万成,还有其他黑鹰。要不然,哼哼……这石头就是你们的下场!可听清楚了?"

几人听得面色苍白,互相望望,规规矩矩点着头,齐声说:"听清楚了!"

"快滚!"

几人如获大赦,急急忙忙转身而逃。

跑出几步,黑鹰二号猛地立住,回过身来,迟迟疑疑地说:"您是……您就是七星老人?"

老人面无表情地点了点头。

二号说:"您见到过我们师傅么?"

"哼哼!"老人说,"向万成那小子自不量力,妄干天和,残害苍生,结果是自己伤了自己,那恐怕也是神明对他的惩罚!现在正不知躲在哪个地方疗伤哩。记住了,回去见到他,一定要把我的话给他传到!"

二号听了,唯唯而去。

第四十九章　死亡之旅

1

在地腹深处，李虎听到那断断续续的"呼呼"喘息声，惊得下意识地张开了眼睛。

眼前，是一片辽远无际穿不透的黑暗。这种地腹深处纯粹的黑暗，是李虎从未见识、从未体验过的。以前，他也曾有过在黑暗的夜里，在毫无照明情况下处于野外的历险活动。但那是在地表上面，是真正人类的世界。星光、月光、火光，甚至萤火虫，各种各样哪怕是极其黯淡微弱的光源，都能够帮助眼睛在黑暗的环境里找到适当的视野。隐约的山的轮廓，模糊的树影，河面上微弱的反光，都是辨别方位的极好参照物。

而现在，他们已经深入地腹，来到地球的内部，置身在一个杳无人迹的幽暗世界里。在这里，就是把手掌伸到自己眼前，也仍是一片深厚浓稠的黑暗。

"呼呼"声仍在前方继续响着。

李虎合上眼睑，试图用天眼观察，却仍只见到一片黑暗。不到万不得已，他不愿开灯，那样，不但可能会惊动发声者，也会影响到同伴们的休息。李虎深知，在如此险恶的环境里，良好的体能是最重要的安全保证，必须要确保同伴们得到最起码的休息。

忽然，他心中一亮，想起临走前漆大大曾教他一套叫"灯下黑"的符咒，说是黑暗之中也能视物。他温习一遍，幸喜都还记得，决定一试。

他默诵口诀，并用手指在虚空中画出一道符形。开始几次都无效果，感觉如同儿戏一般。

李虎想到漆大大授他符诀时认真的模样，确信无疑，于是沉下心来，不让那"呼呼"声影响自己心神，继续尝试。当他连续做到第六遍时，发现眼

第四十九章·死亡之旅

前有微微的光亮显出,洞内景观渐渐显现出来。李虎心中暗喜。虽然所见之处都蒙着一层淡淡的绿莹莹的色彩,显得如梦似幻,却是轮廓分明。这让他感觉十分好玩,原来一直被自己瞧不上的巫术,果然是威力无穷。

这时,他将目光向发出声音的方向搜寻过去,但远处模模糊糊,看得不大真切。他从衣襟中取出挂在脖子上的望远镜,沿着河流向前搜索。

在洞厅一端,河水流入的洞口边缘,李虎发现了一个活动着的目标,他相信声音就是从那里发出来的。

先前在这地腹深处听到那不明的喘息声时,李虎曾经想入非非,心中着实担忧了一阵子。同前几次一样,他也施咒在营地周围划出一个禁区,但在这地腹之中有无效果,他心中还着实没底。所以,一见出现异常,他心下便禁不住有些惴惴不安。此时找出缘由,他反而放心了——那是一条巨大的蟒蛇!

那蟒蛇通体滚圆,身上鳞片隐隐闪着湿光,似乎是刚从洞内爬出,粗壮的身躯趴在岸边一块石头上,昂起的脑袋偶尔向左右晃动一下,吐吐芯子,显得很笨拙。据说,生活在黑暗中的洞穴生物感觉特别敏锐,也许因为李虎几人的闯入,让它嗅到陌生人的气息,感受到了某种威胁,所以警惕地守在洞口,不肯离去。但看那畜生摆出的阵势,似乎只是志在自卫,并没有想要对入侵者主动发起攻击。

这时,李虎忽然心中一阵激动。他想到了一句谜语:

先闯阴曹
再赴苍龙

这通体滚圆的巨大蟒蛇,是否正好应验了谜语中的"苍龙"?而且,它正好守在他们必经的洞口,他们要从洞口过去,不又正好应验了一个"赴"字?

他仔细观察,对这蟒蛇的颜色产生了疑问。所谓"苍龙",应该是黑色的吧,可这巨蟒却看不出是什么颜色。此时,在李虎眼中,所有东西都蒙上了一层绿莹莹的迷幻色彩,让他难以判断对方的本色;而且,直觉告诉他,那蛇的颜色很浅。

再说,谜语中的前一句是"先闯阴曹",他们一路走来,哪里又是"阴曹"

呢？据说"阴曹"里有油炸磨碾等种种酷刑，但到底什么样子毕竟谁也没有见过。

李虎进洞时那种"不对劲"的感觉，仍然盘绕在心头，挥之不去。

沈立他们醒来时，已经是第二天的凌晨五点钟了，刚好睡足了六个小时。一个个都显得精神饱满，去阴河边就着清澈的河水洗漱完毕，然后吃过早餐，沈立很快为橡皮艇充好了气。

这时，李虎才告诉他们蟒蛇的事情。

他们登上橡皮艇，小心翼翼向前划出一段，又不敢离得太近。隔着约五十来米距离时，他们停下橡皮艇，用头灯远光照过去，那大蟒仍然一动不动地趴在那里。庞大的体形，让几人一见之下，都心生畏惧。

灯光下看得分明，那蟒蛇果然不是黑色，而是一种半透明的银灰色。如果不是身上披满厚厚密密的鳞甲，说不定连它的肠肠肚肚都能看得一清二楚。那蟒鼓着一双大眼，却显得呆里呆气的，对晃来晃去的灯光似乎毫无反应。

向前进悄声说："这是一头盲蛇，它没有视力。"

郑雯道："但它的感觉特别灵敏，完全可以替代视力的作用。"

几人说着，一齐把目光投向了李虎。李虎说："我也对它施过禁咒的，似乎没有效果。要是它一直盘踞在洞口不肯离去，那我们躲也是躲不过的。眼前情势，只有硬闯了。沈立负责划船，我负责对付蟒蛇，你们几个各自保护好自己！"

河面有七八米的宽度，他们尽量让橡皮艇靠着左岸航行。李虎坐在右舷，全神贯注盯着那蛇。船上的每一个人，都屏住了呼吸，全身每一个细胞都处于高度戒备状态。

当橡皮艇快进洞口时，与那蟒蛇盘踞处处于同一平行线上，正所谓卧榻之侧，连它在灯光下闪着湿光的每一片半透明的鳞甲都看得清清楚楚，"呼呼"的喘息声也清晰可闻。那蟒蛇并无异常反应，似乎对橡皮艇的到来毫不在意，但艇上每一个人的心都提到了嗓子眼上，手里捏着一把汗，"咚咚"的心跳声直敲着耳鼓。

正在几人提心吊胆时，忽听"呼啦啦"一阵乱响，眼前粗壮的蟒蛇陡然间怒张巨口，长身而起。

第四十九章·死亡之旅

2

那蟒蛇暴起而攻，当真是静如处子，动如脱兔。

艇上诸人吓得心一紧，几乎窒息过去。

李虎反应敏捷，几乎在蟒蛇起身的同时猛地推出两掌，发出一股劲力，然后张开双臂，紧紧盯住蟒头，只待那畜生扑过来，便先要扼住它的颈部。

但那蟒蛇并未朝橡皮艇这边扑过来。它那修长的身体直向空中飞腾而起，被李虎发出的力道一推，斜着向旁边扫荡过去。但它张开的大嘴已经捕捉到自己的猎物，然后整个身子重重地摔到地上。好在皮粗肉厚，蟒蛇显得若无其事，只顾心满意足地吞食着自己的美味。

原来，刚才那"呼啦啦"的声响，竟是一群蝙蝠弄出来的。李虎几人头灯照过去，发现崖壁上伏着不计其数的蝙蝠，大者近尺，小不逾寸，有的竟成串挂在崖壁上。那蟒蛇守在这里，原是为捕捉崖上的蝙蝠，这大概是它每天固定的进食规律。刚才橡皮艇弄出的声音，惊起这些蝙蝠，让蟒蛇趁机掠到了一顿美食。

这时，橡皮艇已顺着水流进入洞中。几人惊魂甫定，忽然感到一阵寒意，才发现刚刚一幕，已让他们惊出了一身冷汗。

河水在洞中激荡有声，流速渐渐加快。洞身时宽时窄，洞顶时高时低，偶尔还有巨大的钟乳石悬挂下来。

橡皮艇顺流而下，也无须划桨，但他们走得一点也不轻松。沿途，他们得仔细观察两岸的地形景物，从中寻找与谜语提示相符的蛛丝马迹；不时要避开从洞顶一直垂到水面的石笋，还得远远盯着无法预知的前方，以防突然出现的危险。

这是在向地腹深处，向未知的黑暗深处挺进！

由于航速较快，艇上几人都得全神贯注，谁也没有分心说话。只有河水激岸的声音在洞壁间回荡着，时而轰然如雷，时而咿呀如吟。沈立不时抬腕看表，他在测量流速，计算里程。这洞穴似乎无休无止，偶尔会转上一个小弯，但一直在向黑暗深处延伸着。

最先忍不住的是小樊。他打破沉寂说:"这洞怎么老没个完?我们到底走了多久了?"

沈立看看表说:"其实时间并不长。从出发到现在,我们刚好走了两个小时。我们的平均时速大概二十公里,现在已经走出四十来公里了。"

向前进用微微发颤的声音说:"这么远了?我们……前面还有多远?"

小樊没好气地说:"哼哼,你这问题恐怕只有祖先神才能回答了!"

"好了,"李虎温言说,"我们现在处在一个未知的环境里,不但要有耐心,也要有信心。我们每个人包里都有一只石虎,漆大大说过,这既是我们的使命,也是我们的保护神!神堂湾那样险恶的地方,我们都过来了嘛。小樊说得没错,祖先神始终与我们同在,会指引我们找到目标的……大家坐好了!"

李虎最后一句话是大声喊出来的!

他在说话间,忽然发现前面河水在灯光中现出一道光滑的弧形,远处白浪滔滔,便及时提高声音发出警告。他与沈立同时举起手中桨板,全神戒备着。其余三人都紧紧握住了舷上的抓绳,紧张地注视着前面的河流。

橡皮艇在水流中接连下坐了两次,然后跌下一道近两米高的陡坎,在轰然水响中冲进了一片波涛翻滚的湍急浪滩。李虎和沈立使劲划着桨板,驾着橡皮艇在急流中左弯右拐,避开一个又一个浪头,却没法让皮艇停歇下来。

他们发现,前面的空间越来越阔大,河里被分散的水流却越来越弱小了。皮艇擦着河底细小的卵石,发出"嚓嚓"的声响,速度越行越慢,后来干脆就行不动了。李虎和沈立下到河中,牵着皮艇涉水而行。走出一段后,河水只剩下五六寸深,所有人都只能跨下艇来,涉水而行了。

浅浅的河水在前面顺着一道光滑的斜面石坡又跌下约五十公分,形成一个淡蓝色的平静水潭。水潭前面,是一片宽阔的沙滩。

所谓水潭,其实很浅,潭水也深不逾尺。奇怪的是,河水源源注入潭中,却不见潭水外溢。所有河水,到这里就神秘地消失了,不知所往。

几人站在潭中,一时惊诧莫名。然而,还有让他们更为惊异的——

水潭中央,并列着两块盘子一样的圆石,托在水面,有桌面大小,是半透明米色的晶体结构,上面纹饰典雅繁复,极似人工雕凿而成。更奇的是,那两个"圆盘"里都整齐地排列着一些大大小小的圆球,外表光滑剔透,闪着迷人的晶光。圆球色泽不一,有的如白玉,有的似琥珀,还有的则与巧克力一模一样。大者如鸡蛋,小的似葡萄。两个盘子之中,圆球大大小小的加起来,怕有四五十粒之多。

淡蓝色水面托着汉白玉般的米色圆盘,盘中是五光十色的圆球。几人站在两个盘子前面,东瞧瞧,西看看。一时都惊呆了。

郑雯小心拈起一粒仔细看看,然后轻叹一声,诚惶诚恐地说:"我的天哪!这可是极为罕见的'洞穴珍珠'!"

"洞穴珍珠?!"

"会是谁搁在这里的?"

3

郑雯说:"我也只是在书上读到过相关的介绍,还看到过一些图片。这不是谁搁在这里的,据说是由洞穴池中的方解石经过千百万年漫长的沉积形成的,所以十分罕见,具有非常高的科考价值。能有这么大的,可算是旷世珍宝哩!"

说罢,郑雯见盘心有两枚紧挨着的大珠,同样鸡蛋般大小,同样白玉般的色泽,更为难得的是,都同样具有一圈圈浅紫色的环形花纹。郑雯一手一粒取在手中仔细把玩,感觉沉甸甸的,一时爱不释手。

李虎看看几人表情,笑笑说:"既是如此珍贵,就每人选一粒作个纪念吧。多了不行,我们身在险地,不能徒增负担!"

郑雯看看手中,为难地说:"可是,这是两枚一模一样的鸳鸯珠,是不能分开的!"

"这好办,雯姐!"小樊说,"你把虎子哥的指标占了,两人两枚,就不用分开了!"

郑雯一想不错,立即对李虎说:"那好,你不许再拿了!"

忽见小樊一脸坏笑,郑雯腾地红了脸,狠狠瞪了小樊一眼,暗道:"臭小子!"

几人收拾好橡皮艇，走上沙滩，前面沈立忽然"咦"了一声，弯腰朝沙滩细看。几人围上去，发现沙滩上有一串细碎的足印，歪歪扭扭地一直向前去了。

"这会是什么动物留下的？"

几人一时也辨认不出，顺着那足印走出几步，尚未看出什么名目，小樊却快步跑向一边，嘴里叫道："你们快来看！"

在一条岩缝下面的沙滩上，呈露出一副白色的骨殖。

这是一副四足的动物骨殖，有一米多长，骨节粗大，早已钙化了。向前进从沙里扒出头骨，看看牙齿，分析说："这是一只食草动物，非牛非羊，不知是什么。"

小樊嘲笑说："我的同志哥，草木乃地球之毛，这可是在地球的肚腹里，真正的不毛之地，食草动物靠什么成活？"

沈立道："这也没什么奇怪，估计是被大水从地面上冲到这里来的。不必为此争论了！我们得弄清这里环境，想想下一步该怎么办！"

李虎点头说："一路走来，并没有发现我们要找的目标，还得继续寻找出路！"

向前进把头灯朝水潭上面照去，激流的声音还隐隐地在洞厅里回荡着。他担忧地说："刚才这一段急流险滩，我们怎么回去？"

这其实是隐藏在每个人心中的一个疑问或者担忧！

要从他们刚刚经过的急流险滩逆流而上，简直是难如登天的事情。而沿河两岸峭壁如削，更是绝无攀缘之处！

李虎似乎胸有成竹，笑着说："大家不用担心，我们一定会找到出路的！"

说这话时，李虎心中那种"不对劲"的感觉再次涌了出来。但此时他不能有丝毫的表露，他是这支队伍的灵魂，是他们信心的源头，必须表现得胸有成竹！

眼前他们所在，是一个极不规则的高大洞厅，穹顶很高，凹凸不平，四周岔岔角角，高高低低。那片沙滩约有一个足球场大小，后面便是乱石堆了。

沈立朝四周观看一阵，分析说："这些河水，还在滩上就开始泄漏了，这说明地底下还有另外的阴河。这洞子如此宽大，是整个地下洞穴系统的一部分，除了我们来的这条河道外，应该还有另外的出口与外面相通！我们现

第四十九章·死亡之旅

在分成两组,一组向左,一组向右,从两个方向分头寻找。洞子虽然不大,但岔角较多,又是在乱石中穿行,刚刚我们还发现有不明生物的足印,所以大家都要提高警惕,注意安全,随时保持联络!"

于是,沈立与小樊一组,向左搜寻;李虎和郑雯、向前进一起,往右边出发。

对讲机效果不错,他们一直在不停地交谈着,互通情况,小樊和郑雯还借着对讲机偶尔插科打诨开开玩笑。但乱石林中十分难走,一个小时后,两组人都只走出了几百米,而且一直在碰壁,都没有什么发现。这时,李虎这组的对讲机里出现了杂音,都是"嚯嚯喏喏"的响声,已经很难听清楚对方的说话了。

郑雯大声叫道:"喂喂!小樊!你们能听到吗?"

"不要叫了,"李虎说,"他们也一样,对讲机里只有杂音。"

过了十来分钟,对讲机恢复正常,李虎问:"有什么发现么?刚才对讲机怎么回事?"

沈立说:"我们钻进一个缝隙里,走了二十来米,发现是个死胡同。"

"我们这边快走完了。你们还有多远?"

"也快了,完了还是到沙滩上会合吧。"

这一趟搜索,唯一的发现便是沈立说的那个缝隙。他和小樊在地上再一次发现那细碎的脚印,跟随着便来到那个缝隙前。两人钻进去,走出十多米,便窄小得再也走不动了。沈立又匍匐着爬行一段,最后不得不失望地退了出来。但他们也看清了在沙滩上留下足印的动物,原来是一只体长一米左右的硕大乌龟,正在那缝隙狭窄的顶端呼呼地刨着沙子,看样子是要在那里产卵了。

两组人回到沙滩上,情绪都有些低落。归途已绝,他们所有的希望都寄托在新的出路上面。而现在他们竟发现自己已置身在一个死角里,既无出路又无退路,是一个幽暗的绝境!

各自介绍完情况,不免陷入一阵难堪的沉默。向前进推了推他在利川新配的眼镜,沮丧地说:"这么说来,我们就被困在这个黑暗的角落里了?"

4

"不会的！"李虎说，"我们还有足够的照明和食物，有充分的时间找到出路。现在最关键的，是要保持冷静！有了信心，自然就会有办法！"

沈立取下背包，看看手表，脸上露出难得的笑容，说："哎哟，都十一点过了！来，我们先休息一下，吃点东西填饱肚子再说。我们以前执行任务，多次遇到过这样的情况，看似面临绝境，结果每次都能绝处逢生！"

"就是！"小樊跟着取下背包，放松地说，"有祖先神与我们同在嘛！"

向前进忽发奇想，朝头顶指指说："也不知我们这头顶上，是到哪里的地面了？"

"这个问题，"沈立看看手表说，"恐怕是难以说清楚了。我们走出这么远，方向基本都是一直朝东，从方位判断，这上面不是奉节就是湖北了。来，还是先吃东西吧！"

几人也着实饿了，打起精神吃了一些东西。吃饭间，他们对当初谜语的判断产生了怀疑。小樊力陈判断没错的理由，既有"金猴"，又由"金猴"找到了"伏流"，而且，出发前征求过大家的意见，是大家一致同意的。

"你说的都没错。"向前进反驳道，"但是，我们一路走出几十公里，并没有找到我们预期的目标。是结果证明我们出了错误！"

郑雯说："如果'金猴'没错，'伏流'也没错，问题是不是出在这个'渡'字上？是横'渡'还是直'渡'，'渡'到什么样的程度，我们都没有去认真地探究！"

李虎在内心产生了深深的自责。进洞之时，他心中"不确定""不对劲"的感觉是那样强烈，他一直悄悄克制着，一再告诫自己要用理性判断。出发前，与熟悉地理环境的漆大大一起认真分析，可以说是环环相扣，步步吻合。进入大安洞以后，恰巧"金猴""伏流"明明就摆在眼前，预先的分析与眼前实境相互印证，更是让他压抑住自己的直觉；而且，仅凭那种"不对劲"的模糊感觉，自己又怎样才能寻到目标？就这样，一步一步将大伙儿领到了

第四十九章·死亡之旅

眼前这个绝境之中!

李虎平静地说:"走到这一步,要说错,那都是我的错!但现在争论这些已经于事无补,而且,也不能定论说我们就到了绝境!眼下最重要的,还是继续寻找出路。虽然我们已经搜寻过一遍,但我还是感觉没有搜得彻底!这洞厅四周环境比较复杂,一定还有我们没有搜到过的地方!吃过饭,我和沈立再去寻找,你们几个就在这里扎下营地,原地休息。"

"我同意!"沈立说,"不过,既然走到这一步,反思和总结还是必要的!我们还有下一步的目标,有了这次教训,也为下一步的寻找积累了宝贵的经验!"

这一次,李虎与沈立交换了搜索范围。他们排查得非常仔细,对每一个稍有可能的地方都做过认真的探寻。两个小时后,他们已到了水潭上面的浅滩两边,隔滩相望,均是摇头无语。然后,两人打着手势又继续向前,逆流而上,一直走进汹涌的急流之中。水流湍急,让他们寸步难行,两人都把目光投向旁边的洞壁。伸手摸去,两岸光滑的石壁上附着一层黏黏的糊状物质,既非苔藓,也非泥浆,滑不溜秋的,根本没有着力之处,他们再也没法前进一步了。要在急流之上逆行,若没有崖岸的支撑,那是根本无法完成的。

两人无功而返,又在河滩和水潭四周探查一番河水消失的原因,没有发现任何泄口。他们总共花去近四个小时,结果都是一无所获!

两人一身湿漉漉地回到营地,其余几人从他们的表情中已经看出结果,仍然打起精神一番问候,气氛虽然有几分尴尬,倒也不致太低沉。

两人换过湿衣,看看已近下午五点了。

沈立向李虎递了一个眼神,李虎点点头。然后沈立郑重地宣告说:"也不用讳言了,我们现在的确已经暂时陷入了绝境!为了确保万一,在找到出路以前,我们的食品和电池都要交由一个人统一保管,计划使用。从现在起,食品实行统一分配,食量暂时减半,大家要尽量克制、忍耐一些。寻找出路的事情,我们已经在四周勘察过两遍,我认为现在应该换一种思路了,也需要大家群策群力。先要冷静下来,然后共想办法!我要强调一点——信心和耐心,都是十分重要的!要相信我们一定会有办法走出困境!"

沈立话一结束,几人均无异议,纷纷从包里取出电池和食品,还有荧光棒、蜡烛等照明物,分类堆放在一起,逐一进行盘点记数。最后决定,由郑雯负责保管食品，沈立负责保管电池，发放和使用则需大家一致同意。

就在几人忙于清点食品的时候，李虎忽然想到一事。他问沈立："听你说，你们在那缝隙中看见过一只乌龟？"

"是啊，"沈立说，"它正在缝隙顶头那儿刨沙子。"

"可我第二次，也钻到缝隙顶头去过，却没有见到那乌龟。"

"是么？……或许，它正躲在沙堆中下蛋？"

"不对！我得再去看看。你们就在这儿等着！"

5

李虎再次匍匐着钻到缝隙顶端，坚硬的岩石在那里构成一个狭窄的锐角，地面堆积着松软的细沙，有被新翻过的痕迹。

李虎用手刨掏一阵，没有找着乌龟，发现那沙子虽然松软，颗粒却十分糙手。他退出缝隙，又回到营地。几人正罩在一根荧光棒的微光下，在那听沈立讲着一次在热带丛林中绝处逢生的历险经过。见李虎过来，沈立住了口，都一起把目光投向他。

李虎望着那几双期盼的眼睛，分析说："我是想，那么大一只乌龟，不会无缘无故就不见了，它很可能是回到了自己巢穴。我们只要找到乌龟，说不定就会找到一条出路。"

李虎取出两柄铝质桨板，拿在手中掂了掂，说："用这个刨沙，倒挺合适！你们继续说吧。小樊跟我来，帮帮忙。"

郑雯说："我们都去吧。"

"不用！"李虎把一柄桨板递给小樊，边走边说，"那地方太狭窄，容不下更多人。"

李虎手中有了桨板，刨沙的速度快多了，很快就挖出一个大坑来。小樊在后面将李虎刨来的沙子再向后转移，以保持缝隙中必要的空间。

沙子越挖越多，却一直不见乌龟的踪影。小樊忍不住说："掏这么久了

第四十九章・死亡之旅

也没见到，恐怕是早就跑到别的地方去了！"

李虎倒扑在坑内，头也不抬地说："正因为这样，我们才要找到它嘛！"

"你咋知道它就是从这里钻走的？"

"这是你们最后见到它的地方，又没有发现它往其他地方去的足迹。"

"那倒是。只是我这后面，沙子都堆满了，连路也挡住了！"

李虎手脚并用倒退出来，全身裹满了沙子，连眉毛鼻尖也都沾满了。

小樊呵呵笑道："你看你，简直就是一个沙人儿了。"

李虎抹抹脸说："那地方太窄！"

李虎与小樊一起将堆积的沙子继续往后推，将坑道清理平整了，又钻进沙坑继续掏挖起来。那缝隙呈 A 字形，越到下面越宽大，挖起来似乎没完没了。挖到后来，连李虎自己也信心不足了。但他不愿放弃，他深信那乌龟遁入沙中去了，下决心一定要找到它。

这小樊自从在柏杨镇遇见李虎，就一直着了迷似的崇拜着他，对他的一言一行尽皆深信不疑。此时，见他也如那乌龟一般不停地向外刨着沙子，自己一人清理转移不过来，便走出坑外，用对讲机将其他几人一起招了过来，大家协力将沙子往外推送。

李虎往下一直挖了近两米深的一个大坑，什么也没见到。正蹲在坑内有些灰心丧气，猛听郑雯在头顶问道："怎么样？有结果么？"

李虎一仰头，见了郑雯那张沾了沙的脸，方要说话，脖子上忽地感到一丝凉气。他心中微微一惊，忙咽下话头，回头查看。这一回头，立即觉出有一丝微风直向脸上吹来。他发现坑壁上露出一丝细缝，用手指扒去塞着的沙粒，从堵在缝隙间的岩石上清理出一道拇指大小的口子，一股冷风也随之扑面而来。

李虎兴奋地叫道："这里果然是与外面相通的！"

他顺着那道口子继续向下挖掘，最后掏出一个一米见方的洞口来。凉凉的空气如水一般从洞中涌出，让人呼吸舒畅。从洞中流出的，不只是空气，还有李虎一行人的出路和希望。李虎断定那里面还有更大的空间，从坑内站起身来，长长舒出一口气，仰头对郑雯说："我们找到出路了！这里面肯定又是一个大洞。你先退出去，换沈立到前面来。"

郑雯一听，便明白他的意思，伸手拍拍李虎头盔，说："你可要当心！"

沈立见了那洞口，问道："能进去么？"

"我试试！"李虎慎重地说，"在我回来之前，不要让任何人进入洞口！"

说罢，李虎在坑内伏下身子，先用头灯朝里面探照了一阵，然后匍匐着向洞内爬去。他背上那包被洞壁挡了挡，也让他硬生生拉了进去。

沈立随即下到坑内，将身子伏在洞口前，密切关注着李虎的动静。

后面三人先是兴奋地议论一阵，然后渐渐沉寂下来。郑雯不停地看着手表，时间才刚刚过去了十分钟，她却感到似乎很久很久了。上一次在幽暗之中默默等待的经验，还刻骨铭心地留在记忆之中，她明白这个时候任何的担忧、着急都是没用的。

但她还是忍不住向下面沈立问道："对讲机怎么样？能听到他的声音么？"

"效果很好！连他呼吸声都能听到。"

"你问问他情况怎么样！"

"不用问！有情况他会……呵呵，他回话了，说是一个长长的甬道……嗯，很宽绰……还在继续往前探索……一切正常！"

郑雯仿佛吃下一颗定心丸，又耐心地等待着。

时间一分一秒地过去。

此时这洞穴之中，便只有手表上秒针的"嚓嚓"声，冷漠而固执地响着。

6

李虎去了整整一个小时。

这一次，虽然同样是漫长而焦急的等待，却是毫无悬念，对讲机一直畅通无阻，李虎随时通报着情况。但小樊、向前进二人，却伏在沙地上睡着了。

当李虎重新从那洞口中钻出来时，二人随即醒来，揉揉眼睛齐声问："怎么样？"

郑雯笑道："什么怎么样！你们不是见周公去了么？"

第四十九章·死亡之旅

李虎那表情显得并不怎么乐观,他说:"一条……宽绰的甬道!然后是一个静水潭,绿幽幽的,不知有多深,也不知有多大。"

沈立问道:"水潭见不到边?没有陆路可走么?"

李虎摇摇头说:"两岸峭壁森然!那水潭拐了一个弯,前面被石壁挡住了视线。"

"我们现在绝了退路,只能是一往无前了!"沈立看看手表说,"现在是10号的21时,我们进洞已经超过30个小时了。前方情况不明,各种可能性都是存在的,大家又都很疲倦了,我们休息两个小时后再出发吧!"

他们依然回到沙滩上的营地,铺上睡垫,倒头便睡。

李虎仍是打坐入定,行功中试图与七星老人取得联系,却是毫无回音。

两个小时一到,沈立准时醒来,叫醒大家,去潭边洗了一把脸,收拾好背包,然后郑雯给每人分发了一点儿食品。他们吃完后便抖擞着精神出发了。

洞口虽小,但李虎能过,其余几人都轻松而过。他们匍匐着爬行了六七米,空间渐阔,站起来猫着腰走出一段,便站直身子,昂首阔步了。

走在前面的李虎,回头告诫说:"大家小心点,这里面可能会见到一些洞穴生物,请不要大惊小怪……"

哪知,李虎话没说完,走在中间的郑雯忽然"啊"地发出一声惊叫,脚下一绊,被前面小樊回身拉住才没有摔倒。那叫声在洞壁间回荡,所有人都被吓了一跳。

原来,郑雯在头顶洞壁上见到一只蜘蛛,如盘子一般巨大,八足特长,有一对钳子一般的螯肢。看上去,那钳夹如同镰刀一样宽大锋利。全身呈灰白色,硕大的腹部隐隐透出暗红,全身茸毛显得特别细长,在灯光映照下熠熠生辉。

后面向前进凑上前扶着眼镜看了看,立忙躲过一边,惴惴地说:"天哪!这大概就是传说中行动敏捷、手持镰刀的巨镰蜘蛛吧!这可是洞穴中的怪物,它们不靠结网来捕食,据说攻击起来几近疯狂,毒性比眼镜蛇还大……"

郑雯定下神来,没好气地说:"行了!我并不是怕它,只是见着恶心!"

那蜘蛛似乎颇为识趣,虽然目不能视,却也知人不喜,不慌不忙藏进了一个石孔之中。

洞内空间越来越宽阔了,犹如一条长长的廊厅。忽见旁边有道白影一闪,倏忽不见。郑雯慌忙越过小樊，一下抓住李虎胳膊，正说："刚才……"

只听"吱吱"两声，又一道白影晃过。这次他们看清了，是一只白色老鼠，肥硕如猫，惊惊慌慌地向后面逃窜而去。郑雯平生怕鼠，额头沁出汗来。李虎安慰地拍拍她背心，然后指指地上，对身后小樊说："看看，这是你们先前见过的那只乌龟么？"

后面几人发现地上一只硕大的乌龟，正挥动四肢，快速向前爬行着。他们立即围上前去，几只灯光一齐照射着，那巨龟似乎有所感应，龟头略微一缩，行动稍见迟缓，乌黑的拱形龟背闪着幽光。灯光下，见那龟头和四肢都长满了黑黑的长毛。小樊说："这不是我们先见到的那只，那只乌龟没毛。"

郑雯说："我曾在一本书上读到，龟，寿一千年生毛，寿五千岁谓之神龟，寿一万年曰灵龟。这只乌龟能够长出毛来，起码也有一千岁了吧！"

李虎点头道："史书上说巴国盛产灵龟，有人曾考证这灵龟就出自永谷水，也就是现在的石芦河。看来此言不虚啊！灵龟就是在这些洞穴中长出来的。"

向前进说："看它这么急急忙忙的，是要往哪里去呢？"

小樊笑道："问谁呢？这话你得问它自己啊！"

"走吧，"李虎说，"我先在前面也见到过几只的。"

几人撇下那只努力爬行的龟，又快步赶路。走出四五百米，刚刚转过一个弯，前面李虎猛地立住脚步，向后举起手掌，示意大家停止前进。

只听小樊惊呼一声："我的乖乖！"

后面几人悄悄围上前来，发现前面地面上，密密麻麻挤满了乌龟，大大小小的怕有上百只之多，结成一个严密的龟阵，连李虎他们的去路也给挡住了。

李虎轻声说："我先前进来时，也见到过几只，怎么短短两个小时一下钻出这么多来？这些古老的爬行动物突然聚集在这里，它们到底是要干什么？"

第四十九章·死亡之旅

7

　　李虎他们身后，仍有零零星星的乌龟不时爬过来加入龟阵。

　　龟群虽然密集，却并不显得拥挤，但见一只只乌黑的拱形龟背错落有致地排列着，秩序井然。越往前面，龟背越大。

　　前面中间位置，众龟簇拥着一只特别大的巨龟，俨然就是龟族之王了！不但甲盖如锅，而且高出群龟一大截。甲壳色泽也与众不同，隆起的纹线呈银灰色，纹线间则是一片片中间深四周浅的暗红色，显得斑斑驳驳，极是醒目。头、尾、四肢的鳞片间生出一撮撮银须，尤其是粗壮四肢末端那坚硬的爪子，闪着冷冷的金属般的光泽。高高昂起的脑袋左右摇晃着，顾盼之间，自有一股王者威仪。

　　小樊吐吐舌头说："我的乖乖！一直猜不透洞里那乌龟钻进沙中干什么去了，原来是到这里来了。说不定这四通八达的地下世界里，各个洞穴都来了一只乌龟代表。这可是三十六洞洞主、七十二岛岛主全到这里开会来了，很可能就是地下龟界一年一度的武林大会哦！你们看中间那只最大的，白发银须，威风凛凛，恐怕就是这里的龟王，至高无上的武林盟主吧！他可……"

　　小樊的调皮话还没说完，迎面吹来一股腥风，气味浓烈，闻之欲呕。

　　李虎皱眉说："你们闻到腥味了吧！看看那龟阵前面，满地游移盘曲着，还在嘶嘶作响的，是些什么？"

　　几人将头灯光柱前移，龟阵前面排成整整齐齐一条横线，大概就是龟阵的界线了。再往前，有一片约五六米灰白色的空白地带，再过去又是一条黑色的横线，后面黑乎乎的一片，隐隐泛出湿光。

　　从李虎几人所立之处望过去，中间隔了三十多米距离，一时看不真切，但见那片黑色的湿光不停蠕动着，并传来一片细微的嘶嘶声。

　　李虎和沈立都取出自己的望远镜，架上眼睛。

　　不看则罢，这一看，两人都暗暗地倒吸了一口冷气！

　　那是一个庞大的蛇阵，地上重重叠叠布满了成千上万条粗粗细细的毒蛇，相互缠绕，各自昂起三角形的蛇头，不停晃动着，舌吐口外，嘶嘶作响。蛇阵前面众蛇相拱着，也有一条碗口粗的巨蛇，全身布满金钱般的五彩斑块，鲜艳斑斓，三角形的脑袋昂起有一人来高，粉红色的芯子弹起有数尺长，头顶鳞片间隐隐现出一个王字，一双黑豆般的眼睛闪出冰凉的晶光，对光线似乎毫无感觉，却自有一股阴冷狠毒之势，显然是众蛇之王了。

李虎和沈立刚放下望远镜，小樊、向前进便伸手欲拿，不约而同都被挡开了。郑雯似乎已经猜到，不安地问："是蛇吧？"

李虎点点头，皱眉道："怎么短短时间内，这里一下来了这么多的不速之客？这龟蛇成群，结阵相对，看来是有一场大战了！"

沈立冷静地说："有办法阻止么？我们不能在这里耽误时间了！"

"我试试！"

说罢，李虎潜运玄功，默默发出一串串禁咒。

这边，小樊倒显出兴致来，轻声说："龟蛇大战？好像在神话中有过这样的记载。这龟蛇，虽然都是很古老的爬行动物，但一个是有房有车的贵族，一个是光杆一条的穷光蛋，两者不同阶层，各不相干，到底是为了什么要大打出手？"

向前进说："这两者在人们心目中的形象，向来都是不太体面的。不过，自古胜者为王！也许，永谷水的灵龟就是这样打出来的。乌龟也因此才成了最长寿的动物，跻身到中国古代'麟凤龙龟'四灵之中。"

郑雯紧挨李虎站着，一直在偷偷看他运功作法，这时也忍不住小声说道："在中国神话中，蛇与龟都是神兽，却是素来不和，屡次大战难分胜负，倒弄了个两败俱伤。后来，为了疗伤，两神合为一体再也分不开了，就变成一种新的灵兽，名叫玄武，不但成为长寿的象征，还成了北方神和水神。难道这以前的神话故事，要搬到这地底下来上演了？"

几人说话间，沈立一直用望远镜观察着，双方虽然一时尚未开仗，却也并无什么变化。待李虎完毕，沈立望着他摇摇头说："没见什么效果！"

"再等等看。"

李虎说着朝洞厅两壁看去，都是光滑如墙，难以寻到落脚借力之处。几分钟过去了，前面仍无变化。郑雯不禁问道："你那'禁咒令'都说的些什么？"

"不外乎是'各自回家或是远遁，严禁在此兹扰生事'之类规劝申斥的话语，不断重复，以气送出！"

"在神堂湾看你作法，见效都比较快的嘛，怎么这次不行了？"

小樊插嘴说："或是你那些灵界朋友不肯帮忙了？"

举着望远镜的沈立说："靠岩壁一边，好像是让出一条通道来了。"

李虎用望远镜看了看，果见龟蛇都在向一边靠拢，左边空出一条两米来宽的空当来。他说："你们先退一退，等着，我过去看一下！"

郑雯一把拉住李虎衣袖，急道："你！……"

李虎拿开她手，笑着说："放心吧，我不会有事的！"

8

李虎暗自运气，目光紧视着右下，全神戒备，紧贴着岩壁，不紧不慢，一步一步朝前走去。从龟阵尾部走到蛇阵尾部，全程约六十多米，他用了近两分钟时间。

龟蛇之间空出七八米距离，双方结阵整齐，都在摩拳擦掌，严阵以待。龟王与蛇王都高昂着头，如帅旗一般成为各自阵营的标志和焦点。

李虎最担心的那些蛇，对他的经过似乎毫不在意，相互间不停地蠕动缠绕着，一只只昂起的脑袋都向着蛇王的方向。

小心过完蛇阵，他以极快的速度一直向前走到出口处，确信后面干干净净再无异物，然后很快倒回，安全穿过龟蛇之阵，回到队友中间。

过蛇阵时，听到嘶嘶的声音更响了，一片嘈杂。大大小小的蛇都昂起了半个身子，密密匝匝如刚刚生出的豆芽一般，身子也晃动得更厉害了，显得躁动不安，似乎急欲发动攻势。这让李虎心中隐隐感到不安！

几人都为他捏着一把汗，直到他安全返回，才放下心来。

李虎说："刚刚看到蛇阵有些异动，估计双方的厮杀就要开始了！我们得趁这机会赶快通过！过完蛇阵就没事了，那边很安全。"

见这阵势，几个小年轻早就惴惴不安。眼前这些龟爷龟孙们似乎倒没什么，但现在要从密匝匝的蛇阵穿过，他们都禁不住两腿有些发软。

为了以防万一，他们扎好衣裤，又戴上登山手套，沈立还讲了遇到毒蛇暴起而攻的紧急自卫手段，这才小心出发。

这次，是沈立在前，然后是小樊、郑雯、向前进，李虎断后。几人跟着沈立的步伐，眼睛斜视着右下方，全身绷得紧紧的，大气也不敢出。穿过龟阵，又一步一步走出蛇阵。眼看已到蛇阵尾部，一路安全无事，后面李虎刚要松下一口气来，忽见前面向前进脚下一个踉跄，地面"嘶"的一声腾起一道黑影，直朝向前进飞击而去。

李虎不及多想，左手将向前进猛地一推，右手一把抄住那条黑影，嘴里同时大声呼喝："前面快跑！"

这一系列动作，均在间不容发之际一气呵成。

李虎随即转身，头灯光柱扫向后面，但见蛇阵尾部已乱，昂起的身子都向后面转过头来，发出一片愤怒的嘶叫声，甚至有几条性情暴戾者已长身而起，嘶嘶叫着飞腾而来。李虎左手挥出一掌，发出一股强劲的力道，只见昂起的蛇身倒下一片，飞起的几条也摔到了地上。但蛇阵尾部，群蛇已潮水般向这边涌了过来！

李虎回头一瞥，见同伴们已经跑远，稍稍放心。就是这时，他感到右手手背一阵钻心刺痛，才想起手中尚握有一物。他手指一紧，用力捏去，觉出掌中所握之物，寸寸骨节化作齑粉，随即松手一摔。哪知道，这一摔，不但没有摔脱，反而拉得手背又是一阵钻心之痛。

但李虎已经顾不上了，他不断挥着两掌，发出一道道排山倒海之力，不知击死击昏多少毒蛇，才将奔涌而来的蛇群暂时阻在那里。灯光晃照之中，他发现前面蛇阵大乱，原来是那边龟群见蛇阵不战自乱，趁机发动进攻，蛇王与龟王已缠斗在一起，翻翻滚滚，难解难分。更多的毒蛇已卷入了龟蛇大战，再也无暇后顾了！

李虎又发出两掌，然后才转身奔逃。

跑出一截，他扭头看看，发现有几条蛇正尾随而来，他止步回身，一一发掌击死。然后跑出一段再转身搜索，确信再无跟踪者，他这才放心地往出口跑去。

奔跑途中，李虎发现右手已感觉不到疼痛，而手臂开始发麻，知道被毒蛇咬伤，毒性正在发作，连忙运气向外逼毒，脚下却丝毫没有怠慢。

沈立几人正等在出口处宽阔的平台上，焦急地张望着。郑雯见到李虎，先是喜上眉梢，随即脸色一变，发出一声惊呼："你那手！"

沈立连忙上前，欲取下那蛇，被李虎一把挡开，喘息说："这是有名的五步蝮蛇，巨毒无比，还是我自己来！"

原来，那蛇咬穿结实的登山手套，长长的钩牙深深刺进李虎手背，几次摔之不掉，他忙乱之下便捏着一米多长的蛇身一路跑了回来。此时，他右臂齐肘以下已经失去知觉，知道毒性正在蔓延，一面继续催动内力排毒，一面用左手捏住尖尖的蛇头，小心拔出毒牙，这才丢开那长长的蛇身。迷彩登山手套已被他逼出的毒血浸染得一片漆黑，取下时那些指筒里还倾出了不少黑血。

几人看见，李虎整个一只手掌已全部黑透，肿胀得如同一只北方大馒头。隆起的手背上，有四个被钉开的深深牙洞，正在往外冒着黑血，带出一股浓烈的腥味。随着手套被揭下，伤口周围紧绷绷的皮肤上，一下鼓起几个亮晶晶的水泡。

此时，李虎被沈立扶到一块岩石上坐下，已是满头大汗。沈立用剪刀剪开他的衣袖，发现已肿至肘部，而且皮肤都已经发黑了，实在是凶险无比！

9

沈立替他擦擦汗，轻声问："头晕不晕？想不想呕吐？"

"不！"李虎喘息说，"我正运气排毒，没事的！"

郑雯忍不住流下泪来，仍然手脚麻利地从包里取出蛇药。沈立说："片剂10片，先喂他吃下！外敷散等一等。把你们水壶都拿出来！"

李虎吞下郑雯喂来的药片，便闭上眼睛，潜心运功逼毒。沈立用凉水小心地冲洗着伤口，郑雯拿着纸巾不时替他擦擦汗水，小樊、向前进则围在旁边目不转睛地盯着，一时鸦雀无声。整个洞穴之中，只有伤口流出的黑血和着冲刷伤口的凉水落到地上滴答作响。

十来分钟后,手臂的肿胀尚未见消,流出的血水已渐渐转红了。李虎睁开眼睛,长长嘘出一口气来,望望周围几人,勉强挤出一个笑容,虚弱地说:"我们不能在这儿耽搁久了!那些毒蛇倘若败下阵来,说不定会逃向这里。"

小樊好奇地问道:"它们打起来了?"

"是的。"李虎微笑着点头说,"我助了那些龟老爷们一臂之力。"

向前进痛心地说:"都是我惹的祸!要不是我踩上那条蛇,你也不会受伤了。"

李虎说:"这不怪你……"

"现在不要说话!"沈立打断李虎说,"你现在还很虚弱,需要好好休息!"

李虎站起身来,挥挥手臂,忽然嘴里"嘶"的一声,眉头皱了起来。郑雯连忙扶住他手臂,问道:"怎么了?很疼么?"

沈立立即喊道:"快!郑雯,把'外敷散'敷到他伤口上!"

李虎一面看着郑雯敷药,一面说:"手臂恢复知觉,能感到疼痛,说明毒性已经排除了,不要为我担心!我们已经在这里耽误了不少时间,得赶快出发了!"

沈立说:"这你也不用担心!敷了药,先坐下休息一会儿吧!这里的环境我都看清了,下去的方案也有了,我这就去准备。但咬伤你的是号称五步蛇的尖吻蝮,性格凶猛,毒牙长,排毒量大,你千万不能掉以轻心,一定要将毒素除尽后,才能继续行动!"

李虎依言坐下,闭上了眼睛。

郑雯仔细替他缠着绷带,担忧地说:"五步蛇果然是奇毒无比,你这伤口都开始出现组织坏疽和溃疡了。手掌虽然已经褪黑,却仍然肿胀着,伤口一定非常痛吧?"

"没事!"李虎咬着牙轻声说。但伤口确实很痛,随着脉搏的牵动一阵阵如烧灼般疼痛。李虎虽然强忍着,额上却浸出细密的汗珠来。

一旁小樊见了,忽然想起一事,忙从包里取出那只白色瓷瓶,对李虎说:"虎子哥,试试这个吧!"

郑雯看了一眼,说:"你这不是从神堂湾带出来的外伤药么!又不能排

第四十九章·死亡之旅

毒解毒，哪能用到他的伤口上？"

小樊说："这药我刚用过的，虽不能解毒，止痛却是有奇效。看虎子哥痛得这样，就敷上一点吧，这对他伤口也不会有什么妨碍的。"

自小樊从包里取出那只瓷瓶，李虎便闻到一股熟悉的药味，清清凉凉，沁人肺腑。此刻，他正痛得心一揪一揪的，便对樊高说："就试试吧。咦，你的伤怎么样了？"

小樊举举胳膊说："这药确有神效，我的伤还不到一天，基本上算是好了！用手捏捏，也不感觉特别痛。"

郑雯解开李虎已经浸湿的绷带，见伤口还在不停地冒着黄水，先用药棉擦净伤口，再拿棉签沾了些小樊那瓶里的药膏，匀匀地涂在伤口上。

小樊在旁一瞬不瞬地看着，问道："怎么样虎子哥？"

郑雯说："哪这么快就有效了！"

却见李虎已舒展开眉头，点头说："药到痛除，确是神药！"

郑雯闻言，不禁朝眉开眼笑的樊高投去赞许的一眼，拿起纱布准备包扎，李虎摇头说："反正在不停地流着黄水，就不包了。"

这时，沈立过来说："都准备好了！平台到水面的垂直距离是21米，先将橡皮艇充好气放下去，然后我们就攀岩直接下到艇上。你怎么样了？"

只见李虎正垂下肿胀的手掌，伤口如涌泉般汩汩冒出黄水，经中指形成一股黄色的水线流到地上。他笑着解释说："刚刚才摸索到运气逼毒的窍门！"

不过两分钟时间，黄水流尽，手掌也如泄气的皮球一般渐渐消去肿胀，基本恢复了原状。李虎呼的站起身来，伸手做出两个抓握动作，朗声说："好了，我们出发！"

郑雯看着他手背上四个鲜红的小肉洞，关切地说："药膏都冲净了，再抹一点吧！"

"真还有些痛，少抹一点吧，这可是神药！"

众人装束完毕，李虎警惕地回头望望洞内，对沈立说："你先下去，我殿后！"

10

　　李虎最后一个下到艇上，仍按原来位置坐好，郑雯在前，李虎、沈立居中，小樊、向前进坐后排。每个人都穿好救生衣，系上安全带，装束整齐。沈立仍要求前后三人将安全绳与舷上抓绳系在一起，以防皮艇倾覆。

　　小樊见李虎手背伤口红肿尚未褪尽，欲与他交换位置划桨，被李虎拒绝了。李虎握握桨柄，说："神堂湾的药膏果然神奇，伤口一点也不痛了，不影响使力！"

　　李虎因为右手有伤，便坐了左边，和沈立一人一桨，快速划动起来。皮艇贴着左岸陡峭的岩壁，飞一般向前驶去。

　　这是两岸峭壁夹峙的一潭静水，如一条狭窄的甬道，果然是深不见底。李虎指着岩壁上那一条条平行的水渍印说："你们看这些水位线，丰水的时候，最多比现在水面要高出一米左右。这些水能够溢出，说明水潭肯定是有出口与外界相通的！"

　　郑雯开着头灯远光，不时朝左右两岸扫视着，嘴里嘀咕着一些石虎上的谜语。

　　水面渐行渐宽，两岸相距也越来越远。

　　郑雯迷茫地说："我们可能真的是走入歧途了！自从进入伏流，就再也没有发现过与谜语相符的地方了。"

　　沈立说："现在已经顾不上谜语了！我们只有先想法回到地面再说。"

　　说话间，当郑雯将头灯光柱再向右边扫过去时，不禁失声惊呼："我的天哪！"

　　原来，渐渐远去的右岸不知什么时候竟从视野中消失了！

　　艇上几人，一齐打开头灯远光扫射过去，在灯光映照下，他们见到的只是一片茫茫水域。沈立放下桨板，一手执狼眼手电，一手架着望远镜，观察一阵后，摇摇头说："这是一个很大的地下湖泊，远处被一层迷迷蒙蒙的雾气笼罩着，看不真切。"

第四十九章·死亡之旅

"地下湖泊!"

几人闻言,心头一震!此前谁也不会想到,在齐岳山错综复杂的地表下面,还埋藏着一个如此阔大幽暗、深不可测的地下湖泊。此刻他们泛舟其中,由衷生出一种蜉蝣般的渺小感来,不禁情怯气短,一时哑口无言。他们心中都默默想着,这将让他们要费更多的精力才能找到出口,重见天日。

沈立冷静地说:"我们只能贴着岸壁,搜索前行。速度尽量快一些!"

为了节省电能,其余几人熄了头灯,只留下李虎和沈立的亮着。李虎照近处开着散光,沈立打起远光巡视着远处。两人手下暗中加劲,橡皮艇带起一股轻风在平镜似的水面上快速滑行着。

左壁岩岸曲曲折折,时而峭滑如削,时而犬牙交错,岩壁上不时出现各式各样的钟乳石和矿物质晶体结构。偶尔还有细瀑悬挂,或是暗泉涌流,让平静的湖面荡起层层涟漪。李虎在划桨的同时,细心察看岩岸,希望能在某处找到一道缺口或是一个深洞。沈立则警惕地环视着湖面,谨防一切可疑的异动。

也不知过了多久,忽听"哗啦"一声水响,平稳滑行的橡皮艇猛地一颠,好像被什么东西在水下一顶,突然带着一阵水花,倾斜着腾起一米多高来。艇上的人猝不及防,在郑雯、向前进的齐声尖叫中,左边李虎和小樊一下子落进了水里。

被顶起的橡皮艇接着又重重落入一片翻涌激荡的水花之中,幸未倾覆。

李虎从水中抬起头,见小樊被安全绳斜挂在舷上,先一把将他提到艇上,然后自己才翻了上去。郑雯回身拉了李虎一把,惊悸地问:"这,这是怎么回事?"

李虎抖抖身上水渍,摇摇头说:"只感到皮艇下面被什么东西掀了一下。"

好在大家都没事!李虎几人莫名其妙,一起打开头灯四处搜寻,却是什么也没有发现。再检查橡皮艇,也是好好的。一场虚惊过去,水面又渐渐平静下来。

向前进看看一身湿透的樊高,惶惶不安地说:"莫非是……湖底水怪?"

沈立正色说:"不要胡思乱想!这可能是一条大鱼,误打误撞碰上了。你们都把头灯打开,我们密切注意周围,提高警惕就是!"

于是,小樊、向前进反向而坐,五人五灯照向四面八方。橡皮艇前行不到一千米，坐在后面的向前进一声炸呼："它来了！正在后面追赶！"

李虎与沈立心有灵犀，十分敏捷地向右横过皮艇，果见后面数十米处的水面上，有一个扁扁的圆弧形东西正对着橡皮艇急驰而来。他们看出，那只是露出水面的一截脑袋，巨大的身躯却没在水中，隐约现出一线灰白色闪着亮滑滑水光的脊背，身后拖起两道笔直的水痕。

那东西速度极快，转眼即至。两人挥桨一阵猛划，橡皮艇迅速避开，飞一般向湖心滑去。那东西略略一滞，身子猛的一摆，搅起一阵水花，又尾随而来，紧追不舍。

几双眼睛紧张地向后盯着！

橡皮艇快，那东西更快，距离越来越近，与橡皮艇相距不过二十多米了。它似乎已将橡皮艇当作了囊中之物，怡然自得地张开了一张巨嘴，两排细密尖锐的森森利牙也清晰可辨。

几人见了那张来势凶猛的巨嘴，心中都是一寒，背上不由自主生出凉意来。

他们都明白：要是让那些利齿碰上橡皮艇，在这阔大幽暗的湖泊中央，后果真是不堪设想！

11

李虎眼见那东西来势凶猛，橡皮艇已是躲无可躲，不由一咬牙，恨声说："掉头！我们反正跑不过它，不如迎上去与它一拼！我会有办法的！"

两人一正一反划动双桨，轻捷的橡皮艇就地划出一个圆圈，头尾相调。沈立挥挥手中桨板说："你手上有伤，还是我来！"

"不碍事！"李虎说着轻划一桨，让皮艇侧过身来。正好那巨嘴急冲过来，距离已不过十来米了，李虎凝神聚气，一掌挥出，橡皮艇微微向下一沉，但听"噗"的一声闷响，水面凹下一个大坑。那东西似乎吃了一惊，一下潜入水中没了踪影。

第四十九章·死亡之旅

李虎手悬空中，待要再来一击，那东西却再也不肯现身了。艇上几人喘过气来，四下一望，吃惊地发现，他们这一番慌不择路，已经驶到湖的中央，四面碧水茫茫，一时失去了方向。

沈立用狼眼手电加望远镜，四方搜寻，没有见到湖岸。他看看手表上的指北针，欣慰地说："幸好这里不比神堂湾，手表上这些功能都还能使用。我们现在只有一个办法——朝着一个方向前进，直到岸边！"

李虎说："我记得你先前说过，我们是朝东边方向前进？"

沈立取下背包说："我们一直是沿着湖岸走的，开始向东，后来逐渐偏向北方了。"

李虎看着沈立从包里取出地图，凑近灯光看，说："我们也不能盲目地选择方向！为了节省时间，应该确定一下该朝哪个方向走才是最快的！"

沈立翻开地图，指着齐岳山那一片密集的线条，说："这齐岳山自西南向东北绵延，长达100多公里，但平均宽度不到20公里。我想，这地下湖泊再大，也不会大过齐岳山去。这里湖面的海拔是175米左右，齐岳山周围沟壑纵横，不少深切的河谷都低于这个海拔高度，出口肯定是有的！我们从大安洞开始，在这地底下的行程大部分都是朝东方向，曲里拐弯的也有几十公里了吧。现在不能再往东去了，我们向南！向南是横向，我相信一定能够找到出口的！"

李虎看着地图，认为沈立说得有理，点点头说："好！我们赶快出发。大家盯紧点，再被那东西缠上就麻烦了！"

沈立校正方向，两人划动桨板，橡皮艇在茫茫水域中，快速朝着南方驶去。

郑雯将头光柱指向正前方，李虎、沈立观察侧面，小樊、向前进仍是反向而坐，密切注视着后面的水域。

向前进说："刚才那……到底是个什么东西？"

小樊说："看那扁平的头，阔大的嘴，还有那没有鳞甲的身子，倒像是条鲶鱼。"

"小樊说得倒有几分像！"李虎接口说，"鲶鱼性情凶猛，满嘴利牙，攻击力强。只是，这东西牙齿比我们见过的鲶鱼更长，也许是这地底下的环境使然。"

小樊道："都说洞穴生物没有视觉，为什么这东西跟得这样准？"

"它们是靠嗅觉或是声呐导向的。是这橡皮艇的声音，或许还有李虎哥伤口的血腥味吸引了它们……"向前进说到这里，声音陡然一变，"天哪！它又来了！还……还有同伴！"

橡皮艇忽然慢了下来。

沈立轻声问道："后面一共有几条？"

小樊说："两条！"

"好嘛！"李虎说，"这四个方向一共来了六条，看来我们是被包围了！"

小樊回头一瞥，果见侧面也出现两条。他猜想，在前面或者另一侧，一定还有两条。这些大鱼只在水里围着皮艇缓缓游着，仅仅露出半截脑袋和一张阔嘴，似乎并不急于进攻。

小樊一时胆怯，脑袋"嗡"的一声，只觉得喉咙发干，张了张嘴，却说不出话来，见旁边向前进正浑身抖个不停，便一把握住他手，狠狠地握了握。

这时，沈立拿出一把丛林刀、一把猎刀，还有一柄猎斧，分别交给前后三人，冷静地说："这就是你们的武器了，我和李虎就用桨板。我们除了要保护好自身，还要保护好这皮艇，千万不能让它那利牙给咬坏了！"

李虎闭目屏息，满面红光，先向周围布下一个气场。然后他看看情势，见那些鱼只在周围守着，围而不攻，也不知在打什么主意，便对沈立说："我们不能守在这里等着它来进攻，要主动突围！"

"好！"沈立说，"我们不改变方向，就从前面那条鱼的旁边冲过去！你们三个都伏在艇上，一手握好武器，一手握紧舷上的抓绳。一旦那东西靠近，就狠狠打击，出手一定要稳、准、狠！不要有丝毫顾虑！"

说罢，沈立与李虎和着节奏挥桨猛划，橡皮艇如离弦之箭，贴着水面向前飞去。前面那鱼原本离有十多米距离，见这橡皮艇居然敢向自己猛冲过来，不禁勃然大怒，在水中"哗啦"一个挺摆，张开巨口便扑了上来，连半个身子也露了出来。

此时，橡皮艇恰好驶到那鱼旁边，相距不过两三米。李虎看得真切，抡起铝质桨板，迎着那鱼扑来之势，朝张开的巨嘴狠狠砍下。李虎运上真气，又借助手中利器，这一砍之力，何止千钧！只听"咔嚓"一声，桨板切穿它上腭，又透入了它的下腭，卡在坚硬的骨头里面，一时竟拔不出来。

橡皮艇被这力道一带，一下子横了过来。那鱼一时伤而未死，下腭卡在李虎手中的桨板上，不断挣扎，腾起巨大的红色水花，掀得橡皮艇颠簸不已。

透过水花，几人发现后面那几条鱼正兴风作浪，大张巨口，快速向这边急冲过来。

12

情急之下，李虎用力一抖，从鱼嘴下腭上抽出桨板，趁势在水中深深一划，拨正方向，沈立及时配合，橡皮艇又朝南面如飞而去。

这惊心动魄的一幕，前后不过二三十秒钟，却好似一部惊险短剧。直到橡皮艇走出好大一截，后边的小樊、向前进才渐渐定下神来。

沈立提醒他们说："把后面盯紧了！"

小樊咽了口口水，干涩地说："那些鱼没有追来了。它们正围着那条受伤的，好像是在察看它的伤势。"

"呵呵，"此时稍离险境，向前进缓和了精神，禁不住笑着说，"你还不如说它们正在会诊，商量治疗方案哩！难道你还看不出来？它们可是一群残暴的血腥分子，嗜血如命，任何一点血腥味都会引爆它们的狂热！此刻，它们围在那重伤之鱼身边，正迫不及待要分而食之呢！"

几人见凶猛的怪鱼不再追来，都松了一口气。但他们仍然不敢掉以轻心，头灯也向四面八方探照着。

橡皮艇一直向前，再也没有出现新的情况，前方水域似乎无边无际。

在地腹深处这幽暗无边的水面上，唯有咿呀的桨声单调地响着。

除了两个划桨的人机械地重复着相同的动作，郑雯、小樊和向前进三人都渐渐伏到艇上，一阵阵倦意如黑色的大网铺天盖地袭来。刚开始，几人还强打着精神奋力抵抗。后来，连最后一点点意志力也被浓浓的睡意瓦解了，一个个都毫无抗拒地坠入了梦乡，发出一片轻微的鼾声。

沈立前前后后检查了一遍安全绳，发现几人都连接得很牢，又看看手表，轻声说："我们在这湖面上，已经漂荡十多个小时了，大家还一点东西也没有吃过。"

李虎说："让他们先睡睡吧！先前被那些大鱼追赶，他们一直处于高度紧张中，实在是太疲倦了。你呢？这么长时间一直没有休息，还能坚持么？"

"我没事！"

"方向应该没错吧？怎么一直没个尽头？"

"不会错的！这'鲁美诺斯'是美国海豹突击队的专用军表，瑞士制造，品质绝对可信！放心吧，只要我们一直向南，就一定会到岸的！连大海也有边嘛。"

两人又划了近一个小时，李虎发现前头水面上远远出现一条黑线，一时看不真切，便碰碰沈立，说："你看，前面是不是到岸了？"

沈立观察一阵，点头道："没错，那就是岸边！"

两人心中振奋，手下加劲，又是一阵急划。渐行渐近，那黑线慢慢露出轮廓来，在灯光中显现出岩石坚硬的质地。

快到岸边时，李虎叫醒三个沉睡的同伴，大声说："我们到岸了！"

见到久违的岩石，几人顿觉胸中那颗漂漂荡荡的心一下踏实起来。他们沿着岩岸寻到一块平坦之处，泊住橡皮艇，李虎先上去看了看，然后招呼几人跨上石岸，来到一片两面围着岩石的沙地上。

沈立放下扛在肩上的橡皮艇，和李虎一起检查一番，幸喜完好无损。

几人脚踏实地，都放下心来。李虎说："总算是走出头了！你们先在这里扎下营地，吃点东西，好好休息，我出去探探路！"

沈立拿出便携式净水检测仪，忙着检测刚刚从湖里取来的一瓶水。

郑雯则从背包取出食物来，正要分发，发现李虎已带着狼眼手电走了，气得直跺脚，恼声说："这人，也不吃了东西再走！"

几人吃过东西，又从湖里补充了经过沈立检测的饮水，时间已经过去二十多分钟，还不见李虎回来，沈立打开对讲机，"喂喂"两声，蜂鸣器里立即就传出了李虎的声音："快了！我马上就回来了。"

说是"马上"，结果还是过了十多分钟才回来。只见他手执狼眼电筒，胸挎望远镜，大步流星走来，面色十分平静。

郑雯迫不及待地问道："怎么样？找到出口了么？"

李虎笑笑说："你们都吃了？我可饿坏了，请粮官赏点吃的吧。"

第四十九章·死亡之旅

郑雯连忙递过一只早已备好的食品袋，埋怨说："不是铁打的身子哦，这会儿也知道饿了？先要吃了再去，多好嘛！"

李虎接过食品袋，打开看了看，诧异道："这么多？我看你这粮官不称职了吧！要照这么吃下去,你那点食品还能管多久？我们恐怕很快就要断粮了！"

"我们没这么多，"郑雯解释说，"是看你个子大，又一直在劳动……"

"荒唐！"李虎将袋子往她手里一塞,生气说,"重新分,和大伙儿一样！"

郑雯眼中一下注满泪水，委屈地说："我自己那份只吃了一半，也留给你了……"

"这样不行。"李虎柔声说，"每个人的那点量，都是维持基本体能必不可少的，快把你省下的那一半吃下去！我和你们不同，我有功夫，会比你们坚持得更久。"

沈立听到李虎和郑雯的对话，心中已经猜出几分，平静地问道："没有找到出口吧？你看见的都是些什么情形？"

李虎咽下一口饼干，又喝了一口水，擦了擦嘴，这才环顾众人说："我们根本就没有走出湖泊。这里只是一个小岛，或者说是一块突出水面的大石头！"

"什么？！"

这话让在场几人，包括沈立，先是大吃一惊，然后一颗心重重地向下沉去！

第五十章 遗骨之谜

1

李虎介绍说:"这小岛大致有三四百米长,一百多米宽,是一个不规则的长条形。我基本上沿小岛走了一圈,除几块不大的沙地外,全都是石头。我们现在的位置是在小岛的中部边缘。除了我们来的方向,其余几方我都探测过,在狼眼手电三百五十米的照射范围内,没有发现岸边。"

几人听了这情况,面面相觑,都沉着脸没有言语。

"不过,"李虎继续说,"手电射距有限,岸边不一定就有多远。我们一路向南,已经走了很长里程,我估计再往前去,应该不会太远了。我们还是在那洞内沙滩上作过短暂休息的,现在过去了整整一天,大家早就疲乏不堪了。所以,我们现在的任务是好好休息,睡上一觉,等恢复了体力,再抖擞精神出发!"

沈立说:"四个小时吧!你们几个先在艇上睡过,再有四个小时足够了。我和李虎,每人两个小时也够了。李虎受过伤,你先睡,我值班!"

"不!"李虎看看被蛇咬过的手背,笑着说,"你就放心睡上四个小时吧!有神堂湾的神药,这点伤早就好了,现在只留下几点疤痕。我内力深厚,没你们那样容易疲累,可以值班打坐两不误!"

沈立不再坚持,和其余几人铺开睡袋,倒头便睡了。

李虎在旁边一块石上盘膝坐好,熄了灯,沉入混沌般的无边黑暗之中。他先以浑厚内力在营地周围布下一个严密的气场,然后闭目入定,两耳听六路,内眼视八方。

这地下湖泊无风无浪,水波不兴,四面八方,漆黑无声。

李虎尝试几次,联系不上七星老人,又打开天眼,试图寻找走出地腹的

第五十章·遗骨之谜

出路。恍恍惚惚之中，李虎便如一缕无形之气，晃晃荡荡。就这样，不知过去多长时间，忽有强光如银瀑飞泻，轰然有声，混沌世界一时形色声光，样样俱全。耀眼的光瀑中，李虎渐渐分辨出，灰的岩、绿的树、粉的花、碧的水，它们构成一幅迷人的画境。

这是一道峭壁如削、藤萝密挂的峡谷，其下幽暗，深不见底。待要细看，忽然听见身边传来一声极其压抑、十分沉闷的骇叫，仿佛一个小孩被捂住了嘴，"唔唔噜噜"，拼命地从胸腔中挤出一些模糊的声音来。

李虎悚然惊醒，一个箭步跨到发声处，同时扭亮手边营灯。

只见郑雯躺在睡垫上，一手捂胸，喉咙里使劲"唔唔"着，却又发不出清晰的声音来，面色苍白，额头淌汗，那表情显得极其惊骇。

沈立也是闻声即醒，见状说道："她这是魇着了，快弄醒她！"

李虎从她胸上拿开那手，拍拍她脸，轻声叫道："雯雯！"

郑雯睁开眼睛，看见李虎，呼地坐起来，一下扑进他怀中，兀自喘息不已。李虎轻抚着她的肩背，柔声说："做噩梦了？"

"嗯。"郑雯伏在他胸前，幽幽说道，"我看见一个怪人，高高大大的，衣衫破烂，披头散发。他说他是这湖心小岛的主人，在这住了几百年了，叫我跟他去，说是要让我看一样东西。我不肯去，他就伸出一双又枯又瘦的脏手，要强行拉我。我想跑，跑不动，想叫你，又叫不出……"

说到后来，她已泣不成声。

李虎闻言，心中暗暗一惊，不禁心中起疑……

沈立看看是一场虚惊，见李虎正安慰着她，复又倒头睡了。

李虎一手揽着郑雯，看了看手表，轻声说道："你是手压住胸口，魇着了，醒过来就没事了。现在还有一个小时，你再睡会儿吧。"

郑雯摇头说："睡不着了。"

"那你盘膝坐好，做一会儿吐纳，我来为你导气相助。"

"这几天你一直没睡，受得了么？趁这时间你去睡会儿吧，我来守着！"

李虎笑着拍拍她背心："我运功行气可要比睡觉的作用大多了。来吧！"

郑雯依言坐好，闭目调息。李虎坐到她身后，熄了灯，一手抚在她背上，潜运玄功。与此同时，他嘴里默默诵出一串"驱魔咒"，直向黑暗之中散布而去……

郑雯习过瑜伽,在七星山又经过七星老人调理点拨,于吐纳行气已有根基。此时有李虎相助,心念专一,意气相合,很快进入佳境。

郑雯正闭目行气,忽然发现远处有一团蓝色火焰腾空而起,心中悚然一惊,忙睁开眼睛,却又什么都没有,周围只是无边无际深厚的黑暗。她方闭上眼,那蓝色光焰又出现了。李虎觉出她气息紊乱,忙收功询问:"怎么回事?"

郑雯说:"我感觉那边好像有个什么东西,蓝莹莹的,一睁眼却又没有了。"

李虎说:"恐怕是行功中的幻觉吧,不去管它。"

"不!"郑雯拉着李虎说,"我觉得真是有什么东西,你陪我过去看看。"

两人亮起头灯,走出五十来米,发现那里立着一块大石,有两米多高。郑雯仰头望了望,绕到另一边,发现有一道不太陡的斜面,推推李虎说:"我们上去看看。"

两人刚刚爬上石顶,赫然发现,石顶平台上蜷缩着一具完整的人体骨架。

2

李虎和郑雯立在石顶,看着那骨架,惊得一时说不出话来。

那是一具骨节粗大、身材魁伟的人体骨架,侧躺在光滑的石台上,每一根骨节都各在其位,丝毫也不显凌乱。郑雯禁不住蹲下去,凑着灯光细看起来。

李虎跟着蹲下去,轻声说:"你,你不害怕么?"

郑雯说:"这样的尸骨,我以前在古墓中见得多了。只是不明白,这是什么人,怎么会出现在这样的地方?"

"看样子,"李虎说,"我们还不是这里唯一的造访者,早就有人先来了!看情形,这人是先自己爬上去躺好了,然后才从容死去的。我们看看他身上有没有骨伤,在这里大概躺了多长时间。"

"右腿腿骨有两处断裂……咦!这是什么?"

郑雯发现那人手骨旁边有一件黑乎乎的东西,伸手去拿,差点没有拿动。

李虎接过来,发现是一件奇怪的器物,沉甸甸的,非金非石,通体黝黑,

第五十章·遗骨之谜

灯光下也没有反射出光泽来。他往石上敲敲，发出闷钝的声音，看样子十分坚硬。

更奇的是那似字非字的形状，说是一个"王"字吧，中间一横的两头却又各带一竖；说是一个"田"字吧，四角又没封上口。

李虎说："这到底是什么东西？"

郑雯双手捧过，反复把看。摇摇头，又向石上敲敲。忽然，她望着石面惊奇说："咦！你看这里。"

李虎低头一看，见石上有些画痕，用指头摸摸，那画痕很深，很有力度。他心中闪过一个念头，仔细辨认，果然是几个歪歪扭扭的字迹——

"……笔绝德凭……"

李虎摇头说："这是什么意思？让人费解！"

"再看看，"郑雯趴在地上，头也不抬地说，"这边也有。"

石上字体很大，笔画僵硬潦草，显是以锐器随手所刻。两人顺着郑雯的指头一个个辨认——

余进王城，方知匣内另有隔间。夜来悄然开视，果然秘藏异物。初不识，思及远古传说，乃天门之钥也。余忆及先祖遗言，大惊失色！此乃历代巴王所传之圣器，虽用途秘而不明，亦非坡吉卡履命之必需，顾名思义，他日必显神通亦未可知。惊之惕之！幸伯如所不知也。乃秘藏于怀，数日后得脱王城，星夜北逃。伯如率悍徒紧追不舍，必欲擒之。余凭一二浅术障眼，数逃魔爪。

旬日后，再遭围堵，走投无路之际，纵身深渊，绝壁间为松枝所挽，得洞而入。惊闻崖上呼喝之声，伯如等辈已缒崖而下。惜余腿骨数折，逃无可逃，惟向洞深爬行。幸有暗中视物之术，至洞内深潭，拾得朽木数截，结而舟之。以手为楫，任意漂荡。至此潭中石渚，暂为安身，日以生鱼果腹。

窃拟伤愈复出，寻吾家劫后余生之后辈，授此圣器，以履圣祖之命。无奈潭中忽涨大水，余虽逃至石顶幸存残躯，却痛失朽木之舟，地下泽国，夫复何往？出路绝矣！

呜呼哀哉！余死不足惜。痛者，圣器埋此地腹，岂非形消迹匿？

惟愿苍天有眼、圣祖有灵，得令圣器复归坡吉卡之手，则圣祖所托无误，千古使命不辍矣！

　　切切吾愿，殷殷以祷！

　　李虎越看越心惊，含泪读完，再看最初见到那几字，竟是从右至左按古书习惯书写的"凭德绝笔"四字。毫无疑问，躺在这里的，便是六百多年前被向大坤抓去的那位巴氏先祖凭德公的遗骨了。李虎不由悲从中来，号啕一声，"咚"地跪下双膝，匍匐在那骨架前，痛泣起来。

　　郑雯读过李虎家那祖传遗书，再看此段文字，已略知大概，心惊之余，也是戚戚莫可名状，一面陪着李虎垂泪，一面感叹说："诚如凭德公所愿，真是苍天有眼、圣祖有灵哩！所幸神灵暗中指点护佑，我们一路履险来此，得到这枚'天门之钥'；否则，我们闻所未闻，从来不知还有此物，连七星老人也没说起过，更如何能够完成使命！这虽然不是你这'坡吉卡'的必执'圣器'，我们也得弄明白它的具体用途。"

　　李虎收起眼泪，从郑雯手中拿过那枚"圣器"，翻来覆去认真看了一番，不得要领，猜测说："所谓'坡吉卡'，不就是开启者的意思么！这圣器既名'天门之钥'，一定就是打开秘宫的钥匙了。"

　　"好奇怪，"郑雯说，"一开始见到，我就觉得这种似字非字的形状样式似曾相识，却一直想不起是在哪里见过。"

　　"是么？那你……"

　　这时，对讲机里忽然响起沈立的声音。

3

　　原来那边沈立准时醒来，被这边灯光吸引，远远瞧见二人蹲在大石上，知道一定有事，便一面叫醒小樊、向前进，一面用对讲机询问。

　　李虎说："你们都过来吧，我们这里发现了一些情况。"

第五十章 · 遗骨之谜

三人一起来到那大石上，见到骨架都是大为吃惊。尤其是向前进，只觉头皮发麻，背心生凉，下意识地躲到沈立后面。

李虎擦去脸上残泪，将当年向大坤强抢巴家白虎，先祖凭德公被迫进王城，后又携"圣器"星夜脱逃、最终潜入洞穴葬身此处等情况，向他们作了大致的介绍。

几人之前曾从神堂湾取回白虎，颇知巴家的惨痛遭遇。此时见此情形，又得知其中原委，一个个无不惊心动魄，将凭德公那具骨殖尊若神圣，又怀着十分的好奇争相传看那奇形怪状的"天门之钥"。

沈立将"天门之钥"拿在手中掂掂，用力在石面上画了一下。光光的石面隐隐现出一道新痕，那"天门之钥"却是毫发无伤。他说："看这前辈手中别无他物，这些字，一定就是用这'圣器'刻画的了。这石头如此坚硬，可非常人所能啊！"

李虎拿过"圣器"，运上真力，也向石面上画下一横，但闻噗然有声，只见石屑火花纷飞，石面上已留下一道深深的刻痕。

李虎点头说："凭德公果非常人，原来也是习有一身真功夫的！否则，他又如何能从号称'鬼谷转世'的李伯如手中逃脱，旬日之间纵奔千里，从天子山来到这沟壑纵横的齐岳山区！你们再看这'圣器'，也不知是何物铸就，如此磨擦，仍是完好无损，普通金属是断难有此能耐的。"

沈立拿在手中端详着说："这可能是古人用某种神秘配方炼成的一种合金，其质地坚韧，真是无与伦比！"

这时，郑雯从包里找出一只防水的布袋，对李虎说："把他……凭德公的骨殖请回去吧，找地方好好葬了，让他老人家也魂归故里，入土为安！"

李虎恭恭敬敬跪下磕了头，轻声诵祷一阵，然后与郑雯一起，将骨殖小心放入布袋装好。其余几人帮不上忙，都肃立一旁默默注视着，心中满怀敬意。

李虎从沈立手中拿过"天门之钥"，正要慎重地收入背包时，忽见郑雯一拍脑袋，大声说："我想起来了！"

在场几人，全都被她这突兀的声音吓了一跳，齐问："什么？"

"这是一个'巫'字！"

几人更是听得莫名其妙。小樊睁大眼睛说："什……什么巫字？"

郑雯从李虎手中一把拿过"圣器"，举在手中比画说："你们看，这是不是两个交叉成'十'字的'工'字符号？这个符号，曾在清江香炉石遗址出土的远古巴人陶器上出现过，与商代甲骨文中'巫'字的写法一模一样！"

李虎闻言，沉思说："上古时期，'巫'是巴人的国教，对'巫'的信念与对种种超自然能力的崇尚，深深地根植在巴人的血脉之中。他们将'天门之钥'铸成'巫'符的样式，甚至再施以魔咒，原也是理所当然之事，不足为奇！我们现在的首要任务，是要走出这地下泽国。凭德公的经历，证明出口在一绝壁上，这与沈立当初的分析十分吻合，应该离此不远了。我们赶快出发吧！"

小樊一副失魂落魄的样子，呆呆地立在那里，直到向前进拍拍他说"走了"，才如梦初醒地回过神来。

几人横穿小岛，来到水边。沈立照例检查一遍各人装束，几人依次上艇坐好。李虎沈立操起桨板，皮艇又朝着南方如飞而去。

小樊与向前进并排坐在后座上，两眼又变得痴痴的了，嘴里自言自语嘀咕说："原来……原来……这一路误打误撞，却是歪打正着！屡屡遇险，却又总能化险为夷，原来真是冥冥之中有神灵在暗中指引，否则的话，又如何能够到得这里？又如何能够知道虎子哥那位先人的最终结局？又如何能够找回这个……这个'天门之钥'？想起来……想起来当真是……当真是……"

向前进听得模模糊糊，打断他说："你叽里咕噜的说些啥？当真什么？"

"……当真是前因后果虽阴差阳错却毫厘不爽，真正让人背心发凉啊！"

向前进听到这话，连忙噤声，果然感到背上阵阵发凉。一抬眼发现后面黑暗之中突然出现两个朦朦胧胧的光环，晃晃悠悠地紧紧跟在橡皮艇后面，一时紧张得喉头发干，张开嘴巴却发不出声来。

情急之下，向前进伸手拍拍小樊，朝那神秘的光环指了指。

小樊见状，惊道："我的乖乖！该不会是外星人的飞碟在跟踪我们吧？"

第五十章·遗骨之谜

4

小樊这一声惊叫，让前面三人也很快发现了跟在橡皮艇周围的光环，仿佛真是飞碟从空中包围了他们。初时，他们不明所以，也着实吓了一跳。

但沈立很快揭穿了谜底，他将头灯光柱向上一照，朦胧的光环一下子变得清晰了，映出一片实实在在的岩石来。原来，是头灯照在水面，反射出一环环光影，映到了天花板一样的灰褐色岩面上，这让他们第一次清晰地见到了湖泊的穹顶。

刚刚进入他们以为是水潭的湖泊时，他们也曾观察过穹顶的情况。那时穹顶很高，模模糊糊看不清楚。后来，他们遇上凶猛的怪鱼，注意力一直集中在水面，谁也没想过要看看头顶的情况。此时无意中看到，原来这穹顶离水面不过二三十米距离了；而且，似乎越往前面越发显得低矮了。橡皮艇便在岩石与水面之间扁窄的缝隙之中快速滑行。放眼望去，前方岩石与水面相接处，仅有模糊一线，似乎连他们容身的空间都没有了，一时压抑得连呼吸都不畅，心中隐隐有些担忧。

忽听"哗啦"一声水响，几人悚然一惊，几支光柱一阵乱晃，看见左前方四五十米处的湖面涌起一阵水花，却没发现水面上有什么东西。

沈立提醒说："大家仔细盯着湖面，不要放松警惕！"

那阵水花消失后，水面又显得十分平静了。

桨声咿呀中，偶尔从别处传来几声水响或是其他些微的声音，让人一惊一乍的，总是提着心吊着胆。

有一次，艇上几人都清楚地听到一声长长的叹息，仿佛是从远处传来，又好像是在耳边响起。那声音在低矮的穹顶间回荡不息，让人毛骨悚然。

默默行进中，郑雯忽然指着前方水面说："你们看，那是什么？"

连小樊、向前进也从后面回过头来观看，前方静静的水中好像有某种东西在浮游着，隐隐约约的，若有若无。这使深不见底的湖水显出某种立体感来，让他们从碧幽幽的水面见出了水的纵深。那东西似乎没有实在的形体，像一张烟雾般的大网，总是玩迷藏一般躲着皮艇，始终就在前面，橡皮艇却又追赶不上。后来，那东西似乎玩够了，它像丝绸一般从水底涌了上来，如烟雾一般飘散过来，疾风一样快捷。

几人都被水中那漂浮不定的变化所吸引着，前面郑雯忽然觉得小腿一阵刺痛，低头一看，不由得惊骇地大叫了一声："天哪！我的脚！"

原来，那东西的一条影子般的触须已经滑上橡皮艇，正将郑雯的脚踝及小腿紧紧缠住，并有力地向水中拖去。沈立眼疾手快，用手中的铝质桨板猛地击向那梦幻般的触须，却感到虚无缥缈的似乎毫无真气。几乎同时，李虎也是一桨飞击过来，却是暗中运上了真力。艇上诸人都清清晰晰听到了远处传来一声如同婴儿般微弱的叫声，那影子一样的触须立即松开郑雯的小腿，迅速从船舷上滑下去，消失不见了。

郑雯惊魂甫定，卷起裤腿一看，小腿上竟出现几道紫红的瘀痕，尚在隐隐作痛。她疑惑地问："这到底是个什么东西？"

李虎见了她腿上伤痕，对身后小樊说："把你那药膏给她擦一点！那像是一只透明的水母，说不定有毒的！"

小樊递过小瓷瓶，说："真是水母么？那也太大了，足以包住我们这只皮艇哩！"

向前进说："那东西看去怪怪的，我觉得不像是水母！如果真是水母，那还不算太大。大西洋中的北极霞水母一旦展开，其网罩面积可达数百平方米哩……"

"好了！"李虎打断说，"这地下湖泊中，许多东西都是我们见所未见、闻所未闻的，我们见怪不怪吧，不必再说了，密切注意湖面动静就是！"

说完，又问郑雯："怎么样？擦过药好些么？"

"这药真是神奇！"郑雯赞道，"现在既不痛也不痒了，凉幽幽的很舒服哩。"

头顶岩面越来越低，仿佛伸手可触，估计也不过十多米的高度了。偶尔有水滴落下，溅到脸上，凉凉的。一时诸人无语，湖面寂静得让人心慌。

忽听沈立说："大家先把头灯熄了，再看看前面是什么！"

第五十章·遗骨之谜

几人熄了头灯,只见到无边的黑暗。过了一会儿,视线在浓稠的黑暗中稍稍适应了,便发现前方明镜般的水面上,映出一道白茫茫的光影来。

"那是什么?"

"洞外投射的天光!"

"我的乖乖!总算见到天日了!"

第五十一章　沐抚大峡谷

1

他们对着那道融释了黑暗的光影驶去，水面极细的波纹反映出一个灰蒙蒙的洞孔来。他们轻盈地将艇泊到岸边，踏上一道又宽又平的天然堤坝，这才如释重负。

站在堤坝上，已经能够望见三十多米外的扁平洞口了。明晃晃的天光投射进来，直耀得他们睁不开眼睛。但闭上眼睛也能隐约看到，那明亮的光线直投进心里，感觉暖融融的，特别亲切。

湖水通过堤坝上的一个浅槽溢出，铮铮淙淙地穿过洞中碎石，欢快跳跃直向洞外奔去。他们收拾好橡皮艇，回望黑暗深处无边的水面，不由一阵胆寒。

李虎先看了看表，说："现在是13号上午的9点15分，我们在洞内整整穿行了90个小时！虽然没有找着秘宫，却在无意中寻到了'天门之钥'和先祖遗骨，也不能说是无功而返。现在总算到了出口，先出洞再说吧！"

堤坝贴着洞壁向外延伸，在洞坑右岸形成一条宽阔的大道。渐行渐窄，洞顶也越来越矮。到离洞口还有十来米的地方，洞顶只有两三米高了，两壁光滑，底部向外倾斜，出洞之水被束成一股齐膝深的急流，至洞口轰然跌下，阵阵水雾随着巨大的轰鸣声从洞外飘进来，溅得岩壁湿漉漉的。

他们站在壁间一个向里凹进的岩嵌中，再也没法向前了。

沈立说："我去洞口看看！"

李虎一把将他拉住，说："还是我去！"

沈立也不争，掏出一个GPS定位仪，递给李虎说："系上安全绳！到洞口再看看这个，确定一下我们现在的位置。"

李虎将安全绳在腰带上连接好，赤足踩着水下光滑的石面，一步一步稳稳地向前迈去。后面几人一起拉着安全绳，望着他逆光而行，渐渐变成一幅浓浓的剪影。

到了洞口，只见他一手撑住洞顶，倾出身子，扭头四下张望着，又用望远镜向下观察。后来，只见他身子往旁边一荡，整个人影一下从洞口消失了。郑雯吓得"啊"的一声惊叫出来，沈立安慰说："他没事！"

郑雯看到手中绳子还绷得紧紧的，又隐隐望见李虎把住洞壁边缘的一只手，稍稍定下神来，一颗心还"咚咚"急跳着。

几人听那洞外叮咚水响，又见阵阵水雾弥漫，知道下面一定是一道极高的绝壁，心中一直替李虎捏着一把冷汗，紧紧地拉住安全绳，丝毫也不敢放松。

观察一阵后，李虎回头大声喊道："收绳子！我往回走了！"

几人用力，一把一把地将李虎拉了回来，见他一身湿淋淋的，都目不转睛地望着他。郑雯说："衣服湿透了吧？赶快换换！"

李虎没有理会，只顾说："外面是一道峡谷，谷中雾气未散，看不清谷底情况，也无法判断离谷底有多高的距离。离对面崖壁只有五十来米，朝上望，雾蒙蒙看不真切，隐隐约约见到谷口大约也在几十米以上。这洞口两边都是绝壁森然，毫无附着之处。现在唯一的出路，只能随瀑布一起下去了，但瀑布水势太大，十分危险！"

郑雯拉拉李虎，又说："快把衣服换了！你刚才翻到洞外去干什么？看着吓死人的！"

"只外面溅了些水，没有湿透。"李虎用毛巾擦了擦头脸，说，"旁边岩缝中长有一棵碗口粗的杂树，伸手可及，我便抓住树干瞧了瞧峡谷上下的情况。"

向前进说："那我们现在怎么办？"

"不用急，会有办法的！"沈立沉着地说，"定位仪显没显示这里的位置？"

李虎递过卫星定位仪，说："可能这里信号不太好，地图坐标上只显示了一个大概位置，在恩施与奉节之间，略略偏西一点。"

沈立叫过向前进，翻开地图说："你是恩施人，对这一带地理环境应该比较熟悉。我们来找一找，这下面是一条幽深的峡谷，位于恩施与奉节之间……偏西一点，大概就在恩施、奉节交界线一带了。这一带有些什么峡谷？"

几人围到一起，看着沈立手中那标注得密密麻麻的湖北省地图。

向前进用手指着地图上弯弯曲曲的线条说："恩施最有名的就是沐抚大峡谷了，在板桥镇与屯堡乡之间。等一等，这里，板桥镇不就在李虎说的那位置吗！这里是沐抚大峡谷的上段，云龙河，从李虎刚才见到的情形看，这里一定就是云龙地缝了！我再看看，看我们入口的大安洞在哪儿，云阳清水乡，这里……我的天啊！我们居然从地底下走县跨省来到这地方了，怕有几百里的路程吧？"

沈立在图上掐指比了比，笑着说："哪来几百里路程！这地图上的直线距离，也就四十多公里的样子。"

向前进不信地说："才有四十多公里？那要走路的话，不就几个小时的事情？"

"好了！"沈立将地图一合，说，"我们现在想办法出洞去！你刚才说，洞口旁边有一棵树，能作为我们的下降点么？"

"难度太大！"李虎摇头说，"这水一出洞就散开，变得宽阔了，朝两边奔泻，冲击力很大。崖面也长满苔藓，十分溜滑……"

忽听一边郑雯喊道："咦！小樊呢？这小猴儿怎么一眨眼就不见了？"

几人扭头四望，果然不见小樊踪影。李虎叫了几声不闻应答，急促地说："大家快分头找找！"

2

为了节省电源，只要不分开行动，他们就一直是关着对讲机的。此时，沈立打开对讲机，"喂"了几声，没有回音。却听向前进说："这里有个小洞！"

原来，就在他们立足的这个嵌岩中，向里靠堤坝方向的一角有一个隐秘的洞口，与外面的通道仅有一壁之隔，这是他们此前谁也没有注意到的。

洞口很矮，不到一米五的高度。李虎拉开向前进，一猫腰钻了进去。

进到里面，发现是一个曲曲折折的坑道，地面积着一层砾石，踩上去"嗬嘀"作响，洞壁上也留有明显的水渍印。李虎猫着腰走出十多米，果然在一片细沙上见到几个足印，他断定是小樊无疑。再向里走出十来米，眼前陡然一阔，李虎伸直了腰，发现竟来到一个巨大的洞厅之中。

他发现远处有一团亮光，连忙奔跑过去。边跑边喊："小樊！樊高！"

那亮光向这边射过来，李虎听见了小樊空旷的声音："哎——"

李虎朝对讲机说："找到小樊了！这里面是一个很大的洞厅，你们也进来看看吧。"

对讲机效果不是很好，李虎听见沈立在对讲机里模模糊糊说："我们得赶快拿出方案出洞去，就不要耽误时间了！"

李虎说："或许这里面另有出口，我们还是先找找。雯雯还记得凭德公的那段遗言么？"

郑雯喊道："什么？"

"凭德公记述自己进洞的那几句话。"

"哦，'纵身深渊，绝壁间为松枝所挽，得洞而入'，是这几句吗？"

"对！刚才我在那洞口发现上面岩壁是向外倾出的，壁间也并没有什么松树，所以怀疑凭德公是从另外的洞口进来的。"

"可这都是几百年前的事情了……"

"几百年时间不会让地质结构产生很大的变化！……这里对讲机效果不好，你们还是先进来吧！"

说话间，李虎已经走近小樊，发现他正蹲在一个平台上面，专心在那扒弄着什么。李虎不禁心中有气，接连登上三级平台，直奔小樊身边，大声说："你小子简直胡作非为！这种环境里单独行动还不辞而别，来到这里连对讲机也不打开？！"

小樊连忙站起身来，一脸皮笑，支吾说："我，我……一时好奇，没有想得周到。"

"没有想得周到？！要是遇上危险，谁来救你！"

"这个……嘿嘿……我发现这里面是有人来过的！"

"什么？"

这时，几根白亮亮的光柱晃了过来，沈立几人也进到洞里，正向这边走来。

小樊复又蹲下，指着地上一堆凌乱的石块说："这些，好像是什么动物的化石,是有人有意收集到这里的。让郑雯看看就明白了!"

"你们在说我什么?"郑雯说着几步跨了过来。

她一眼就被地上那些石块吸引了,蹲下去,一块块拿在手中辨认着。小樊听她呼吸急促起来,不禁紧张地问:"到底是些什么?"

郑雯抬起头来,两眼发光,反问道:"说说,你是怎么发现的?"

小樊搔搔脑袋,不好意思地说:"这个,也是误打误撞吧!先是发现那边一个土堆,像是有烧过的痕迹……"

郑雯迫不及待地打断他说:"你知道么,就这些石块,很可能就是一个震惊世界的伟大发现!我相信我的专业眼光,这是一些远古动物化石和早期人类的头骨化石!"

听到这话,在场几人无不大惊失色!

谁也不敢相信,那些看似普通的石块竟是如此珍贵的化石。沈立说:"如此久远的年代,它们是如何集中到这洞中的地表上来的?"

"这也是我的疑问!"郑雯说,"显然是有人有意搜集而来的。但会是谁呢?既是搜集到一块儿,显然知道它们是不同寻常的,为什么就到此为止了呢?"

"那边!"小樊朝前面指指说,"也有一个像是人为的土堆,有火烧过的痕迹。"

郑雯说:"过去看看!"

巨大的洞厅中,这些靠向洞壁的平台如梯田一般,层层向上,一共有三层,都是岩石构成,台面上覆盖着薄薄的土层。他们沿着第三级平台走到一个拐弯处,角落里果然有一个圆圆的土堆。

几人观察一阵,不得要领。

沈立说:"像是一个坍塌了的土灶。"

"对了。"向前进说,"我曾听人说起过,这一带大山里的洞穴之中,偶尔会发现以前猎人熬硝的土灶,不知这个是不是。"

沈立抓开土堆,抓起一把烧过的焦土,凑到鼻下闻了闻,点头说:"这泥土似乎隐隐有股硫黄味儿!猎人熬硝做火药倒是需要硫黄的。"

这边正说着,只听前面李虎叫道:"这边还有一间小洞窟!"

3

他们闻声转过头去,灯光映照中,只见洞壁上天然生出一个小房间般的洞窟。

几人走近前去,发现里面靠内壁有一块平整宽大的石板,石板上盘膝端坐着一架完好的人体尸骨。那人中等身材,坐姿端正,身子靠向石壁,两腿交叉盘于座下,双手掌心向上平搁在膝上。虽然上面早已覆盖着一层厚厚的尘土,仍能看出那骨骼整齐完好。倘若恢复血肉,会让人感觉到那是一位闭目入定的得道高僧。

这是他们此行发现的第二具人体尸骨了,虽不似初次见到那样惊骇不已,仍让人觉得阴森诡异,一时众人噤声不语,连呼吸也小心翼翼。

尸骨下面那块石板光滑平整,石板下面又垫着两个石墩,俨然就是一张简易的石床了。

郑雯蹲下细看,发现石床下面似乎有些东西,她戴上手套,仔细拂去上面的浮尘,露出几截圆形的石条来。她拿起一根两尺来长的,粗细刚好握住,举在眼前一看,不禁轻呼了一声:"天哪!"

"这是什么?"

"这是一根哺乳动物的骨骼化石,骨粗而纹细,应该是一只雄性动物。"

说罢,郑雯继续扒弄,发现竟有五六根之多,有大有小,有粗有细,全是腿骨化石,多为青白之色。在那堆化石旁边,另有一块方形东西,如一本杂志大小,四五寸厚,模样显得中规中矩,像是一只盒子。她小心地取出来,拂去尘土,现出漆黑闪亮的本色来。

小樊条件反射般地叫道:"木匣?!"

李虎从郑雯手中拿过盒子,用指头敲敲,果然发出闷闷的木质音色。他放到石床上,擦拭干净,发现上下八只角上都包有铜片,刮去表面氧化的绿霉,立即闪出黄灿灿的光泽来。匣子侧面装有一圆形的铜扣,却没上锁。

他试了试,正要打开,又忽然按住,慎重地说:"你们都让开!"

听他这样一说，几人立即想到神秘莫测的暗道机关，什么毒箭毒气之类，电影中都见得多了，一个个不禁担忧起来。

沈立上前按住匣子，对李虎说："你让开，我有经验，让我试试！"

郑雯拉着李虎退到洞窟外面，朝沈立喊道："你小心一点，不要对着打开！"

外面四个人八只眼，一瞬不瞬地望着洞内沈立，只见他背朝着洞外，俯身挡住了匣子。也不知他是如何弄的，只见他很快回过身来，朝他们招招手说："很普通的匣子，里面有些东西！"

说是普通的匣子，其实做得十分精致。内壁涂有红色生漆，又裱着明黄色的绸衬，看上去富丽堂皇，光色如新。匣里盛着一些看去十分凌乱的东西，有块，有片，还有一些碎粒，拉拉杂杂混在一起，倒也五光十色，挺好看的。

几人一一捡出辨别，认出其中几样，有金块、银块、玉石片，有朱砂、云母、石英石，还有硫黄、雄黄等等，其他还有一些是他们从未见过的。

郑雯说："这倒似谁家的小孩子出于好奇，收集的一些玩具宝贝。"

李虎望望那具尸骨，又端详着手中一片米黄色的云母，说："看这人也是一把年纪，又如此郑重地藏在匣内，肯定是有某种用途的！"

这时，匣内这些碎物已经拾完，下面露出一件褐色物事。沈立捡出一看，是一本线装的小册子。看那纸呈麻黄色，纤维粗糙，质地却比较坚韧。沈立小心地揭开一页，是空白，再揭开一页，还是空白。一直揭到第六页，才看到左右两面都竖排着一行行工工整整的樱桃小楷，看上去还墨色如新。

几人急欲揭开谜底，都好奇地凑上脑袋去看。

余采尽天下奇材，呕心沥血，喜成金丹两粒！

夫金丹之为物也，烧之愈久，变化愈妙。黄金入火，百炼不消，埋之，毕天不朽。服此二物，炼人身体，故能令人不老不死，此盖假求外物以自坚固也。

然昔者秦皇汉武皆醉于丹石，未闻成仙。何者？未夺天地造化之功，反为丹石所误也。余耗时花甲，殚精竭虑，于此世外洞府潜心黄老之道、点金之术，穷通阴阳五行之妙、八卦炼金之秘，终令千年之气，一日而足，山泽之宝，七日而成，金液充盈，珠圆玉润，当足养性除病，延命安身也。

余自幼以鬼谷之法修养身之气,精强骨壮,已得百龄之寿。今复服此丹石,炼成金汤之身,辟谷为仙,长生不老,则千古一人耳!

几人读完,大为诧异。郑雯笑着说:"原是一个痴心于炼丹成仙的人!多半是服下金丹没有成仙,反倒在这里一命呜呼了!"

小樊说:"看来,匣子里这些乱七八糟的石块多半就是他所谓的'天下奇材'了!只是他从何找来那些化石?难道也是他……"

话犹未了,忽听"呼"的一声,旁边刮起一股劲风,几人惊回首,望见一道灰白的身影,疾若闪电,倏忽间消失到洞厅另一头去了。

4

李虎不由分说,拔腿即追。

他按照七星老人所授轻功诀法,一时身轻如燕,足下生风,一步跨出五六米之遥,真有猛虎下山、蛟龙出水之势。

他朝着那灰白身影消失的方向一阵急奔,很快便至洞厅尽头,入一宽巷,几经曲折,但见一道灰影闪过,眼前豁然一亮,前方十多米处出现一个绿色的洞口。李虎急追过去,看见洞外藤萝密挂,树枝横斜。洞顶垂下的藤叶兀自摇晃不已,知道那神秘的身影已经逸出洞外去了。

意外地发现这个洞口,让李虎心中一喜,对刚刚逃走的神秘身影反倒不大关心了。他仔细观察,这是一个约三米高、五米宽的半圆形洞口,金灿灿的阳光透过稀疏的枝叶斜射进来,映得洞内一片亮堂。

李虎蹑步走到洞口边上,清风拂面而来,水声潺潺。久违的阳光照到脸上,让他忽然感到一阵眩晕。他连忙敛息凝神,浑身布满气机,警惕地向洞外伸出头去,四下张望着。

最先映入眼帘,让他触目惊心的,是洞口右下方崖壁上一棵迎风而立的高大古松。粗壮的树干紫鳞斑驳,苍苔披挂,紧贴着崖壁,笔直向上,绿萝高附。其根系粗大，主根深扎岩中，另有几根粗壮的支根，全部裸露在外，状若龙爪。旁枝横斜，绿气森森。其中，有一碗口粗的枝干状若手臂，恰好伸至洞口。

李虎看那树干古色苍茫如着铁衣，其粗壮让一人难以合抱，认定便是当年挽住凭德公的那棵古松了，迄今已是千年之龄，于是心中满溢着敬爱之情，不由一伸手握住眼前枝干，身子轻轻一荡，便翻上了那棵古松。

便在李虎翻身上树之时，忽然听到身后传来一声惊呼。

李虎回头一望，原来是四位同伴一起赶了过来，恰好看到李虎荡上树枝的惊险一幕，吓得郑雯失声惊叫，却又连忙伸手捂住嘴，只瞪着一双大大的眼睛，似乎是害怕叫声吓着了李虎。

李虎蹲在枝头，回头向她一笑，欣慰地说："我相信，当年凭德公便是由此入洞的。现在我们，大概也可借着这棵古松出洞了！"

小樊急切地问道："你追上那人没有？到底是谁？"

想想先前自己孤身待在洞中，那里面还另藏有一个神秘人物，小樊不禁背心发麻，感到阵阵后怕。所以，他急于想弄清那人到底是谁，躲在洞中要干什么。

却听李虎说："那东西跑得极快，我也只远远见到一个模糊背影，在这洞口一闪便逸出洞外，早已踪影全无了。不过，我隐约觉得，那不像是一个人！"

"不是人？"小樊惊讶道，"那会是什么？"

"或许是某种动物吧。"李虎笑笑说，"说起来，人家也没对我们造成什么危害，反倒是引我们找到了这个洞口。既已逃走，就不去追究它了！"

此时已近中午，太阳正好悬在谷口上方。几十米下面的幽深谷底，雾气已经被阳光驱散，从李虎立足的松枝望下去，但见谷底怪石嶙峋，水流激石的哗哗之声，充塞回荡在峡谷之间。向下游望去，更是险滩密布，两岸绝壁峭峙，时有飞瀑流挂。先前那洞口，便在前方百余米的绝壁上，洞中水流跌下，如白练飘逸，飞起的水雾在阳光中画出一道亮丽的彩虹。峡谷消失在两千多米外的拐弯处，激流巨石间，有几个翡翠碧玉般的深潭静卧谷底。

对岸相距不过三十余米，仿佛伸手可及。再向上看，两壁直上直下，森然对峙。光秃秃的灰白色绝壁向上三四十米处，便是名副其实的"一线天"了。

李虎又朝上游方向望去，两壁渐渐合拢，形成一条细缝，谷底仍是巨石林立，溪水潺潺而流，却未见有险滩深潭。

　　李虎从松枝上一纵入洞，向他们描述了刚刚观察到的情况，最后说："我们要钻出这条地缝，才算是脱险了！从眼前情况看来，只有先下到谷底，然后朝上游方向走，这算是难度最小的一条道了。"

　　沈立看看手表，振奋地说："快十二点了！我们现在不用节省食物了，大家先饱餐一顿，吃饱喝足了再稍事休息，以良好的体力开始新的征途！"

　　李虎见沈立手中还拿着刚刚在洞厅里打开的那匣子，说："我正想刚才那小册子还没看完呢，你都带出来了？"

　　沈立笑着递过匣子说："一件东西没有落下，全在里面哩！"

　　李虎从匣中取出小册子，正待翻看，忽听郑雯叫道："不行！我还得进洞去，把那些化石带走！"

　　"什么？"李虎诧异道，"路途艰险，我们还得跋山涉水哩，那些化石多沉重！"

　　"不重！"郑雯说，"我只拣几块人骨化石带走。"

　　李虎说："好吧！我陪你进去，可得快一点。"

　　郑雯从包里拿出食物袋，递给小樊说："你们先吃。"

　　小樊又将袋子往向前进手中一塞，说："我也去！"

　　三人来到小樊最先发现化石的地方，郑雯和小樊蹲在地上仔细挑拣起来。

　　李虎帮不上忙，便就着灯光随手打开那本小册子，翻着翻着，忽然焦雷般炸响一声愤怒的咆哮："老匹夫！"

　　巨大的声音尚在洞厅间回荡，李虎已拔腿向一边跑了过去！

5

　　郑雯、小樊从未见到过李虎如此暴怒的样子，被他一声大喝吓得一跳，一时傻眉愣眼的不明所以。随即，两人便追着李虎跑去，嘴里大声喊道：

"怎么回事?"

"你要干什么?"

只见李虎跑到那间小洞窟前,忽然立住脚步,圆睁双眼,直直瞪着石床上那具尸骨,胸口剧烈起伏,咬牙切齿说道:"我若非念你……念你早成一堆白骨,今天定要将你碎尸万段,以报血海深仇!"

郑雯在后面听得心惊,深吸一口气,上前挽住李虎手臂,偎在他身边,柔声问道:"先消消气!说说看,到底怎么回事?"

李虎将翻开的册子往郑雯手中一塞,怒犹未消地说:"自己看看吧!"

郑雯接过册子,见翻开的是右边首页。原来他们先前看到的,只是册子最后的内容,右首才是册子的开篇,急急忙忙就着头上灯光辨读起来——

余本世外之人,潜修于黄龙秘洞,惟求悟道养性,不欲闻达于世。

然因缘际会,原不由人!余偶然出山,遇一猎装少年,手执奇石两枚,莹然如卵,筋脉隐然,涎衣犹存,余温尚在,少年自谓林间猛虎所遗。余奇之,以为神虎之胆,天授此子,必非常人。少年果为大庸土司,昭然有自立之志。

时值天下大乱,豪强并起,正是英雄用武之时。余血气方刚,得遇雄主,怦然心动,以为可驱胸中百万甲兵,立建不世奇功也!

自此,伯如坠入凡尘二十余载,随向王大坤揭竿山头,机关用尽,种下累累孽缘……

读到这里,郑雯恍然大悟,讶异道:"原来是他?向大坤的军师李伯如?"

"正是这个血债累累的老匹夫!"

郑雯走进洞窟,拂开那人股骨上的尘土,见那骨殖呈黑灰色,点头说:"果然是中毒而死!他在册子上自称已活过百岁,言辞间也有痛悔之意,后又食丹而亡。几百年时间都过去了,也不值为他怄闲气。我们走吧!"

这时,沈立和向前进也急匆匆地赶了过来。原来,李虎刚才那一声怒吼传至洞口,他们听后也是心中一震,不知到底发生了什么事情,连忙跑进洞来。待弄清原委,他们也是大感惊奇,不禁朝那尸骨多看了几眼。

小樊慨叹说:"这真是天意啊!谁会想到,当年向大坤的军师竟然躲到这里来了!他为什么最后没有跟着向大坤去神堂湾呢?"

第五十一章·沐抚大峡谷

此时，李虎怒气已消。他平静地说："据他册中所记，是因为他擅自做主，灭了巴家满门，向大坤一怒之下，自此便冷落了他。李伯如最终没有寻到巴王的黄金权杖，自觉无趣，又见向大坤大势已去，再无回天之力，便辞而归隐。不想被明军侦知，四处缉拿。他是在逃无可逃之际，才想起当年他追捕凭德公时曾发现的这个秘洞，便潜逃至此，一直隐居在这里。"

郑雯说："真是造化弄人啊！李伯如和凭德公这两个不共戴天之人，死后竟然同居一窟！要是有朝一日他们地下相见，恐怕也是尴尬不知所措。——哎哟！我这化石还没挑完呢！"

说着，郑雯又拉了小樊匆匆回到那堆凌乱的化石前，埋头扒弄起来。李虎一旁看那匣子，发现底部还有一本册子，取出一看，扉页上写有"鬼谷神功"几字，心想这就是传说中的武功秘籍了，翻看几页，只觉语言艰深古奥，难以索解。

这时，郑雯拿起一块石头，举在眼前，惊喜地说："这是一块下颌骨，上面还带着两枚门齿哩！"

李虎心中着急，催促说："行了，快走吧！"

几人匆匆回到洞口，见先行出来的沈立正叮叮当当在崖边固定下降用的铆钉。郑雯因有重大收获，心情愉快，大声说："本粮官宣布，现在开饭了！"

恰好靠左壁有一石台，郑雯将食物摆放其上，几人围坐一圈，任意取食。他们已经节食三天，早就饥肠辘辘，此时放开肚量，也不顾吃相难看了。

李虎心中尚有诸多疑团，一边吃干粮一边翻看着小册子。

那实际上是李伯如记录他隐居生活的一本札记，或记事，或抒怀，不拘一格，有时洋洋洒洒几段，有时几句成篇。

修习鬼谷心法，欲更上一层，不慎岔气，呕血数升，几致瘫痪。幸有灵猴日日相伴，采摘野果，活吾性命……

于洞内土层下掘得龙骨数枚，实乃天意！素闻巴地多龙骨，遍生于川谷山岩、水岸土穴之中，诚不我欺也……

取龙骨上善者研末，煎而饮之，敛气逐湿，涩精止血，果有神效……

灵猴相伴，忽忽数十载矣。耳濡目染，竟习得吐纳之法，日日修炼成习，飞崖走壁，功力大进，真乃神猴！

正翻看着，忽听小樊一声大喝："是谁？！"

几人一惊，四下张望，并没发现有人。此时阳光已经移出洞外，只见金晃晃的洞口外，垂挂的藤叶一阵乱摇。一片寂静之中，只有小樊那一声惊恐的呼喝还在洞里回荡着。几人都不解地问小樊："你看见了什么？"

正面向洞口坐着的小樊心有余悸地说："我看见有个白发萧萧的脑袋在洞口一晃，那模样十分吓人！"

6

李虎闻言一愣，想起先前洞中见到那灰白身影，心中掠过一个念头……

这时忽听"吱吱"几声，从洞口左角边上翻进几只长相十分漂亮的猴子来，身披着柔软的金色长毛，蓝脸厚唇，额下镶着两只黑晶晶的圆眼睛，拖着长长的尾巴，动作显得极为优雅。那些猴望着洞中几人，也不害怕，甚至带有几分好奇，在那抓耳挠腮，不停地眨着眼睛，嘴里"吱吱"叫着，似乎在向这几位不速之客发出询问。

几人大奇，呆呆看着这几只毛色艳丽、形态独特的猴子，一时瞠目结舌不知所措。

正在这时，只见洞口右边闪进一道白影，一只体形硕大、全身白毛的猴子闯进洞来，长长的手臂在地上一抄，以极快的速度朝洞内飞奔而去，很快没入黑暗之中。与此同时，洞口左角上那几只小猴子也翻下崖去，转瞬不见踪影。

待众人回过神来，发现李虎随手搁在地上的那只黑匣子不见了。李虎心中一惊，不禁脱口叫道："灵猴！"

众人不明所以，齐声问道："你说什么？"

第五十一章·沐抚大峡谷

李虎转而向小樊问道:"你刚才看见脑袋在洞口一晃的,是不是跑进去这只猴子?"

小樊不确定地说:"像是它!"

李虎晃晃手中的册子说:"在李伯如的记载中,有一只被他称为'灵猴'的,与他相依为命数十年,还学会了吐纳之法。看刚才这猴通体白毛,与众不同,或许便是当年陪伴李伯如的那只'灵猴'?"

"不可思议!"郑雯摇头说,"哪会有活到六七百岁的猴子!难道李伯如没能辟谷成仙,反倒那猴子修炼成精了?"

小樊说:"这些猴子智力倒是不可小觑!刚才那几只小猴子和我们玩的是声东击西之计,在洞口一边吸引我们的注意力,老猴子则趁机从另一边飞奔而入,目的是要抢回那只匣子。如果不是和李伯如有深厚的关系,它们抢那匣子干什么?"

向前进说:"这些猴子名叫金丝猴,数量极为稀少,是国家一级保护动物,属于国宝级的濒危物种。据说在三峡地区有少量存在,不想却在这里见到了。金丝猴的寿命一般只有二十到三十岁,要活到六七百岁那是绝无可能的事情!据说,金丝猴的智商很高,记忆力也特别好。它们有非常严格的族群分别和王权制度,猴王享有至高无上的权威。或许,当年与李伯如相伴的正是一只猴王,其他猴子很可能是依据王命一代一代相传,前来这洞中守护李伯如的遗骨和物品的。"

"呵呵,"郑雯笑道,"你倒是颇有想象力的!不过,据我看来,刚才这猴子毛发皆白,一大把的年纪,倒是一副德高望重的模样,大概就是它们的猴王了吧。只可惜了那一匣子金银财宝,它们守着又有什么用呢?"

李虎说:"不过一堆破石头而已,也没什么值得可惜的!好在这本记录册子还在我们手里,多少还能提供一些有用的信息。现在我们吃饱喝足,时候也不早了,还是赶紧走吧!"

从洞口下到谷底,有七十多米高度,这对于装备齐全的他们来说,已经不是什么难事了。他们在洞口固定好绳索,沈立左手握着下降器,右手提着丛林刀,第一个先下去了。

崖壁基本上呈九十度垂直而下,灰白色崖壁大部分裸露在外,藤萝树丛点缀其间,错落有致。沈立在下降中,用丛林刀将沿途的植物障碍清除干净,以便后来者不受羁绊。前后四十多分钟，五人已全部下到谷底。

谷底不过二十来米宽，两岸夹着一百多米高的绝壁，若非有正午的太阳直射谷底，他们在这幽暗的地缝之中一定会倍感压抑，呼吸不畅。但此时他们脚踏实地，头顶蓝天，比之漂流在黑暗的地下湖泊之中，倒有一种阴阳迥殊、恍若隔世的庆幸之感。

郑雯要过李虎的望远镜，仰头朝上观察着。李虎问："你在看什么？"

"奇怪了！"郑雯说，"怎么找不见那洞口了？"

李虎说："洞口被藤蔓树枝遮挡着，十分隐秘，自然是不易见到了。"

"我要记住那位置，以后有机会去洞里搞一次挖掘，肯定会有重大收获！"

一边小樊也在仰望头顶崖壁，心中始终解不开一个疑问："看这绝壁万仞，虽然长有一些树藤，却互不相连。那些猴子是从哪里来的？后来又躲到哪里去了？"

这问题，没人能回答。郑雯打趣说："你要先把自己也变成一只猴子，然后去它们中间卧底，自然就知道了。"

他们在谷底乱石间跳跃而行，互相牵拉帮扶，缓慢地向上游走去。偶尔有人不慎踩入水中，湿了鞋裤，也不在意，被人拉起继续前进。

愈往上行，水愈小，石头愈小，谷底也愈窄了。其中一段百来米的细缝，两岸几乎贴到一起了，仅有不到一米的空隙，他们要提着背包侧着身子才能勉强挤过去。

大约走出三五千米后，攀上一段陡坡，两岸绝壁渐渐退开，下面呈现出一个V字形谷槽，两边陡坡上也长满了灌木杂草。

他们踩着谷底裸露的圆石，跟跄前行。向前进早已走得大汗淋漓，上气不接下气地说："走出这地缝，我要做的第一件事就是睡觉，睡他三天三夜！"

小樊马上响应说："我同意！"

正说着，眼前出现一道用三根圆木拼成的简易木桥。沈立说："总算见到人迹了！"

几人跨上木桥，沿着一条淹没在草丛中的小路蜿蜒爬上山坡，忽然见到路边一块大石上趴着一个七八岁的小孩子，正专心地码着一堆小石块，嘴里还叽里咕噜说着什么。

郑雯上前，弯下腰，轻声叫道："小朋友！"

那孩子似乎被吓一跳，抬起头来，瞪着一双明亮的大眼睛，向郑雯看了一眼，又望望她身后几个人，忽然羞怯地低了头，一转身跑开了。一边跑，她一边脆生生地叫道："爷爷，爷爷，来客客哒！"

7

这时候，已经是下午四点过了，他们在地缝之中穿行了三个多小时。此时忽觉地势开阔起来，抬头四望，但见周围全是苍白色的高高山崖，成铁壁合围之势。

沈立说："我们现在刚刚穿出地缝，又来到了一个巨大的天坑之中！看样子，这天坑之中好像还有人居住？"

几人沿小孩子跑去的方向走过去，不过百十来米，从路旁的一块地里站起一个人来。那人长得很瘦，一头稀疏的灰白头发，脸上满是细密的皱纹，额上淌下的汗水便在那些皱纹中横溢着，隐隐闪着湿光。

老人精神矍铄，他一张口，露出几粒稀疏的黑牙，呵呵一笑，说："当真是稀客嘛！刚刚不久才走了一拨呢，还是公社的书记带来的。咦！你们没人带路，怎的晓得下来的路径？"

沈立说："老人家，我们是去地缝探险迷了路，从乱石沟里误打误撞来到这里的。请问，这是什么地方？"

老人一脸惊讶看着他们，半晌才说："你们是从地缝中钻出来的？那可不简单！难怪看上去……这么一身打扮。看样子，都累坏了吧，快去我家歇歇！"

说罢老人回头一望，不见那小孩子踪影，扯起嗓子一喊："草娃子——"

"哎！"小孩从前面灌木丛中探出头来。

"先回去，叫你奶奶把开水烧起！"

见小孩一溜烟跑去，老人这才弯下腰去收拾地里的活计。原来他正在地里挖红苕,胖胖的红皮苕还沾着新鲜的泥土,装了满满一背篓。不等他们前去帮忙,老人微微一蹲,轻轻松松就背到背上,一手提了锄头,说声"跟我来",便领头朝前走去。

郑雯搭讪说:"大叔,您家就住在这下面么?"

"是啊,前面不远就是。"

"这地方看去像是一个天坑,还能住人?"

"能啊!以前这里还是一个生产队哩,最多的时候有三百多人。要说来这居住的历史,那也有三百多年了!"

"有三百多年历史了?这里和外界是相通的么?"

"当然是通的了!三百多年前,我们裴家的祖先从湖南常德来到恩施板桥,从一处悬崖上面看见这里土地平旷却没有人烟,于是用了三十六匹布结成一道长绳从悬崖上吊了下来,结果却无法返回了,因为这四周都是悬崖绝壁,根本就没法上去。绝望之中,一只鹿出现在他眼前,轻鸣几声后向崖壁上攀去。于是他随着鹿的脚印在崖缝间寻到一条秘径,才走了出去。裴姓家族于是便在这个谷底定居下来,到现在已经传到十四代人了。因为与鹿的这份缘分,加上四面的悬崖就像天然的城垣,于是这里就被叫作了鹿垣坪。"

郑雯向往道:"嗯,有鹿又有垣,真是一个世外桃源了!那您是姓裴了?"

老人颇为自豪地说:"是啊,我是裴家第十二代!"

"这村里人都姓裴么?"

"不,后来陆陆续续又进来了周家、朱家和其他杂姓,总共有七八个姓哩。"

说话间,他们已走进一个散落的小村子。零零散散的房屋,都是片石垒成的墙体,不少屋子空置着,有的已经破败不堪,院子里都长满了荒草。老人解释说:"鹿垣坪有很多不方便的地方,有条件的人家都搬到上面去住了。现在这里只有不到一百人了,青壮年大多去外地打工,留下老人和孩子在这里看家。"

说着,老人将他们领进一个干干净净的小院子,一排未经修剪却排列整齐的冬青树构成一道天然的围墙。先前见过的那小孩儿看到他们,立即朝室内跑去,大声嚷道:"奶奶奶奶,客客他们来哒!"

沈立和李虎落在后面。

第五十一章·沐抚大峡谷

沈立轻声说:"大家的体能差不多已耗到极限了,全凭一股气坚持到现在。眼下就在这里好好休息吧,明天再出发。只是,我们下一步怎么走?"

"好,先休息!"李虎点头说,"下一步,我试着和七星老人联系上再说。"

被小孩子称作奶奶的女主人显得十分热情干练,先是打来两盆热水,说是让客人抹把脸。然后又用铝锅端出一锅热气腾腾的"开水"来,几人一看,一时竟感动得不知说什么好。原来,这里招待客人用的"开水",竟是水煮的糖鸡蛋。

看那饱饱满满白里透黄的鸡蛋浮了满满一锅,怕是有二三十只。女主人拿来一叠碗,要亲自为客人盛蛋。郑雯一把接过勺子,说:"还是我们自己来吧!只是,您这煮得太多,我们也吃不完,大家一起吃吧!"

主人老两口说什么也是不肯吃的,只让那小孩子盛了两只鸡蛋和客人们一起吃。

客人们吃着又香又软的甜蛋,女主人又转过身不知忙什么去了。那老人坐在一旁,拿出旱烟裹着,似乎又怕烟味熏着客人,起身朝院子走去。李虎说:"大叔,您说不久前还有人来过这里,他们是来干什么的?"

老人站在门边,回过头来说:"这个,我也不太清楚。他们带着相机到处拍照,听镇里书记说,好像是要在这里搞什么开发。"

小樊说:"肯定是旅游开发!鹿垣坪是一个原始淳朴的自然村落、与世隔绝的世外桃源,加上这个天坑四壁如削、惊心动魄的原始美,自然会成为现代人旅游探险的热点景区了!还有刚才我们在峡谷绝壁上还见到过几只金黄色的猴子,要是在这里也能见得到,那就更是锦上添花了!"

老人早已睁大眼睛,惊诧地说:"你们见到过金黄色的猴子?这是真的么?这里可不容易见到,要隔好多年才偶尔会发现一次。"

小樊问:"这么说来,你们也是见到过的?看没看到一只体形较大、全身白毛的猴子?"

老人双目一闪,满脸露出惊骇的表情:"你,你是说……白猴?"

8

小樊兴奋道:"呵呵,这么说来,您是见过这白猴的?"

"没有没有!"老人连连摇头说,"只是听老人们说起过,都是一些传说,好像谁也没有真正见到过。"

这一说,在座几人都来了兴致,纷纷要求老人讲讲那些传说。

老人也不推辞,便在门口一条板凳上坐下,点燃手中的烟斗,吧了几口,吐出几团青烟,才慢慢讲了起来——

最早的传说,来自我们裴家的一位祖先。据说是刚迁来这里不久,条件还很艰苦,那位先人去山上采药,不慎跌下悬崖,摔成重伤,卡在半山腰伸出的一棵树杈上,上下不得,又无力呼喊,后来就昏死过去了。哪知醒来后却发现躺在自家的床上,他一点一点地忆起经过,感到大惑不解。慢慢对家人说起缘由,家人也是心存疑虑,他们是从自家的苞谷地里发现他的,那附近也没什么悬崖,他是如何摔成那样的?两下一对照,那位先人的儿子一拍手,恍然大悟说:"一定是那只白猴!"

原来,正在另一块地头干活的儿子,远远望见自家苞谷地里有一只白猴跳进跳出,以为是猴子在掰苞谷,匆匆忙忙赶过去,没有见到猴子的踪影,倒是发现了重伤不醒的父亲,还有放在父亲身上的一束从未见过的野草。后来发现那野草竟是治疗跌打损伤的灵药,那位摔伤的先人用了它,很快就恢复如初了。

从这以后,我们裴家就把那只白猴敬若神明。可奇怪的是,从那以后就再也没有人见到过它了。

这起码也是两百年以前的事情了吧。后来,又听到另外一个传说。说是上世纪五十年代,一位成都的大官来到恩施城,要他们留意这一带的白猴,要好好保护,千万不能伤害它们。人家问起缘由,他才说,当年他率领下川东游击纵队七南支队在奉节吐祥一带进行武装斗争,为躲避敌人追捕,在恩施板桥一带深山中与战友走散，又不慎跌入一个十多米深的大坑里。一息之际，是一只白猴把他救出坑来，并赠以灵药野果，这才捡回了一条性命。于是，这一带的农民被上级告知说，白猴是革命功臣，要善加爱护。但除了传说，谁也没有真正见到过白猴。

所以，我们裴家上几辈的人都说，白猴并不是真正的白猴，它是观音菩萨显灵，变成白猴的模样来救人于危难的。

小樊直直地盯着老人，一直听得很专心，此时见老人不再言语，意犹未尽地问道："后来呢？还有什么传说？"

老人却抬头，朝几个年轻人望望，反问说："你说你们……真的见到过白猴？是在什么地方见到的？"

"我们是在山……"

小樊刚开了口，就被李虎抢过话头说："我们是在地缝中，望见山崖上掠过几只猴子，其中隐约有一只是白色的，也没看得好真切。"

"唔，"老人点头道，"我就说，传说中白猴都是单独行动的，哪会成群结队！你们一定是看走了眼。刚才这小伙儿问起后来，还真是有一个比较离奇的故事。那是在1972年，我亲身经历的。那时这里有一个硫黄厂，有百把个工人，我也是其中一个。有一个家住让水坝的工人，新婚不久，经常借故请假回家去。有一次回厂时在山崖上见到又鲜又嫩的蘑菇，忍不住采了一大筐，拿到食堂。炊事员高高兴兴洗净了晾在池边，准备中午为工人们熬上一锅蘑菇汤。谁知刚一转身，回头那些蘑菇就不见了。那炊事员四处没有寻见，气得朝天大骂一顿，硬说是鹿垣坪的人手脚不干净。村里几个老辈子听了不服气，前去找他理论。其中一位老人发现地上掉有一片蘑菇，捡起一看，大惊失色说，你们也不要吵了，这蘑菇丢了是好事，要是真让人吃下，恐怕百十条人命就没了！原来，那是一种巨毒蘑菇，我们鹿垣坪以前就有人吃那个丢了性命的。但这一来又怕真有人偷了去，那岂不是祸害？！他们赶忙跑去挨家挨户询问。问遍全村都说没有，却听一个放羊的小娃娃说，他曾看见一只白猴跑到厂房后面的山崖上去了。他们按小娃娃说的方向找去，果然在山崖脚下发现了那只装蘑菇的筐子，筐里的蘑菇却没有了。"

小樊禁不住说："哎哟，这白猴，简直就是一个大侠客的风范了！"

"可不能这样比！"老人正色说，"救人性命，那可是菩萨手段！"

"是是，"小樊连忙点头说，"我忘了那白猴原是观音菩萨变的！"

老人长长叹了一口气，又说："故事还没完呢！这蘑菇事件发生后，上面领导闻讯虚惊了一场，立即勒令厂里领导要作出深刻检讨。这厂里领导调查来调查去，结果查出捡蘑菇那小伙子是富农家庭出身，认为他成分高，阶级觉悟存在严重问题，一定是对其他工友心怀不满故意下毒。虽然侥幸没有造成后果，但用心极其险恶！这就不只是险食毒蘑菇这样简单的事情了，而是上升到了阶级斗争、你死我活的重大原则性问题上去了！这样一来，厂里领导非但没有再作检讨，反而因为阶级斗争觉悟性高受到了上级的表彰。只可怜捡蘑菇的那小伙子，刚刚新婚不久，就被投进大牢，整整关了八年。后来虽然以证据不足无罪释放了，但已在牢中熬成一个半老头子，老婆在家守不住寂寞，也早跟着别人跑了。就是那些好看的毒蘑菇，让他最终落得个孤苦伶仃的凄凉下场！"

几人听完这最后一个故事，都震撼于铁幕时代个人命运的渺小与无常，暗暗地叹了一口气，好久没有言语。

良久以后，小樊感慨说："可惜！那白猴纵有本事，也管不了这人类自相残害的惨事。呵……"

话还没说完，小樊禁不住张嘴"啊"出一个长长的呵欠，眼中泪水涟涟。其余几人受其传染，立即感到阵阵倦意袭来，郑雯、向前进也是呵欠连连，泪眼蒙眬了。

9

此时，刚好下午五点半钟。虽然高高的崖壁上还是艳阳朗照，谷底却已经暮色苍茫，野外觅食的鸡们开始归巢了。

李虎歉然说："大叔，我们已经几天几夜没有睡个好觉了，想早点休息。"

老人见几个年轻人实在是倦得不行，便按他们的要求安排出一间空房。

第五十一章·沐抚大峡谷

是二楼东头一间宽敞的房子,他们在干净平整的木楼板上铺上睡垫,各自钻进睡袋。包括李虎、沈立,也不用值夜,都很快沉入了梦乡。

女主人早早地忙着,原是烧好腊肉安排了晚饭的。结果他们一直睡到第二天早上八点钟,还没一点动静。她不禁担忧起来,对老伴说:"这些娃儿从昨天下午睡到现在,咋还没睡醒?你快去看看!"

老人蹑手蹑脚爬上二楼,从窗口望进去,只见楼板上并排躺着四人,每个人都蜷缩在一只口袋似的被子里,发出轻微的鼾息声。另有一只袋子却是空的,老人心中一惊,心想这人去哪儿了?目光一转,随即发现墙边坐有一人,正是个子最高的那小伙儿。只见他盘着双腿,两手平搁膝上,闭目而坐,如熟睡一般一动不动。

老人不敢惊动他们,蹑手蹑脚地退下楼去,悄声对老伴说:"都还酣睡着哩!那高个儿小伙子还是坐着睡觉,模样怪怪的,就像……就像……"

"吞吞吐吐的,到底像啥?"

"就像电视里那些老和尚一样。"

"多半人家是练过功夫的,少见多怪!快把灶上火烧起!"

其实,李虎也是刚起来不久。此时,他正和七星老人互通灵犀。这一次,他刚以心念传出讯息,很顺利就感应到了七星老人的回音。

"漆大大,我们走错了道,现在已到恩施板桥的一个天坑中……"

"我已经知道了,孩子,你们辛苦了!其实,这次你们也不算是走错了,一个必要的过程吧!你们不是拿到了什么东西么?"

"是的,我们拿到了先祖凭德公舍命护住的'天门之钥',还收回了他老人家的遗骨!只是,这'天门之钥'以前从没听说过,也不知道它的用途。"

"不要急,到时候自然会明白的。时间还比较宽裕。你们现在要好好休息,充分恢复体力以后再行动!"

"那些谜语,好像一句也没有解开!下一步,我们怎么办?"

"还是去大安洞!"

"可是,我们已经寻找过一遍,里面并没有……"

"去吧,你们会找到的!"

"……您现在在哪儿?您那'客人'呢?"

"我挺好,孩子!记住我的话:你们是'罗布巴',只管一心向前!你们自己的事情没人能够帮助,但其他方面不用担心,尤其不要担心身后的事情!等你们从秘宫出来,就会见着我了!"

李虎收了功,见同伴们睡得正香,不忍唤醒他们,悄悄下楼,来到堂屋,见大叔正在收拾桌子,准备早餐了。

李虎说:"大叔,给您添麻烦了!"

"看你说的,"大叔憨憨一笑,"你们要不是迷了路,哪容易就到我家来了?再说,出门在外,也没谁还带个锅瓢碗盏的。"

正说着,沈立也无声地走下楼来。他一手拿着GPS定位仪,一手拿着地图,轻声问李虎:"联系上了?下一步怎么走?"

李虎点点头说:"还是大安洞!"

沈立眼中闪过一丝疑问,随即平静下来,看着地图说:"走出这天坑就有公路了,一直沿着沐抚大峡谷南下,上318国道,然后向西直达利川,整个里程约有两百来公里。我们到了利川,需要作短暂的休整,还要补充一些必要的物资给养!"

"时间上还比较充裕。"李虎看看手表说,"今天14号,我们可以在利川住一夜,大家也洗洗澡换换衣服。眼下,得找到一辆车!"

一边老人听说需要车,立即用家里的电话与他在镇上的侄儿联系上了,满脸堆笑说:"一辆小面的,立马就过来!"

这一夜,他们算是睡到自然醒了。几个年轻人陆续起床,从容洗漱,再吃完主人家精心准备的丰盛早餐,看看时间,已经是上午九点过了。西边的崖壁,正被早晨的阳光照得一片金红。

老人又亲自领路,带着他们攀缘挂在悬崖峭壁间的之字形小路。六十多岁的老人,攀爬行走,倒显得比年轻人更为敏捷,沿途还指指点点向他们介绍各处景点。不到一个小时,一行人便登上了海拔近一千七百米的崖顶。

放眼望去,眼前群山迤逦,头顶碧空万里,几人顿觉视野开阔,襟怀大畅。

果然有一条碎石公路通到崖边,只是路面空空的不见有车辆。老人安慰说:"等等吧,说好要来的!板桥过来有二十几公里路哩。"

李虎却已听到隐隐的马达声,笑着说:"已经来了!"

几人引颈翘望,不到两分钟,果然看见弯弯曲曲的乡村公路尽头,屁颠屁颠冒出一辆白色小面的来。

第五十二章　密谋夺宝

1

9月14日晚，齐岳山威虎山庄。

迤逦起伏的齐岳山草场刚刚藏入暮色之中，山庄后面的别墅在密林掩映中悄无声息，森严的铁门紧闭着。只有两边门柱上的防雨灯发出两团浅蓝色的光芒，映得铁门上的黑漆泛出幽幽的冷光，里面的歇山式屋顶和旁边的松树也影影绰绰，越发显出那幢神秘建筑的阴森可怖。

别墅里面却是另一番景象，罩上厚厚窗帘的议事厅内灯火通明。

议事厅里并没有桌椅之类的会议设施，除一端摆放着几张沙发，大厅里是一片空旷的泛着栗色油光的木地板。巨大的枝形灯下，此刻呈八字形整齐地站着两排人，左排四个右排也是四个，姿态端正，表情严肃，身着清一色的黑色T恤。

这是向万成手下刚刚集结起来的团队，六个黑鹰加上谢天、谢地兄弟俩。

黑鹰除一号在去年被谢氏兄弟剥了皮，原本还有九个。但十号和七号眼下分别在阿根廷和澳大利亚执行任务，一时回不来。二号在大安洞和谢天、谢地一起被七星老人驱赶，不敢擅自回来，还独自一人秘密潜伏在盖下坝，守候着李虎几人的踪迹。其余六个黑鹰，此刻全都齐聚在这里。

谢天、谢地是上午才刚刚回到山庄的，虽不似上次那样狼狈，却也灰头土脸的不大光彩。兄弟俩与黑鹰们一起听候差遣，今天还是第一次，站在那里显得极不自在，却又不敢像平时那样散漫随便，所以眼神闪烁不定，表情怪怪的。

这时，一角的小门打开了，一身艳装的秘书小梁轻盈地迈步进来，往门边一站，向万成高大的身影随即出现在门框里。他没戴墨镜，也没戴发套，一颗硕大的头颅在灯下闪着油亮亮的光泽，身上那件同样的黑色T恤被隆起的肌肉绷得紧紧的，衬出魁梧挺拔的身躯。他立在那里，威严地向场内扫视一眼，这才大步走进室内，在中间一张沙发上坐了下来。小梁跟了过来，两手抱在小腹前，侧身立在他的身边。

室内气氛顿时紧张起来！

向万成如今深居简出，已是越来越不注重形式上的繁文虚礼了。刚开始打拼天下，创立自己的商业帝国时，他是特别讲究形式的，无规矩不成方圆！那时候，他必须在自己快速扩张的帝国版图内树立起绝对的权威，巩固自己至高无上的领袖地位，一言九鼎，以便彻底贯彻自己的意志，如心之使臂、臂之使手，指挥自如。而现在，他已经成为帝国的灵魂，一呼一吸都能牵动下面的每一根神经。

所以，他已不拘小节，更注重的是实效了！正如以前他追逐感官的享乐，钟爱美食、美女，如今也开始从智慧和情感上去寻求人生的乐趣了。他已进入人生的秋天，青春早逝，盛夏不再，肉体的欲望日渐弱化，对权力的渴求更加强烈了。因而对属下的要求，他更看重的是骨子里的忠诚，而非形式上的崇拜。

但今夜不同！他们所面临的是一件处心积虑数十年的核心大事，是他构建更大王国、实现更大权力野心的关键步骤。每前进一步，都吉凶难测，连他自己，也是战战兢兢，如履薄冰。

几天前，向万成独闯七星山，原是抱着必胜之心，决意要铲除七星老人这道障碍，为取秘宫之宝扫清道路。没想到，那老头儿不动声色只守不攻，法力实在深不可测，反让自己几乎回不来了！

向万成与七星老人对垒，是在手段用尽后迫不得已才拿出那枚骨埙的。

那是他师傅黑鹰老人临终前交到他手上的！当时，黑鹰曾经十分郑重地对他说："这是凶物，千万不可轻易使用！为师得来数十年，从来没敢试过一次，一是没有这样的机会，更重要的是自忖还没有这样的功力！"

据黑鹰讲，那骨埙还是几百年前有人从一口古墓中掘出来的。据说那是某个远古宫廷占星官的墓穴，其中有不少珍贵的法器和祭祀之物。骨埙辗转经过好几代巫师之手，每一次易手，都是因为持有者不自量力擅自使用而丢了性命。

第五十二章·密谋夺宝

到底需要多大的功力才够格使用这枚骨埙？

黑鹰没有听说过，向万成也不得而知。因而这些年来向万成一直谨守师训，对那枚神秘的骨埙一直持而不用。

那天在七星山向万成因不敌七星老人而退至龙缸缸沿的山头，心知若就此败下阵去，师徒两代人的心血，自己数十年的梦想，都将化为乌有！当时，他刚刚将杨仙姑数十年功力吸为己有，自忖一身集两大高手之功力，相信完全够格一试骨埙了！

于是，他孤注一掷，盘膝坐在山巅一块大石上，沐浴着清风明月，阖目匀息，缓缓奏响了手中的骨埙。

谁知，这骨埙果然是一件不祥的凶器，虽然魔法无边，却是险恶无比！

刚刚奏响不久，他就感到自己已在埙声之中身不由己，欲罢不能了！随着音韵的升高，节奏的激昂，他发现自己就如一片残败的枯叶被卷入汹涌澎湃的巨浪之中，完全失去了自控能力，不由心中大骇……

2

真正令向万成吃了大亏的，不是功力不足，而是功力不纯！

他不是没法驾驭骨埙，而是无法调和自己体内两股截然不同的内力。杨仙姑原本与他修习路子迥然不同，他又是强行霸占人家的内力，未经任何磨合与调养，拿来便用，自然是调遣不灵了。

那骨埙确实具有"惊天地、通鬼神"的巨大魔力，但向万成控制不了。骨埙的魔力驱动着他体内两股截然不同的内力，愈转愈快，愈行愈疾，愈演愈烈！他则成为一个被内推外拉着毫无自主之力的傀儡，就像在一面陡坡上驾着一辆没有任何制动设备的车子，明知下面是万仞悬崖，仍只能一往无前，眼睁睁地看着自己滑向毁灭的深渊，毫无办法！

最终结果是骨裂埙破，向万成口喷鲜血，受到极重的内伤！

他拼着体内残存的功力，冒着伤势加重的危险，以极快的速度遁回山庄。

为了避开七星老人天眼的搜寻，他必须藏进地下密室。密室就在山庄下面，但他已无力穿透那堵厚厚的钢筋水泥墙体了。在9月12号凌晨两点钟的时候，是留在山庄的秘书小梁用钥匙打开厚重的铁门，将他扶到地下室去的。

在那里，他当着小梁的面，又呕出一小盆黑色的血团。小梁替他擦着额上冒出的虚汗，吓得轻声啜泣起来。

向万成虚弱地说："一点内伤，不要紧的，很快就恢复过来了！这两天，二号他们有什么消息么？"

"昨天下午，六号打电话来说，他们是在去七星山的途中跟上'罗布巴'的。奇怪的是一跟上他们手机就没信号了，六号是昨天下午到了一个名叫云峰的小乡镇才和我们联系上的。'罗布巴'一行五人由石笋河漂流而下，后来进洞去了，是石笋河下游的大安洞！他们跟进去，因为准备不足，吃了点儿小亏。现在二号和谢天、谢地在洞口守着，三号、六号正往回赶，他们要准备一些进洞的装备。"

"让他们多准备一些人的装备，还要准备好包装、运输工具！两天之内，不要让任何人进来打扰我！你紧急通知各地其他黑鹰，让他们在两天后，也就是14号，赶到山庄集结，把他们的弟子也带一些来。特别通知九号，让他带好自己的武器！另外，告诉二号，把几个'罗布巴'一定给我看紧了，随时保持联系！"

此后两天多时间，向万成便一直藏在密室之中自行疗伤。

六十多个小时后，向万成突然出现在自己的卧室里，已是满面红光，神采奕奕了。他隐约听到外面传来谢天、谢地的声音，心中微微一惊，心想这对傻瓜不是在洞口守着的么，怎么跑回来了？

凝神细听，果然是他二人正和小梁说话。

作为向万成的私人秘书，小梁负责安排他的生活细节，从他的饮食到作息，从他的服装搭配到社交日程，从他的工作提醒到对外联络，没有她的事先安排，任何人都不能得到他的接见。她天生有管理才能，能从任何纷繁复杂的头绪中抽丝剥茧，然后按轻重缓急和向万成的个人喜好将事情安排得井井有条。这就是向万成日常所说的秩序与控制，小梁因而深得他的倚重和喜爱。

小梁原来不过是向万成旗下一家公司普通的文职人员，刚刚大学毕业，涉世未深。向万成在一次偶然的机会见到她，被她与众不同的气质所吸引，

第五十二章·密谋夺宝

在试着交谈中，才发现在她清纯温婉的外表下，竟然还有着非凡的胆识与不俗的见解，从此留下深刻印象。一年前，向万成处死了上一任秘书，毫不犹豫就把小梁招到了身边。当时，他和她曾经有过一段对话——

"知道让你过来干什么吗？"

"做您的秘书。"

"做我的秘书，知道有些什么要求么？"

"您会告诉我的。"

"前任秘书的事情，你知道么？"

"刚刚听说。是您派人专门给我讲的！"

"对此，你有何感想？"

"这是您的私事，我没有任何感想。"

"嗯？……我的意思是说，我不是一个小气的人，但不能容忍别人的背叛！"

"我明白。"

向万成喜欢她，却并没要求和她上床，毕竟那不属于她职责范围内的事情。但小梁是真的喜欢他，她为他雄狮般的气质而倾倒，主动投怀送抱，成为他床笫间不可或缺的解语小鸟。为此，从不相信命运的向万成，也暗暗感激上天的眷顾。

此时，当他听到谢天、谢地正和小梁说话，便放心了。他盘膝坐好，开始运气行功。眼下最重要的，是要弄清七星老人和几位"罗布巴"正在干什么以及他们所在的具体位置。

3

下午五点钟的时候，谢天、谢地灰头土脸地来到议事厅中。小梁见到他们那样子，心中惊诧，却不动声色，只盯着他们问道："怎么回事？你们不是守在洞口的么？"

谢天被她一瞧，脸"腾"地红了，慌忙避开她的目光，低头弄着衣角。

弟弟谢地见哥哥谢天那样子，喉头"嗬嗬"的没有说出话来，知他又犯了老毛病，暗自叹息一声，只好回答说："是那老头儿让我们滚的！"

"老头儿？什么老头儿？让你们滚就滚了？"

"他说，趁着老人家心情还不错，赶紧给我滚蛋！还让我们回来告诉向……这个老爷子，再不许……"

小梁听得怒气上涌，喝道："傻子！给我说得明白一点！到底是个什么老头？怎么就只你这一对活宝回来了？黑鹰二号呢？"

"黑鹰二号说，那是……那是七星老人，他……二号叫我们先回来，他要在那里继续守着'罗布巴'，看他们……"

"好了！"小梁不耐烦地说，"我大概也听明白了，是七星老人把你们从洞口赶走了，然后二号……他没有走？难道七星老人没有赶他？"

"他是和我们一起滚蛋的，然后到盖下坝就不……走了，说是要等到'罗布巴'从洞里出来再说，让我们先回来。说是如果老爷子不在，就听从你的安排。"

"嗯，这算是说明白了！那么，七星老人现在在哪儿？"

"不知道！我们走的时候，他就站在洞子口上。"

"好吧！你们路上也辛苦了，先下去休息，洗澡换衣吃了饭，七点钟再到这里来。"

小梁回到卧室时，向万成刚好运功结束。她见他容光焕发的样子，心中高兴，走过去偎到他的怀中，将刚刚谢氏兄弟报告的情况向他说了。

"这个老杂毛！"向万成恨恨地说，"不过，他现在已经离开了洞口，不知躲到哪个角落去了！我上午倒是侦知到他和几个年轻人通灵的信息，他们好像已经到了一个什么天坑之中，并没有找到秘宫。你马上和二号联系，把情况告诉他，问他现在的位置。"

小梁不忙打电话，却摸摸他肚皮，轻声问道："几天时间没有进食，肚子早饿了吧？想吃什么？我马上让厨房给你弄！"

向万成醒悟说："你这一说，还真是饿了！来一碗'牛滚水'吧。"

小梁朝他脸上亲了一口，然后嫣然一笑，起身向外走去，嘴里打趣说："你也就这点出息！又想表姐了吧？"

第五十二章·密谋夺宝

原来,这"牛滚水"是用不去麸皮的小麦面做成的一种大饺子,呈小麦原色,皮厚馅多。其馅是用腊肉丁、土豆丝等做成,香而不腻,爽口爽心,极具农家风味,是渝东、鄂西一带的乡村特色小吃。它因为体大饱满,躺在碗中,就如黄牛戏水,所以得了个"牛滚水"的名儿。向万成小时候在表姐家,是要过节才能吃上一次的,那是他记忆中的美食,是他在那段黑暗岁月里少有的慰藉。如今,很难再吃上当年那种地道的"牛滚水"了。即便被他安置在海岛上享清福的表姐,因为材料不趁手,也做不出以前的味道来了。但他仍然忍不住,偶尔想起便让人做来吃上一次,过过嘴瘾。

按照小梁的安排,晚上七点,各路人马全都到议事厅聚齐了。

向万成随小梁来到厅里沙发上坐定后,鹰一般锐利的目光在每个人的脸上扫过。训练有素的黑鹰屏住呼吸,坦然迎接他的检阅。

谢天、谢地从未经历过如此正规的场面,不由得两腿微微发抖。尤其是谢天,因见小梁站在一旁,被老爷子那双洞悉一切的锐目一瞪,担心他会看穿自己对小梁心存邪念,背心忽地冒出一股凉气来,立即就想尿尿了。他将两腿并得紧紧的,竭力隐忍着,不提防牙齿"叩叩叩叩",在这个时候不争气地响成一片,吓得他连忙抬手捏住了自己嘴巴。

向万成似乎并未瞧见谢天的失态,开门见山说道:"这次行动的目标,是两千多年前一位流亡国王的秘宫!这是一个迷失的王朝,是巴国最后一位国王的安息之处,一座真正的地下宫殿!它就隐藏在齐岳山区某个神秘的洞穴之中。两千多年来,有无数的人在寻找它,最终却成为他们心中的一个谜团!我们也是从数十年前得到线索,一直穷追不舍,可谓功夫不负有心人。现在,是揭开谜底的时候了!在我们前面,有一个由巴人后裔组成的秘密组织,名叫'罗布巴',他们掌握着由当年巴王秘密遗留下来的五只石雕虎形器,那上面有更为详细的线索。他们破译了线索,并依据那线索的指引,几天前就进入了石笋河峡谷的大安洞。在场的三号、六号,还有谢天、谢地都曾跟踪进入过大安洞。目前的情况是,五名'罗布巴'已经到了洞外,但他们显然并没有找到秘宫。现在他们在什么位置,我们还不清楚。二号一直守在洞口外面,没有见到他们出来,说明他们走的是另外的出口。据我所知,'罗布巴'已经得到明确的指令,他们的目标仍然锁定在大安洞,他们还会进去继续寻找!而我们的行动,就是秘密跟随'罗布巴'进入洞内。在此之前,不能让他们发现，更不能与他们发生冲突。进入秘宫以后，再见机行事！"

说到这里，向万成朝旁边小梁看了一眼，向后一靠，疲倦地闭上了眼睛。

小梁说："好！现在目标和方案已经明确，要看看各位的准备工作了！首先，你们各自带了多少人来？"

4

黑鹰三号说："按照您的要求，我们都各自招来了两名弟子，都是通过挑选的。一共十二名，他们都在外面候着。"

"装备呢？"

"标准的探洞装备，包括对讲机，准备了二十套。另有五条带马达的机动橡皮舟，都是五人座的。此外，荧光路标、电池、食品，都很充分！"

"包装和运输？"

"一辆悍马H3、两辆陆地巡洋舰。我们有一条最近的线路，走318国道到万州龙驹，然后上乡村公路，经地宝到云阳清水，越野车可以直接开到盖下坝，那里离大安洞已经很近了。包装物，我们带有两卷加垫衬的防水包装布，还有木条、铁钉、草绳、塑料泡沫等一应俱全，防水、隔热、减震等都没问题，随时随地可以量身做出各种规格的包装木箱！"

这时，六号从裤兜里掏出手机，看了看发亮的荧屏，然后朝小梁举了举。小梁点点头说："去吧！"

六号出列，将包有隔音布的厚厚木门推开一道缝，一闪身出去了。

小梁正要说话，忽见谢地举起手来，问道："你有什么事？"

"这个……"谢地偷偷看了一眼谢天，犹豫说，"那个……"

"什么这个那个的？说清楚点！"

"那个老头一直守在洞口！他说'非分之物，得之不祥'，还说……'那石头就是榜样'什么的，我们……"

"这个不用担心！"小梁说，"人家自恃身份，也就是吓唬吓唬你们，

第五十二章·密谋夺宝

不会真对晚辈们动手的。当然,如果他真守在洞口,肯定是不会让你们进去的!但我们自有办法。九号,你的东西呢?"

九号皮肤很黑,小眼睛,中等个子,在黑鹰中显得很不起眼,但在向万成心中的分量却很重。这个来自湘西山区的苗族小伙子,被向万成收为徒弟已有近十个年头了。十七岁那年,他因打架被一所中学开除,恰好遇见向万成,就一直跟着他了。他除了随向万成学到一些基本巫术,还参加过各种特殊技能训练。他是黑鹰中有名的神枪手,各种枪械玩得出神入化。别看他个子不高大,体力和脑力都是第一流的,性格沉稳,忠诚地服从命令,从不提问或质疑,无论把他派到寒冷的雪域高原还是又热又湿的热带雨林,九号都能出色地完成任务,因而向万成对他十分信任。

此时,九号被小梁点到将,一双小眼微微一睁,沉静地说道:"一长两短,都是目前国际最先进的警用武器!配有'光学距离修正瞄准系统'的巴雷特XM109型狙击步枪一支,具有穿甲功能,有效射程2000米。意大利伯莱塔92F型手枪和中国QSG92式手枪各一支,均可实现近距离闪电式快速射击。"

仰靠在沙发上闭目养神的向万成忽地坐直身子,双目炯炯地看着九号,问道:"本次行动中,你将如何使用这些武器?"

"扫清阻碍我们前进的一切障碍!"九号从容说道,"您的目标是守在洞口的七星老人,我认为适宜远距离狙击!据小梁介绍,七星老人身具神功,只有出其不意一击奏效,不能让他有任何反击余地!所以,我将埋伏在有效射程内,由同伴们前去将他引出,一枪致命!两支短枪贴身收藏,是为防止出现意外。"

"好!"向万成颔首而笑,"此次行动只许成功不许失败,关键就看我们的准备工作是否到位!'罗布巴'有双重保护,我已除去一个杨仙姑,现在七星老人是最大障碍。一旦除去这道障碍,其他事情也就迎刃而解了!"

这时,六号从门外闪了进来。小梁从他的脸上看出,刚才他出去接的这个电话,一定是有重大消息。

果然,六号迫不及待地报告说:"刚才,汪二麻子报告说,他在利川市内意外地发现了十多天前从温家大院神秘失踪的向前进的踪迹!我让他立即了解进一步的情况,他很快回话说,向前进一行五人,四男一女,是下午四点钟住进清江大道的电力宾馆的,刚刚在附近餐馆吃了晚饭回去,今晚还没有要走的迹象!"

　　这个消息,让在场所有人都感到振奋!——目标出现了!

　　由于二号留在盖下坝,此时身材高大的黑鹰三号自动担当起行动小组的指挥任务。他干练地分配道:"五号、六号,开一辆陆地巡洋舰去利川,监视、跟踪'罗布巴';我和九号,开另一辆去盖下坝与二号会合,趁眼下七星老人没在洞口,先行踩点,九号事先进入预定位置,以确保万一;其余人和悍马车暂时留在山庄,负责联络接应!"

　　分配完毕,三号将目光投向向万成,问道:"大师,是不是马上出发?"

　　向万成满意地点点头,将手一挥,说:"行动吧!"

第五十三章　再闯石笋河

1

　　李虎几人是 14 日下午两点多钟到达利川的。

　　他们也不顾衣衫不整，先找到一家餐馆，痛痛快快吃了一顿大餐，把几天来压缩饼干在胃里养出的馋虫彻底消灭。再找到一家宾馆，畅快淋漓洗了一个热水澡，将一身的惊吓与风尘疲惫都冲了个干干净净。

　　然后，郑雯、小樊和向前进各自躺在干爽舒适的床铺上，很快就酣然入睡了。

　　李虎和沈立二人，则顾不上休息，他们列出一个详细的清单，然后花了两个小时上街采购新的旅程所需物品。直至夜幕降临，两人才回到宾馆。

　　15 日凌晨六点，预先租好的一辆小面的准时来到宾馆门前。他们上车后，先向西上 318 国道，走出 20 余公里后拐上一条向北的岔路，直奔柏杨而去。

　　上岔道不远，拐过一个弯，坐在前排的沈立忽叫司机停下，说是要方便一下，然后下车朝后面走去。他掏出一副墨镜戴上，隐身到路边一片柏树林里。这时，一辆银灰色的陆地巡洋舰无声地从弯道后面驶了过来。见到停在路边的小面的，开巡洋舰的人似乎颇感意外，略略减了减速，又继续朝前开了过去。

　　这时，李虎也下车朝这边走过来。见到沈立，他朝刚刚消失在前面拐弯处的巡洋舰努努嘴，轻声问道："跟踪我们的？"

　　"极有可能！"沈立说，"广东牌照，挺显眼的！昨晚十点左右，它曾在宾馆附近出现过。今天早上我们出发时，它就停在旁边的巷口里。现在我们上岔道，它又跟了上来。看来，我们的行踪是被他们发现了！"

　　李虎若有所思地说："他们的目的是秘宫，只是想让我们引路！漆大大说过，让我们不要去管身后的事情！我们只管向前走去，谅他们在找到秘宫以前，也不会对我们怎么样！"

两人回到车上，又继续前行。走出不远，他们在一个弯道边又见到了那辆巡洋舰。它停在路边，引擎盖被支起来，一个背朝公路的黑衣人勾着腰，似乎正伏在车头上检查着什么。

到了柏杨坝，打发走小面的，李虎几人径直走进一个带铁门的小院，取回沈立寄放在那里的帕杰罗。他们出了小镇，开上一条碎石铺成的乡村公路继续向北驶去。

跟踪而来的那辆巡洋舰，在镇上逗留了一圈，然后掉头朝利川方向开去了。

没想到，刚刚回到318国道，巡洋舰正向西往齐岳山草场快速驶去，却一头钻进了白茫茫的瓢泼大雨之中，整个路面全被暴雨笼住了。驾车的黑衣人不得不靠边停下车子，气得直捶方向盘，大声骂道："这鬼天气！"

接着，黑衣人拿出电话，对着话筒说明他所跟踪的帕杰罗车的去向，估计中午时分会到双河口。最后，他气急败坏地说："奶奶的！一场从未见过的大雨把我堵在318国道上，现在进退不得了！"

在帕杰罗车上，坐在前排的郑雯，被崎岖的路面颠得摇来晃去。她望着刚刚冒上山头的一轮骄阳，说："昨晚我从宾馆的电脑上看到一条消息说：三峡水库从135米水位向156米水位蓄水的时间，是从9月20日22时开始。但由于目前上游来水偏少，预计完成蓄水任务的时间，要从10月15日至20日之间推后一周左右。如果我们原来分析的'洪水弥漫'指的就是三峡水库蓄水，现在其实并不紧急，我们的时间还很充裕。"

"如此说来，"李虎沉思道，"我倒觉得'洪水弥漫'与三峡水库蓄水似乎没有多大关系了，说不定是另有所指。今天15号，我们已经花去20天时间了。反正现在已是人在途中，当然是越快越好！越早揭开谜底，我们也越早得到解脱！"

"解脱？"郑雯反问说，"你那意思，好像是被逼无奈？"

李虎说："一开始，还真是有那样的感觉。但现在不一样了！"

"现在是什么感觉？"

"怎么说呢，这个……如中魔咒，欲罢不能！"

这一说，立即引起车上几人共鸣，大家仔细一体会，还真是这样的感受。

第五十三章·再闯石笋河

小樊感慨说:"我们几个原本素不相识,都在各自的圈子里过着正常的日子,突然间,阴差阳错、莫名其妙被卷入这样一场离奇的事件,完全脱离了原来的生活轨迹,倒是舍命以赴,生死相依!你们说,这不是中了魔咒又是为何?!"

向前进说:"魔咒就刻在石虎上,石虎又在我们的背包里,时刻附在身上形影不离,当然是中魔咒了!你们说,这冥冥之中是不是真有什么祖先神在照看着?要不然……"

忽听沈立叫道:"大家小心了!"

原来,前方路面被山洪冲出一道沟槽,越野车在这里猛烈地颠簸了一下。正说话的向前进由于体重较轻,又毫无提防,被颠簸的惯性高高地抛起,头顶撞上车篷,结果上下牙齿一咬,将自己的舌头咬破了,痛得他直嘘冷气。

小樊打趣说:"昨天晚上我们才吃了一顿大餐,你怎么今天又打牙祭了?"

帕杰罗颠颠簸簸行驶七十多公里,一直开到那条乡村公路的尽头。那里有一个小小的村落,前面再没公路了。

李虎说:"大家都还记得吧,我们上次曾徒步经过这里。前去几公里就是云阳、利川交界的双河口了,正是石笋河峡谷的入口。"

沈立将车子寄放到一家农户的小院里,看看手表,又抬头望望天,皱眉说:"现在十一点过了,我们得赶快!这里气压有些升高,似乎要下雨了!"

2

郑雯举眼一看,一轮红日独步中天,明晃晃的直耀人眼,笑道:"这大晴天的,连一丝云儿也见不到,哪会有雨!"

李虎说:"我们穿越峡谷,还是小心为妙!大家拿出干粮,我们边吃边走吧!"

赶到石笋河峡谷口,他们登上橡皮艇时,刚好十二点。峡谷之中,正是艳阳高照的时候,水碧山青,两岸壁立万仞,景色幽静宜人。

空山寂寂之中，气氛果然有些沉闷。

沈立向后望望，却见南方群山后面，早已涌起乌黑浓厚的云层，翻卷奔腾着，正向这边铺展而来。他变色道："果然是要下雨了！我们必须快速穿过峡谷！"

李虎和沈立操起桨板，顺风顺水，快速划动起来，嘴里说道："奇怪！都是入秋的季节了，却像是要下暴雨的样子！"

天气骤变，一个个都沉默不语，专心赶路。一路闯险滩过急流，沈立不时看看表上的气压显示，然后仰头看天，表情十分焦虑。李虎宽慰说："十多公里路程，很快就出去了！就是下点雨，也没什么。"

但天上云层已经漫过头顶，而且越来越厚，太阳早就躲得没有踪影了。峡谷里的光线越来越昏暗，空气也越来越滞重，让人感觉呼吸不爽。

一切都是大雨来临的前奏！

沈立忽然一抹脖子，大声说："下雨了！"

向前进摸摸脸上，说："我早就感觉到了，还以为是河里溅起的水点呢。"

李虎无语，操起桨和沈立一阵猛划，橡皮艇似离弦之箭，向下游飞驰而去。

水流渐急。河床开始向下倾斜，变得坑坑洼洼。河心时有巨石挡道，河水陡遇不平，发起雷霆之怒，翻腾咆哮，流得全无章法。橡皮艇坠入乱流，又开始左颠右簸起来，全靠李虎、沈立配合默契，才没有颠覆。

咆哮的河水激起巨大响声，响彻整个峡谷。

李虎看着两岸山势，大声说："大约还有两公里，就到大安洞了！"

说话间，李虎隐隐听到另外一种声音。那是一种极为熟悉的声音，十天以前，他们在神堂湾的子午河曾听到过这种如奔雷滚滚的沉雄之声。

李虎心中猛一激灵，感到巨大的危险正向他们迅速袭来，虎目四顾，同时大声向沈立喊道："你听到了么？"

沈立面色严峻地点点头，看看两岸滑不溜手的峭壁，问道："怎么办？"

李虎指着前方河中一根约有十来米高的笋状石柱，果断地把桨往沈立手中一塞，大声喊道："对着石柱划过去，靠上它！"

说罢，李虎抓起舱中缆绳，以飞快的速度穿入两边船舷上固定的抓绳，然后牢牢地结在一起，同时对其余几人喊道："检查你们的安全绳，一定要与艇上抓绳牢牢相连！"

第五十三章·再闯石笋河

说时迟，那时快，橡皮艇已向石柱直撞而去。

就在将撞未撞的那一刹那，李虎从艇上长身而起，左手撑住石柱，两脚蹬住橡皮艇。待橡皮艇贴着石柱横过稳住，他已如猿猴般攀上石柱，另一只手竟将橡皮艇提了起来。这一系列动作仅在几秒钟之内，一气呵成，分毫不差。

那橡皮艇上面坐了四个人，被他如竹篮一般提在手中，举重若轻。

这时，滚滚如雷之声已奔至眼前，第一股浑浊的洪水挟着风雷之势，裹带着泥沙树枝，恰好在橡皮艇被提起来的那一瞬间，轰然而至，堪堪从皮艇底下呼啸而过。

李虎"腾腾腾"快速直上，待左手抓住石柱顶端时，他在柱腰上蹬住脚，伸直左手，身子向岸边尽力外倾，提着橡皮艇的右手则平举起来。

洪水涨速几乎与李虎攀爬一样快。他的两只脚已受到洪水冲刷，水中裹挟的石块枯枝不时击得他隐隐生痛，提在手中的橡皮艇被洪水冲得晃荡不已。不知什么时候，头顶瓢泼大雨已倾泻而下，他们连睁眼视物也觉困难了。

他们被淹没在巨大的轰鸣声中，言语早已失去交流作用。李虎此举用意，全靠同伴的默契领会。沈立早已发现右岸绝壁上有一个黑乎乎的半圆形洞口，离水面约有七八米高，正好是一个可供立足的小小平台，与李虎攀住的石柱间隔约有四五米距离。在两岸森然如削的峭壁间，这是他们唯一的逃生之地了！

此时，李虎两臂平伸，已经尽力填补了石柱与平台间的空隙，没法作出更多了，艇上的人必须依靠自己的力量登上平台。但悬空的橡皮艇离平台边缘仍有两米左右距离，沈立攀住李虎钢铁般的手臂，尽力倾出身子，在橡皮艇不停的晃荡中多次伸手都没有够着，总是差了那么一截。沈立担心时间久了，不但李虎体力不支，洪水只要再往上涨个四五十公分，他们几条性命就将付诸东流了。

眼下，时间就是生命！

3

沈立将自己安全带与艇上抓绳的连接尽量放长，然后立起身来，借着橡皮艇晃荡之势，孤注一掷，一个挺跃飞扑过去，一下抓住平台边缘，先爬了上去。然后，他回过身子，匍匐在地，用脚勾住洞口里面一道石楞，半截身子悬出崖边，一伸手便将樊高抓了上来，并趁势解开他腰上的安全带，将他推进洞口之中。

艇上还剩郑雯和向前进两个，由于洪水上涨，艇身晃荡更加厉害了。两人淋着暴雨，在艇上摇摇欲坠，沈立几次都没有抓着……

危急之中，沈立拉住自己与橡皮艇连接的安全绳，猛地往面前一扯，趁机抓着了艇上的抓绳。此时，一个浪头劈头打来，橡皮艇一头被李虎牢牢提着，另一头被沈立手中的绳子紧紧拴住，艇身在洪水猛烈冲击之下侧翻而立，艇上郑雯和向前进双双跌落汹涌澎湃的洪水之中，一下失去身影，滔滔浊流中只见几只手不时伸出水面乱挥乱舞。

好在郑雯和向前进腰上的安全绳尚与皮艇上的抓绳相连，一时还不至于被洪流卷走，但情况已是万分危急！

沈立双手扣住抓绳，使劲往上猛提。李虎稳稳立在石柱上，眼看着这一切，心急如焚，一时又别无良策。此时李虎见沈立发狠，知他用意，也信他之能，便两腿一蹬，朝沈立那边纵身一跃，助了他一臂之力，然后趁机松开了手中绳索。

沈立借了李虎跃送之力，连着橡皮艇将郑雯、向前进一起从水中提了起来。旁边樊高一直紧张地盯着在水中挣扎的郑雯和向前进，此时见沈立猛提橡皮艇，他及时帮上一把，与沈立一起，将他们水淋淋地拉上了洞口。

洞口原本不宽，只是崖上一道与河流平行的古老缝隙，经千百万年的风化侵蚀，上面剥落了一块，空出这么一片台子，有五六米长，后面还有一个近两米高的洞口，里面黑黝黝的也不知其纵深几何，虽然不甚宽敞，也足以让几个人遮风避雨了。洞口平台上面，积满了厚厚一层尘土碎石、苔藓、枯枝。

第五十三章·再闯石笋河

郑雯和向前进被拉上平台后,樊高刚帮他们解开安全绳,又扶他们坐好,两人都不约而同地扑倒在地,"哇哇"地吐起水来。想是他们在水下情急之中灌了不少浑水,此刻上得岸来,直欲一吐为快,弄得小樊一时不知如何是好。

向前进瘫倒在地不停吐着,一把鼻涕一把泪的,显得很是难受。郑雯"哇哇"吐了两口,又强撑起身子,一双关切的眼睛朝四周看看,然后又向河中水面寻去。

此时,河中看去已是满满当当一河浊流,轰轰隆隆,浩浩荡荡,以摧枯拉朽之势在峡谷中横冲直撞。水面离平台仅剩一米左右了,飞溅的浪花不时跌进洞口。迷迷茫茫的倾盆大雨之中,只见几米外的石柱孤零零地立在水面上,模模糊糊的只剩下两三米细细的笋尖,却不见了李虎的踪影。

郑雯脑子里"嗡"的一声,突然一片空白,仿佛一下子被抽干了血液。她呆望着茫茫的水面,半响,才歇斯底里吼出一声:"李虎呢?"

这一声撕心裂肺的号叫,将小樊、向前进都震醒了!

他们一路都是在李虎、沈立的照顾下走过来的,无论遇到任何危险,都是二人将他们护在身后。多少次九死一生的经历,大家最终都平安挺过来了,他们还从没想到过李虎、沈立二人会有什么过不去的坎!此时,在如此险恶的环境之中,居然不见了李虎,他们在震惊之中,把所有希望都放到沈立身上,仿佛他一伸手就能将李虎变出来似的。

沈立正趴在台边,用望远镜朝茫茫的下游搜寻着。听到惊叫声回过身来,抹了一把脸上的雨水,先让他们全都躲到洞内,避开头上密匝匝的雨柱。几人见他面色平静,显得胸有成竹,渐渐定下心来。

郑雯迫不及待问道:"他……他到底怎么样了?你看到了吗?"

沈立听她那发颤的声音里透出一股彻骨的寒意,轻轻拍了拍她肩膀,冷静地说:"我们要相信李虎的能耐,他不会有事的!"

听到这话,几人心中都是一沉!

这无异于明白告诉他们说,李虎果然是被大水卷走了!郑雯竭力隐忍着内心的伤痛,"哇"的一声又吐了出来。

小樊手忙脚乱地从包里翻出一只小瓶,倒出半把朱红色的药丸,让她和向前进吃下。说是仁丹,它可以解除烦闷恶心。

郑雯抹了一把眼泪,接过小樊递来的水壶,和水吞下药丸后,扭头又问沈立:"你看到了么?他是如何落入水中的?"

沈立说:"刚才,橡皮艇侧翻过去,你和向前进跌入水中,情况已是万分危急!他见我抓住艇上的绳子,担心以我一人之力不能将你们提上来,他就提着皮艇从那石柱上一个飞纵,借着一纵之力在空中将皮艇向前送了一程,这才松手落入水中。当时,他一定是见到了前面崖壁上的那棵小树,算好距离,打算先去那里稳住身子,再想法过来与我们会合。我将你们提上来后,再寻李虎时,没有见到他的身影,连崖壁上的那棵小树也不见了!"

4

当时,李虎也确如沈立所说,是见到崖壁上那棵小树,才冒险一纵的。

那小树离他落水之处也就十多米,在急速的水流中一眨眼工夫就到了,李虎早已算好距离,如愿抓住了那棵小树。但水流所带来的巨大冲力,让扎根在岩缝中的小树不堪重负,被李虎连根拔起,他们一起跌入了滚滚激流之中。

在如此湍急的洪流之中,李虎完全失去了自主之力。

洪水从上游地区汇流而来,夹带泥沙,浑浊不堪,加上密集的暴雨如倾如泻,李虎即使艰难地睁开眼睛,也无法看清周围情况。他随着激流飞驰而下,尽量让脑袋露出水面,凭着直觉避开河中巨石,并尽力向岸边靠拢。

雨幕浪花之中,他隐约见到前头紧挨着岩壁的水面上,模模糊糊伸出一根树枝。就在一晃而过的刹那间,他伸出右手抓住了!身子被那树枝猛地一带,迅速掉过头来,在急流的冲刷中停住了。他不容树枝被拔起,左手立即抓住岩壁上一丛乱蓬蓬的植物,这才踏实感到身体被手中之物紧紧地带住了。

此时,他从一片迷蒙的雨雾中探寻着周围的环境,发现右手抓住的是淹在水下的一棵小树,左手握着的是崖缝中长出的一丛矮小的灌木,虽然一时还不会被拔起,但身子悬在激流之中飘飘荡荡的,两手不敢有丝毫的松懈。

李虎意识到这种状况不能继续下去,一旦洪水上涨,他又将被卷入激流,前功尽弃!

第五十三章·再闯石笋河

必须向上，从崖壁上寻到立足之处，才能稳住身体，一身功夫才得以发挥。他试了试左手握住的灌木，感觉根系紧密，颇为牢固；同时发现右上方崖壁上也有一丛灌木，与左手抓住的有些相似，应该足以托住一个身体的重量了。

他左手用力握住灌木丛，将右手抓着的树枝一点一点地向后放松，脊背慢慢贴上岩壁，尽量减轻激流的冲力。直到整个身子全部靠上岩壁，他右手放掉树枝，左手使劲一撑，整个身子贴着岩壁往前一蹿，右手趁机抓住了右上方的那丛灌木。与此同时，他感觉到"噗嚓"一声，左手握住的灌木受他刚才一蹿之力的带动，连根带泥从岩缝中滑脱出来。他身子猛地一弓，几乎在那灌木拔落的同时，左脚趁机插进了那道空隙，左手甩开脱落的灌木丛，本能地向上一探，随手抓住了岩壁上碰到的一丛植物。

此时，他右腿还落在水中，但总算勉强稳住了整个身子。

大雨如注，岩壁上飞流如瀑。李虎的整个身躯虽已贴上岩壁，但蜷曲着没法伸展，重心集中在右手抓住的那丛灌木上。他左脚先试探一下，感觉好像是一个方形小洞，用力踏了踏，试着下蹲，将重心转移到左脚之上。依靠左边固定好身子后，他右手用力一扯。正如他所期望的，只听"噗嚓"一声，那丛灌木也同样连根带泥被拔了出来。他丢下灌木，用手摸索，发现那也是一个方形的小洞，与他左脚所踏洞口，大小相差无几。

此时腾出右手，李虎又向上面摸索，再次抓到了一棵小树。他一下站直身子，右脚跨上一步，踏进了刚刚扒出来的那个小方洞。至此，他已斜张四肢，整个身体约呈45度，如壁虎一般紧贴在崖壁上，暂时脱离了激流的威胁。

密匝匝的雨水之中，睁眼只见一片灰茫茫，更没法仰头上望，但他完全可以腾出一只手来向上摸索。此时，他感觉自己姿势颇为奇怪，右手右脚比左手左脚都要高出约五十公分。左手与右脚平行，正好和右手着力之处形成一个等边三角形。而左右相间的平行距离也在五十公分左右，被他掏出的这些方形小洞，似乎显得颇有规律。他左手用力一拔，一蓬杂草带着一团泥土随手而出，果然又露出一个方形小洞。左手又斜斜向上探去，在约五十公分的地方，如预料那样，他又碰到了一处杂草。

李虎心中陡然一亮！

此时他再无怀疑，崖壁上这些有规律排列着的、被填上泥土长满树木杂草的方形小洞，一定是古人留下的栈道孔。要是将这些洞打上桩，铺上木板，就形成一道斜斜向上的悬空天梯了。他不禁想道：攀爬这样毫无遮挡的悬空天梯，对于现代人绝对是一件天大的难事，对于古人大概也不会是一件容易的事情吧。

是什么人，在什么时候，凿下了这样的栈道？

在这样的崖壁上，呈如此陡峭的坡度，又是为了通向何处？

李虎带着满心的疑问，循着规律，一个洞一个洞地掏空，斜着向上攀爬，直到进入一个两三米见方的洞口。洞内幽幽暗暗的，望不到尽头，却显得平坦而宽敞。回首下望，洞口处已经距离水面约有三十多米高了。峡谷在前面两百来米处转了一个急弯，铜墙铁壁般的山崖挡住肆意奔腾的洪流，激起十多米高的巨浪，澎湃有声。李虎见状，不由心中一寒！要不是刚才自己及时抓住救命之物，此时恐怕已是粉身碎骨了。

他不及多想，迫不及待要做的第一件事情，就是取出对讲机与同伴们联络。

从他落入水中到抓住岩上植物停住身子，大约被激流冲行了一千多米，前后也不过几分钟左右的时间，但攀爬这三十多米的绝壁却用了二十多分钟。半个小时过去了，他不知道几位同伴现在处境如何。从他落水前见到的情况判断，他们应该是在那个小小的平台上立住脚了。但他也能够想象，自己落水后生死不明，同伴们会是什么样的心情，尤其是郑雯那心急如焚的样子，一定是难受极了。

对讲机防水性能很好，开启后一切正常。他调好频道，开始"喂喂"地呼叫同伴。

峡谷中他们相距不过一千多米距离，这样的雨天也不会对信号产生多大的影响，李虎呼叫一阵，对讲机里却一点音讯也没有，他不由得心中一沉——

洪水涨得如此之快，他们立足的洞口离水面又近，难道是遇上什么不测？！

5

听到沈立述说李虎落水的经过,郑雯望着从眼前呼啸而过的巨大山洪,到底还是哭了出来。或许是怕影响到别人,她面朝洞壁,小声哭泣,显得极为隐忍。

恰是这样克制的哭声,让人听了更为难受。一旁的小樊、向前进,也情不自禁哭了起来。

忽听沈立一声大喝:"都给我住口!"

几人被这声音吓了一跳,都止住哭,回过头来怔怔地望着沈立。

沈立冷冷地看着他们,一脸严峻的表情。他透了一口气,控制住情绪说:"现在不是悲伤的时候,我们要相信李虎有能力从洪水中脱身!现在的问题是,我们几个还没有脱离险境!洪水还在继续上涨,水面离洞口已经不到一米了,随时都有可能淹上洞口来!洞口上面是万仞绝壁,没有出路可走。我现在要到后面这洞里去探一探,你们三个守在这里,看好橡皮艇。洪水即使涨来,你们也不要惊慌,它是慢慢上涨的。"

沈立扭亮头灯,又说:"你们都把对讲机打开,调好规定的频道,随时准备接收李虎的讯号!我会很快回来的!"

说罢,沈立一猫腰向洞子深处钻了进去。

郑雯立即取出对讲机,调好频道,"喂"了几声,又递给小樊,让他看看调没调错。几人互相看看,都没调错,但对讲机里始终没有声音,只好承认是对方没有收到讯号了。

正专心摆弄对讲机,忽听向前进"哗啦"一跳,惊道:"洪水已经淹进来了!"

几人本能地朝洞内挤了挤,回头望去,滚滚浊流就在他们身边咆哮奔腾,第一波洪水已经浪进洞口,淹到他们脚面上来了,高高的浪花夹着泥腥味,不时溅到他们身上脸上。橡皮艇被荡了起来,是小樊眼疾手快一把抓住,才未被激流卷走。他焦虑地看看手表说:"都二十分钟过去了,沈立怎么还不回来？再过几分钟，这洞口就被会洪水灌满，待不住人了！"

这话刚说完，沈立就出现了。他见到已淹齐脚脖的水面，似乎并不惊慌，第一句话问的是："有没有李虎消息？"

不待几人回答，沈立已从他们的表情上看出结果来。他一把拧开橡皮艇的阀门，急速地说："赶快收拾一下装束，我们进洞去，前面有出口！"

几人眼见形势危急，也不及多问，跟着沈立快步朝洞里走去。

开始一段，洞口狭小，他们得猫着腰走。脚下坑坑洼洼的已经有了积水，被他们踩得"稀里哗啦"响成一片，沈立还在一个劲地催促："跟上！跟上！"

进去百来米以后，空间渐渐宽敞起来。走在前面的沈立让到一旁，对其余几人说："你们快跑，不要停！一直向前，中间没有岔道！"

几人不明所以，小樊疑惑地问道："那你呢？"

"快跑起来！"沈立严厉地喊道，"我就跟在后面！"

这一跑起来，他们才明白，前面是一截约两百多米长的下坡。他们刚刚跑到一半，就听到"哗哗"水响，由洞口涌入的洪水已经冲了进来。

这时，不用沈立催促，他们也知道用最快的速度疾跑了。但水流的速度比他们更快，一股裹着尘埃的水流追着他们赶了一段后，被后面追来的另一股更大的水流一推，迅速从他们脚下冲到前面去了。他们不得不在齐脚踝深的水流中，拖泥带水跑步前进，而后面更大的水流还在源源不断涌进来。

跑完下坡，前面出现一片水潭，潭中翻涌着浑浊的泡沫。跑在前面的几人略一迟疑，不由停下了脚步。沈立望望低矮的洞顶，从后面叫道："不要停下，快蹚过去！"

说话间，小樊已下到水中，沈立拉起郑雯、向前进，急促地说："快走！这水潭是刚刚才积下的，还不深。我们得赶快过去，不然淹到洞顶就麻烦了！"

说是不深，没走几步便已淹到腰部了。沈立让小樊也把手伸过来，由于水下地面不平，四人互相搀扶着，以防跌倒。积水的阻力让他们快不起来。走出二十余米后，水位已涨到了胸部，前面还看不到尽头。向前进气馁地问道："前面还有多远？"

话没说完，不提防脚下一滑，向前进跌入了水中。好在一直穿着救生衣，他一下子在水中浮了起来。沈立索性将他一推，说："我们已经走过一半了，大家都游过去！"

游到水潭尽头时,他们头顶仅剩一米左右的空间了。沈立一一将几人推上岸头,松下一口气来,说:"好了!现在算是脱险了!再往前去,不到一千米,就是出口。"

剩下的路程,几乎全是斜斜的上坡。十来分钟后,他们在一片轰轰烈烈的巨响之中来到所谓的出口,都大吃一惊。

原来,他们所在的洞口,仍是孤悬在高崖之上,四面绝壁。雨水如瀑布一般从洞顶挂下,织成一道珍珠般的密密水帘。脚下数十米处,正是激流奔腾的幽深峡谷。刚才他们走过的那个蜿蜒曲折的山洞,只是把他们带到了一个更高的洞口。

这时,几人的对讲机忽然一起响了起来!

6

对讲机里响起的声音,此刻在他们听来,直如纶音天降一般慰人心。

正是李虎的声音:"沈立沈立,我是李虎,听到请回答!"

浑厚的男中音,清清晰晰,就如在身边一样真实亲切。几人听得呆了,你望望我,我望望你,一时竟没人回答。

郑雯回过神来,猛地一把抓住对讲机,生怕它要飞去似的,张了张嘴,未曾说话,先已涌出泪来。忽觉身子一软,她瘫坐在地,伏在膝上呜呜咽咽哭了起来。

沈立原是想让郑雯和李虎说话,见她这样,立即举起对讲机回答说:"李虎,你现在在哪儿?情况如何?"

"我随洪水流出一千多米后,抓住岸上植物,爬上了悬崖上的一个洞子里,现在很好!你们现在怎么样?为什么一直呼叫不通?"

"刚才我们一直在山洞里走路!先前那洞口已经被水淹了,我们顺着山洞来到了另外一个出口,在一个高高的崖壁上面。说说你现在的位置!"

"我所在的山洞,在你们上岸那洞口下游约一千三四百米的绝壁上,离水面有三十多米！你们呢？大家都平安无事吧？"

"你放心，我们都很好！现在我们两个洞口可能相隔不远，我们也与先前洞口相隔一千多米，离水面约五十多米……"

"谁说我们都好了？"小樊不待两人说完，拿起对讲机忽然插话说，"你害得大家一直提心吊胆，郑雯现在正哭得伤心欲绝，还不和她说几句话安慰安慰？！"

说罢，也不管郑雯如何，就把对讲机贴到她的耳朵上。没提防郑雯柳眉一竖，瞪起两眼顺手一推，将小樊掀了一个仰八叉，躺在地上睁大眼睛莫名其妙。

郑雯见他一脸无辜的狼狈相，破涕为笑，这才对着自己手上的对讲机喊道："虎子……"

沈立趁机对小樊、向前进说："走！我们进洞去把衣服换了。"

几人衣服从里到外早已湿透，一直无暇顾及，甚至忘记了此事。这时被沈立提醒，小樊、向前进立即感到一股彻骨的寒意，又觉浑身湿黏黏的极不舒坦。

换过衣服出来，沈立见郑雯还举着对讲机在絮絮叨叨说个不停，拍拍她肩头，说："等会儿再说吧，先去把湿衣服换了！"

这话被李虎听见，他在对讲机里说："好吧，雯雯，你快去换衣服。沈立！"

沈立拿起对讲机："说吧，我听着！"

"大家现在都到了安全位置，这暴雨一时半会儿也还没有停住的意思，你们趁这时间好好休息！我在这边洞子里发现了一些情况，先进去探查探查，等会儿再和你们联系！"

"好！注意安全，及时联络！"

"放心吧！"

沈立他们所在的洞口并不很大，呈一个不规则的半圆形。口沿上方呈锯齿状向外倾出，银亮亮的密集雨帘"刷刷"挂下，却很少溅进洞来。略微向内倾斜的地面上，铺着一层浮土，上面留有不少鸟粪和动物足印。

沈立看看时间，已经下午四点多了，见几人穿上干爽的衣服，显得精神多了，对他们说："现在我们什么也做不了！唯一的任务，就是抓紧时间休息！"

第五十三章·再闯石笋河

他取出丛林刀，从崖边雨水中砍来一把灌木枝，束成一捆当作扫帚，将地面尘土清扫一番，几人铺上睡垫，各自钻进睡袋，听闻着峡谷中洪水的轰鸣声酣然入睡。

沈立斜靠在洞壁上，手里握着对讲机，闭目假寐。其间，他不时看看表，又看看对讲机。

一个小时过去了……

又一个小时过去了……

看看洞外天光渐渐暗淡下去，变成一片模糊，这一天又要结束了。

峡谷中洪水依然轰轰地奔腾着，但雨似乎小了一些，听不到明显的"哗哗"声。沈立又一次焦急地抬腕看表时，对讲机响了起来："能听到么？沈立！"

"是的！我一直在等你回音！"

"我是攀缘着崖壁上一串被荒草灌木掩住的栈道孔进入这个洞口的，刚刚进洞去探查一番出来！这洞一直向下倾斜，很深、很宽敞，里面有多处人工穿凿的痕迹。我还在洞壁上发现了一些神秘的符号，还有古老的壁画，或许郑雯能够解读其中的含义。我向内走了约三公里路程，直到被一道宽阔的阴河堵住才倒回来的。这里与大安洞近在咫尺，我怀疑这才是进入秘宫的真正路径！"

沈立对讲机刚一响起，躺在睡袋中的几个人就惊醒了。李虎这一席话从对讲机里说出，被几人听得清清楚楚，他们纷纷坐起来，望着沈立手中的对讲机，十分激动！

小樊兴奋地搓着双手，忍不住说："天意！真是天意！"

沈立朝对讲机说："现在天色已晚，雨又下个不停，今天是没法行动了！你好好休息，天亮后我们再想法与你会合！"

第五十四章 古峡秘符

1

这是一场罕见的大雨!

以前,几个年轻人也经历过暴雨的场面,往往是以狂风开道,其来势也猛,其去势也疾。狂风暴雨一番肆虐,将大地蹂躏成一片狼藉之后,便消失无影了。

如此次这般悄然而至的滂沱大雨,又持续这样长的时间,他们还是第一次见到。天黑以后,听那雨声,似乎小了一些,却仍是如倾如泻,淅淅沥沥下了一整夜。

这一夜,他们枕着峡谷中洪水的轰鸣,在山洞里睡得倒挺安稳。

9月16日早晨醒来,他们的意识还停留在哗啦的雨声和潮湿的梦境里。沈立在洞口伸出脑袋朝上望去,但见峡谷上空,蓝蓝的天空上浮着几片被霞光染红了的薄云,晴日朗朗,金灿灿的阳光洒满大地。

这时,对讲机里响起了李虎的声音:"醒了么沈立?"

"是的,我正在看天气!"

"天气不错!现在,我们得弄清彼此洞口的位置!"

"先看看高度!我这里的海拔高度是253米,看看你那里!"

"238米。"

"高差15米,已经很近了!你在下方,待我悬到崖壁上寻找你的位置。"

"等一下!你在洞口看着,我向对岸扔一块石头,你可以见到石块飞出的位置。"

沈立趴在洞口,不一会儿,果然见到一块灰白色石块从右下方飞出,如一只受惊的云雀,从林中蹿起,挟着一股尖锐刺耳的哨音,直直地向对岸射去。

对讲机里同时响起李虎的声音:"看到了么?"

第五十四章·古峡秘符

沈立说:"看到了!我们在你左上方,与你那里水平距离大概二十多米。"

"这岩面光光滑滑的,二十多米距离如何才能过来?"

"有办法。我从这里垂直下降三十来米后,你用绳子系上石块向我掷过来,我将两根绳子连接起来,然后,全靠你的臂力将我们拉过去。你能行么?"

"好!没问题!"

沈立在洞口固定好铆钉、绳索,自己一马当先,悬垂而下。

到了崖壁上,沈立左右一看,目力所及,但见大雨之后的峡谷两壁,错落有致地挂出十多处白练般的银瀑。有的如绸如纱,轻柔飘洒;有的如蛟似龙,飞滚翻腾。瀑布跌入谷底滚滚浊流之中,更增其奔腾涌荡之势。自空中下望,但见一个个浪头高高涌起,一浪盖过一浪,煞是壮观!

奔势迅猛的洪流,让人在空中不由自主产生一种眩晕感。水声轰然若惊雷,被击碎的水粒如毫芒般飘浮在空气中,在数十米的高空仍能感受到森森寒意,沾衣欲湿。

沈立降下十多米后就看见李虎正从洞口伸出半个身子在向他招手。沈立停在空中伸出拇指比了比,水平距离约有二十五米。他向李虎做了个手势,继续又下降了十多米,这才示意李虎向他抛来绳子。

李虎不敢过于用力,小心拿捏着分寸,趴在洞口甩了甩手臂,然后一扬手,一块拳头大的石头带着长长的绳子朝沈立飞了过去。沈立一伸手没有抓住,绳子又荡了回来。

沈立说:"角度准确,力度不够!还差了两三米。"

李虎收回绳子,再一次甩去,偏了,飞到了沈立的背后。直到第三次,李虎屏息静气,凭着感觉随手抛去,堪堪飞到沈立眼前,被他一把抓住了。

沈立连接好绳子,又换了上升器回到原来洞口,让其他三人先下。

于是,郑雯、樊高、向前进都先后顺利地进入了李虎所在的洞口。当沈立最后一个被李虎拉进洞口来时,三人正趴在洞口观察李虎攀爬而上的那些神秘的栈道孔。

李虎见沈立忙于抽收绳子,对趴着的三人说:"别忙着看了!我们先吃早点,顺便给你们说说这洞内的情况,要确定下一步的行动方案!"

洞口不大,只有两米多宽,三米来高,圆不圆、方不方的,但向里三四米后,却显得中规中矩的,极像是一道门廊。再往里走出五六米,突然出现一个很大的洞厅，地面平坦开阔，约有两三百平方米，顶部呈穹隆状。他们就在洞口与洞厅连接处铺好一块塑料布，摆上了简易的早餐。

他们围成一圈，席地而坐。

李虎咬了一口饼干，指指旁边说："崖壁上那些栈道孔你们都看到了，目的地非常明确，是直接通到这洞口来的。你们再看看这洞口，方方正正，四楞上线，从这岩层纹理看，不像是自然生成的，却又找不出人工雕凿的痕迹。我由此生疑，所以迫不及待去洞里探查了一番。过了这洞厅，就是一个倾斜的甬道，宽阔平坦，顺着缓缓的坡道一直向下，其间有几处地方，看起来极像是人工修筑过的。约两千余米后，又是一个宽敞高大的洞厅，我在洞壁上发现有几幅狩猎的壁画，内容似乎很单一。还有一些单独的符号，看起来似曾相识，却又无法解读其意义……"

几人专心听着李虎的介绍，都忘了咀嚼包在嘴里的东西。

向前进正对向洞口坐着，目光不经意地向洞外瞟去，突然如中邪一般，睁大眼睛瞧着，呆呆的回不过神来。

侧边小樊见了，伸手在他眼前晃晃，问道："喂喂，你别是噎着了吧？"

向前进眨巴眨巴眼睛，伸手朝洞外一指，惊奇地说："我的天哪！你们快看，对面山崖上，那是什么？"

几人扭过头，一起朝洞外望去。

待看清向前进所指的景象，一个个都看得呆了。

2

从李虎他们所在的洞口平平望出去，只见对岸绝壁顶上两山夹一狭沟，沟中流水在崖壁上挂出一道轻灵飘逸的瀑布。此时，瀑布顶端原本覆满苍苔绿萝的山体忽然坍塌，一时泥沙滚下，银亮的瀑布被染成一片浑浊。

十多分钟后，流水洗尽泥沙，仿佛水源枯竭，渐渐小去。那里赫然现出一物，看上去是自崖壁本身生出，却又凸显在外，自成一体。

第五十四章·古峡秘符

洞口与对岸绝壁间,相距不到一百米,在晴朗的晨光之中看得清清楚楚。那是一种类似钟乳石的结晶体,形状奇特,尤其显眼的是它的颜色。四周峭壁都是冷冷的铁灰色间杂着错综斑驳的银白色块,独独那一块突出的结晶体呈现出橙红的色泽。此时,被抹上一缕红红的朝阳,更是醒目耀眼。

向前进说:"那山崖上,怎么会出现这种颜色?"

沈立想起在神堂湾见过的血瀑,分析说:"大概山体内藏有硫铁之类的矿石,矿物质被水流带出,长期侵蚀所致。"

但更引人注目的,是那结晶体奇特的形状。几人从洞口望过去,越仔细看,越是觉得那形状生动活泼,竟似一只背朝洞口侧目而视的顽皮猴子。那猴子一只手臂伸到背上,似在搔痒,指头却又伸着,直直地向洞口这边指来。

小樊失声叫道:"金猴反手?!"

这是石虎上的一句谜语,此时被小樊喊出,几人听得猛然一惊!

几双眼睛一瞬不瞬地望着,他们都在心里暗想:果然如此!

他们还发现,只有处在洞口这个独特的角度,才能看出"金猴反手"的生动形象来。

——为什么是在这个时候显露出来?为什么是在这个地方才看得真切?

几人的心都是一阵急跳!

彼此喘息相闻,谁也没有吭声。

连小樊情不自禁喊出那一声后也噤声不语了。几人都感觉背心有些发凉,向前进拿着饼干的手甚至微微颤抖起来。

空气似乎在那一瞬间凝固了。

包括李虎、沈立,他二人一时都被眼前景象震撼,都睁大眼睛痴痴看着对面景象说不出话来,连峡谷中洪水奔腾的巨大轰鸣声也从他们耳朵中消失了。

足足过去了几分钟时间,李虎回头一望,见几人仍是呆头呆脑的没有言语,长长叹出一口气来,喃喃说道:"也不知你们是如何看的。我觉得,这次应该是不会错了!有金猴指路,又有栈道相通。我在洞里,也确实见到了阴河。要不是落入洪水之中,误打误撞……"

旁边郑雯看看李虎,梦呓般地说道:"……是的,'二三二二,洪水弥漫'……"

这又是石虎上的两句谜语!

李虎闻言睁大眼睛"啊"了一声,然后"呼"地站起身来,忽然间脸涨得通红,呼吸也急促起来。他看着郑雯,结结巴巴点头说道:"对,对,对,不错,是的,这几天,我一直……我一直觉得,三峡水库蓄水,最高水位才175米,怎会……怎会淹来这里?再……再说,那时间也不是很紧迫的!现在看来……"

此时,郑雯也站起身来,十分自然地伸出两手,握住李虎手臂说:"别说了,当初都是我的误解!现在既已明白,我们就赶快行动吧!"

对谜语新的解释,让几人都有一种豁然开朗之感。几天前在大安洞中苦苦寻觅不得要领,历经艰险之后蓦然回首,原来冥冥之中早已安排妥当。

当下,几人匆匆吃过早点,一身劲装,精神抖擞地跟着李虎走进那条倾斜的甬道。

进得洞去,果然是平坦宽绰,一路畅通。

其间,有几处瓶颈似的窄口子。看那溶洞的发育趋势,观察四周岩层的脉络走向,那些地方原本应该是封闭的,或者顶多仅有一道细缝,结果都变成了如入口处门洞那样方方正正的通道。这在整个溶洞系统中显得很突兀,有悖自然。但他们仔细察看,却又找不出任何人工斧凿的痕迹,一切都仿佛天然生成的。

这让他们百思不得其解!

如果这真是当年先祖们走过的通道,他们又是凭借什么完成了这样艰巨的工程?

出了甬道,他们进入一个宽敞的洞厅。走下几级阶梯般的石台,下面是一个平坦干爽的坝子,足可摆下一个足球场。

李虎将他们领到洞厅一端光滑高大的石墙前,墙上三四米高的地方,出现一幅壁画。画面很简单:水面上一叶小舟,有几人似乎正在捕鱼。线条虽然简洁稚拙,却是一气呵成,显得极为生动流畅,显示出作画者高超的画技。

奇怪的是,画间点缀着三个怪异的图符,与生动的画面显得不甚协调。

郑雯仔细端详着说:"这壁画是用棕色赭石画上去的,色泽如新,连笔锋上堆砌的石粉都未脱落,仿佛刚刚画上去一般。如果真是先祖们的手迹,说明两千多年来这里一直保存完好,从来没有外人涉足。"

李虎指着那几个图符，对她说："你看看这些，是不是你们所说的'巴人图语'其中的一个？我感觉有些眼熟，好像在哪里见过似的。"

　　郑雯上前一看，指着其中一个图符，笑着说："这一个与你白虎上那'水'字的写法有些变化，其实就是'水'字。你看，这几个图符连起来，那意思就是……行走途中碰到了水？呵呵，我也说不清楚了！这几个图符……到底是要告诉我们什么？"

　　郑雯说不清楚，其余人就更是糊涂了。

　　几人观看一阵，不得要领，又往前走，见到另外一幅壁画。

　　这次画的是一座形状奇特的山，有几人似乎正在山间围猎。前面一群猎物显得十分怪异，既非动物，也不像是人，长得奇形怪状。画上也有三个图符，其中一个倒像是在上一幅中见到过一样。

　　在这里，郑雯是当然的专家。虽然前面一幅画她没有说得明白，到了这里，几人仍向她投去期待的目光。

　　郑雯观看良久，又皱着眉头在地上踱来踱去。几人正要不耐烦的时候，忽见她展颜一笑，拍着手掌说："呵呵，我明白了，原来是这样！"

3

　　寂静之中，几人被郑雯这突如其来的声音吓了一跳。

　　小樊疑惑地问道："你说什么？"

　　郑雯在画前站定，伸手往上一指，问道："你们好好看看，这画上一共几个人？"

　　几人仔细一数，画面上在山前围猎的人正好是五个。

　　沈立若有所悟地说："不错。在上一幅画中，那船上也是画了五个人。"

　　"这绝对不是巧合！"郑雯兴奋地说，"这是先人们为我们留下的路径提示。前一幅画与图符相配，意思是'遇水而行'，是要我们见到河流后以舟代步，沿河而行！这一幅的意思，是'遇山而止'，就是见到山以后就要停船上岸了。"

小樊指着壁画说："那上面画的这些怪物又是什么意思？"

"这个……"郑雯思索道，"应该是告诉我们上岸后前进的方向吧！"

"好了！"李虎展颜一笑，兴奋地说，"既然这些图案和秘符都有了破解，我们的方向就应该不错！前面不远就是河流了，我们快走吧！"

然而，郑雯却感觉心中疑虑未除。她扭头四顾，似乎在寻找着什么，然后，又回头向李虎问道："这里，还留有其他什么标记么？"

李虎肯定地说："留给我们的标记，一定会是在方便我们看到的醒目之处！这四周我都仔细搜索过的，确定是没有了！"

郑雯闻言，再没说话。

一行人穿过洞厅，从一角的窄口转出去，进入了一道上窄下宽的狭缝。甬道继续斜斜向下延伸，其中有两处稍陡的地方还出现了阶梯。

几经曲折，眼前豁然一阔，几人陡觉一股寒流袭来，鼻中嗅到了潮潮的腥味。几根头灯光柱一齐向前射去，但见前方水光闪烁，一条宽大的河流横亘在前。

李虎一见，大惊道："天哪！怎么一夜之间涨起这么多水来？！"

原来，展现在他们眼前的，竟是一片宽阔的水域。水面浑浊不堪，却又波平如镜，寂然无声。再仔细看看，发现水是流动的，只是流速十分缓慢。

李虎说，昨天他来到这里时，只闻水声，不见河流。他们又向前去了十多米，直到一道四五米高的石岸边缘，才看到下面涌流着一条六七米宽的河流。那时候，河水清澈，两岸夹着陡峭的石壁，流速很快，潺潺有声。可如今他们眼前这河面一片茫茫，至少有三十米宽，几乎失去流速变成一个静止的湖泊了。

小樊说："这一定是外面的洪水涨进来了！"

"奇怪！"沈立看着手表上的海拔显示数据说，"这里还有213米的高度，比外面的河流起码要高出10米以上，这洪水是如何涌进来的？"

李虎说："如此滂沱大雨，水流充沛，或许是从山上渗透下来的。不去管它！既有壁画的指示，我们就驾舟而行吧！"

于是，沈立为橡皮艇充满了气，几人各自穿上救生衣，系好安全带，仍按原先的位置上艇坐好。李虎与沈立挥动双桨，缓缓向河心划去。

第五十四章·古峡秘符

此时他们发现，这看似静止不动的河面下，原来竟藏有一股汹涌的暗流，橡皮艇被水下一股无形之力推动着，无须划动，即顺流而行。

行出一段，李虎忽然感觉有些不对头。他四下张望一阵，停下手中桨板，对沈立说："先停下来，我觉得有些奇怪！记得昨天我看见河流是朝这个方向流去的，怎么现在改方向了？在我印象中，这边好像并没有河道的！"

说话间，橡皮艇已随着水流漂向一个岔开的洞口，与李虎所说的河道方向构成了一个丁字形。李虎与沈立连忙稳住橡皮艇，一时犹豫起来，不知何去何从。

郑雯望着前面幽深的洞巷，说："顺其自然吧！我总觉得这河水不会无缘无故改向而流，既然我们已经拐上来，就去前面看看再说！"

几人一时没有主意，均觉郑雯这话有理！

于是橡皮艇顺流而下。五盏头灯向四面八方映照着，这洞巷像是一个标准的隧道，两壁整齐，洞顶略呈拱形。河道较直，转过两个缓缓的大弯，约莫行进了一千余米，他们感到橡皮艇猛地向下一顿，发现河床忽然低下一截，水流猛然加快，朝前奔涌而去。

橡皮艇不时颠簸，飘摇不定，艇上几人都是一惊。他们几天前在大安洞的经历还记忆犹新，担心再一次走上无法返回的路。李虎观察着周围情况，安慰大家说："这水涨得快，也会跌得快。到时候，我们会有办法回来的！"

这时，沈立提醒说："大家要坐稳了！"

沈立与李虎一起，很默契地倒划双桨，让摇摇晃晃的橡皮艇渐渐稳定下来，缓缓而行。他们迅速察看周围形势，发现洞巷并无什么变化，只是前面出现了一个弯道，而水流的速度也似乎越来越大。

沈立担忧地看看李虎，欲言又止。李虎若无其事地望他笑笑，指着前面那弯道说："我们转过去，看看前面情况再说！"

橡皮艇顺势而行，快速转过弯道。眼前空间渐宽，河水流速却并没有缓慢下来。空旷的洞巷之中隐隐传来哗哗的水响，河床渐行渐宽，两岸竟然露出了浅浅的沙滩。

水声愈来愈大，轰然如响雷。几人心中没底，有些忐忑不安。沈立谨慎地说："听这水声很是激烈！我们是不是先停下来，弄清前面情况再说？！"

李虎明白他的意思，心中也暗暗着急。正想划到岸边先稳住皮艇，前方视野中忽然映出一个三角形图像，只听郑雯喊道："你们看，前面有山！"

随着郑雯的喊声，几道头灯光柱一起照向前方，果见前面不远，空阔的溶洞之内挺立着一座螺旋形的金字塔。急奔的河水被那三角形塔身挡住，卷起高高的浪花，然后折向右方，被一个阔嘴般的扁形洞口吞噬而尽。

此时，水流湍急，橡皮艇已不受桨板控制，直向迎面的金字塔猛冲过去。

4

在巨大的水流咆哮声中，李虎瞅准左岸影影绰绰的乱石堆，抛出一根打了结套的绳子，挂上一根石柱，不待橡皮艇靠上金字塔，双手轮番挽绳，逆水顶浪，一把一把硬生生地将橡皮艇扯到了岸边。

几人跨上石岸，衣衫都被刚才腾起的浪花溅湿了。回望滚滚浊流大摇大摆地钻进前面洞口，心中暗自庆幸及时上了岸。

再看那金字塔，竟是一尊巨大的钟乳石，一圈一圈由大到小堆砌成三十多米高的螺旋状。整个塔身在灯光下闪耀出浅浅的奶油般的光色，如婴儿肌肤，晶莹剔透。圆圆的塔尖直达洞顶，果然似一座白玉般的圆形山头。

几人被这景象惊得瞠目结舌，几乎透不过气来。

小樊轻呼一声，说："我的乖乖！这是钟乳石吗？怎么会如此漂亮？"

郑雯说："没有受到外面空气的侵蚀，这是未被人类污染的缘故！所有溶洞内的钟乳石，在未被现代人类'开发'以前，都是这种最原始的色泽。"

看这景象，果然与先前见到的壁画颇有几分相似。几人心中暗暗诧异，小心走入乱石堆，而眼前所见却又是另外一番情景了。

所谓乱石，其实也是一些乳石结晶体，只是色泽较暗，灰不溜秋的，形状十分散乱。这些如人体般高大的乱石各自独立，又互相勾连，奇形怪状，活灵活现。细看之下，有的似人面兽身，有的如兽头人身；有的在成对厮杀，有的则群殴扭打；有的长有三头六臂，有的则是缺胳膊断腿，还有的甚至身首异位。一个个全都显得面目狰狞，神情可怖，直看得几人毛骨悚然。

第五十四章·古峡秘符

其间偶有冷风穿过,让人感觉到一股阴邪之气扑面而来。

李虎与沈立如临大敌,一前一后将其余三人护在中间。他们小心翼翼移动脚步,在乱石间寻路而行。

这时,郑雯忽然想到一句谜语,惴惴不安地说道:"'先闯阴曹,再赴苍龙'!难道这里……就是所谓'阴曹地府'?"

正说着,忽然又一股冷风吹来,黑暗之中,仿佛还伴有"嘶嘶"的怪声。走在李虎后面的向前进吓得"啊"了一声,一把拉住了李虎的手臂。

李虎回身拍拍向前进后背,说:"不要害怕,这只是一些石头!正如郑雯所说,我们现在已经找到了石虎谜语所指的路径,正在一步一步接近目标!"

当下,几人怀着惴惴不安的心情,快速穿过乱石阵,然后走过一段开阔地面,又爬上一道斜坡。眼前,又出现一个圆圆的洞口。

小樊说:"谜语的后半句,是'再赴苍龙'!"

几人同时想到上次洞中见到巨蟒的情形,虽然没人说出来,却仍是心有余悸,站在洞口,不再向前。向前进紧挨李虎站着,小声问道:"现……现在就赴苍龙?苍龙在哪儿?!"

李虎用狼眼手电四下探照一番,未见异常,然后又朝洞内照去。洞身很直,约五六十米后,灯光映到了洞壁上,似乎已到尽头。李虎说:"这里是唯一的出路了!你们在这等着,我先进去看看。"

郑雯说:"小心!"

李虎冲她笑笑:"放心吧!"

沈立取出那把方头的七孔丛林刀,抽掉皮制刀鞘,递给李虎说:"带上这个!"

于是,李虎一手拿着小巧的狼眼手电,一手提着明晃晃的丛林刀,快步朝洞里走了进去。

洞口几人眼巴巴地瞧着,很快便见李虎的灯光消失在洞内深处。开始,洞壁上还有余光闪动,估计他是拐进了弯道。后来,洞壁上的微光也消失了。

几人听着自己心跳,默默数着秒数,焦急地等待着。

十多分钟后,洞壁上突然映出明晃晃的灯光,几人心中一松,都长长吐出一口气来。

李虎回到几人跟前，一脸轻松地说："路径没错，我们走吧！"

向前进小心问道："你见到那……那苍龙了么？"

李虎将丛林刀往沈立手中一塞，笑笑说："是的！我真是见到苍龙了。有苍龙指路，现在我们可以放心地去了！"

听到李虎的话，沈立又看看丛林刀干干净净的刀面，也不知李虎是如何解决那苍龙的。既然李虎不说，他也不问，默默将刀放入刀鞘收好。

几人随着李虎在洞内七弯八拐走了几分钟，不知不觉进入一个巨大的洞窟之中。走下几级梯田般的石台，经过一个浅浅的水池，他们眼前一片空旷的平地，头顶悬着几根洁白的石笋。其中一根碗口粗细的石笋从二三十米高的洞顶一直垂到地面，顶天立地，直直的如同一根线。走近一看，他们发现中间原是断开的。在离地面七八米高的地方，上下两根石笋隔了一两米的距离，真可谓针尖对麦芒，针锋相对。

小樊忍不住小心地用手摸了摸，生怕碰断了似的。

再往前走，忽然听到隐隐的水声。他们来到一道巨大的缝隙前，往下一看，只见两岸石壁夹起一道峡谷，十多米下的谷底奔涌着一条河流，浪花翻滚，澎湃有声。

峡谷两岸相隔有六七米距离，李虎领着他们向右转过一个巨型的钟乳石鼓，眼前赫然出现一道天生的桥梁，横跨在峡谷之上。那是从岸边延伸出去的一条石梁，直达对岸。桥面比较平坦，但宽窄不一，最窄处只有一米左右。

李虎说："按照谜语指示，我们需要走过这道天桥，因为苍龙就在对岸桥头守着！"

5

几人闻言一惊，忙向对岸瞧去，却见天桥尽头空空荡荡的并无一物，唯有脚下谷缝中轰轰的水鸣，伴着一阵阵凉风吹来，让人不寒而栗。

小樊不安地问道："苍龙呢？"

第五十四章·古峡秘符

李虎将灯光向对岸一扫，说："看看桥头前面的崖壁！"

几人都将头灯一抬，延展视线，对岸二十多米外的崖壁清晰映入眼帘。只见一壁宽大整齐的乳白色崖面上，赫然涌现出一条张牙舞爪的青色游龙；龙身蜿蜒腾挪，回首间阔嘴怒张，四足驭空而行。它仿佛正在广阔无边的太空之上吐云郁气，喊雷发声。再看那崖面，原是壁上附着一层薄薄的乳白色结晶体，仿佛牛奶一般自洞顶倾泻而下，如瀑如幔，煞是壮观。

几人怦然心动，都被那飞龙在天的摄人气势所震撼！

小樊咂舌说："我的乖乖！那龙不会是真的吧？"

李虎笑着说："它要是真的，我们倒可以骑龙过渊了！我曾走过去仔细看过，那只是结晶体上面一层变了色的异质晶体，如浮雕一般突显在外。从稍远一点的地方看去，活灵活现就是一条腾空的飞龙了。"

郑雯说："一幅纯天然的壁画，大自然的杰作！你们看它下面那几圈灰色的曲线，灵动婉转，多像画中装饰的云纹！"

"不只如此！"李虎说，"它还成为先祖们用来为我们指路的一个隐秘符号！走吧，我们直赴苍龙，过桥去！"

李虎在桥面上来回几趟，依次将郑雯、向前进、小樊三人牵过石桥，沈立随后而过。

站在桥头，几人看着朝两边延伸的平台，一时不知该走哪个方向。李虎和沈立一左一右，分别用灯光在两个方向探察着。

郑雯说："左青龙右白虎！如果龙头向左，我们就该往右走！"

李虎和沈立一时也没看出个究竟，便如郑雯所言，几人试探着向右走去。前去不远，他们随着脚下路面拐进了一个巷口。巷道曲曲折折，开始缓缓向上。拐过一弯，登上几级阶梯，忽然听到前面传来一阵"呼呼"的声响，显得十分异常。走在前头的李虎打手势让后面几人停下，自己蹑手蹑脚走上前去，很快消失在黑暗之中。

不过四五分钟，李虎又回来了，他说："没事，是风的声音！"

几人随李虎转弯抹角走出几十米，那声音也越来越大，轰轰隆隆如千军万马。几人逐渐感受到扑面而来的冷风，郑雯忍不住大声问李虎说："这风是从哪里吹来的？怎么会有如此大的声音？"

李虎回头说："前面是一个很大的横洞，左边有一道竖井般的裂缝，风从洞中经过，全都刮进那裂缝里去了！"

说话间，他们已来到巷口尽头，李虎一步跨到外面，衣服立即被风吹牵扯着，刮起猎猎的声响。几人小心跟了出去，立时感到脚下一浮，一股巨大的压力凭空而来，呼吸随之一窒，几乎站立不稳。几人挤成一团，李虎亮起狼眼手电，朝左边照去。高大的洞厅愈远愈窄，在百多米外挤成了一条黑黑的细缝。轰轰隆隆的声音便从那细缝处传过来，正是穿洞而过的风在那里争先恐后拥挤而出的声音。

李虎做了个手势，让几人互相牵着手，然后领头拉着郑雯逆风而行。

好在横洞不长，百余米后李虎贴着洞壁向左一拐，便出了洞子。

几人走出洞口，陡觉压力散去，顿时呼吸一畅，浑身一下轻快多了。此时，他们才能够开口说话。一向少语的向前进最先发声说："是我这石虎上的谜语，'默行风洞'吧？"

"是啊！"小樊理了理衣服，做个怪相说，"刚才在洞中，连呼吸都困难，就是想开口又怎么做得到？只能默默而行了！"

郑雯说："难道这风，就这样在洞中吹了几千年？"

他们面临着一道很宽的裂谷，脚下二三十米处又是一条河流，水声哗哗。所站的位置是从洞中延伸出来的一道四五米宽的平台，风仍从他们身边源源不断地向洞口涌去。

沈立仔细察看着周围地势，分析说："这是地下气候的一种自然调节！估计横洞那边的风口外面，有温泉之类的热源，对这边裂谷中的冷气形成了巨大的吸力！"

裂谷穹顶与他们相距不过十多米，一道铜墙铁壁般的灰褐色崖面垂直而下。李虎架着望远镜用狼眼手电向前面探照一番后，又领着他们贴着崖壁继续前行。

悬在壁间的台面约有两三米宽，缓缓向下。他们扶着崖壁走出三四百米后，已经到了河边，水流就在脚下几米处奔腾咆哮，偶有腾起的浪花会溅上他们的衣襟。

再往前行一段，他们发现，原本宽阔的河面到这里已经变得很窄了。浑浊的河水受到崖岸的严厉约束，不由暴怒而起，横冲直撞，一时狂浪呼啸，雷霆万钧，飞出一层层凌空雪浪。但镇静的崖岸不为所动，直将暴跳如雷的

第五十四章·古峡秘符

河水逼进一道数米宽的狭口,让它轰然而下,跌入前方无知的黑暗深渊。

几人在陡峭的河岸侧身而立,被这河水一往无前的气势所震撼。李虎却发现,他们已经走到尽头,前面无路了!

6

在河水消失的狭口上方,一道灰黑色的绝壁迎面而起,横亘在他们眼前,整个地下裂谷也在此到了尽头。几人挤在一段不足两米宽的石台上,面对脚下汹涌的河水,紧挨着崖壁站着,不敢随便走动。

"难道是我们走错了方向?"李虎回望刚刚走过的数百米悬崖,自言自语说,"可从风洞出来,别无岔道,这是仅有的出路了!"

郑雯说:"谜语是怎么说的?'默行风洞,横攀百丈。直走龙门,斜上天梯。'刚才走过的这段绝壁,不就是'横攀百丈'么?不会错的!"

小樊四下张望着说:"既然不会错,我们就应该找到'龙门'所在,那是我们下一步的目标了!可这里已是绝境,又去哪里寻找'龙门'?"

郑雯望了望前方的狭口,若有所悟,回身对小樊说:"你自称以棋会友,周游天下名川大山,去过黄河的晋陕大峡谷没有?"

小樊不明白她现在何以会问出这种问题来,摇摇头说:"我现在连南国的锦绣山河都还没走完哩!"

郑雯指着前方浊浪翻腾的狭口,不慌不忙说道:"大禹治水时,在黄河中游凿通龙关之山,谓之龙门,那是晋陕大峡谷的最窄之处。史书上说:'大禹凿山断门一里余,黄河从中流下,两岸不通车马。'你们看前面这道狭口,犹如门坎之上洞开一缺,活脱就是一道地下'龙门'了。先人们所谓'龙门',必是指的此地无疑!"

然而,从他们立身之处到那段被郑雯称做"龙门"的狭口,中间还隔着七八十米距离,全是湿漉漉的青色绝壁,下临滚滚浊浪。真是无路可寻的绝险之地,又凭什么"直走龙门"?倒是狭口处离水面十来米的地方,岩壁夹角处伸出一块平整的石台，远远看去，约有二三十个平方。

"我的乖乖，这太匪夷所思了！"小樊望着一河奔腾的激流，吐吐舌头说，"谜语说'直走龙门'，怎么个走法？难道要学那苍龙驭空而行？"

这时，李虎用灯光照着前面的绝壁，叫过沈立，指点着说："这崖壁上果然是有路径的！你看，那上面有些方孔，还有一些隐约的印痕，大概是年深日久被杂物堵塞住了。整个看去，呈上下两排有规律地排列着，从这里一直延伸到狭口上面的石台处，一定是当年先祖们留下的栈道孔了！你在这里把着灯，我攀上去看看！"

"等一等！"沈立从包中取出猎斧、铆钉和一圈绳子，递给李虎说，"你先系上安全绳，到了石台后我们两头用铆钉将绳子固定住，后面的人过去再将安全带挂在绳子上，这样就保险了！你戴上防滑手套，预防洞内有蜘蛛之类的毒物。这猎斧，还可以作为掏洞的工具用。"

李虎按沈立安排装束好，在几人紧张的注视下开始攀缘那些栈道孔了。

那些石孔上下相隔一米五六，平行距离一米左右。李虎先用手探探上面一个隐隐约约的印痕，果然是一个石孔，发现封住洞口的所谓堵塞物不过是一张挂满尘垢的蜘蛛网，一捅即破。洞壁略微向下倾斜，挺好抓握，一尺见方的洞口能够同时插进两只脚，也便于交替行进。湿漉漉的壁面上附着一层黏稠的微生物质，十分溜滑，但洞孔内壁比较糙涩，便于抓握。于是，他如蜘蛛人一般，攀缘着那些洞孔，轻轻松松就到了狭口上方的石台上。

李虎在石台边的崖壁上用铆钉固定好绳索，在巨大的轰鸣声中用对讲机告诉几人说："都过来吧，挺好走的！"

几人于是挂上安全带，学着李虎的样子，依次来到了宽阔的石台上。

沈立最后一个过来，抽掉绳子，见李虎正用望远镜朝洞顶观察，便往旁边灰褐色的洞壁看去，果然见到上面有两排约呈四十五度倾斜向上的石孔。

一旁小樊说："这一定就是谜语中的'天梯'了，从绝壁间倾斜而上，和李虎在石笋河峡谷中攀登的栈道孔简直一模一样！"

李虎放下望远镜，抬腕看看时间，对几人说："已经下午两点了，你们先在这里吃点东西！沈立把绳子给我，这洞顶角上有一个扁形洞口，还是我先上去看看。如果上面有通道，大家仍按刚才的办法上去！"

这面横亘在地下河谷一端的岩墙，整齐平滑，近三十米高。李虎攀着那

第五十四章·古峡秘符

两排洞孔，几分钟便爬上顶端，进入了洞口。在下面看来，这扁形洞口被底部伸出的石台挡住，低矮成一道隐隐约约的黑线，显得十分隐秘。此时爬上来后，才发现洞口原来很宽大，足有三米多高，洞内也十分宽敞，一眼望不到尽头。

李虎先将绳子固定好，然后快速向洞内走去。他心里有些激动，按照谜语显示，他们现在快要接近目的地了，秘宫就在不远的前方。这洞厅只有十来米宽，却显得很长，地面平坦，似乎没有尽头。李虎走了几分钟，用狼眼手电朝前面探照一番后，转身回到洞口，招呼几人上来，一起朝洞内走去。

这实际上就是一个宽大的扁形甬道，四面都生得中规中矩。他们在洞内大踏步前行，走了整整二十分钟，眼前才慢慢有了变化。先是在两壁渐渐出现一些钟乳石，然后洞里空间逐渐阔大起来。在他们左边，出现了一个更大的洞厅，地面凹陷下去，坑坑洼洼的堆积着一些乱石。但他们行走的地面依然平坦，仿佛是一条依壁临渊蜿蜒向前的公路。路边偶尔有钟乳石从岩顶垂到地面，竟似一根根雕花的廊柱。

走在前面的李虎刚转过一个弯，忽然立住脚步！

一块巨大的钟乳石挡在路中央，猛然见到，不由悚然心跳！后面几人围上来一看，郑雯失声叫道："猛虎镇回廊！"

一只猛虎，挡道而立！

仔细看去，竟是一只白玉般天然生成的钟乳石虎。但见那虎昂首摆尾，怒目奋张，神态威猛，仿佛正在咆哮山涧，啸傲群峰。

郑雯清亮的声音在洞厅间久久回荡着，几人都默默想道：又一句谜语应验了！

他们小心绕过石虎，前面出现一坡宽大的乳黄色石阶。他们从结晶的阶面拾级而上，到了高高的阶梯顶端，迎接他们的竟是一只巨大的石龟。龟首高昂，四足挺立，背上龟纹毕现。

几人见状，心中又是一震，都屏息静气在心中默念："神龟守大厅！"

但谁也没有发出声来。因为展现在他们眼前的，正是一个高大宽敞的洞厅，让人凛凛然自觉渺小，不由自主生出一股敬畏之情！

他们小心迈动脚步，向里走出不远，忽地立住脚步，再也动弹不得。几乎同时，他们都从心底发出一声惊呼——

他们看见，在靠近洞厅内壁处，站着一排盔甲整齐、手持枪械、神情肃穆的古代士兵，正不动声色地注视着他们！

第五十五章　黄雀在后

1

　　黑鹰三号和九号带着四名弟子和部分装备，开车连夜从齐岳山草场出发，走 318 国道到万州龙驹后拐上一条乡村公路，依靠越野车卓越的性能和他们高超的驾驶技术，经地堡过云阳的耀灵、清水乡，穿越狭窄崎岖的机耕小道，一路翻山越岭，坎坷颠簸，走了整整一夜。到达盖下坝时，已经是 15 号早上六点多钟了。

　　刚刚和守在盖下坝的黑鹰二号会合，黑鹰六号就给他们打电话说，李虎几人正乘一辆小面的往柏杨坝方向驶去。黑鹰二号立即通知尚在山庄待命的黑鹰四号、八号带上各自弟子连同谢天、谢地马上出发，用最快的速度赶往盖下坝。

　　八点多钟，他们得到进一步的消息，说李虎几人已在柏杨坝换上一辆帕杰罗越野车，沿着乡村公路继续向北驶去了。

　　黑鹰二号分析说，李虎几人的目的果然是直奔大安洞！他们选择的是一条最近的直线路径——先驾车去双河口附近，然后再次乘橡皮艇穿越石笋河峡谷到达大安洞。他估计，从柏杨坝到双河口有七十多公里路程，山路难行，李虎他们到达大安洞的时间，不会早于下午两点钟。但如果途中不出意外，他们一定会在三点钟以前到达。而黑鹰四号一行的悍马车早晨七点从山庄出发，到达盖下坝的时间正好与李虎他们到达大安洞的时间差不多。

　　这几天，黑鹰二号一直待在盖下坝人烟最稠密的花地坡。他将自己隐藏在花地坡前方山顶的一块巨石下面。那巨石如一张大轿的轿顶，当地人都叫它轿顶石，那山也就叫轿顶山了。轿顶山视野开阔，方圆几公里都能望见。黑鹰二号藏在那里，一直用望远镜观察着大安洞口。但几天来，他并没有发现七星老人的踪影。他猜测，七星老人既然将他们赶走，一定是藏在附近某个不为人知的地方，秘密地守护着大安洞口。

所以，黑鹰二号决定，在李虎几人到达大安洞前先解决掉七星老人这只拦路虎。

越野车停在开阔的河滩上，几名弟子散在车子四周暗中警戒着。黑鹰二号、三号和九号坐在宽敞的车厢内，商议着他们的行动方案。

九号首先向二号介绍了他预设的对付七星老人的办法。

二号分析说："七星老人自视颇高，不会主动对年轻人下手。我看这办法行，出其不意！我们也不用等四号了，让他带人就在盖下坝等着接应。进洞的人多了反而不好！我们现在有七个人，留一个在这里守着车子。六个人进洞，我们有武器，对付李虎他们五个赤手空拳的人，应该是没有问题的！九号，你给我们准备了什么样的武器？"

"远距离用带消音器的QSG92式手枪。这是跻身世界十大名枪之列的中国武器，50米距离内在穿透1.3毫米厚的钢板后仍具有致命杀伤力；近距离用'地狱守卫犬'战术刀，双面开锋，没有反光。我一共准备了二十套，都已分派到人了。此外，我还带有几个装着毒气的喷雾器和防毒面具，必要时也可以使用。"

说罢，九号从后面提过一只闪光耀眼的精钢保险箱，小心打开，从里面取出两只黑色的条形包装盒，原封不动递给二号说："这是二哥你的！"

二号刚刚将两件利器接到手中，身上的手机忽然响了起来。

电话是黑鹰六号打来的，说他们在离利川不远的318国道上遇上暴雨，没法行动了，只好停下等待雨停，并提醒二号注意天气变化。

二号钻出车门，把手搭在额头上，朝天上观望一阵，但见天空澄碧，纤云不染，一轮艳阳俏立东山，喷发出耀眼的光芒。他复又钻进车里，笑着说："这叫北边日出南边雨啊！看来，六号他们得在途中耽误一阵了。"

说着，二号打开手中的手枪包装盒，取出枪件熟练地组装起来。

二号一边弄枪，一边说道："我们现在也要习惯于使用武器了！李虎一行五人，我们真正需要对付的其实只有两个。一是李虎，据说，他有一身高深的功夫，曾经在广州白云机场，一个照面将老爷子的两个保镖打得毫无还手之力！后来他又跟七星老人学到过一些巫术，会使禁咒，几天前我们在大

第五十五章・黄雀在后

安洞里面，因为毫无准备还吃了他一点小亏。这是一个劲敌！另一个是沈立，在特种部队服役十年，曾经多次出国执行秘密任务，刚刚退伍还不到两年时间。不久前他带着一只石虎在中央电视台重庆鉴宝会上露面，成功摆脱了我们的跟踪。他虽然没有李虎那样的功夫，也不会巫术，但擒拿格斗、各种武器都十分娴熟，而且野战经验丰富，具有很强的反侦察、反跟踪能力，也是一个难以对付的敌手！但我们也有两个明显的优势：一是我们在暗处，便于突然袭击；二是我们有武器，远枪近刀。据了解，他们并没携带任何武器。对于我们，可以说他们是毫无防范。或许，他们是一心指望七星老人为他们断后了！而我们在必要时，还可用上我们的杀手锏——毒气喷雾器！"

九号谨慎地说："二哥说的没错！不过我觉得，洞穴是一个非常特殊的环境。到了洞穴之中，我们的优势或许并不明显！二哥说的这两人，一个内功精湛，一个受过特殊训练，警觉性都十分高，我们很难在他们发现之前接近他们。而且，他们也并非是手无寸铁！特种兵出身的沈立出于职业习惯，肯定会备有防身的武器，他们在野外穿越这么长时间，猎刀、猎斧之类也是会有的。再说，他们先进洞内，环境也要比我们熟悉。所以我建议，在人数上，我们要少而精！攻击方法则以远攻为主，一旦发现目标，就毫不手软予以射杀，不给对方丝毫反击机会！"

二号拿着刚刚装好的枪往掌心一拍，果断地说："好，就按九弟说的办！你们带来这几个人，身手如何？"

三号说："都是精挑细选出来的！尤其是九弟的两位徒弟，除擒拿格斗以外，射击十分拿手，可谓百步穿杨，弹无虚发！"

"那好！"二号收好手枪，起身说，"我们马上出发，十二点以前解决七星老人！"

2

上午十点钟的时候，黑鹰二号、三号和九号带着三名弟子及必要的装备，包括三条带马达的橡皮艇，离开他们留在河滩上的车，向大安洞出发了。

六个人，兵分两路。

二号和九号如鬼魅般窜到前面，不走正道，利用岩石和灌木作掩护，纵跃攀爬，十分隐秘地接近洞口。在离大安洞约一千五百米的地方，他们寻到了一个最佳狙击点。

那里略略高于大安洞口，是崖壁间一面长满灌木杂草的斜坡，坡上耸立着两块靠在一起的大石块，两石之间留有一道二十来公分的小缝隙。他们躲在大石后面，通过缝隙望出去，整个洞口一览无遗。而从一千多米外的洞口那边望过来，如此细小的缝隙几乎是看不见的。

三号领着三名弟子，背着沉重的装备包，从蜿蜒在悬崖间的羊肠小道上穿行，一路谈笑风生向洞口走去。他们装扮成前去探洞的游客，目的是引出七星老人来。这几人都没有与七星老人打过照面，估计他见了也不会生疑。因为李虎他们即将进洞探宝，七星老人在这个时候一定会出面阻止三号几人进洞的。

黑鹰九号蹲在大石后面，用他的战术刀悄无声息地将杂乱的灌木丛清理一番，然后躺在地面上，打开随身携带的一只面上包着黑皮的金属箱，从衬有明黄色绸缎的分格内小心取出那支XM109型狙击步枪的各项组件，十分熟练地将枪管、弹匣、消音器、瞄准镜一一装好；随后他从两石间的缝隙里伸出枪管，支好枪架，闭上一只眼睛，仔细调整着瞄准镜的焦距。

二号在一旁一面观察着周围的山势路径，一面欣赏着九号已经装好的狙击步枪，悄声问道："怎么样？这距离不会远了吧？"

九号调好镜头，用同样细小的声音说："这里离洞口还不到1500米，在有效射程之内。只要他一露面，保准一枪毙命！"

这时，他们听到一阵喧哗的人声，是黑鹰三号一行四人，正由大石下面的小路上，一路指指点点朝洞口走去。

躲在大石后面的黑鹰二号看看时间，正好中午十二点。他和九号屏住呼吸，眼睛一瞬不瞬，仔细观察着洞口。他们预计，这个时候，七星老人应该露面了。

三号一行装模作样一直穿过外面洞厅，然后又换上橘红色的探洞服，磨磨蹭蹭地经过小洞巷进入了第二个洞子。

第五十五章·黄雀在后

时间一分一秒过去，七星老人却一直没有露面。

二号一拳擂在地上，咬牙切齿说："这老杂皮！真沉得住气！"

"他是不是躲在洞子里面？"九号担忧说，"三哥他们恐怕要吃亏了！"

二号摇头说："这倒不会！那老头并没见过老三他们。不知道他们的身份和目的，他是不会轻易动手的！"

话虽然是这样说，二号还是不太放心。他打开对讲机把音频调到最小，悄声呼叫："老三老三，里面情况如何？"

"我们一直在洞里等着！外面怎么样？那老头解决没有？"

"老头一直没有露面！你们先不要出来，再等等看！"

正午的阳光直直地射下，让匍匐在大石后面的两人感到阵阵炙热。他们虽然训练有素，任灌木丛中的蚂蚁、虫子在身上自由来去，仍然坚持在地上一动不动，但额头上已经沁出细细密密的汗珠来，内衣也黏黏的，贴在皮肤上很不舒服。

九号的眼睛始终对着瞄准镜，全神贯注。此时，他忍不住悄声说道："这空气闷热得很，大概是要下雨了！"

二号扭头朝天上看看，强烈的阳光晃得他睁不开眼睛；再看看表，已经一点过了。他心中一惊，朝对讲机说："老三老三，你们快出来！先不管那老头，估计李虎他们就要到了，你们先在洞外找个地方隐蔽起来！"

不久，黑鹰三号一行人换掉显眼的探洞服，从洞里出来，一直穿过那道墙垣门洞，又爬上一道斜坡，在离二号两人不远的一处灌木丛里无声地藏了起来。

就在这时，从他们头顶的山巅后面突然涌出一片厚厚的乌云，铺天盖地，光线一下子暗了下来。二号咕噜了一句脏话，恨恨地说："果然是要下大雨了！"

话刚落音，便听到一片"沙沙"的响声，豆粒大的雨点稀稀疏疏地从远处一路砸了过来。

二号仔细朝洞口搜索一遍，仍是寂然无人。他用手臂支起上半身，又伸着颈子朝下面峡谷里望望，也没见到李虎几人的踪影。雨却一阵紧似一阵，越下越大，整个峡谷全都淹没在一片嘈嘈切切的雨声之中了。

九号趴在地上，任雨水在他脸上肆意流淌，他只是一动不动。在这里，没有二号的命令，哪怕天塌下来，他也不会离开去躲避的。但他已经看不见洞口了，在他眼里除了闪耀着幽蓝水光的枪管，就是一片灰蒙蒙的雨帘。

此时，黑鹰二号明白，再这样坚守下去已经没有任何意义，他大声朝着对讲机，同时也是对九号喊道："都起来吧！我们到洞里避雨去！"

九号有条不紊地卸了枪，斜靠在大石后面，利用身体挡住雨滴，将卸下的枪件一一装回金属箱的格子里，这才提了箱子随二号朝洞口走去。

3

两路人马相聚到洞里，六个人成了三对落汤鸡。

二号还没来得及开口说话，突然想起一事，连忙掏出电话，拨通留守在车里的小刘，让他赶快将车子开到公路上去，谨防河里涨水。

接着，他又拨通黑鹰四号的电话，问他们现在何处。四号回答说，他们现在快到云峰了，因为那一段正在修路，他们被一个积满了水的大坑挡住，一时前进不得。

二号刚刚挂掉电话，手机忽又振动起来，发出嗡嗡的蜂鸣声。

一看是小梁打来询问情况的，二号神色一端，如见大师，谨慎地说道："这里雨下得很大！我们现在就在大安洞口，四号的车子被堵在离盖下坝不远的云峰了！七星老人一直没有露面，我们也没有发现李虎几人的踪影。"

小梁告诉他们说，那边的雨也很大，六号的车子还困在318国道上一时回不来。然后她又转告老爷子的话说："李虎他们已被洪水困在峡谷之中，一时动弹不了！七星老人去向不明，不去管他！你们暂停一切行动，想法避雨，等待下一步的消息！"

几人听到这话，知道了李虎几人的行踪，先是松下一口气来。接着，他们都莫名其妙地感到一种恐惧，仿佛觉得大师那鹰隼般的锐利目光正穿透时空，在暗中盯视着他们，不由得背心阵阵发麻！

一个小青年将信将疑地问道："大师人在山庄，他是如何知道的？"

第五十五章·黄雀在后

九号一看是自己的弟子，立即板起面孔，严词厉色地说："大师有通天彻地之能！大师的话千真万确，以后不可有丝毫怀疑！"

那小青年吓得脸色惨白，低了头，不再作声。

崖壁上流下的雨水在洞口挂起一道银亮的瀑布，嘈杂的水声中隐隐夹有隆隆闷雷滚过的声音。几人正在脱掉湿透的衣服，三号的手机忽然振动起来。他赤裸着上身抓起手机，喂喂两声，似乎声音断了，他按了回拨键又放到耳边听了听，然后无奈地垂下手臂，脸色一下子变得苍白。

黑鹰二号隐隐感到不祥，问道："怎么回事？"

"我们那车……"三号沉痛地说，"多半凶多吉少！"

原来，刚才三号拿起电话，正是他那位留在河滩上守车的弟子打来的，但他并没有听到小刘的声音。电话里先是一声巨响，夹杂着哗哗的水声，接下来便是"嘟嘟嘟"的忙音了。他再拨过去，仍然是忙音。如非遇上不测，黑鹰手下那些训练有素的弟子，是绝对不会出现这种情况的。

由于山崖遮挡，人从洞口望出去，看不见那片长长的河滩。即使没有遮挡，眼下这滂沱大雨中，他们也无法看清河滩上的情况。三号拿了望远镜，站到洞口的墙垣边，透过密匝匝的雨帘，朝下面河谷观察一阵后，回身说："河里洪水又大又猛，他多半是难以幸免了！"

二号问："我们车上还有一些什么装备？"

九号回答说："装备没有损失，全都带上来了！"

"是我们……都大意了！"三号冷静地分析说，"车子要回到公路上，必须通过那片长长的河滩。倘若小刘直接往河滩旁边那片种着玉米的坡地上开，凭着越野车的巨大功率，那也是很容易的事情。他开车一定是在河滩还没跑完的时候，被骤然而至的洪水卷起，然后撞上了河里的巨石！"

对于黑鹰来说，死亡并不是什么稀罕事。他们执行的都是一些危险性极高的特殊任务，有时候派出去的人，再没回来，不知所终，多半就是死了。当然，这涉及黑鹰的声望，他们会派出最精悍的人手调查事情的真相，然后实施报复。但现在如小刘这样遇上天灾的，便无从雪耻，只能算他运气太差了。

二号又给四号打了个电话，告诉他不要急于赶过来，先找安全地方躲过这场暴雨再说。

脾气火暴的四号在电话中抱怨说："他妈的从来没有见过这么大的雨，

215

轮胎都快被淹完了！这'悍马'遇上他妈的洪水就变成死马了，我们现在只有待在这里不动才是最安全的！"

"吃点东西吧！"二号挂掉电话说，"这肚皮早就在抗议了！"

先前为一个不知所在的七星老人，这几人很是紧张了一阵。如今所有计划都让一场突如其来的大雨给泡汤了，此刻劲头一松，几人都感到又饥又渴。

吃过干粮后已是下午两点半了，那雨哗哗的越下越大。所有空间都充斥着水的声音，或清脆响亮，或深沉厚重，百十种声音会聚一起，构成一曲雄浑壮阔的雨之交响。

黑鹰二号随意走到洞口古老的墙垣边，心事重重地朝洞外观望一阵，回身对几人说："这雨一时半会儿还没有停住的意思！眼下什么也干不了，大家都睡觉吧！我和老三、老九轮流值哨，每人三个小时，现在从我开始！"

几人经过昨天一夜的长途颠簸，谁都没有好好休息过，此时早已疲倦不堪，一钻进睡袋便鼾声四起。

4

第二天早晨，黑鹰二号几人醒来，发现整整下了一夜的雨说没就没了，天空一片晴朗。曙光初现，几人都站到墙垣边，无言地观望着下面峡谷中仍在滚滚奔流的洪水。

此时，黑鹰二号脑海里突然浮现出李虎几人的身影。

还是在一个星期前，黑鹰二号在去七星山的途中与李虎几人不期而遇，远远地见过他们的身影。此时，看着脚下的滔滔浊流，他忽然觉得黑鹰们已经与那几个虎族子孙命运相关了。他默默地期望着李虎几人能够度过这场劫难，然后依据他们所掌握的线索找到巴王秘宫。

这样，黑鹰们就省事多了！

当第一抹阳光投射到对面山崖上的时候，小梁为他们传来了新的消息。这消息让黑鹰二号乍听之下大吃一惊，但随即又觉得心头一块石头落地了。

第五十五章·黄雀在后

在电话中,小梁替大师转告说:"秘宫入口原来并不是大安洞,而是隐蔽在峡谷里的悬崖上,李虎他们已经找到并且进去了!你们逆着峡谷向上搜寻,崖壁上有两排斜着向上的石孔,沿着那石孔攀爬而上就找到入口了!"

沿峡谷逆流而上?!

黑鹰二号望着峡谷中汹涌澎湃的激流,心中暗暗吃惊!他不禁向小梁问道:"这边雨刚刚才停,河里洪水仍然很大!你们那边还在下雨没有?"

"已经晴了!"

"有时间要求么?"

"越快越好!"

挂掉电话,二号望着山崖上挂着的一道道大大小小的瀑布,无奈地说:"即便如此,眼下我们也是动弹不了,暴涨的洪水倒成了李虎他们的一道护卫!不过,易涨易落山溪水,既然上游的雨已经住了,想来这洪水也持续不了多久!现在我们唯一能做的就是好好休息,养精蓄锐!一旦河里洪水消退,我们立即出发!"

这时,四号又打电话来说,他们刚刚前行几公里,又遇上前面塌方堵住了公路。听说村里正在组织村民抢修,不知何时能够通过。

二号宽慰他说:"不用急!你们的任务只是在盖下坝等着接应我们,在今天天黑以前赶到就行了!"

"奶奶的!"二号叭的关掉电话,对身边几人说,"难怪那老东西没有在这里露面,原来是另有入口!难道他早就知道入口在什么地方?"

几人听到李虎他们的消息,心中惊疑不定,此时听了二号的发问,互相望望,都莫名其妙地摇摇头。神秘莫测的七星老人已在他们心上投下了浓浓的阴影,让他们提心吊胆,不知他何时会突然出现在他们眼前。

到了中午,河里的洪水果然消退下去。黑鹰二号一行来到谷底,但见河床被洪水冲刷浸泡后呈现出一片苍白,狼藉不堪。岸边乱石间,横亘着一些缠挂着野草山藤的断树残枝,甚至还散落着一些红啊绿的塑料袋及破布片。

这是浩劫留下的累累伤痕!

河里水量虽然降到和下雨前差不多了,河水仍然在乱石间穿行。他们寻到一处河床较阔、水流稍缓的地方,在河滩上为橡皮艇充好气,装好马达。正要下河的时候,三号忽然做了一个让人噤声的手势,随即露出一副侧耳聆听的专注神态。

嘈杂的水声之中，几人也没有听出有什么不对。眼尖的九号忽然指着下游方向说："那边有一个人，正朝我们这边移动！"

黑鹰三号架上望远镜朝下游望去，果然见前面河流拐弯的地方，有人贴着崖壁，正小心翼翼地向前蠕动着。黑鹰三号忽然发出一声呼叫，拔腿就跑。

几人都听得清清楚楚："是小刘！！！"

三号飞奔而去，半道上接住那人，搀扶着他，又快步朝这边赶过来。他们渐渐看清，那人果然便是小刘，只是一身衣服破破烂烂，脸上青一块紫一块的，神情狼狈。

原来，昨天中午小刘在河滩上见那雨来势很猛，密密的雨柱犹如铺天盖地的罗网，一下笼罩了整个视野，躲在车里正暗自担心。接到二号电话后，他不敢怠慢，急急忙忙地开车沿着河滩向前驶去。但他眼中什么也看不见，只能按照先前的印象朝着一个大概的方向开去。他根据轮胎的摩擦来判断路面的情况，害怕掉进水中，不敢开得太快。

密刷刷的雨粒砸在车上，让他什么也看不见，什么也听不见。所以，洪水袭来时，他还全然不知。先是车子突然熄了火，然后车头向上漂了起来，车身横过，接着便快速地向后退去。慌乱之中，小刘还以为是车子掉进了河里，他抓起电话，拨通了三号的号码，想获得师傅的同意后弃车逃命。

正在这时，他感觉车身猛烈一震，随之发出刺耳的碎裂之声，洪水哗哗涌进车内，手中电话也被震得滑落出去。小刘不容思索，求生的本能让他两腿一蹬，从挡风玻璃碎开的洞口中弹了出去。他凭着良好的水性在洪水之中冒出头来，睁眼一瞧，但觉四周波涛汹涌，水流急速向前。

好在小刘遇险的地方是一片平坦宽阔的河床，他虽然看不到河岸，但他凭着经验横向划动双臂，尽量与水流抗争。就这样，他被冲进一片树林，爬上树干，然后借助树枝，从一棵树跳到另一棵树，最后登上了一面山坡……

劫后余生的小刘躲进一个小山洞，靠捡来的生玉米充饥，好不容易挨过一天，直到洪水退后，才跌跌撞撞朝上游寻来，总算见着了自己的师傅。

橡皮艇虽然装上马达，不少地方仍然需要借助人力的推拉。黑鹰二号一行七人，从他们下水的地方到达李虎发现的栈道孔处，中间转过一个S形的大弯，整个距离不过两千多米，但他们花去了整整三个小时。对他们来说，

第五十五章 · 黄雀在后

攀爬绝壁上被李虎掏空的那些栈道孔,反倒容易多了。

天黑以前,他们全部进入洞口,果然发现了有人不久前在洞口地面上用过餐的痕迹。

就在他们换过衣服,吃完干粮,装束停当,正要向洞深处走去的时候,一个高大的身影仿佛从地下突然冒出来,无声地出现在他们眼前。

几人大吃一惊,不由失声叫道:"大师?!……"

那人点点头,轻声说:"走吧!我们一起进去!"

第五十六章　巴国故地

1

李虎几人立身的洞厅，宽阔得足有两个足球场那么大。

洞厅内伫立着一些粗壮的石笋。四周寂静得没有丝毫声音，他们诚惶诚恐，大气也不敢出，缓缓迈动步子，生怕弄出声音来破坏了这洞府中的宁静，惊扰了可能长眠这里的先人。走到接近内壁的地方，他们转过一堵如屏风般横亘着的石壁，猛的一眼瞧见前面排列整齐的古代士兵，惊愕得呆立在地，几乎喘不过气来！

慢慢缓过神来，李虎抬脚迈开步子，轻声说："我们过去看看！"

几人迈着僵硬的脚步，渐渐走近。他们发现那些士兵呈八字形排成两列，神情威严，浓眉大眼，头戴尖盔，身披重甲，腰挎短剑，手中拄着一杆长矛。

郑雯将灯光映到其中一个士兵盔甲上，仔细看着，惊道："藤甲兵！"

几人将信将疑地看着那些黑褐色的盔甲，果然隐隐见到有网状的条纹。

郑雯感叹说："有人猜测得果然不错！"

"什么猜测？"小樊问道。

郑雯说："巴人从来就是一个用战争书写历史的民族，一贯以尚武著称！他们从清江流域北上西进，依靠其剽悍的血性和卓越的武功，最终开疆拓地，建立起雄霸一方的庞大邦国，与秦楚抗衡数百年！在考古发掘中，曾经出现过大量种类繁多、形制特别的巴人武器，却很少发现有盔甲之类的防身器具。于是，一些巴人文化研究专家认为，巴人的甲胄应该就是传说中的藤甲。西南地区的崇山峻岭生长着各种野藤，又盛产桐油，山藤经桐油浸泡后，坚韧而富有弹性，既能防箭，又刀砍枪刺不入。同时，因极其轻便，不但遇水不沉，还便于翻山越岭，实在是巴国雄师威震敌胆的一件法宝！遗憾的是，巴人使用过的藤甲早已在邈远的时光之中化作尘土，从考古发掘中无法找到任何可资证明的实物。没想到，我们今天在这里见到了真正的藤甲兵！"

小樊在旁边用数码相机拍了几张照片，听郑雯说完，又问道："他们那脸，看上去怪怪的，总觉得有些不对劲，那是怎么回事？"

"这个……可能是面具！"

郑雯说着，便欲前去揭开，却被李虎一把拦住说："等等！这里可不是考古现场，还是让它留着吧！"

向前进说："你们看中间那两个，手中武器不是一样的！"

站成八字形的两排武士共有十个，中间两个站在八字顶端，手中武器果然与众不同。其余人手握的长柄顶端，是双刃的尖矛，中间两人却在尖矛的底部多出一件横向的利器，形成一个钩状。而且，两人手中的长柄斜向对方相互交叉，挡住了李虎几人的去路。

郑雯说："这是古人所谓十八般兵器之一，名叫戟！是由戈和矛组合而成的多功能复合武器，这在出土的巴人文物中倒是见过。"

向前进说："两千多年了，他们就一直这样站着？为什么没有腐烂？"

"或许，"正在查看照片效果的小樊说，"他们也是被施了魔咒的？！"

在郑雯几人说话的同时，沈立亮起头灯远光不停探照着，一直在寻找着前进的通道。洞厅内，除了刚才他们进来的那个巨大敞口，他没有发现其他任何洞口，甚至连一道裂缝也没有。这洞厅开阔宏大，颇具气象，但仅仅就十个排列着的武士，显然并不是他们要寻找的秘宫！他说："这里没有发现有其他出路，已经到尽头了！"

李虎摇头说："这里不会是尽头的！怎么会没有出路了？我们再找找看！"

几人分头寻找一番，除来路外，确实再没发现其他洞口。

他们又回到那群武士前面。沈立认真地观察着这些士兵的排列阵式，思索说："这些士兵不会无缘无故站在这里，肯定是有某种用意的！"

"用意很明显！"小樊说，"中间两人架着武器，那就是禁止通行的意思！"

向前进反驳道："他们后面只是洞壁，又没有什么通道，为什么要禁止通行呢？再说，真要去后面，从旁边绕过不就行了？"

郑雯说:"他们站成八字形,恰好夹出一条甬道,倒像是迎客的仪式!"

李虎心中一亮,点头说:"雯雯说得对!我们是堂堂虎族子孙,奉命进宫朝觐,原应受到礼待!你们在这等着,我先走过去试试看!"

李虎迈着端庄的步子,从容走进两列士兵之间,很快来到中间两位士兵面前。他不假思索,双手握住两柄交叉着的戟杆,向两边一分,便要从中走过。

戟杆入手冰冷,李虎刚刚触到那种金属的质感,忽听一阵"噼里叭啦""呛呛啷啷"杂乱的声音,夹杂着后面几位同伴的失声惊呼。

惊疑间,李虎感觉脚下震动,地面下沉,他双脚用力,猛地向上跃起,在空中向后一个翻腾,轻轻落到几位同伴前面,手中还紧紧握着两柄戟杆。

这时,从地下发出一阵轰轰隆隆的声音,几人都感觉到地面在微微震动着。

前面不远的洞壁剥落了厚厚一块,哗地跌落在地,碎块溅起高高的尘土。尘土飞扬中,隐隐见到剥落后的洞壁上现出一道竖着的裂缝,随着轰隆声响,那裂缝越来越大,最后露出一个幽深的洞口来。

几人目瞪口呆立在那里,看着眼前一片狼藉。

刚才排列整齐的士兵们此刻跌倒在地,好好的盔甲、衣物和面具全都碎成粉末,露出一副副散落的骨架。长矛跌为数截,断裂处现出黄灿灿的青铜色泽。两列士兵顶端,就是刚才李虎分开两柄戟杆的地方,地面陷落下去约三十公分,露出一个一米见方的洞坑来。

小樊指着那陷落的坑口,吐吐舌头说:"我的乖乖!原来这里是一道隐秘的机关!"

李虎将灯光投进前方幽深的洞口内,对几人说:"这里就是入口了!我们走吧!"

2

这是一个高、宽都在三米左右的方洞,洞口有两扇厚度逾两米的石门,

第五十六章·巴国故地

刚才被李虎触动机关,向两旁分开藏进了镂空的洞壁之中。里面洞巷很直,内空方正,显是人工所为,但四壁光光仍然看不出有任何雕凿的痕迹。

李虎一马当先,领着他们径直向里走出三四百米后,巷道成弧形拐向右边,有一坡石阶缓缓向上斜去。他们顺着石阶走出洞口,进入一个小溶洞,地面生出许多石笋,或大或小,或高或低,形态显得奇谲怪异。

石笋间露出一条明显的曲径,将他们引向前方,拐弯来到一个角落。一堵石壁横亘在前,他们发现前方再无出路,已经到了尽头!

几人惊讶地立住脚步,四处张望。

这是一个小小的葫芦形洞室,他们就站在狭窄的葫芦嘴上,洞内长满形态各异的石笋,并无其他出口。

难道这……竟是一个死胡同?!

横亘在眼前的石壁,其中有一块显得特别光滑。几人仔细看去,发现光滑的壁面下端有一个奇怪的"卍"字符,字符凹进石壁。

小樊上前,弯腰摸摸那曲折的凹槽,兴奋地说:"出路就在这里了!这大概又是一道机关,可为什么要做成纳粹标志的样式?"

郑雯十分惊讶地看着这个神秘的符号,思索着说:"这不是什么纳粹标志!这个叫作'卍'(万)字符,据说是上古时代许多部落的一种符咒,太阳或火的象征。人们一直认为,'卍'字符是随着古代印度佛教一起传入中国的。现在看来,这种说法也是错误的!佛教是在公元1世纪左右才传入中国的,而在那个时候,我们眼前的这个符号早就在这里存在几百年了!你们看看,这符号的形式和李虎那枚'天门之钥'是不是很相像?"

李虎猛然想起,连忙从包里掏出"天门之钥",放上一比,果然十分相像,只是"天门之钥"小了许多,而且在拐弯处是出了头的。

顺着这个思路,郑雯进一步分析说:"我怀疑,这'卍'字符与演变至今的'巫'字极有渊源,只是不知哪个更先出现!或者,'卍'字符本身就是'巫'的另一种表现形式?有一点可以肯定的是,这'巫'字符咒是由我们巴人祖先们最先传承下来的,说不定就是由他们创造发明的!"

李虎蹲下细看,发现在"卍"字符四个拐弯的地方各有一个深深的圆孔。他用手指朝孔内探探,突然想起"白虎启殿门"这句谜语,心中一喜,小心取出石虎来,将虎头向洞内插去,却发现洞口小了。他疑惑地看看手中石虎,不解地说:"看这情形,应该是一道门的机关了!可用什么才能打开呢?"

"只有四个石孔?"郑雯心中一动,拿出自己的黑虎递给李虎说,"你试试这个!"

李虎接过来,又将虎头向里一插,竟然很顺地插了进去,一直没至虎尾。但听"叭"的一声轻响,李虎感觉手中石虎微微一震,似乎被什么东西卡住了。

李虎不由"咦"了一声,惊讶地看看另一只手中拿着的白虎。现在他才明白,原来白虎体形要比郑雯那黑虎略微大一些,不加对比根本就看不出来。

这时,沈立、樊高和向前进都取出自己的石虎,分别插入其余的三个洞孔。当向前进拿着石虎最后一个"叭"的插进去时,忽听一阵"扎扎"的声响,只见石壁微微向下一沉。吓得向前进连忙松手,向后退开。

随着石壁一沉,又听"叭叭"几声,四只黑色石虎从洞孔里弹了出来,半截悬出外面。接着,石壁发出轰轰隆隆的声音,向左边缓缓移动起来。

原来果然是一道光滑的石门,移开的石门后面,露出一个黑森森的洞口来。

眼看石门就要藏进左边岩壁里,郑雯猛然省悟,急忙喊道:"快取出石虎!"

几人手忙脚乱取出石虎,退过一边。轰隆声中,近两米厚的石门缓缓藏进了左边的洞壁,眼前露出一个狭窄的巷口来。他们探头探脑略一观察,然后随李虎朝里面走去。

进得六七米,向右拐过一弯,眼界陡然一阔,左边出现一面高大的崖壁,壁上凝着一层乳石结晶,斑驳呈鱼鳞状,宛若武士的甲胄。几人无心观赏,继续向前,洞厅渐宽,崖面上又出现了壁画,画上还有一些弯弯曲曲的字符。

壁画乃人工所绘!这下他们见到了期盼已久的人迹,不由驻足细看起来。

壁画一直沿着崖面向前延伸,一幅连着一幅,似乎没完没了;仍是用棕色赭石勾出的线条,粗犷简洁中不失流畅灵动。

郑雯仔细一看,忽然露出惊讶的表情。越往前看,越是吃惊。她回头对李虎说:"这些字符和你那拓片上是一样的!你快拿出来对对!"

李虎连忙取出拓片,郑雯接过逐一对照着,点头说:"果然是一字不差!这些壁画就像连环画一样,记录着巴人亡国的那段悲壮历史,其中还包括最后一任巴王与汉中木青姑娘传奇般的爱情故事,是十分珍贵的史料!小樊,你用相机把它们都拍下来，一定要清晰！这第一幅画，是从年轻的巴国王子与木青姑娘雪中巧遇开始的。你们看，这是林中围猎，雪夜私奔，接掌权杖，城头拜别……"

整壁岩墙一直向前延伸，中间绘画的壁板显得十分整齐光洁，不少地方都像是有意铲平的，却也看不出任何人工雕凿的痕迹。

说话间，他们已来到一幅惨烈血腥的画面前。画中一人，高大威猛，前胸后背插满箭镞，如刺猬一般，犹自力贯手臂，掷出长枪。画面上那杆长枪，仿佛还带着一股猎猎劲风，正直直朝一个身披甲胄满面惊恐的汉子飞射而去。

几人在此伫立良久，默默注视着画面，谁都没有说话。他们都读过郑雯的译文，知道这画的是巴楠将军舍命血战、力毙敌酋的英雄故事，心中充满敬意！

李虎看看郑雯拿在手中的残缺拓片，对她说："这些拓片遗失的那部分内容，应该在这里找到了吧！"

郑雯眼不离画，向前移动脚步，边走边说："那是一个王朝最后下落的关键内容，我们往前面看去吧！"

他们继续往前面走去，崖壁上又出现了国王峡口严阵迎敌、邑侯庄园孤军夜战、木青王后射杀敌酋等画面。画面上只有极其稚拙、简陋的线条，但所表现出来的那种冲锋陷阵、血肉纷飞的悲壮场面，却活灵活现，十分感人，让他们全身热血奔涌，直欲冲进画面，与巴国勇士们并肩而战，浴血向前！

在一幅月下夜航的画面前，郑雯站住了。她指着那些字符，对李虎说："你遗失的那些拓片内容，就从这里接续上了。"

李虎迫不及待地说："快译出来！"

3

沈立看看时间说："现在是下午七点半，外面天色早已黑尽了。我们已经连续跋涉了十三个多小时，大家都很疲惫，还是先休息几个小时吧！"

郑雯从包里拿出一个本子，对几人说："你们就在这里休息，我先把这些字符抄下来。"

李虎对郑雯笑笑说："还是先休息吧！我们启开两道机关，又见到了这些画面，实际上已经是进入秘宫了，也不用急在一时！"

郑雯早已打开本子，开始抄写了。她坚持说："你先去休息，不要管我！我现在还不感觉累，一会儿就好了！"

李虎没法，与沈立几人吃过干粮，让他们先睡，自己闭目打坐，等着郑雯。

郑雯只花半个小时就抄完了，然后坐到李虎身边，一边嚼着干粮，一边写译文。

两个小时后，她将本子往李虎手中一塞，说声"好了"，然后钻进李虎早就为她铺好的睡袋，很快发出轻微的鼾息声。

李虎则打开郑雯那本子，急不可待地读起译文来——

王室卫队尚有三百余名将士，还有木青王后从汉中带来的一百余名女兵，加上王室成员及家眷，有近五百人。

深夜，五月下旬的一钩弯月还悬在幽蓝的碧空。王室一行抬着昏迷未醒的巴王，秩序井然、悄无声息地走出汉丰邑侯的庄园，踏过那片被碧血浸透的土地，登上邑侯为他们准备的二十条大船，乘着微明的月光，桨声咿呀中沿彭水顺流南下。

他们收起王旗，不响号角，所有士兵都脱下盔甲，藏好武器，换上普通服装，躲在船舱内休息。他们知道，出彭水后，船队将顺着大江东下，进入楚国境内。为了掩盖行藏，丞相将自己装扮成了一个阔绰的盐商。

黎明时分，天光渐亮，船队悄然驶离彭水主河道，无声地泊入一个隐秘清幽的小河叉内，在河岸垂柳的浓荫之下一字儿排开，静悄悄地掩藏起来。

太阳升起来的时候，巴王醒了过来，身上高烧也已退去。他睁开眼睛，看见木青王后睡眼迷离地守在身边，一时不知身在何处，也忘了身上有伤，一翻身便欲坐立起来，结果牵动伤口，疼得他"嘶嘶"连声。

木青王后惊醒过来，连忙扶他躺下，柔声说："你身上有伤，不能乱动！"

巴王望望舱外，问道："我们这是在哪儿？"

木青王后向他禀报了他昏迷后的情况，说她和丞相审时度势，遣返了族

第五十六章·巴国故地

人派来的援军，又决定了此行南下的路线。她解释说："为了避人耳目，我们只能在夜间行走！为今之计，只有先寻一隐秘妥善之地，养好了伤再说。"

巴王看看自己胸前被包扎着的伤口，又看看木青王后一脸疲倦不堪的神色，喟然长叹一声，扭头望着舱外明媚的天光水色，痛心地说："无可奈何东逝水啊！"

木青握住巴王的手，安慰说："陛下，眼下我们势弱，需要积蓄力量，一点儿也心急不得！只要青山不倒，就一定会长出莽莽森林的！"

巴王轻抚着王后的手，缓缓说道："青儿，你这样安排很好！我现在好多了，但你身子还很虚弱，去躺下休息吧！"

这时，丞相和几位祭师在外面听到动静，一起走了进来。他们看见巴王神色无异，正与王后说着话，都露出了欣慰的表情。

一位祭师说："陛下现在伤口已无大碍，只需静养几日便可痊愈了！"

巴王点点头，却把目光投向了一身华服的丞相。丞相连忙说："即将进入楚国境地，我们扮做盐商，也是情非得已！只是，让陛下受委屈了！"

巴王冷冷地说："到了楚国境地，就不要叫陛下了吧！"

"是，是！"丞相尴尬地说，"我们改口叫您……叫您东家。"

天黑后，船队在夜幕掩护之下又悄悄启航了。出彭水，进大江，一路顺风顺水，畅通无阻。只一夜时间，便来到了永谷水河口。

丞相吩咐众人说："我们已经来到楚国地界，大家要格外小心！"

说罢，丞相来到巴王榻前，在他面前展开一幅地图，指画着上面弯弯曲曲的线条说："从这里向南，全是大山，在错综复杂的深谷幽壑间，隐藏着一条秘密的水路。丰水期间，驾船可直通楚国。从前我们数度攻伐楚国，巴国雄师就是从这里秘密南下的！"

这话戳到巴王痛处，他两眼寒光一闪，双眉微微一挑，扭头将目光投向了舱外。

这时，船队已经绕过一个大弯，逆水驶进了永谷水宽阔的河口。熹微的晨光下，巴王斜靠在榻上，望着舱外高高耸立的台岸，神情落寞地摇了摇头，沉痛地说道："江之右岸，地名巴乡，乃先祖北进大江建起的第一座邑都！沿江下行百里，有白盐赤甲二山紧锁大江，巴国据而设立捍关，乃抗拒楚国西进的赫赫门户！如今，这大片河山已尽归楚国版图，我等反而如丧家之犬，流落至此……真是徒唤奈何！"

丞相道："我们只是暂隐于山水间，陛下不必如此悲观……"

话没说完，忽听前面传来一阵喧哗声，丞相听得暗暗心惊，正打住话头，想要出去看个究竟，一名校尉匆匆进来禀报说："前面河湾里突然出现一群人，拦住了我们的船队！"

4

巴王平静地说："是福是祸，反正也躲不过了，我们到前面看看去吧！"

永谷水一路奔腾南下，临入大江时，忽被一道横出的巍峨坚岩迎头挡住去路，不得不拐头向东，隔着一堵坚岩与大江平行一段后，才得一缺口夺路而出，与大江汇合。（郑雯注：这一堵巍峨的坚岩顶部宽阔平坦，土质深厚肥沃，有一小村庄，现在地名平扎营，旁边便是李虎家乡故陵镇。本世纪初，这里曾有过重大考古发现，本人曾于2002年有幸在此参加过为期两个月的考古发掘工作。）河水与岩岸经过漫长岁月的搏斗，最终达成和解，在岩下淤出一大片肥沃的土地，并形成一个平静的河湾。

巴王的船队拐进河湾不久，听说被人拦住，他们越过其他船只来到前面。丞相不动声色立在船头，果见前面河湾狭窄处泊着几只小船，河岸上有十数人整齐地站成一排，神色颇为恭谨。看样子，他们似乎并无恶意。

丞相皱起眉头，不耐烦地喝问："是何人无故挡我船只？"

当中一位白发老者，向前跨上一步，对着巴王船只倒身拜下去，后面十余人也跟着齐刷刷一起跪倒在地。前面那老者伏在地上，这才开口朗声说道："小老儿夜来得了一梦，梦神指示说，黎明时分，有贵人途经巴乡。梦神还说，船中贵人与巴乡此地及小老儿一家都大有渊源，要小老儿务必留下，好生款待！所以，小老儿梦醒即起，已在此守候多时，特请船中贵人屈尊移步，到敝庄小住几日，让小老儿略尽地主之谊！"

丞相冷冷地回答说："老丈仅凭一梦，即拦我船只，似乎有些唐突吧！我等不过是贩盐的商人，虽有一些钱财，却并非什么贵人。还是请老丈回去吧，

第五十六章 · 巴国故地

我们也好赶路！"

白发老者却并不起来，只管匍匐在地，继续说道："老先生无须多疑！此地眼下虽属楚国治下，小老儿却是巴国旧人！自先祖北进大江，在巴乡设都立国，小老儿一姓便世代居住此地。小老儿一家数百口人，身上一直流着的是巴人的血液，数十年来，虽然国门易帜，却不敢稍有或忘！以前，这里年年给王室进贡的巴乡清酒，即是由我家作坊精心酿造而出。小老儿自幼受祖辈遗传教导，于巫觋、占卜、医药等，也略知一二。所以，小老儿对梦神所言深信不疑！船中贵人经过长途奔波，今又略染小恙，舟船劳顿很是不宜，小老儿别无孝敬，唯有谨遵梦神指示，恳请贵人在敝庄略住几日，稍尽服侍之礼，以慰拳拳之心！待贵人伤愈以后再行南去，也能忍受途中颠簸劳顿之苦！"

说到后来，那白发老者已是老泪纵横，涕泣成声。

丞相听得暗暗心惊，又见他说得真诚，不由问道："你姓什么？"

"小老儿姓向，祖上原是夷水廪君五姓之一！"

巴王在舱里听得真切，对丞相说："你让老丈进来说话。"

白发老者躬身上船，径直走到巴王榻前，匍匐在地，轻唤一声"陛下"，失声痛哭起来。长长的白发散落舱板上，随着身体战栗不已。

这一声"陛下"叫出来，让站在一旁的丞相听得面色惨白，惊疑不定！

巴王平静地问道："你如何知道我的身份？"

"得自梦神的指示。"

"这里是楚国天下，你还这样称呼，岂非暴露了我的行踪！"

"是是，小的自当谨记！只是，这里并无外人，外面跟来的都是小的家人，小的多年日思梦想，此时实在是忍不住，就冲口而出了！"

"我身上有伤，不能扶你了，老丈起来说话吧！"

侍女端来一只木凳，老者谨小慎微地坐在一角，朝高榻上的巴王看了一眼，垂泪说："看陛下面色苍黄，虽有外伤，却并不严重，恐怕更多是源于心疾！"

巴王深深叹出一口气来，沉声说："国破山河在，岂能不惊心！如今但求一清静之地，以了残生。但此地乃巴国故邑，备受关注，我等岂可在此久留？"

老者自信地说:"向家世代乃巴乡望族!这里虽归楚国辖理,但小的受楚王分封,自治一方,实乃巴乡首长。眼下要保陛下数日平安,尚能办到!"

这时,木青王后从舱后转了出来。老者一见,连忙匍匐在地,叩首不已。

王后坐到巴王榻前,温言道:"老丈请起!这巴乡濒临大江,乃通关重衢,往来要道,我们一行数百人,你就能保证不走漏一点消息?"

老者欠身说:"小的庄园,原在江边驿镇之上,热闹之地,人来人往,甚是不便。但沿这小河上行十数里,小的另有住处,依山傍水,十分清幽。小的妥善安排,屏绝闲杂,自不会惹人眼目!"

木青闻得此言,与巴王交换了一个眼神,说道:"老丈乃巴国旧人,又是一片至诚,不知丞相意下如何?"

丞相见巴王决心已定,便顺水推舟说:"陛下确实需要静养,那就歇息几日吧!"

当下,老者让同来的十余名家人驾着几只小舟前面引路,船队跟随而行。逆水上行二十余里后,果见河岸出现一片旷阔平地,尽皆膏土肥田,阡陌纵横间,粟黍繁茂,约数百亩。平地后面依山处,茂林修竹中,隐隐现出一片泥墙青瓦的庄园。

第五十七章　魂断永谷水

1

王室一行在老者引领下，穿过田间小径，迤逦来到庄园。

庄园由三个品字形的小园子组成，有回廊相接，中间是一个有小桥流水的宽阔花园。正值仲夏时节，园内繁花似锦，芬芳宜人。庄园四周围着整齐坚牢的竹栅栏，里面已收拾得干干净净，数百人入住其间，仍显得宽敞。

丞相和卫队首领一起，仔细察看了周围地势，将巴王安置到了中间靠山的园子里。

那老者准备得十分周到，庄园里一应用具器皿早已备好，为免人多嘴杂走漏消息，仅留下三五心腹仆佣，以备问询指点。

刚刚安顿好巴王起居，白发老者即捧着一包东西、领着一个小女孩，在丞相陪同下来到巴王室内。老者拉着小女孩儿，先一起跪下行礼后，才开口说道："这里有几棵从深山老林中采得的千年首乌和茯苓，还有两只出自永谷水的灵龟，也是数百年寿龄了，对人极具补益，都是陛下和王后眼下用得上的！"

说罢，打开包袱，一一取出这几样东西来。又指指身边的小女孩说："这是我家孙女，自幼不喜耕织，偏爱弄些草草根根的，倒也熟知药性，习得一些医术，尤其善于药物的炮制烹煎，就请留在陛下身边，以便侍奉汤药！"

巴王看那女孩儿，见她十五六岁年纪，生得亭亭玉立，一双水灵灵的大眼睛正落落大方地望着自己，眼中微含笑意，一脸光彩照人。虽然她略带羞涩，却丝毫没有忸怩之态，倒似早就相识一般，浑身透出一股亲切劲儿来。

王后也是看得满脸发光，喜不自胜，走过去拉起女孩儿的手，笑着说道："小姑娘生得很俊啊！你叫什么名字？"

女孩儿定定地望着王后，眼神痴痴的，喃喃说道："你就是木青王后么？难怪王子……陛下会那么喜欢你，你才长得真正好看！"

王后笑道："呵呵，小孩家家的倒知道不少嘛。可你还没告诉我你的名字呢！"

女孩儿仍是不眨眼地望着王后，认真地说："我叫梅儿！……看样子，王后也比梅儿大不了多少，为什么你还叫我小姑娘？"

老者斥责一声"梅儿"，狠狠瞪了她一眼，连忙伏身在地，赔罪说："孙女乃山野之人、不懂规矩礼数，还请陛下和王后以后多多指教，多多包涵！"

木青王后被女孩儿这话逗得"咯咯"直笑，说道："这姑娘天真纯朴，十分可爱，难得的是她还识药懂医。好！就留下来吧！"

这时，卫队长进来向丞相报告周围的警戒布置情况，哪知话还没说完，一个已换上本地人服饰的士兵匆匆跑了进来。

卫队长惊诧地说："你不是去北边巡哨的么？跑来干啥？"

那士兵喘着气道："我们刚刚出去，发现刚刚泊在河边的那些船，一只也没有了！"

卫队长一听，大惊失色，说道："我们船上留守的人呢？"

士兵说："也没看到！"

一位祭师走过来说："将军不必惊慌，船只都在！是我见那些船摆在这小河中太显眼了，便使了障眼法，寻常人是看不见的！"

卫队长这才松下一口气来，责怪祭师说："也不预先告知一声！"

自此，巴王便在这幽谷之中隐居疗伤。白发老者每天过来嘘寒问暖，过问起居用度，一应供给丰富充裕。

每日梅儿姑娘为巴王和王后煎药熬汤，并不受礼仪规矩约束，天真烂漫，率性而为，活泼的身影有如一束明丽的阳光，时时在他们身边晃来晃去。一张清脆的甜嘴叽里呱啦，不停地讲着一些当地的逸闻掌故、趣事笑话，有时还一本正经夹杂着一些药性医理、养身之道，给他们的流亡生涯带来了难得的乐趣。

一晃二十来天过去了。巴王的伤口已经愈合，身体也基本恢复旧观，在园子里走起路来"噌噌"有声，又显得生龙活虎了，只是眉眼间还透着难以掩饰的失落和忧虑，看去与他年轻英武的脸庞不大相称。

第五十七章·魂断永谷水

一天，巴王对身边祭师说："这几天，我老是梦见一个地方。那是一片平坦肥沃的谷地，四周峭壁如围，仅有两端峡口相通。前面有清澈的小河，后面是一道缓坡。山花烂漫，林莽森森。水中龟鱼相戏，林间雀鸟歌舞，麋鹿游戏其中。真如仙境一般，好生令人向往。你给我占占，看这地方在哪儿？"

那祭师当场净手焚香，祷诵一番，然后占了一卦，两眼盯住卦象沉思良久，又叫来其他几位祭师一起参详。几位祭师蹲在地上围成一圈，望着卦象一言不发，频频交换眼神，时而摇头，时而点头，似乎其中大有疑难。

巴王不耐烦地说："磨磨蹭蹭干什么？到底什么意思嘛！"

先前占卦那祭师连忙站起，躬身说："这地方离此不远，沿永谷水上行即可到达。"

巴王闻言大喜，挥手说："那好！这里毗邻大道，往来众多，既非久留之地，我们就暂时去那里安身吧！"

梅儿姑娘在一旁听了，慌忙说道："陛下身体尚未完全康复，不宜旅途劳顿的！"

巴王朝她挥挥胳膊，笑着说："没事了！看吧，这不好好的！"

"不行！"梅儿急道，"如真要走，那我也得随你同行！"

木青王后走过去揽住她的肩头，柔声说："好梅儿，我知道你是舍不得离开陛下，就随我们同行吧！只是这事还得要你的爷爷同意才行！"

2

梅儿听罢，两手一拍，笑逐颜开。随即又沉下脸来，噘起嘴巴，嘀咕说："那王后你呢！当初雪夜偷走，又得谁的同意了？"

恰在这时，白发老者走了过来，闻言面色一峻，沉声喝道："梅儿岂敢如此放肆！"

说罢，连忙拉过梅儿，一起向巴王伏身行礼，涕泣说："陛下和王后若真是喜欢小女，愿意让她随侍左右，那自是她前世修来的福分，也是我们一家无上的荣耀！老朽感激涕泣。"

巴王躬身扶起老者，笑呵呵说道："若非这里不便久留，我还真是舍不得离开哩！前段时间养伤，没敢喝你的巴乡清，今日临别，可要一醉方休了！只是……"

梅儿刚刚被王后拉起，听巴王说起喝酒，回头打断说："你伤刚好，可不许多喝！"

巴王笑着说："好好！只是有一件事情，还得麻烦老丈。"

"陛下说的是小船吧？"老者接口说，"我知道陛下早晚得走，是以早就秘密准备了一批适合在峡谷中穿行的小船，随时可用！"

这天，老者在园子里大摆宴席，巴王喝下了自离开虎都江州以来的第一杯酒。原本巴王酒量甚豪，老者奉上的又是最好的巴乡清，但因箭伤刚好，又有王后和梅儿一旁监督着，只能忍着没敢多喝。

酒宴一直持续到暮色苍茫，方才席终人散。

是夜，王室一行告别老者，乘着皎洁的月色，驾着瘦长的轻舟，悄然离开巴乡。舟上，满载着白发老者为他们提供的丰厚补给，甚至包括一些种子农具、绸绢布匹。还有一坛坛泥封的'巴乡清'酒，沿途散发着醉人的醇香，惹得船上那些血性儿郎们兴奋不已。

天亮时分，他们穿过一段狭窄湍急的峡谷，眼前豁然开朗。明媚的朝阳之下，但见幽谷之中敞开一方略有起伏的平地，将峡谷两壁远远地撑开。河流至此也放慢步伐，悠悠闲闲地从平坝中蜿蜒穿过。四周草木茂盛，鸟语花香。几只正在河边饮水的麋鹿，抬起头来，好奇地望望突然闯入的船队，若有所惧，转过身一蹦一跳藏进了林中。

巴王在船上见了，高兴地说："不错，梦中所见，正是这里！"

这里水肥草美，山花盛开，鱼虾悠游，野兽出没，是一片被河流冲积而成、静卧在深山峡谷之中、尚无人迹烟痕的处女地。

丞相叹赏道："这里被两端险绝的峡谷深深锁住，不为乡人所知，静处世外，果然如仙境一般！此地尚无名称，就请陛下取一个吧！"

巴王说："你看那些山花，漫山遍野，争奇斗妍，就叫花地吧！"

说罢，王室一行已泊好船只。数百名将士一起上岸，以剑代刀，披荆斩棘，伐木割草，击石夯地，就在河岸台地上建起了一座简易的行宫。右首，离行

第五十七章·魂断永谷水

宫稍远一点是卫队营房,左首女兵营房紧挨着行宫。行宫前面夯出一片宽阔的广场,既是战士们的操练之地,亦可作为祭祀的场所。整片建筑虽然简陋,看起来却颇具气象。

至此,流落的巴王王室算是暂时有了一片立足之地。这里四围闭塞,与外界相通的两端峡谷幽深险绝,易守难攻。巴王梦得此地,亦算神授。

刚刚安顿下来,巴王就向前后两个方向派出几拨探子,一面向南向东,往前方打探楚国情况,一面向北向西,向来路方向了解旧国局势;同时,让其余将士解下盔甲,开荒种地,狩猎捕鱼,以作长期打算。

台地前面一方巨石,形如车盖。几位祭师以石为台,时常在上面诵咒作法,祭祀祷告,以察天意。

一个月后,打探楚国情况的探子陆续回来。报告说,楚国得知秦国灭了巴蜀,已在鱼复关隘和夷水要地置下重兵,全力戒备。

两个月后,西路和北路的探子也陆续回来。

西路探子报告说,在王室从虎都江州撤退的第二天,秦军即已攻到。虎都江州坚守了整整三天三夜,秦军无奈之下,最后用了火攻,将整个城池化为灰烬,这才破城而入。秦军进城后,发现竟是一座空城,于是星夜派出军队,沿江快速追剿。几天后,追剿的秦军陆续返回,都是无功而返。

"父王呢?"巴王问道,"打探到老人家的消息没有?"

探子摇摇头说:"没有!据说,秦军进城时,城里没有见到一个活人,守城的将士已全部战死!"

巴王虎目蕴泪,在心中暗叹了一声。尽管这是他早就想到了的结果,此刻一旦得到证实,仍禁不住悲从中来,怆然涕泣。

最后回来的探子带来了庸地和宗人的消息。

到了庸地的族人一直在担忧着王室的安危。不久前曾有宗人的小股队伍前去骚扰,被族人赶跑了。族人怀疑,宗人的目的只是想探查王室的下落。

宗人趁外敌入侵大举叛乱,在宣汉和汉丰连经两次惨败后,目前已是元气大伤。刚刚就任的年轻酋长虽然受到秦王的分封,但少不更事,无力主持局面,族中有势力的大族皆各行其是,难以统一。

这时候,最后一位探子也从北边回来了,他带来一个更为惊人的消息!

3

探子说，眼下秦国已在巴国故地设置了巴郡，秦军首领张仪正在重筑被战火烧毁的江州城。另一位首领司马错，则率数万军队沿涪水向东南而下，往楚国的商於之地攻去。

宗人式微后，其族人竞相向新的统治者邀功争宠。其中，有一个亡命之徒，为了讨好秦王，自作主张改姓了秦，名叫秦精。秦精向秦王告密说，巴国临亡前，年轻的国王接掌了权杖，并率族人星夜出逃，留下一座只有老弱残兵看守的空城。他说他知道新的巴王逃往何处，愿擒来献与秦王。秦王大喜，许以重金。

于是，秦精纠集一帮乡勇地痞，向巴王行走的路线一路寻来。他们曾去过庸地，稍作骚扰，未见巴王踪迹，又转经汉丰，目前已到了朐忍的大江南岸一带。他们向乡民宣称说，是奉了秦王之命，前来朐忍一带擒杀白虎为郡中除害的。

探子最后说："我猜测，秦精一伙对王室的踪迹可能已经有所察觉，我们得多加防备！"

巴王听罢，不由气血上涌，问道："这个名叫秦精的无耻狂徒，一共带了多少人来？"

探子说："大概有百十来人，个个都是精悍无畏的亡命之徒！"

巴王"乒"的一拳擂在几上，咬牙说："再探！快去快回，务必弄清他的确切位置！叫卫队长来，我要先灭了这个亡命之徒！"

探子得令，转身飞奔而去。

这时，木青王后从里间出来，对巴王说："陛下，我看这事要慎重！那秦精东奔西窜，不一定就知道我们的行踪！我们主动出击，反而暴露了自己！"

巴王长叹一声，将宗人秦精已率众来到附近的情况讲了讲，然后挥挥手，无奈地说："算了！先探探再说吧！"

第五十七章·魂断永谷水

几天后，探子回来了。

这次，探子还带了一个人回来。那是一个被五花大绑的宗人，秦精的手下。从俘虏口中，所有情况都真相大白。

俘虏说："……我们去庸地没有发现巴王的下落，又原路返回，在宣汉见到了大批人马东行的足迹，一路寻到汉丰。我们在山林中遇到一位断了腿的宗人伤兵，他说大战过后，他藏在林中行动不了，曾在月夜中见到一支船队沿彭水往南去了。看那情形，估计便是王室一行。我们首领分析说，如果是朝这个方向，巴王一行不可能走远。因为巴蜀新亡，强秦逼近，楚国的各处关隘都有重兵把守，巴王一行很可能是躲进了楚巴相交的深山峡谷之中。那一带原是巴国旧地，他们人熟地熟，极易隐藏。于是我们就来到朐忍一带，想到这里曾是巴国故土，也不敢明说搜捕巴王。就编造消息说，近来有白虎为患，秦、蜀、巴、汉诸郡都受到威胁，已有一千多人遇害了。现在白虎已逃到朐忍一带，我们是奉秦王之命前来擒杀白虎的！这消息一传开，朐忍乡民无不畏惧，家家天黑即关门熄灯，谁也不敢独自进山了。这就让我们无所顾忌，放心大胆地在深山峡谷间搜寻种种蛛丝马迹。"

巴王忍住怒气，冷静地问道："你们都发现了一些什么？"

俘虏沮丧地说："这地方山险水恶，我们搜寻得十分艰难。秦精见我们人多，窝在一起不但进展缓慢，也引人注目，就分成几个小组，让我们沿着两条小河分开寻找。一是大江北岸的汤溪，一是南边的永谷水，发现情况及时报告。我们这一组五个人，进入永谷水河口不远，便在一处河湾中，发现河岸沙土上有大船压过的印迹。我们心中怀疑，便去附近一个庄园中打探。一个白发老儿听说我们要打听大船消息，客客气气把我们让进园内，也不知他使了什么妖法，只三言两语，说话间便让我们一个个浑身无力，动弹不得了！老头儿让人把我们几人分开，单独关进又黑又潮、充满熏人酒气的地窖之中。也不知过了几天，有人把我从地窖中提出来，就看见这位……"

俘虏猥琐地向站在一旁的探子指了指，接着说："……这位英雄，不问青红皂白先给了我一顿暴打，打得我晕头转向后，然后才开口问话。我也像刚才这样，原原本本都告诉他了。问完话，他就让人拿来绳子，将我捆上，一路带来这里了。只是我不明白，为什么我们一行五人，你只带了我一个来？他们四人哪儿去了？"

"呵呵！"那探子笑着说，"你那几个同伴早就回老家去了！我到巴乡找到向家老伯，向他讲了秦精的事情。老伯就将我领到他那庄园中，说有几个鬼鬼祟祟打探大船消息的人，已被他擒获关在那里。我就一个个单独提出来审问，只有你一个人说了实话，所以就你带了回来。"

巴王望着那俘虏，厉声问道："秦精现在何处？！"

俘虏吓得面色惨白，结结巴巴说："在、在朐忍南边的高山上，他说那是白虎必经之路，建了一座高楼，又装上白竹弩，说是专射白虎的！"

巴王黑着脸，"哼"了一声，厌恶地挥挥手，说："带出去！"

4

那俘虏被拖在白虎神案前斩杀了，威武的石雕白虎又披上了一层新的血浆！

巴王在室内不停地走来走去，胸口起伏不断，气息粗重，一脸杀气腾腾。木青王后见状，温言说道："陛下，不值为一个秦精动怒！他不过虚张声势，并不知道我们的行踪。由他去吧，保重自己身体要紧！"

此后，巴王一连好多天情绪低落，既不与将士们一起操练武功，也不出去打猎捕鱼了，连话也说得很少。他总爱独自到河边散步，或是孤坐案前发呆。

有一天中午，巴王倚在榻上假寐，突然发出一声惨烈的大叫。王后和梅儿正在外间低声说着话儿，闻声赶到榻前，只见巴王委顿在榻上，额头淌着虚汗，胸前吐了一大摊血迹。

梅儿吓得一声惊叫，连忙上前要替他揉捏推拿。

巴王一手将她挡开，一手捂着胸口说："不要碰我，这里痛得好厉害！"

王后赶紧叫来祭师，将他扶起半靠在榻上，又喝下一些温水，巴王的疼痛这才渐渐消去，稍稍定下神来。祭师说："陛下是心中愤恨郁结，无由排遣，导致梦中真魂出窍了！眼下他需得平心静气，护住阳神，再静养一段时间，就能复原了！"

原来，巴王一腔怒气在梦中化作一只咆哮森林的白虎，率一群斑斓猛虎

第五十七章·魂断永谷水

横冲山上寻到秦精,一举将他用树木临时搭建的所谓高楼掀塌,伤人无数,只可惜让秦精这个恶徒带伤脱逃了。秦精在逃跑时,百忙中还回头射来一箭,直中白虎肋下。巴王感觉痛彻心扉,从梦中大叫一声醒来,忍不住喷出一口鲜血。

虽然只是恍惚一梦,却是受到了真正的内伤!

有几位祭师的全力禳治,木青王后和梅儿的精心护理,巴王倒是恢复很快。只是从此他像换了一个人似的,性情变得更加沉郁孤僻了。常常整天不和人说一句话,却又时时叽里咕噜地自言自语着,谁也听不清他到底在说些什么。

有一天,巴王在房内走来走去,步子越迈越急,两脚砸得地面"咚咚"直响,喉头发出低沉的"吼吼"声,如猛虎怒啸一般,两眼发红,目光森然如炬。木青王后和梅儿被他这如癫似狂的样子吓着了,双双奔过去想要扶住他,却被他双臂一振给摔开了。

直到奔得筋疲力尽,浑身大汗淋漓,巴王腿下一软便倒地不起了。王后让人将他弄到榻上,又和梅儿一起替他擦净满头大汗。巴王悠悠醒来,望着眼前两张如花似玉的面孔,长叹一声,歉疚地说:"对不起!我刚才……把握不住自己,吓着你们了吧?"

王后垂泪说:"陛下,你是一国的希望,可得好好保重身子啊!"

巴王摇摇头,一把握住王后的手,喃喃说道:"青儿,没希望了!无论我们如何心有不甘,都真的是没希望了!眼下强秦纵荡六合,横扫八荒,这天下早晚尽归旗下,已无列国生存的余地了!我见到列祖列宗,他们都是这样说的!"

说完,巴王两眼一合,眼角滚出两粒大大的泪珠……

时令已经入秋,天气一天比一天寒冷起来。丞相每天忙于数百人的生计,他将猎获的兽皮为王室做了衣服,给房子围上草帘,又伐来树木烧成木炭,以供取暖。但他也渐渐感到捉襟见肘,度日艰难了。由于错过季节,他们虽然种了地,收成却极为有限。越冬的粮食和服装,一时尚无着落,眼看数百人就要挨冻受饿了。

这时,从外面回来的探子带来了两个消息。

一个消息是,外面传言说,那秦精在朐忍虽然丢下数十名手下的性命,却已将白虎纷纷射死，为郡内消除了虎患，现在已离开朐忍，向秦王邀功请赏去了。

王后听了这消息，嘱咐说："我们知道就行了，不要告诉陛下！"

第二个消息，却是梅儿的爷爷已备下大量的粮食、布匹和棉花，甚至连运输的船只也备好了，却因为峡中水流湍急没法运来。

丞相笑着对几位祭师说："这事情，只好辛苦你们几位了！"

巴王的病势一天比一天沉重了！

祭师们和梅儿使尽了各种手段，也没法让他有所好转。他躺在榻上时昏时醒，嘴里不时发出叽里咕噜的声音。这回，王后和梅儿都听清了，他是在反复念叨着一句话，但她们两人都听不懂。她们又叫来丞相和祭师，讲给他们听了，也同样不知所云。

其中一位祭师听了若有所悟，沉思良久后，说："这似乎是先辈们用过的一种很古老的语言，现在早已失传了。"

王后忧心如焚，对丞相说："陛下如此下去，如何得了？！"

丞相长长叹出一口气来，定定地看着王后，一时踌躇无语。王后见状，镇静地说："你是陛下血脉相同的叔父，有什么就直说吧！"

丞相点点头，正色说："其实，早就应该告诉你了！还是陛下箭伤刚愈的时候，在梦中见到此地，几位祭师就已从卦爻上看出天意了！这个被陛下取名为'花地'的地方，就是王朝的终点，也是陛下最后的归宿！到了这里以后，祭师们又多方作法禳治、向列祖列宗祷告祈求，无奈天意难违！他们只好按照神的旨意，施展上天入地的本事，在这峡谷之中四处搜索，为陛下求得一方不受人扰的安息之地。"

5

木青王后听了此话，似乎并不吃惊。沉默良久，她才眼含着泪水，低声说道："从探子们陆续回来报告外面的消息以后，陛下就日渐消沉了！我知道，

第五十七章·魂断永谷水

心既死,生机也就断了,谁也强不过天意去!我们得预作准备,妥善安排好后事。"

丞相说:"祭师们已经在峡谷的洞穴内寻到一处秘宫,十分隐蔽妥当。几个月来,他们已经施展神功秘密地打开了通道,再进行一些必要的布置就成了。另外,他们还在后山发现一株数人合抱的大楠木,真是天造地设!那是做寝木的上等材料,历代巴王用的都是上好的楠木。我们已经伐倒藏在山中,让它干着,随时可去取来。"

王后点点头,沉静地说:"一切由你安排吧!只是,那寝木,须得安排两副。"

正当大家有条不紊地做着一切准备的时候,巴王突然精神大振,从榻上一骨碌爬了起来,兴致盎然地要去外面走走。于是,王后、梅儿、丞相,还有祭师们一起簇拥着他走出木房,来到阳光下。

这天,初冬的阳光显得十分明朗,映在身上暖洋洋的。巴王披着一件羊皮大氅,在各处随意走了一遭,又看了看将士们的营房,然后穿过宽阔的广场,径直登上那块形如车盖的巨石。他显得心情十分轻松,立在石顶放眼四望,笑着对群臣说:"这里地肥水美,四周绝壁如屏,真是上天赐予我们的一块安身宝地啊!"

他又指着脚下哗哗流淌的河流说:"你们看,这永谷河水也不知从这里流经多少年了,当年,虎族的先辈们就是从这里北上大江的吧!如今看来,我虎族之魂,便如这永谷河水,千秋万载奔流不息!你们一定要记着,巴国可亡,我虎族之魂不灭!"

说到最后这句话时,巴王表情端严,语气果断,显然是在颁发一道严旨。身边王后与群臣们听了,都躬身首肯,唯唯诺诺。

巴王说完,忽然打了一个寒战。王后连忙为他紧了紧外面的大氅,柔声说:"陛下,我们回去吧,这里风大!"

此后,木青王后每天照料巴王之余,便用烧红的箭镞在木板上烙画着什么。烙出好多块木板后,她一起交给几位祭师,让他们拿去好好看看。

几位祭师看后,商议说:"这个得让它保存到后世去!虎族先祖从清江的弹丸之地北上,一路开疆拓地,积数十代功勋,创下赫赫王朝,巍然立世一千多年,最后却在这里走上了终点。我们得让后世子孙知道这件事情!王后这些记录十分珍贵，我们把它刻到泥板上，再烧制成陶片，就能传诸后世子孙了！"

丞相在一旁听后，走过来说："不只要让他们知道，还要让后世子孙在适当的时候，回到秘宫朝觐他们的祖先，要将巴国最后这段隐秘的历史公之于世！"

几位祭师听了，深以为然！不由问道："'适当的时候'应该是什么时候？"

丞相抬起头，两眼看着天，喃喃道："遵循天意吧！"

四位祭师择了一个吉日，沐浴焚香后，一起来到巨石顶上，各踞一方，相向而坐，闭目作法。从日头初升一直坐到夕阳西下，几人这才一齐睁开眼睛，相视会意，立起身来，披着霞光一脸笃定地走下巨石。

没过几天，下起一场大雪，让这个峡谷中的小小盆地披上了一层银妆。巴王便在这漫天飞舞的雪花之中，悄然停止了呼吸。临终前，他握住王后的手，反复念叨着一句短语，如歌如吟，正是以前他在昏梦中念叨过的，谁也听不懂。随着声音渐渐低去，他撒开手，便如熟睡一般躺在榻上，寂然不动了，留下一脸的宁静。

群臣默默地围在榻前，忽听一位祭师发出梦呓般的喃喃声："随风而至，随风而逝！"

众人不解，一起把惊讶的目光投向祭师。祭师说："这就是陛下刚刚口中念叨的句子！那是一千多年前我们老祖宗使用过的语言。"

"随风而至，随风而逝！"

人们望着榻上巴王那张安详的面孔，心中反复回荡着这句古老的短语。

王后吩咐说："把这消息传递下去吧，谁也不许哭泣！陛下追随列祖列宗去了，我们还有很多善后事情要做！"

好在这个时候，所有的准备工作都已经完成了。

王后让人拆去内室和外殿间的隔墙，将她从家里带来的一百余名女兵叫进殿里，坐在榻边，平静地说："陛下已经追随列祖列宗上天国去了！临走前，陛下交代说：'巴国可亡，我虎族之魂不灭！'虎族之魂就在我们的血脉之中，我们要让这血脉一代代永远传承下去！你们都是随我从家里偷跑出来的好姐妹，情同骨肉，随我东奔西跑吃尽了苦头。现在，又要让你们去吃苦了！传承虎族血脉的任务，只好交由你们去实现了！王室卫队的士兵们都是虎族

第五十七章·魂断永谷水

子孙,你们各自挑选一个中意的,与他结为夫妇,远走高飞,各自在崇山峻岭之中寻到一块立足安身之地,生儿育女。然后告诉你们的儿女,他们身上流着的是巴人虎族的血脉,要让他们把这血统一代一代传承下去!"

那些女兵跪在地上,哭成一团,誓死不愿离开王后。

王后流泪说:"你们不少都是自小随我一起长大的,我们情同姐妹,我也一样舍不得你们离开啊!但此时此地,要实现陛下的遗愿,让虎族之魂传至久远,生生不息,就只有依靠你们了!都起来吧,这是陛下给你们的使命,也是神圣的天意!"

6

与此同时,在另一间房内,四位祭师叫来了四名卫队士兵,都是祭师自己的子侄。他们各自抱着一只刚刚拿到的黑色匣子,莫名其妙地站在那里,表情肃穆。

一位祭师对他们说:"这些匣子看去一模一样,却是各有分别的,千万不要搞混了!记住,那上面有一个十分隐秘的符号,是你们各自家族的族徽。陛下临去前说,巴国可亡,我虎族之魂不灭!你们四个,是从各自家族中挑选出来的优秀儿郎,代表了当年从夷水出发的虎族五姓中的黑穴四姓。你们不但要把虎族的血统传承下去,还要以性命保护好这几只匣子,将它一代一代完好无损地传承下去!这四只匣子里各装有一只黑色石虎,另外还有一只匣子装的是白色石虎,这些石虎上分别留有寻找巴王秘宫的秘符。我们和祖先神一起为这些匣子施了魔咒,不到时候千万不能强启,否则祸不单降!到了规定的时间,虎族五姓的子孙自会带着石虎聚齐,根据石虎秘符提供的线索,去完成他们的使命。到时候,他们有一个共同的身份,名叫'罗布巴'!"

另外一位祭师对其中三个年龄较大的说:"你们三个,还要担负另外一项任务,那就是要照看好这五只石虎!离开这里以后,你们各走一方,到了子孙辈互不相识,如何照看?不久你们会得到神降,能够用巫觋之术相互沟通联络。你们也有一个共同的名字,叫'比兹卡'。你们的身份不用一代代往下传,只要是虎族五姓,随便传给哪一姓都可以继续相承。三人中,以道法高深者为首领,其余二人辅佐!"

这是一场罕见的集体婚配!

在铺满厚厚积雪的广场上,王室卫队的三百余名士兵整齐地排列着。王后的亲兵们一个个走过来,从中挽出一位,然后双双走到巴王榻前,行完跪拜礼后,挎上一只简单的包裹便踏上皑皑雪野,朝峡谷深处走去。

这些虎族的精英儿郎,便如种子一般撒向峡谷外面连绵的山野,各自生根发芽!

最后,王后身边只剩下两位上了年纪的女佣,那是从小带她长大的保姆。她们一直看着那些朝夕相处的姑娘一个个消失在冰天雪地之中,泪流满面。

卸下盔甲的姑娘们领走了一百名士兵,丞相又从中挑选出二十名到一旁待命。广场上尚有近两百名战士又重新整队集合。

王后站到队伍前,对他们说道:"对不起大家,我没有更多的女兵来许配你们了!但你们都是虎族儿郎,仍然肩负着传承虎族血统的神圣使命!你们也去吧,离开这个峡谷,到更广阔的天地,各自安身立命,娶妻生子,让我们虎族的血液世世代代奔流不息!"

战士们一个个伏在雪地上,痛哭失声,谁也不愿离去!

但王命难违,他们不得不背上早就备好的包裹,离开了他们一路浴血奋战保护至此的王室,离开了他们衷心爱戴的国王。他们深知,随着巴王的离去,王室其实已经不存在了,留下的人,将享受与巴王同穴的荣耀!而他们,必须去完成延续种族的使命!

随后,丞相将卫队长带到了巴王榻前。

王后刚刚和梅儿作了一番长谈。此刻,和她坐在榻前,见卫队长走过来,梅儿侧过身去,伏到长眠的巴王身边,无声恸哭。

王后认真打量着站在前面的卫队长。他是在巴楠将军战死以后,巴王从一群年轻的校尉中挑选出来的,忠心耿耿,勇猛机智,武艺高强!此刻,他虽然还不知道王后唤他所为何事,但刚毅的脸上已流露出期待的表情。

王后暗暗点头,以至高无上的口吻对他说道:"我赐你姓巴!从现在起,你就是巴国王族的儿郎了!我要交给你一项十分艰巨的任务,必须保证完成,

第五十七章·魂断永谷水

不能出半点差错！"

卫队长仆地跪倒，叩头说："王后尽管吩咐，赴汤蹈火在所不辞！"

王后回身将梅儿扶起来，揽进怀中，替她擦去脸上的泪水，柔声说："梅儿，我的好妹妹，你现在保重身子要紧，千万不能过于悲伤。"

说罢，王后抬起头来，直视着卫队长，郑重地说："这梅儿已经有三个月身孕了，是陛下留下的唯一的血脉！如今，我要将梅儿交付给你，你的职责就是保护好她和孩子，让王族的血脉世世代代传承下去！"

卫队长眼中蕴着泪光，沉声说道："请王后放心，小的但有一口气在，也决不辱没使命！"

王后柳眉一竖，斥责道："什么叫但有一口气在？！梅儿年幼弱小，你就是她娘儿俩的唯一依靠，你一定要活得好好的！"

卫队长自知失言，一挺身子，大声说："是！"

这时，丞相捧来一只漆黑的木匣，交给卫队长说："这匣子，也要随同巴王的血脉一代代传下去！里面有一只刻有秘符的白色石虎，是今后巴家子孙回探秘宫的线索，也是开启秘宫的钥匙。匣子是祭师们用咒语密封了的，不到时候不能强行开启。祭师说，拿这石虎去开启殿门的人，名叫'坡吉卡'，其中一只手上会有六个指头。到时候匣子打开后，'坡吉卡'要带着石虎去寻找'比兹卡'。只有五虎齐聚，方可启开殿门。"

见卫队长听得一脸困惑，王后说："这都是子孙后代们的事情，你也不必知道太多，将这些话随着匣子一代代传下去就行了。另外，匣子里还有一些刻有秘符的陶片和一枚'天门之钥'。这'天门之钥'十分古老，是王朝的历代国王传下来的，据说传下几百年了，陛下也不知道是何用途。但这是王朝的圣物，比其余东西都更为重要，一定要好好传承下去。或许终有一天，会用得上的！"

临行时，梅儿哭哭啼啼的，显得极不情愿。

王后脱下自己的皮衣为梅儿披上，流着泪说："好妹妹，这冰天雪地的，让你受苦了！但这也是没办法的事情，你要好好保重，一定得为陛下留住这点儿血脉！"

最后，王后望望空荡荡的广场，回头指着早已摆好的两副巨大的楠木寝棺，对身边的丞相和几位祭师说："好啦，我们也走吧！"

第五十八章　巴王秘宫

1

　　郑雯的译文到此戛然而止，后面再没下文了。李虎两眼还一直盯着那笔记本，沉浸在两千多年前的时光之中，久久抬不起头来。

　　这时，沈立已经醒了过来。他看见李虎神不守舍的样子，奇怪地问道："你是怎么了？"

　　"啊？"

　　李虎回过神来，发现自己全身都在微微颤抖着，似乎冷得厉害。他连忙收摄心志，才稍稍定下神来。

　　沈立看看表，说："现在已经是凌晨两点钟了，你还一直没有休息？我们已经睡了六个多小时了！"

　　李虎长长吐出一口气来，把郑雯那笔记本递给沈立，说："郑雯写出了译文，才睡了4个小时，让她还睡会儿吧！你先看看这个。"

　　李虎熄了头灯，盘膝坐好，合目调息。

　　这古老的地下洞穴摒绝了世间的一切声音，寂静得能听见自己的心跳；但李虎却发觉自己此刻思绪繁乱，很难入静。

　　郑雯几人微弱的鼾息声似乎通过扩音机被放大了，此刻显得异常清晰，此起彼伏。沈立偶尔翻动纸页的声音更是哗哗啦啦如浪流波涌，直击心鼓。

　　李虎数次调息入定都没能如愿，脑海里不时晃动着一个个影影绰绰的形象。其中有一个特别清晰，是自己那只长有六个指头的左手掌。他想起爷爷临终前对他说的话："这是你的一个记号，它让你与众不同！"

　　还有郑雯译文中的那句：祭师说，拿这石虎去开启殿门的人，名叫"坡吉卡"，其中一只手上会有六个指头。

第五十八章·巴王秘宫

他仿佛看见至高无上的神明手中挥动的那根命运之链，在冥冥之中闪烁着冷冰冰的光芒；而自己，就是那上面早已注定的一环！

译文中被巴王称作"花地"的那片世外桃源，毫无疑问就是今天的盖下坝了。曾经建过简易行宫的那块台地，如今仍被当地人叫作"花地坡"。

两千多年前的那场大雪又纷纷扬扬地下进了李虎脑海里。

他看见了在冰天雪地之中那一对对鱼贯而行的年轻身影，看见了满面泪痕、步履蹒跚的梅儿，还看见高大魁梧、表情刚毅的卫队长。后来，那些身影又化作片片雪花，漫天飞舞，渐渐化成丝丝缕缕的雾气，从视野中慢慢淡出。

一股刺骨的寒意袭来，让李虎浑身一颤！

他再也坐不住了，从地上纵身而起，悄然走到那些壁画前，再一次认真端详起来。石壁上那些遒劲有力、灵动流畅的暗红色线条，仿佛是从两千多年前延伸过来的粗壮的血管，李虎能够清晰地感知到它那怦然有声充满张力的律动。

李虎猜测，这些画一定是出于某位祭师之手。画师的手法极其高明，画面安排得十分得当，只挑其中最典型的场面进行描绘。

李虎特别想看看那位天真烂漫、钟情于巴王的梅儿。

不知是巧合还是出于神意的安排，梅儿与李虎出生在同一个地方，只是中间相隔了两千多年的时光。正是梅儿，为含恨而去的巴王留下了唯一的血脉！画面上的记载表明，此刻在李虎身上流淌着的，正是从梅儿身上传承下来的巴王血统！

但画面上，一直没有出现过梅儿的身影。在最后一幅画上，也只有巴王独自一人站在一块突兀的巨石上面，挥手指点江山，神态洒脱飘逸。

这与郑雯译文的内容似乎不相匹配。

李虎记得，巴王是在群臣簇拥中登上石台的，他还向群臣颁下了最后的旨意："巴国可亡，我虎族之魂不灭！"……

正疑惑间，李虎忽觉心中骤然一荡，仿佛有谁在他心尖上轻轻碰了一下。李虎的意识一下子从远古的画面回到现实中来，他心脏咚咚直跳，感觉这空气似乎有些不对劲儿，全身皮肤绷得紧紧的。

这是以前从未发生过的事情，李虎奇怪地四下望望，又嗅嗅寂静的空气。这时，他心中又是一荡，而且"咚"然有声，仿佛有一股无形的压力威逼而来。

李虎蓦然想起一桩事来，不由大惊失色……

沈立从李虎手中拿过笔记本，刚刚翻过一页，就完全沉浸在由文字描述出来的那段金戈铁马的岁月之中了。当他看完译文，长长透出一口气来，回头却不见了李虎。

沈立站起身来四下张望，没有见到李虎身影，洞厅四周黑黝黝的没有一点灯光，他心中暗暗一惊。看其余三人还睡得沉沉的，时间已经到了三点半钟，他打开了挂在肩上的对讲机。他们规定，只要有人脱队行动，就必须要保证对讲机的畅通。

但沈立发现，此时，李虎的对讲机也是关着的。

根据沈立对李虎的了解，知道他是绝对不会犯下如此低级错误的！

沈立用头灯朝前方照了照，发现长长的洞厅似乎没有尽头，又回头看看来路方向，百多米外便是洞厅入口，在灯光下显得一清二楚。但这两个方向，都没有发现李虎的踪影。

沈立不由担忧地想道：李虎到底是遇上了什么样的特殊情况？

2

沈立先叫醒了几位同伴，让他们收拾好行装，准备出发。

郑雯极不情愿地从睡袋里钻出来，理了理头发和衣服。抬头见笔记本在沈立手中拿着，她四下张望着，打出一个长长的呵欠来，惊讶地问："李虎哪儿去了？"

沈立分析道："按说现在用不着去前面探路了，但他不声不响地离开，一定是发现了什么异常情况，连对讲机也没打开。我们再等等看！"

正说着，忽见后面灯光一闪，几人一起望过去，只见李虎正从洞厅入口处大踏步走了过来。待到眼前，几人见他面色严峻，不由问道："发生了什么事？"

李虎匆匆赶过来，见几人已经收拾完毕，挥挥手说："赶紧背上包，我

第五十八章·巴王秘宫

们往前面走！"

几人见他说得郑重其事，心中微微一惊，不敢怠慢，朝洞厅深处快步走去。李虎大步走在前面，头灯四下探照，专心搜寻着下一步目标，一时无暇解说原因。郑雯紧跟在他身边，忍不住问道："到底发生了什么事情？"

李虎头也不回地说："有人进来了！"

这话清晰传到后面，宛如一声霹雳，击在几人心上，让他们悚然一惊！

郑雯问道："是什么人？在哪儿？"

"他们已经登上天梯，正向这边走来，大概还有半小时就赶上我们了！"

"是以前跟踪我们那些人么？隔了这么远，你是如何知道的？"

"我是通过气息感应到的！当时，我正专注地看着壁画，心中无端受到一种莫名其妙的侵扰，浑身极不舒服。我立刻感觉到气氛不对，空气中隐隐荡来一股煞气。自我们进洞以来，这里面空气一直是祥和融阳的，让人感觉舒适宁静。所以，那股阴冷乖张的戾气尽管相隔甚远，却与这环境极不协调，让我立刻就感觉到了。我原想过去把入口处的石门关上，结果发现石门都隐进岩壁之中，机关启动后再也没法复原了……"

"那，我们怎么办？"

"我按漆大大传授的方法，在入口处连下了三道禁咒！在运功过程中，我已隐约听到了他们的脚步声，大概有七八个人，裹挟着一股腾腾杀气，说不定是带有枪械之类的凶器，也不知那禁咒能不能够挡住他们！"

郑雯疑惑地说："仅凭你那感觉……可靠吗？为什么我没有这样的感觉？"

李虎耐心地说："漆大大告诉我说，煞气有七种，称'形光声色味理磁'，这七煞混杂一处，就会形成一股邪恶的戾气，侵袭到空气中，向四周扩播。一个人的内功有了一定基础之后，就可以通过空中气息的微变感知到远处的煞气。你并没有什么内功基础，生理感官不敏锐，所以无知无觉。"

洞壁在前面不远朝左边转了一个弯，洞厅突然变得宽敞阔大了。洞壁四周挂满钟乳石，宛若豪华的装饰，千姿百态，富丽堂皇，在灯光映照下反射出奶油色的迷人光泽。中间坚硬平展的石板地面有上千平方的面积，如球场一般，空旷开阔。

洞厅尽头，从顶上垂挂下来的巨大石幔从中分开，形成一个颇具气派的门洞。门洞两旁的地面上，形态轻柔的乳白色石幔前，各站有一排武士。每排五人，都是身着盔甲，手执长矛，腰挎短剑，神情威武庄严。

有人发出一声惊讶的叹息。

真正的秘宫终于到了！

望着石幔后面那片神秘的黑暗，几人感受到一种从未有过的神圣肃穆的气氛，心中不由自主一阵紧张，连大气也不敢出。他们放慢脚步，缓缓走近那门洞。粗重的呼吸声彼此相闻，谁也没有开口讲话。

门洞两边有两根粗壮的石笋形成高大的门柱，笔直挺立，撑住仿佛要垂散下来、如宫闱一般轻柔的石幔，俨然一道气势非凡的宫殿之门！

殿门是敞开的，两旁有威武的士兵和他们手中冷冷的兵器，他们像是王宫中的仪仗队。

灯光映照进去，门洞内只见到一坡宽大的石级。李虎朝两边士兵望了望，对身后几人说："不要碰到他们！"

说罢，李虎从两排士兵中间穿过，径直跨进门内，朝石级登去。几人无声跟上，目光斜向两旁如雕如塑的士兵，脚步不免有几分僵硬。

台阶上面是一道向前延伸的平台，走出三十来米后，几人一齐停了下来，都睁大眼睛看着前面的景象，几乎连呼吸都忘记了。

在他们眼前几米处，凸起一座近一米高、状如莲花的圆形石台。那石台有两米左右的直径，上面有五个人团团而坐，各自面部朝外。每一个人身下都有一瓣极为形似的莲花，间隔十分匀称，都是双腿盘膝，正襟危坐。

更奇的是，在这几人的头顶上方，还悬挂着一片形状奇特的钟乳石，像是一口钟，又如一盏灯罩，大小与他们身下的莲花座正好相当。

李虎向几位同伴做个手势，蹑手蹑脚绕莲花座转了一圈。他们发现，五人都戴着漆绘的木制面具，其中一人慈眉善目，和蔼之中透出一股威严；另外四人的面具各不相同，都是獠牙长舌、狰狞恐怖的怪兽形象。

郑雯分析说："这位面善的是丞相，其余四个都是祭师。他们都是清江五姓的代表人物，是我们四人的祖先！只是，这丞相……能算是李虎的先人么？"

"他是巴王的叔父，"李虎说，"当然也是巴家的祖先了！"

樊高反应过来，卖弄聪明说："那么现在，就是'五子拜先人'的时候了？"

第五十八章·巴王秘宫

3

"是啊!"郑雯不无嘲弄地说,"清江五姓,你得先认出谁是你樊家的先人。'五子拜先人',可不能拜到别人家去了!"

樊高一听这话,脸上顿时现出迷惑的表情来。这四个戴着恶兽面具的祭师,虽然各有狰狞不同,他却无法判断出哪一位是樊家的祖先。

小樊又绕着莲台转一周,一个个仔细看了一次,仍是不得要领,回头见郑雯也歪着脑袋在认真察看,不由问道:"雯雯姐,你找到郑家的先人么?"

这时,沈立正蹲在地上,用一只戴着手套的手掌在地上轻轻拂着。他埋着头说:"这地面上似乎有刻画过的痕迹,你们也找找!"

几人学着沈立的样子,也戴上一只手套,蹲下去轻轻拂去地上的浮尘,很快就有了发现。莲花座周围一共刻有五个圆形图案,每一个图案都正对着座上一人。

郑雯欣喜地说:"我明白了!你们看,这是各个家族的族徽,与我们匣子上那隐形图案是一样的!现在,大家按图索骥,找到自家的族徽,对应的就是本家先人了!"

李虎当然不用寻找,他家的族徽就在丞相面前。其余几人各自对上号后,都站在自家族徽前,一齐望向李虎,问道:"怎么个拜法?"

李虎其实也不知道应该如何拜法!

他望着端坐在眼前这位丞相魁梧的身躯,也不知他那面具后面到底是何等模样。心想祖先在这秘宫之中枯坐两千多年了,也就是等着后代子孙前来一拜,那木制面具后面不知隐藏着一双何等期盼的眼神。大概就是这份长长的等待与牵挂,让他们支撑着自己早已枯朽的躯壳,子孙未至,千年不倒!

念及此,李虎心中感动,不由双目蕴泪,虔诚地生出一种五体投地的冲动来。

他望望面前的族徽,恭敬地说道:"各自跪在族徽上,一齐行三跪九叩之礼!"

于是，几人都屈身跪下，双膝压到自家族徽上，两手触地，十分虔诚地将额头碰到冰冷坚硬的石面上，"咚咚咚"直响。

三叩毕，各自起立，又重新跪下，再行三叩，如是而三。

第九个响头叩下，几人尚未起身，忽然感到地面一阵震动，接着从地底下传来轰轰隆隆的声响。几人在惊骇之中伸直了腰，眼睁睁看着前面那莲花台连同上面端坐着的五个人，如变戏法一般，一起陷入地下去了。

刚才莲花座的位置出现了一个圆形大坑，厚厚的尘埃如浓雾一般从坑内涌出，几人吸入肺中，一阵猛咳。他们以手掩鼻，连忙回身避开。

待尘埃落定，他们回身再看时，只见那圆形大坑不过八九十公分深度，底面平整，四壁光光，里面空空如也。

几人刚才明明看见莲花座陷落下去，此刻竟然魔法般凭空消失了，不由得瞠目结舌，一时谁也说不出话来。

还是沈立打破沉默，分析说："这下面应该是他们早就建好了的一个墓室！我们膝下那些图案，可能就是预设的机关。我们一起下拜，触动机关，莲花座落入墓室，然后从侧面滑出一块石板封住了墓口。"

几人听他说得似乎有理，不由松下一口气来，这才得暇打量周围环境。

这是一个颇为宽敞的长形洞室，前面不到十米就是最里面的洞壁了。环顾四壁，都是从洞顶如流瀑一般垂泻而下的钟乳石，紧贴着洞壁，千姿百态。在灯光映照下，呈现出深浅不一的乳白色泽，将洞室装饰得富丽堂皇。

此刻，他们四下张望，并不是为了欣赏这洞内的景观；但洞室里除了刚刚陷落地下的莲花座，别无长物，并没发现他们要寻找的目标。

郑雯说："'五子拜先人，白虎启殿门'，应该还有一道殿门的！"

李虎注意到前面的洞壁：在整壁如瀑如幔的钟乳石间，隐隐有一块圆形洞壁色泽有异，比周围钟乳石的颜色似乎更加白一些，乍一望去，仿佛有一团淡淡的灯光映在上面。

李虎走上前去，估计那片圆形的壁面约有两米的直径，仔细瞧去，发现白色壁面的质地也与周围钟乳石不同。用手敲敲，发出空空的声音。李虎心中起疑，退后一步，伸出手掌向壁面用力击去，白色壁面发出碎裂的声响，跟着便轰然剥落一块下来。

李虎猝不及防被吓了一跳。

他从地上捡起一块碎片，不想还带起了另一块稍小的碎片，吊在下面一甩一甩的。他发现两块碎片之间的裂口处，有一些细细的纤维相互连接着。

碎片有近十公分厚，感觉并不沉重。

另外几人闻声，一起凑了过来。郑雯拿过李虎手中碎片一瞧，说："这是石膏！"

再看洞壁，石膏剥落处果然露出光滑的石墙来。

郑雯说："这里，应该就是真正的殿门了！只是，这外面为什么要敷上一层石膏呢？"

"不去管它！"李虎说，"我们先砸开这层伪装再说！"

沈立取出猎刀猎斧，两人"嘭嘭嘭嘭"一阵敲砸，很快就将那层石膏锤落干净，露出一片光滑整齐的圆形石壁来。

李虎发现石壁上还有一块石膏晃晃悠悠地被什么牵引着，正要伸手去取，忽然脚下一个踉跄，仿佛被人无形之中推了一把。

他心中一惊，脸色大变，急促地说道："赶快把灯灭了，不要作声！"

4

几人立即灭掉灯光，整个洞室一下陷入无边的黑暗之中。

郑雯悄声问："怎么回事？是他们来了？！"

"是的！"李虎一边在洞壁前摸索着，一边低声说，"他们冲破了我设下的三道禁咒，秘宫现在已是洞门大开、毫无阻挡。他们很快就到了！……沈立！"

"在！"

"你看着外面，负责防卫，我来开启殿门！"

"是！"

沈立知道，这洞内毫无遮拦，如果对方真有远攻的武器，他们就只有挨打之分，绝无还手之术了。眼下唯一的希望，就是李虎尽快打开殿门，或有转机。他让几人紧挨着那块圆形石壁，蹲伏在壁根下，自己则稍稍向前，密切注视着外面的动静。

李虎凝神屏息，画符念咒，眼前石壁渐渐显现出绿莹莹的淡淡影像。他轻轻将悬在石壁上的那块石膏碎片扯落，发现那石膏片的纤维是粘在一个十字形的木架上；木架又是镶嵌在石壁上的，已经炭化成粉末，手指一抠，纷纷掉落。

清理完炭化的木架，石壁上赫然现出又一个"卍"字符来。李虎用手指一探，找到了一个圆洞。而且只有一个圆洞，位于"卍"字符正中的十字交叉处。李虎小心拿出自己那具白色石虎，头前尾后向洞里插去。

很顺利就插进去了。没至虎尾时，听到"叭"的一声轻响，虎形器被什么东西卡住了。接着，石壁发出轰隆一声闷响，地面跟着一震，石壁上残留的石膏碎屑纷纷抖落下来。然后，便再没动静了。

李虎隐隐听到轻微的脚步声，回头朝后面望了一眼，黑暗之中什么也没有。

但石壁一直不动，卡在里面的石虎也没有弹出来。李虎心中着急，运起神力朝石壁推去，感觉直如蚍蜉撼树，石壁纹丝未动。

远处传来一声轻响。

似乎是有人不小心踢动了一块小石子，清脆脆的声音在浓黑无际的空旷洞厅里久久回响着，敲击在隐藏者脆弱的心坎上，直令几人毛骨悚然。

李虎被那响声惊得再一次回头，仍是什么也没看见。但他知道，敌人正在逼近！

对方没有开灯，说明他们也同样具有夜视的本领？他们能够破开自己倾力设下的三道禁咒，其功力已是远在自己之上，非同小可！

他突然想到了那位姓谢的神秘老头，心中又是悚然一惊！

如果那老头出现在这里，那七星老人又到哪里去了？！李虎还是在刚刚走出云龙地缝时曾与七星老人有过联络，自那以后就再没他老人家的音讯了。他知道，七星老人曾与姓谢的有过一场生死较量，难道他……

这些念头，都只在李虎心中一闪而过。听那石子碰撞的声音，尚在远处，但也不过几分钟的距离，转眼间就到了。眼下，他已无暇顾及其他，必须尽快打开眼前这道门。

第五十八章·巴王秘宫

这时，李虎发现，在石壁的左面，赫然出现了一只手印。难道是自己刚才用力推动时留下的？不！自己不会有这样的功力。再说，自己刚才出手的位置也不同。

他伸出左手，朝那手印摸去，几乎就要相信那是自己刚才留下的了。他那左手放进手印中，严丝合缝，就连多出来的那根六指，也舒舒适适地躺进了相应的位置。

李虎心中灵光一闪，再无疑虑，立即运起神力向里推去。

石壁动了！

李虎听到"轰轰"的轻响，石壁缓缓向后退去。他感到阻力越来越小，甚至无须用力，石壁即自行朝里面缓缓滑去。

李虎长长舒出一口气来，回头向几位同伴轻声唤道："你们快过来！"

几人正在紧张之中，闻声立即朝李虎那边摸索过去。刚刚躬身迈出两步，几人突然看见黑暗之中透出一丝淡淡的光亮来。

那是从石壁后面泄漏出来的。

那光线尽管灰蒙蒙的很轻很淡，似有似无，却在厚重的黑暗之中撕开了一道浅浅的裂缝，就像一碗浓墨之中落入一滴清水，化开了一团黑暗。

这时，李虎吃惊地发现，在圆形石壁的右边也有淡淡的光华泻出。

很快他就明白过来，这是一道近两米厚的旋转石门。石门沿中轴旋转，一方在进，另一方在出，两边同时露出了一个月牙形的缝隙。

但这后面的光亮从何而来？难道是外面泄漏进来的天光？从这里即可走出地穴？

石门旋转越来越快，两边露出的缝隙也越来越宽。转至九十度时，已露出一个圆圆的门洞，淡淡的光华如水银铺泻，流进洞内一大片。

李虎无暇多想，他知道，这点微弱的光线，已将他们暴露无遗，敌人转瞬即会到来！他无暇多想，眼看着同伴们一个个钻进了门内，他才稍稍松下一口气来。

石门还在继续旋转，张开的缝隙又很快变小了。

这时，忽然洞室外面传来一声低沉的吼叫。那声音显得惊怒交集，而且极其压抑，似是怕人听到。接着，一阵杂乱的"呛嘟嘟"之声清晰地传了过来。李虎心中一惊，隐隐听到有人快步登上石阶的声音。前面是一个人在跑，后面则传来更多杂乱的脚步声。

敌人已经进入了这个洞室,正向这边跑来!

留在后面的沈立显然也听到了这些声音,他见情况紧急,将李虎朝右边一推,急促地说:"你走那边!赶快进去!"

眼看石门就要合拢,李虎一闪身从右边缝隙中钻了进去。

就在李虎一闪身的那一瞬间,他隐隐听到两声金属撞击的轻响,同时感到背心剧烈一震,被一股骤然而至的强力推倒在地。

5

李虎扑倒在地的时候,眼睛余光瞧见沈立也是一个漂亮的翻滚闪了进来。

李虎从地上一跃而起,忽听沈立叫道:"怎么样李虎?你受伤没有?"

"啊?"

李虎不知沈立何以有此一问,此时他心中只有一个念头,便是要赶快堵住石门,不让对方再次打开。但郑雯一声惊叫让他把头扭向了旁边,他看见沈立正用右手握住自己的左臂,血从他手指间渗了出来。

李虎一瞥之下,见沈立只是手臂受伤,其余三人都好好的。他来不及去看沈立伤势,迅速闪到了石门边。李虎估计此时敌人已经奔到了石门外面,但石门已经严严实实地合上了。刚才,石门快速旋转一百八十度,然后轰的一声合拢,又严丝合缝地嵌入洞壁之中,与洞壁浑然一体,再也不动了。

李虎试着推了推,石门便如生铁浇铸一般,已经与石壁生在一起。此刻,石门经过一百八十度的旋转,已经里外掉换翻过面来。插在"卍"字符中心的那具白色石虎,不知什么时候已经弹出,有半截悬在外面。

李虎不及取出石虎,连忙回身察看沈立伤势。只见郑雯、小樊和向前进一起围着他,沈立已经割开袖管,正让郑雯给他敷上小樊瓷瓶中那绿色药膏。

李虎急切地问道:"伤得重吗?是怎么回事?"

沈立说:"被子弹拉开一道小口子,没事!快看看你身上有没有受伤,

第五十八章·巴王秘宫

刚才开了两枪的！"

李虎闻言一惊："是枪？！"

李虎这才感到背心犹在隐隐作痛，扭扭身子，感觉并没受伤，又见沈立并未伤着骨头，左臂尚能伸屈自如，略微放心。他说："这门已经关牢，暂时不用担心了！"

说罢，这才回身去取下石虎。就在他转过身去的时候，小樊忽然发现他那背包上穿开一个小洞。沈立一瞧那洞口周边的焦痕，便知那是被子弹洞穿的。

但李虎却说："还真的没有伤到我！当时，只是感到背心剧烈一震，接着就是一股大力涌来，将我推倒在地了。"

几人替李虎取下背包，检视里面物品，每一样都是完好无损；最后从包底捡出一粒弹头，尚带有余温。

沈立举着那弹头，认真看了看，说："这种子弹威力巨大，不知你那背包中，是什么宝贝救了你的性命！你被击中而没有受伤，这真是奇迹了！"

这时，郑雯找到了答案。她手中拿着一个曲里拐弯的黑色铁架，十分感慨地说："真是祖先神保佑！就是这个，是'天门之钥'救了他！你们看，这上面还有一点浅浅的印痕，应该就是子弹留下的。"

沈立拿过去仔细看看，又放到鼻下闻闻，点头说："不错！这正是被子弹熏炙出的痕迹，还有一股淡淡的硝烟味。"

说着，沈立用手指轻轻一抹，那印迹立刻便消失无痕了。他在手中掂了掂，摇摇头说："真不知道这是用什么材料铸成的，比钢还要坚硬！如此威力的枪弹，竟然令它丝毫无损！"

"好了！"李虎一边收拾着背包，一边说，"我们暂时摆脱敌人，已经进入了最后的秘宫，也该好好看看了！"

小樊说："你们看这顶上！"

其实，几人刚一进来，就发现了穹顶上的秘密，那正是先前那光线的来源，只是一直还没时间来认真探究。

李虎刚刚背好包，忽然"轰"的一声巨响，刚刚关上的石门猛的一震，"刷刷"洒落一些碎粒。李虎明显感到地面微微一抖，还没反应过来，接着又是传来响声。

几人一下子僵住了。李虎侧耳细听，皱眉道："外面这伙人在干什么？"

郑雯说："他们不会是想把这道门炸开吧？"

"不！"沈立摇头说，"这不是爆炸的声音，倒像炮击声！"

几人更是听得一惊："什么？！"

沈立说："我估计，大概是一发威力很大的枪榴弹打在石门上。但如此坚厚的石门，顶多只会崩落一点石屑。后面接着又响起的，可能是石壁上的钟乳石被震落到地上砸出来的声音！"

李虎担忧地看了看石门，再一次用力试了试，略微放心地说："这石门约有一米五的厚度，十分坚固！无论他们用什么办法，在短时间内是别想打开的！"

小樊说："其实，他们不用硬闯，只需在门外守着！到时候我们怎么出去？"

这正是每个人心中暗自担忧的事情，只是小樊把它说了出来。

李虎抬头向上望望，镇静地说："现在不要去考虑这件事情！看看我们还有些什么该做的吧。雯雯、小樊都把灯灭了！"

刚才为沈立裹伤，郑雯和小樊都打开了自己的头灯，明晃晃的灯光衬得四周一片暗淡。此时关掉灯光，整个洞室先是朦朦胧胧的，等他们视力渐渐适应，室内景物显现出来，一切都变得清清楚楚。

几人置身其中，如临仙境，都不由自主地发出一声轻叹来。

6

这是一个椭圆形洞室，四周洞壁全被造型奇妙的钟乳石包裹着，连天垂地，层层叠叠，如旗如幔，在洞顶洒下的光亮中发出浅浅的绿玉般的光泽，宛若重重宫闱，静静地释放出一种神秘而高贵的气氛，让人一见之下，顿生敬畏。

洞顶呈穹隆状，上面弯弯曲曲、毫无规则地镶嵌着一排莹白色的圆珠，每一粒都有鸡蛋般大小。数一数，正好七颗。

室内如水一般的莹莹清辉，便是由这些珠子散发出来的。

"夜明珠？"

小樊发出这怯怯的声音，连自己也听出是在微微颤抖着。

郑雯叹息说："能在如此幽深的地穴之中发出光芒来的，除了夜明珠，还会有什么？茫茫宇宙，无奇不有，神秘的夜明珠从来只听过传说，今天总算是见到了！"

小樊说："是人为装上去的，还是原本就生长在这里？"

"绝对不会是这里长出来的！"李虎仰头踱着步子，从不同角度看着那些夜明珠，分析说，"开始我还以为是按北斗七星布局，细看这些珠子排列的格局，却又不像！但这显然也不是随意安放的，其中似乎寓含着某种深意。雯雯你看，它会不会是对应了天上的某些星宿？"

郑雯也从不同方位认真观察一番，然后恍然大悟道："不错！看这排列格局，正是古代星官四象中的白虎星官，是二十八宿中的西方七宿，七颗夜明珠正好对应了奎、娄、胃、昴、毕、觜、参七宿的位置。你们仔细看这形状，如果用线条连接起来，就显得有头有尾，而且四足怒张，多像一只神态威武的猛虎啊！在古代，白虎也代表战神、杀伐之神，每次军队出征，巫师都要祭请白虎星官以壮大军威。而廪君死后化作白虎，又成为所有巴人共同尊崇的祖先。所以，在巴人图语中，出现了大量的虎形符号，这已经成了现代人解读巴人文化的核心密码！"

小樊说："那在这里安上白虎星官，到底有何用意？"

郑雯说："这个洞室肯定就是巴王和王后的寝宫了！将白虎星官放在这里，大概是表示与祖先同在，同时也为了避邪禳灾，保佑他们平安升天。"

他们前面是一个两米多高的台子，有一坡弧形梯道相通，一共七级。他们缓缓爬完梯道，登上平台，看见在靠近椭圆形洞室另一头平整的地面上，端正摆放着两具巨大的黄褐色物体。那一定就是郑雯译文中所说的楠木棺椁了！

几人屏息静气，缓步走上前去。

走到近前细看，果然是两具颇有气势的棺椁！那是被从中剖开然后又合在一起的两截巨大的原木，端头截面平整细腻，年轮纹理清晰可见。截面呈赭黄色，一圈圈年轮中隐隐闪出一丝丝金色光亮。棺椁下面，还垫着厚厚的枕木。李虎一米八的个子，站到跟前，竟要仰头才能看到顶端。

两具棺椁整齐并列着，相距不到一米，左边那具略小些，显然是由同一棵巨树做成的。李虎立在那里，忽觉心中一阵战栗，不由自主跪了下去。

后面几人也默默地跟着跪了下去，伏下身去，一起行了三跪九叩的大礼。

他们绕着棺椁走向后面，发现棺椁长度要超过十米。树身直而无节，纹理顺畅，上面薄薄一层树皮犹在，虽然偶有崩裂剥落处，整体尚属完好。无论色泽纹理，就像刚刚伐下不久的原木，带着一股清新的气息，没有丝毫修饰，也不见任何机关。

郑雯小心地用手在上面轻抚着，叹息说："真正的金丝楠木，果然是坚硬耐腐！两千多年过去了，仍是水不能浸，蚁不能穴。"

除了下面铺着的枕木，棺椁两旁都是平整光滑的石板地面，别无他物。两具巨大的棺木静静卧在空旷室内清淡的光辉之下，显得神秘诡异。

几人不禁心犯疑虑：难道，这就是巴王的陵寝？堂堂的一国之墓？

在棺椁后面，接近洞室顶端的地方，他们发现了一些奇怪的布置。

有三个木架围成一个方屏，朝棺椁一方是敞开的。木架上悬挂着一排东西，还没走拢，郑雯就失声惊呼："那是编钟！"

走近细看，果然没错！为青铜质地，桥形钮，钟体两端弧形内收，鼓腹，钟面有四组堆贴的鼓丁纹。编钟一共十六枚，在木架上从大而小等次排列。

郑雯说："我国西南地区发现的第一套完整的错金青铜编钟，是从涪陵小田溪战国巴人墓群出土的，只有十四枚。这里要多出两枚，显然级别更高，应是王室专用的了！"

这青铜编钟为国之瑰宝，自出土以来曾广为宣传。在场几人以前即便没有见到过实物，也都从照片上看到过，此时在巴王墓室见到，并不特别稀奇。倒是在三个木架间，耸立着一件高大的东西，让他们大为奇怪。

那是一根碗口粗细的圆形长棒，隐隐闪烁着青铜的光泽。长棒垂直竖立着，据沈立目测，其高度超过了五米。下端有脚，交结盘错成喇叭状，稳稳地立在地上。两米以下是笔直的，自两米以上开始左右拐弯，变为一条有规则的曲线。在每一个拐弯处，都横向伸出一截尖尖的刀状小枝；到顶端分出三个曲形枝丫，上面有一些大小不一的装饰物。

那些枝丫上的装饰，他们要用望远镜才能看清。小的是一束束垂在枝下的针状树叶，其间挂有一些形如土豆的果实。枝头上立着两个人像，一个魁梧高大，一个苗条娇小，像是一男一女，各占一枝。第三个枝头，则立着一只造型简洁、拖着长长尾翼的鸟儿。

郑雯激动地说："天哪！难道这就是传说中的'建木天梯'？"

7

李虎摇头说："不像！我曾见到过三星堆出土的青铜神树，可谓枝繁叶茂，装饰繁复典雅，造型美观大方，与这大不一样！据专家们的解说，那就是古人用于沟通天地人神的'建木天梯'。而眼前这，看上去就是一根由几截组合而成的青铜棒。如果要说是一根树的话，上面一段短枝横斜，尖薄如刀，倒与土家族的刀树有些相像！"

郑雯伸出手指，一一点数着上面的刀枝，又躬下身去数了数立在地上盘曲的根系，然后立起身来，肯定地说："没错，这就是《山海经》记载的'建木天梯'，我记得，原文是这样说的：'有木，青叶紫茎，玄华黄实，名曰建木，百仞无枝，上有九欘，下有九枸，其实如麻，其叶如芒，大暤爰过，黄帝所为。'又说：'建木在都广，众帝所自上下，日中无景呼而无响，盖天地之中也。'早期的巴人，总是把他们的发源之地视为'天地之中'，大概就在'众帝所自上下'的登葆山。你们看，'百仞无枝'就是指下面这段笔直光秃的树干；'上有九欘'是指上面弯曲的地方，正好拐了九道弯；'下有九枸'说的是底下这九道盘错的树根。还有，你们看，'其实如麻，其叶如芒'，都与这个相吻合。至于你说土家族的刀树，其渊源恐怕就是这里了。"

小樊早已取出数码相机，拍了前面的棺椁，又变换不同角度拍着这棵"天梯"。他说："枝头上那两人，应该就是代表巴王和王后了吧？"

郑雯点头道："如果那人像是后来加上的，那也有可能！"

小樊又说："为什么还要加上一只鸟儿？"

"这个……"郑雯思索着说,"寓意可能就更加深远了。迄今为止,人们发现的有关巴人历史最早的记载,也是在《山海经》中。其中《海内经》说:'西南有巴国。太皞生咸鸟,咸鸟生乘厘,乘厘生后照,后照是始为巴人。'又说:'有盐长之国。有人焉鸟首,名曰鸟氏。'这里所说的'咸鸟''鸟氏',指的就是巴人。在三峡地区,北有巫水,就是现在的大宁河;南有夷水,即现在的清江,都是盐泉丰富的区域。前面所说的'盐长之国'指的就是这一带,正是巴人生活的地方。所以,这只神鸟,应算是巴人最原始的祖先了。后代巴人死后的灵魂,大概就是在这神鸟的引导下,登上神树进入天国的!"

李虎用指头在一枚编钟上轻轻一弹,立即发出"嗡"的一声轻响,空灵清越,不绝如缕。他说:"这些编钟,难道是……用音乐为上天的灵魂送行?"

郑雯用手往李虎弹过的那只编钟一抚,响声立绝。

她点头说:"你说对了!在西周时期,青铜编钟一直是历代王朝的礼乐重器,甚至一些钟鸣鼎食的诸侯大夫都遵照严格的等级规定竞相效仿。这是一种雅乐正声,不但自娱,也可悦神,正是沟通人神的一种媒介,所有重大的祭祀场合都少不了的。很显然,编钟放在这里,不只是简单的陪葬物。安排者的用意,一定是希望巴王与王后的灵魂能够乘着这悠扬的天籁之声,飞升到天堂的极乐世界去。"

这时候,还在拍照的小樊在后面洞壁上发现了两幅画。

就在"建木天梯"后面几米处,有一面整齐光滑的崖壁,壁上排列着两幅画。几人纷纷打开头灯,朝壁上照去。

左边一幅,是两个造型夸张的人像,都是光着身子,双手向上张开。掌面阔大厚实,手臂粗壮,仰起的脑袋和挺立的身子反而比较细小。就像两株才钻出泥土的、刚刚吐瓣发芽的幼苗。在两人头顶上方,悬着一个硕大的圆球,光焰闪烁,映照四方。在圆球中间,有一个让他们非常熟悉的符号,与李虎那"天门之钥"一模一样,既像是一个"巫"字符,又如一团旋转的火焰。

他们一时看不透这画面的寓意,却分明感受到某种神秘力量带来的震撼!

小樊指着画面一角说:"你们看,这角上,像是两个图语符号,雯雯姐看是什么意思?"

郑雯沉默半晌,摇头说:"这两符号我还是第一次见到,释读不了!看这画面,倒像是一种太阳崇拜仪式。这在有关巴人宗教图腾的记载中,好像也没有见过。"

再看右边第二幅画。画面上是两人并排俯身张臂，衣袂飘飘，呈飞翔状。虽然线条简单，但那一男一女面貌清晰，几人一看就明白，画的正是巴王和王后。那位年仅十七即随王子雪夜私奔的木青姑娘，在巴王逝去后，强忍悲痛、果敢决断地安排了王室的善后事宜，为虎族一脉留下了繁衍的种子，最后为巴王殉葬而死。此时的王后却如天仙一般，面容恬静姣好，正与巴王联袂双飞，在广袤无垠的太空间自由翱翔。

在这两人的周围，是用简洁曲线勾描出的流动云纹，形成一片天人合一的仙山气海，其间有祥鸟瑞兽奔驰相伴。

画面下端一角，也有两个并不显眼的字符，被李虎发现，指给郑雯瞧。

郑雯一见到那两个符号，立时露出惊异的表情。她说："这两符号我见过！第一次是父亲写出来给我看的，他解不出来，我更是如读天书。后来，我又在不少出土文物上见到过这两个符号，如连体兄弟一般，总是神秘地出现在一起。有几次我曾以为解读出来了，后来仔细一想又感觉不对。所以，这一直就是我心中一个未解的秘密，没想到居然在这里见到了！你们不要说话，让我好好想想。"

小樊正用他那镜头在寻着新的目标，沈立也兴趣盎然地走到另一边看去了。只有向前进陪着李虎，还静静地望着壁画，痴痴地不肯转眼。

郑雯那两道好看的柳眉时皱时舒，沉思良久，才缓缓说道："也许，这次我的解读是正确的，是这画面给了我灵感！因为有了这画面，仅仅两个简单的符号，就表达出一种宏阔境界，让人心中不由自主充溢着一股肃穆之情！"

李虎连忙问道："那是什么意思？"

"意译出来就是：宇宙中的微尘！"

李虎听了郑雯这话，心头微微一动，伸手熄掉了头灯，再望着壁上那些朦胧起伏的线条，感觉那整个画面似乎一下子活动起来，洋溢出勃勃生气，生动饱满。李虎但觉心中怦然一动，仿佛某道隐秘尘封的黑暗之门被打开了，有明光灿然，喷薄而出。似有仙乐吹奏，感动心身，回肠荡气，让他久久说不出话来。

郑雯见他如痴如醉的样子，用手轻轻碰了碰他胳膊。李虎似乎浑然不觉，嘴里叽里咕噜念叨着什么。郑雯一时没听清楚，看他那副神志迷失的样子，以为他是中了邪，不由吓了一跳，连忙拍拍他面颊，提高声音说："你是怎么了？"

8

"啊？！"

李虎如梦初醒，回头看着郑雯，轻声说："我认为你对那两符号的解读是正确的！刚才听了你的话，再看这壁画，我陡然觉得眼前一亮，一下想起了巴王临终前说过的那句话来，心中所有疑虑都烟消云散！"

"巴王临终前的话？"

"随风而至，随风而逝！"

郑雯点头说："记载上说，那是在两千多年前就已经失传了的一句巴族古语。"

"随风而至，随风而逝！"李虎吟咏道，"再看这画，还有这两符号，'宇宙的微尘'，让人顿觉通透明朗。以前，我一直认为，巴人用柳叶剑和碧血书写他们的历史，杀伐征战，是一个勇猛威武的血性民族。现在才明白，他们同时也是一个旷达大度的浪漫民族！他们既是勇敢的征服者，也是深刻的哲学家！不但能够征服山水，征服异族，也能征服自己的心灵。他们建立起独霸一方、称雄千年的泱泱大国，却并没有因此就自命不凡，迷失心智！相反，面对神奇浩渺的大自然，他们始终保持着敬天畏神的谦卑之心。'宇宙的微尘'——他们对人与自然的关系理解得十分透彻！他们可以失去国土，也可以失去生命，但永远不会失去他们的精神！这也正是两千多年前巴国神秘消失之后，虎族一脉却能延续至今的根本原因吧！"

郑雯听完这一席话，真有醍醐灌顶、豁然开朗之感，此前工作中所遇种种疑难问题，均可由此寻到答案，不由向李虎投去既是钦佩又是爱慕的眼神。

小樊恰好在一旁收拾好相机，见此情形，咂舌说："我的乖乖！原来虎

第五十八章·巴王秘宫

子哥还是一位雄辩滔滔的浪漫诗人，什么时候也给我们雯雯姐专写一首'君子好逑'？"

郑雯面色一端，嗔怪说："在这地方，当着祖先的面，请放严肃些！"

小樊面色一红，再也不言声了。

这时，沈立过来说："其他地方什么也没有了，所有墓葬品全都在这里了。"

一直无语的向前进开口道："不是还有……传说中的黄金权杖么？"

几人听了，都面面相觑。这些天来，他们虽然没有谈论此事，但在暗中都对传说中魔力无边的黄金权杖充满期待和好奇，可自进洞以来，竟然一时给忘了。

李虎环顾四周，沉思说："是的，在木青王后的记载里，也曾几次提到过权杖。不过，对于我们来说，有无黄金权杖并不重要！我想，即使有，大概也在巴王手中握着吧，应该是放在棺椁里了。"

郑雯望望那两具巨大的棺椁，迟疑着对李虎说："现在……我们怎么办？"

李虎看了看表，已经是17号的早晨六点了。他转身询问沈立："你去四周看过，有没有发现通往其他地方的出口？"

沈立摇摇头，没有说话。

李虎说："先休息会儿吧，吃点东西。我去前面看看！"

沈立说："我去看过的，那门没问题，仍然挺坚固的！但我们眼下也没法出去。那些劫匪，他们既然已经进来，绝对不会轻易离开的。虽然打不开门，但他们手中提着枪，稳稳地堵在外面，就看我们能够坚持多久了！"

这一说，几人一时都没了主意，心情郁闷地呆立在地。

李虎想了想，自言自语说道："先祖给我们的使命，并不是让我们进来陪葬的！我们不能在这里坐以待毙，得趁早想办法出去！现在我们手头……最好的武器是什么？"

沈立说："猎刀、猎斧！"

"带上！"李虎回头对其余几人说，"你们就在这好好待着，我和沈立再去看看那门！如果出现什么情况，你们要尽力自保！"

说罢，李虎也不待几人表态，就和沈立一道走下石级，来到先前那翻转过来的石门边。李虎先将耳朵贴在石门上，凝神细听了一会儿，外面静悄悄的，没有丝毫动静。他仔细察看了周边细微的缝隙，又摸摸中间的"卍"字符，然后将手放进左边的手印里，运足力气推了推，那石门纹丝未动。

李虎从包里拿出自己那具石虎，对沈立说："我再把石虎放进去试试，如果听到'咔'的一声，石虎被咬住了，说明这门还能打开。我们俩就守在门边，对方听到动静会试着开门的，而且他们也有这实力。一旦对方打开这门，我们就放两个人进来，杀了他们，夺取武器，然后伺机消灭外面的敌人，杀出重围！"

沈立听他说得如此冷静，不由暗自佩服，问道："你会使枪么？"

"你教我！"

"你敢杀人？"

"他们不是人，只是一群贪婪的畜牲！"

然而，当李虎将石虎放进"卍"字符中间那圆洞，一直没尽虎尾，却没有出现丝毫动静，石虎放在里面松松的。试了几次都这样。

李虎摇摇头，望着沈立说："这门翻转过来以后，机关就被锁死了，再也打不开了。这是一道只能开启一次的门！"

沈立说："看来，这是早就设计好了的！但这洞内再无其他出路，难道……这里，真是我们几人的最后归宿？"

9

"不会的！"李虎自信地摇摇头说，"命运绝对不会如此安排！你想想，我们都是祖先们在两千多年前就安排好了的血缘子孙，是千挑万选出来的代表。表面上，是让我们来朝觐先人，实际是要告诉我们真相，并让我们把这秘藏了两千多年的真相带给更多的巴人后裔！既然让我们进来，就一定是安排了出去的路径的！"

"那我俩再分头找找！"

"嗯……既是这样，那就先休息会儿吧！也不必忙在一时，既来之则安之嘛。"

第五十八章·巴王秘宫

两人不动声色，一起回到几位同伴间，对几人好奇的询问也含糊其词，不正面回答。李虎取下背包，拿出睡垫往地上一铺，便坐了上去。他从包里拿出干粮和水壶，摆出一副就餐的架势，笑着对几人说："还愣着干啥？我们历尽千辛万苦找来这里，总不至于草草看上一眼就转身走人吧！坐下来，在这地腹秘宫之中，好好享受一顿美餐，再好好陪陪两位先人。这地方，可是让人们搜寻了两千多年的巴国最后一代王朝！"

几人见他们两人态度沉着，李虎又语调轻松，心情便平静许多，也铺好睡袋，取出干粮，纷纷吃起来。

几人中，向前进最是胆小，但有过多次绝处逢生的经历后，也学会处变不惊了。他一面吃着干粮，一面环顾四周说："作为一代王朝，我看这秘宫还是简陋了点！"

"简而不陋！"小樊说，"你看这夜明珠，这编钟，这神树，哪一样不是无价之宝？既珍贵显赫，又毫无奢靡之气，正是煌煌的王者气象！"

向前进说："那这棺木，我们要不要打开看看？"

小樊总是不放过反驳他的机会。他说："打开？如此巨大的金丝楠木，起码也在十吨以上，这里又没起重机，你手无缚鸡之力，用什么把它打开？"

向前进指指李虎说："这里不是有一位连巨石也能掀动的大力士？"

小樊道："光凭力气就行么？你又焉知这里面没有机关暗锁之类？"

向前进差点被一口饼干咽着，翻翻白眼，知道斗嘴皮子远不是小樊对手，转向郑雯说："雯雯姐是考古专家，你说要用什么方法才能打开嘛！"

郑雯见这小哥俩斗得有趣，笑着说："要是在其他地方，我恐怕早就忍不住要求打开来看看了！但这是在巴王秘宫，得由李虎说了算！"

"呵呵，"小樊用手指朝向前进点点，取笑说，"你可够狡猾的！不敢直接向李虎说这事，偏来挑唆雯雯姐，你就算定她这钥匙能打开他那锁？"

郑雯尚无反应，倒是向前进先红了脸。他辩解说："我哪有这个意思！不过随便说说而已。偏偏被你说得如此复杂，那就听听李虎哥的意见嘛！"

几人一起把目光投向李虎。

却见李虎正闭目打坐，入定一般，一脸祥和宁静，光洁饱满的额头上竟洋溢出熠熠光辉。郑雯几人望去，心中诧异，一时都说不出话来。

但李虎却已将几人的话听得清清楚楚，他感觉到他们投向自己的目光。

不动声色，缓缓睁开眼睛，平静地说："要不要打开，这需要我们每一个人自己拿主意！想想我们是谁？我们此行的任务是什么？"

李虎环视着几人，见没什么反应，又继续说道："来到这里，看到眼前这一切，我相信你们都有和我同样的感受——既觉得古老遥远，又感到亲切温馨。因为我们是巴人后裔，虎族子孙！是当年葬身洞内的这些祖先们以及那些在冰天雪地中千辛万苦藏进齐岳山莽莽丛林的先人们，在极其严酷的环境中，费尽周折才得以传承下来虎族五姓的正统血脉！这个隐藏得如此深远的洞穴，正是让我们的心脏得以跳动的力量源泉！我们此行的目的，是要探寻两千多年前巴人失踪的奥秘，找到这些先人们最后的归宿。我们历尽艰辛来到这洞里，是在寻根拜祖！"

几人听李虎长篇大论说出这番话来，一时不明白他到底是何用意，却见他已是虎目蕴泪，都十分诧异地看着他。

李虎稍稍停了停，换上一副庄严的表情，又说："如果说，我们进洞以来的一系列动作打扰了祖先们灵魂的安宁，那也是为了完成他们当年赋予的这项秘密使命，可以说在情在理！现在，我们的目的已经达到。先祖们精心安排要让我们得到的东西，实际上都已经交给我们了，已经通过我们的眼睛藏进了我们的心里！所以，我们必须克制自己的好奇心，对这里的一草一木都要善加珍视，切勿妄动！说实话，外面这群贪婪的强盗，就是因我们的不小心而引来的！他们手执凶器，如果进入里面横冲直撞，肆意毁坏，对列位祖宗造成极大的侵扰，那都是我们的罪过啊！"

李虎这一席话，可谓情真意切，让刚刚在讨论要不要打开棺椁的郑雯、小樊和向前进听了都面红耳赤，作声不得。

李虎与一旁不动声色的沈立互相望望，说："既然眼下无事可做，大家就安心睡觉吧！一旦有事，要能随时出动！"

沈立让李虎先睡，自己值哨，李虎摇头说："在这里，就不用值哨了！即便劫匪能够破门而入，我们也只能守护在这里与之周旋到底，决不能弃祖先于不顾！你臂上有伤，躺下休息吧，我打坐就行！"

第五十九章　殉葬

1

9月16日的傍晚，黑鹰二号一行循着李虎几人的足迹，朝秘洞深处探去。

他们原本六人，加上三号那位死里逃生的弟子以及临行前在洞口不期而至的"大师"，一共八人，全副武装，鱼贯而行。

"大师"的突然出现，反倒让原本并不紧张的他们变得战战兢兢了。

李虎他们为避免返程迷路，一路在转弯抹角的地方都放有荧光棒，这无疑成了黑鹰一行现成的路标。而"大师"能从洞内空气中嗅到李虎几人沿途留下的气味，更是让他们追踪得十分顺利。

仅用十个小时，他们就完成了李虎一行十三多个小时走的路程。

回廊猛虎，大厅神龟，曾稍稍迟缓了他们的步伐。老奸巨猾的向万成不为所动，一眼就看出那不过是巧借自然，形同虚设，因而带他们长驱直入，直奔大厅。

刚刚转过一堵如屏风般横亘着的石壁，走在前面的黑鹰二号忽然感受到一股巨大无形的力量凭空而至，压得他几乎透不过气来。

当时，黑鹰二号只觉脑子缺氧，一片空白。还没等他回过神来，又是一股强劲的风卷地而起，洞厅内一时风声呼啸，尘土飞扬。但见影影绰绰中，似有千军万马横刀直枪向眼前杀奔过来。

只听"咚咚咚咚"，一行八人噼里叭啦倒下了一半。随行的四名弟子因定力不够，已昏厥在地。

向万成身披的黑色大氅被罡风鼓荡而起，猎猎作响。他发出一声虎吼，双掌齐出，先以巨大神力将大风逼到一边，然后作法诵咒，渐渐消弭了这场飞来的横祸。

一切恢复平静后，只见眼前一片狼藉。

向万成又看看几个昏倒在地的小弟子，伸手在他们脸上轻轻一抚，一个个悠悠醒来，傻乎乎地东张西望，还在莫名其妙。

向万成拍拍手，冷笑说："哼哼！两千年阴魂不散，又奈我何哉！"

黑鹰二号从地上捡起一截折断的青铜矛，递给向万成说："大师，您看这个……"

向万成连瞧也不瞧，便随手丢到地上，不屑地说："破铜烂铁，不去管它！"

说罢，他发现了地面上那个方方正正的浅坑，蹲下仔细瞧了瞧那刚刚显露出来的新痕，又见到十多米外石壁上的那个洞口，点头说："这是一道机关，与前面这洞口应该是相连的。刚被他们打开，才进去不久。"

向万成话刚说完，已走到洞口的黑鹰二号忽然在空中一个后滚翻，神情狼狈地落到向万成身前。向万成伸手扶住他，眉头一皱，"嗯？！"然后恨恨说道，"小杂种！"

旁边九号问道："怎么回事？"

黑鹰二号说："我正要进洞口探查，忽然从里面涌出一股大力，让我猝不及防。"

向万成不以为然地说："肯定是李虎这小儿，他居然在洞里下了禁咒，想要阻挡我们进去。哼哼！真是自不量力！你们不要动，待我解开。"

向万成缓缓朝前迈了几步，嘴里念念有词，两手随意挥出，忽然身子猛的一晃，不由惊诧地"咦"了一声，呆立不动了。

良久，方见他面色凝重地坐到地上，盘起双腿，两手捏诀，闭目作起法来。几位弟子以及弟子的弟子，从未见到"大师"与人斗法的情形，此时站在他身后，不由都睁大了眼睛瞧着。几位黑鹰粗通巫术，虽因功力不到没有学会禁咒之术，却也听到"大师"说起过，心想这李虎只不过刚入门道，虽会使禁咒，但在"大师"面前也不过是小菜一碟，"大师"挥手之间即可轻描淡写地化解掉。没想到，此时"大师"却是面色凝重，不禁在心里暗暗担忧起来。

但向万成毕竟是"大师"，他不过几分钟时间便从地上站了起来。他轻轻呼出一口气，只身来到石壁前，仔细察看洞口，发现了那两道刚刚收进洞壁的石门，心想这果然是道机关，也不知李虎他们是如何打开的。

第五十九章·殉葬

他不由得暗暗庆幸自己策略的高明！若无李虎他们在前面开路，自己就是找到进入秘宫的路径，没有石虎上的密码指引，恐怕也难以打开这些暗道机关。

他望望前面方方正正的洞巷，朝后面挥挥手说："走吧。"

向万成带头走在前面。一行人小心钻进洞口，向前走出三四百米后，前面出现一个向右拐的弧形巷道，有一坡石阶缓缓向上斜去。向万成走到石梯边，向后挥挥手，跟在后面的人立即停下脚步。只见向万成又坐到地面上，面向石梯作起法来。

几分钟后，他们再次前行，沿着弧形的石梯，进入一个长满石笋的葫芦形小洞室。向万成游目四顾，小心翼翼地探索向前。越往前走，空间越显得狭窄，向万成发现甬道尽头又出现一个四边整齐的方形洞口。

他迟疑着立住脚步，再次挥手示意，让后面的人停下。只见他深深地吸了一口气，闭目片刻，又一次盘腿坐到了地上。这一次，作法的时间比前两次加起来都要长；到最后，连他身上的黑色大氅都鼓荡起来了。

身后几人见到"大师"如临大敌的样子，不觉提心吊胆起来。

2

整整二十分钟过后，众人都隐隐听到他吁出一口气来，胀鼓鼓的大氅也如泄气的皮球一般飘落下来。但"大师"却没有像前两次那样立即起身，他呆呆地坐在那里，脸上肌肉微微悸动着，不由自主露出惊惧的表情，如中邪魔。

黑鹰二号见状，心中惊疑不定，小心地叫道："大师？……"

"大师"如梦初醒，从地上慢慢起身，他那宽阔饱满的额头上已布满了密密的汗珠，面色十分难看。

他显得有些失态，没有像前两次那样招呼众人向前，只是久久地望着那个黑黝黝的方形洞口，摇摇头，喃喃说道："不！这不可能！"

几位黑鹰何曾见过他这等模样，一时不明所以，都被吓着了。

二号鼓足勇气问道:"大师,到底怎么回事?"

向万成两眼空空地望着前方,犹自喃喃地说:"不!这不可能!连续不停下出三道禁咒,一个三十来岁的年轻人,哪来这样深厚的功力?……可是,'比兹卡'是不允许进入秘宫的,神训说得明明白白……"

"您是说,"二号心有余悸地说,"那、那七星老人也……"

向万成点点头:"是的!只有他才有这样的功力,一定是他!而且,他是早就发现我们跟了进来,才会下出这样的禁咒!"

"可是,他也应该知道,您是能够解开这些禁咒的!"

"也许,他以为我还没恢复过来……或者是……另有用意?"

"那,我们现在怎么办?"

"怎么办?!"向万成一反刚才的惊惧之态,眼中陡然射出两道寒光,咬牙切齿地说,"我们现在是有进无退,不是他死就是我活!向家十几代人的梦想,我数十年的心血,就要见到结果了!秘宫就在眼前,成败在此一举!我们走吧。"

黑鹰九号肩挎着一支步枪,两手各提一把装有消音器的短枪,走过来说:"大师,让我走前头!我倒要看看,是七星老人道法高明,还是我的子弹厉害!"

向万成眼睛一亮,赞许地看着自己这位其貌不扬、性情剽悍的爱徒,点点头说:"好!不过,你得警觉些,不要让人家先下手!"

黑鹰九号毕恭毕敬说声"是",朝自己带来的那个徒弟一挥手,抢身便向洞口钻去。

"等一下!"黑鹰二号望望那洞口,轻声说,"我估计,秘宫就在这洞口后面。大家都把头灯灭了,脚下尽量轻些。我们要出其不意,就千万不能暴露了目标!"

灯光一灭,浓稠的黑暗仿佛把一切细微的声音都放大了,脚步声、呼吸声,还有衣服的摩擦声,都清晰可闻。

几位黑鹰都习有暗中视物之术,但他们的弟子却不会。他们只好一人牵带一个,躬身踩着猫步缓缓前行。向万成走在队伍中间,一只手掌使出"掌上明珠"来,亮起一团微光为后面的人带路。因为掌心朝后,也不用担心会被前面的人发现了。

第五十九章·殉葬

　　黑鹰九号带着自己的弟子一马当先，穿出秘道，小心翼翼迈入洞厅。

　　因为九号双手提枪，跟在后面的徒弟全凭一只手牵着他的衣服，走在深厚的黑暗之中，左弯右拐，没提防脚下踢飞一个小小的石子，不知撞到什么地方，碰出"叭"的一声脆响。这声音原本十分细微，却在漆黑的洞厅之中显得极为刺耳。

　　黑鹰九号本能地伏下身子，凝神细听，未见前方出现任何反响，又才小心翼翼继续前行。一行人走得更加谨慎了，先以足跟触地，软底鞋踩在地上悄无声息。

　　顺着洞厅左拐，前行几十米后，远远瞧见两排盔甲整齐的士兵，威风凛凛立在前方。

　　黑鹰九号一眼就看清两排士兵一共十人，但士兵们那一身远古装束让他惊疑不定。正迟疑着要不要开枪，向万成已来到身边，示意他不要妄动，然后只身朝前走去。

　　向万成全神戒备着，他见两排士兵虽然神情威猛，却是纹丝不动，拿不准是真人还是雕塑，便双掌齐发，一股大力横推过去。

　　两排士兵毫无招架，应力而倒。手中长矛与人一起摔倒在地，"哐啷哐啷"一阵乱响。

　　恰在这时，倒地士兵后面，石幔掩卷的门洞内忽然映出一束淡淡的光。黑鹰九号不及细想，拔腿即冲上前去。

　　他旋风般地踏过倒地士兵狼藉的尸骨，钻进门洞，冲上石梯，远远看见前面一个如月亮般形状的洞口，洞口间有两个晃动的人影。

　　黑鹰九号随即抬起手臂，连续两次扣动扳机。他并没有停下快速奔跑的步子，这个看似简单的动作，通过眼、心、手之间的协调配合，仅在不到一秒的瞬间完成。

　　枪是装有消音管的，只有"噗噗"两声轻响，两个身影应声而倒。九号凭他多年训练出来的直觉感知到，刚刚射出的这两粒被他把玩、摩挲过无数次的子弹，已经如愿地饮到了渴望已久的碧血。他甚至隐隐闻到了那热乎乎的血腥味，浑身亢奋不已，不由喉结一滑，"咕"地咽下一口唾沫。

　　随着一声隆隆闷响，映出清辉的圆形门洞轰然而闭，洞厅复又沉入无边无际的黑暗之中。

3

跟在后面跑过来的向万成和黑鹰二号、三号等人，都看见了那一束莹莹的清辉，也清清楚楚地听到了"噗噗"两声枪响，但他们并没有看到刚刚发生的这一幕。

从黑鹰九号拔腿开跑，到枪击过后洞门紧闭，前后不过几秒钟时间。

等所有人都跑过来时，黑鹰九号已打开头灯，奔到洞壁前，试图打开刚刚关上的圆形石门。当他伸手按上坚硬冰冷的石门并用力推去时，那石门仿佛已和整个洞壁铸为一体，纹丝未动。九号脑子里闪过一个十多年前学到的成语——蚍蜉撼树！

这时，所有人都看见，在圆形石门的正中，悬着一只怒目咆哮的虎头。

那是一幅浮雕像，造型稚拙简洁，却显得十分生动。那威猛的神态，令人不敢逼视，一见之下不由心生敬畏。

向万成扭开头，心中暗哼一声。

黑鹰九号向他禀明了刚才发生的情况，说："这道石门十分厚重，刚才是旋转着关上的，速度很快，他们确实都已藏到里面去了！我见到走在后面两个人的背影，并开枪击中了他们。其中一个身材高大，估计就是李虎；另一个人应该是沈立。他们动作十分敏捷，我不敢确保击中他们要害，但他们肯定已经受伤了！"

向万成面无表情，一边听着，一边仔细观察四周情况。

黑鹰九号忽然想到一事。他抬腕看看手表，不解地说："刚才见到那光，很是奇怪！不像是电源发出的，倒似自然之光，是月亮或是天空映出的光辉。难道他们……已经走到洞穴外面去了？但今天是9月17号，旧历的七月二十五日，现在又才凌晨四点多钟，外面还是漆黑的夜晚。大师您说，这到底是……怎么回事？"

向万成沉思片刻，忽然两眼放光，兴奋地说："我们一路走来，虽然过了两处隐含机关的暗道，又有千年不倒的士兵守望着，却到处都是空空如也，

第五十九章·殉葬

一直没有见到有什么陪葬陈列。我估计,这圆形石门后面,就是真正的秘宫了!那是一国之墓,巴人王朝最后的归宿。所有的宗室重器、国之瑰宝,一定全在这里!刚才我们见到那光,淡而不昏,清而不耀,正是夜明珠发出的神秘光芒。在我们岛上地下室的神堂里,就挂有一颗西瓜大的夜明珠,你们都见到过的,怎么就忘了?那光芒就与这一模一样。"

这一说,几位黑鹰果然都记了起来。只是,他们见到过的那夜明珠之光,白蓝白蓝的,虽然耀眼夺目,却远不如刚才见到的这般清澈朗润,并非"大师"所说的一模一样,是以一时没有联想起来。

黑鹰二号蹲在离石门不远的地面浅坑旁,看着那些簇新的痕迹,分析说:"这个圆形地坑有两米的直径,却只有五十来公分深度,也是刚刚才露出来的,与后边我们见到的那方形地坑有些相似,大概也是开启这道石门的机关。"

向万成站到坑边,伸下一只脚,暗中用力踩了踩,毫无动静。他又走到那石门前,用手按在边缘上试了试,然后运起神力猛地推去,丝毫不动。他摇摇头,心想既是机关,就只能是用巧不用力了。

忽听黑鹰九号说:"你们让让,我用这个试试!"

说罢,他已对着那浅坑举起了狙击步枪,手指扣到了扳机上。向万成见状一惊,方要阻止,已经来不及了。只见枪管火光一闪,发出一声巨响,坑内已是烟雾弥漫,弹片纷飞,石屑四溅。

这是美国巴雷特公司最新出品的狙击步枪,有人形象地称它为"肩射炮",威力十分惊人。

黑鹰九号收起步枪,没见有什么动静,便跳进坑内查看。

他发现,由于枪弹是在坑内石面上爆炸的,大部分炸药能量都消耗在空中了,只炸出了一个很小的浅坑。他还没来得及细看,忽然听到头上发出"嚓"的一声轻响,感觉空气有异,机敏的本能让他单腿一蹬,倾身向外跨去。就在这同时,他感到有一股横向而来的强大推力,整个身子便借这力道迅捷地向坑外弹出。

但黑鹰九号仍然晚了一步!

圆坑顶上悬着的那片如巨型灯盏的钟乳石,先前谁也不曾注意到,此刻被那一声枪响震裂,悄然落下。向万成一眼瞧见,不及呼喊,迅速甩出一掌,以自身神力将黑鹰九号推出坑外。九号前腿尚未落地,后腿已经弹起,整个身子在空中飞出一个十分矫健的姿势，眼看就要落到坑外了，垂直而下的伞状钟乳石挟着一股劲风，到底比他先一步落了地。

落地的钟乳石发出一声金属般的锵然巨响，激起一阵风，溅起腾腾尘雾。如此大的乳石从十多米高的距离跌落下来，居然不破不碎，便如一个量身打造的盖子，稳稳地扣在圆坑上面。

就在钟乳石落地的那一刹那，向万成和他的弟子们清清楚楚地看见，黑鹰九号的一颗留着短发的圆头从乳石下飞了起来，如一只圆圆的皮球腾向空中，划出一道抛物线，径直朝那石门飞去，无声地撞上石门，再反弹回来，在地上滚了几滚，便寂然不动了。

那头飞在空中的时候，他们听到了黑鹰九号从嘴里发出的最后一个声音：

"大师——"

那声音并不大，略略有些沙哑，拉长的尾音显得缥缥缈缈的，极其凄厉，一直在洞厅里回荡着，也一直在他们心里回荡着……

4

声音消失以后，他们一起围在那颗被切下的头颅周围。黑鹰九号那一双空空的小眼睛瞪得大大的，张着嘴，脸上似乎流露出惊讶的表情。

向万成在心中暗叹一声，无言地蹲下身去，伸出一只手，轻轻为他的爱徒合上了眼睛。

黑鹰九号带来的徒弟，一个脸上还未脱稚气的小伙子，俯身抱住那颗头颅，叫了一声"师傅"，失声恸哭。这孩子不过二十来岁，与黑鹰九号原是同乡。两年前，他在学校为一件小事，将一个在课堂上鄙视、羞辱他的同学打伤，然后悄然出逃；被黑鹰九号遇上，于是收归门下，悉心教导。

向万成爱怜地扶起他来，柔声说："好孩子，不要哭了。现在不是悲伤的时候，我们还有大事要做！从今以后，你就跟着我，你就是黑鹰九号了！"

这在黑鹰中，还是一项从未有过的殊荣！

第五十九章·殉葬

从一个乳臭未干的学徒，直接升入地位显赫的黑鹰之列，成为"大师"的嫡传弟子，这在所有黑鹰的二代弟子中，是谁也不敢想过的事情！

这时，忽听一个惊惧的声音说道："大师，您看……石门上那虎头！"

新升为黑鹰九号的小伙子，恭恭敬敬从地上捧起师傅的头颅，随众人一起把目光向石门上那只浮雕的虎头投去。只见那怒张的虎口，似乎刚刚饮过鲜血，嘴角尚有血渍，森森的虎牙上甚至还挂有猩红的肉渣。

小伙子心里明白，这是师傅头颅刚才这一飞撞留下的印迹。

——血祭？！

所有人都想起了这个传说中"虎食人血"的远古仪式，只是谁也没有说出声来。这一刻，有一股恐怖的电流从所有人身上掠过。

他们都在想：这一看似巧合的现象，背后是否还隐藏着某种不为人知的神秘力量？

黑鹰三号看了看小伙子手中捧着的九弟的头颅，心中悲愤交集，默默回身，看着那块如盘子一般倒扣在地坑上的钟乳石，走过去想要把它搬开。沿那圆盘绕行一周，却找不到一丝可以插手的缝隙；而上面光滑如玉，又毫无着力之处。

黑鹰之中，数三号最为魁梧，内功修炼又最为深厚，是一个名副其实的大力士，寻常一两吨重的石头，他可以轻而易举将其掀翻。看眼前这块圆形钟乳石，虽有两米的直径，却并不厚实，估计也不过重逾千斤，他躬下身子，双手覆在乳石边缘，试着运力横推。结果他把脸都涨红了，那块石头便如生铁浇铸一般纹丝未动。

向万成在一边看见，心中诧异，走了过来。他躬身查看一番，寻不到任何破绽，也像三号那样试了一试。向万成一身功力深不可测，岂是三号可以比拟！

但那盖子仍是不为所动！

向万成深深地叹息一声，知道这块摔而不碎的圆形钟乳石已被赋予了来自远古的某种神秘力量，决非人力可以撼动。而他们此来的目的，却不能因一块小小的钟乳石而受到干扰。于是他摇摇头说："算了吧！让他留在这里也不错，这倒是一个天生的墓穴。"

说罢，向万成站起身来，凝望着那道圆形的石门，面色渐渐平静下来。

众人不知此刻"大师"心中在想着些什么，谁也不便出声，也不敢有什么异动，只望着那石门呆立原地。

只听"大师"缓缓说道："这道石门由机关控制着，也是不能强行开启的。他们既然已经进入秘宫，我们也不必急在一时，就在这里耐心等着吧，他们总会出来的！"

向万成说完这话，理了理头套，转身走到旁边石幔间的一个隐蔽的角落里，面朝着紧闭的石门，盘膝坐下，闭目做起了功课。

这些天来，他一直有块心病，令他寝食难安：他失去了七星老人的下落！

自从他在七星山与老人斗法失败，遁回密室疗伤以来，他只从弟子口中听说，七星老人曾在大安洞口露过一面，将他的几名弟子赶走，此后便再无老人的消息了。功力恢复以后，向万成曾数度作法搜寻他的影踪，均无结果，一直不知他隐藏在什么地方。但在14号那天早晨，他从星空中捕捉到了七星老人与李虎神交的详细信息，这让他得以追寻到李虎一行的足迹，成功进入了秘洞。

秘道中的三道禁咒，向万成认为非七星老人莫能为，以为终于寻到了这老匹夫的行踪。但新的疑问又出来了：神训明确规定"比兹卡"不能进入秘宫，他为什么要明知故犯？是因为知道我要来么？他明知那三道禁咒只能阻我一时，却挡不住我向某人前进的脚步，难道是故布疑兵？这其中又有什么玄机？……

千年不倒的远古士兵，重重秘道机关，秘宫门前爱徒被斩首，血祭白虎神……这一系列神秘诡异的事件，让向万成感到这洞内危机四伏，不敢大意。

此刻，向万成看似在枯坐行功，实则是调动毕生修为，潜心探知秘洞内的一切消息，尤其是有关七星老人的消息……

黑鹰二号和三号也不敢稍有打扰，悄悄带着四名弟子另寻一个角落，面对石门分散坐好。

那位从洪水中死里逃生的弟子无意中从背后石壁上见到一幅线条画，大为好奇，轻轻碰了碰黑鹰三号，悄声说："师傅，你看。"

第五十九章·殉葬

5

  黑鹰三号回过头,随意瞟了一眼。只见画面正中是一个高台,台上立着一只昂首咆哮的猛虎,台子后面摆放着两具巨大的棺木,台前地面上杂乱地站了一些人。那些人面目呆板,或坐或卧,相互并无交流;其中还有一人身首异处,身子横着伏在地上,脑袋却孤零零地摆在了棺木前面。

  黑鹰三号想起秘书小梁曾给他们讲过的巴人墓葬习俗,有活人殉葬,也有通过斩杀先祭后殉的,与这画上内容正好相符。于是,他小声解释说:"看这画面,应该是一幅巴人殉葬图,出现在这里并不奇怪,因为那石门后面就是巴王的墓室。大概是当年那些为巴王殉葬的人,在无聊之中画下的。"

  这两人的对话引起了大家的注意,纷纷回头朝那壁画看去。

  黑鹰二号见众人乱纷纷的转移了注意力,连忙训斥说:"一幅古人壁画,有什么好看的?都给我把灯灭了,仔细盯着那石门!"

  这一说,立时鸦雀无声,灯光全灭,一下沉没到浓稠无际的黑暗与寂静之中。

  他们全都将神经绷得紧紧的,一点也不敢松懈。他们处在隐蔽的位置,都将注意力集中在那道石门上,也不知道李虎一行会在什么时候,突然就将那道门打开了。

  黑鹰二号压低嗓音,交代众人说:"我们的目标就在石门后面,他们已经进去多时,迟早会出来的!大家都打起精神来,把眼睛给我睁好了!石门打开时,里面有夜明珠照着,他们在明处,我们在暗处。只要一见到人影,立即就给我开枪!绝对不允许有一个人走出门洞十步之外!"

  黑鹰三号轻声对二号说:"我看,他们进去的时间还不算太长,也说不准什么时候能够出来。再说,他们有人中了枪,又听到我们在外面弄出这么大的动静,难道不会有所防备?我想,如果没有有效的应对措施,他们是不会轻易打开那道门的。所以,用不着大家都这样耗着,只需一个人盯着就行!还是我和你轮流值哨吧,我先开始。让他们都休息,先吃点东西,再睡一会儿,到时候对付他们，才有足够的体力！"

黑鹰二号一听在理，点头说："这样也好，就这么办吧！不过，大家听好了，哪怕睡觉，枪也不能离手，一有动静，要随时准备战斗！"

此时，这群人早已是饥肠辘辘。他们自昨晚六点钟进洞以来，只在中途吃过一次干粮，已经过去五个多小时了。虽然干粮都是各自保管，但他们早已习惯了军事化的管理，没有统一的号令，谁也不敢擅自行动。此时，有了二号的指示，他们都取出干粮水壶，各自在黑暗中摸索着进食，细嚼慢咽，尽量不弄出声音来。

向万成运功作法，让内眼突破空间的障碍，直向前方穿越。他要透过那道石门弄清楚，七星老人是不是真在里面？李虎几人又在里面干些什么？他更想知道，巴王墓室内到底藏有多少稀世珍宝？尤其让他不放心的是，传说中魔力无边的黄金权杖真在里面吗？会不会被七星老人抢先拿到，并用来对付自己？

但是现在，他却什么也看不见，映在脑中的只是一片混沌。无论他如何运功诵咒，多次尝试都是如此。他睁开眼睛，发现所有的灯都熄灭了，便在浓厚的黑暗中运起夜视咒，看见徒子徒孙们在一个隐蔽的角落里，横七竖八躺了一地，有的发出轻微的鼾息。只有黑鹰三号手握短枪独自端坐一旁，鼓着一双大眼，盯住前面紧闭的石门。

寂静深厚的黑暗之中，向万成被自己的鼻息警醒，知道自己有些心浮气躁，太急于求成了。于是，他屏息凝气，渐渐静下心来，恍若一团轻气慢慢升入空蒙的太虚，渐入忘我之境。

无边无际的黑暗，时间已失去了参照的尺度。也不知过了多久，向万成仍然没有找到出口。他就像被困在一只鸡蛋的蛋黄中央，四面八方全是一片硬壳，他左冲右突，上顶下撞，无论如何也敲不开那层坚硬的壳壁。

后来，他心有所悟：这里是巴王秘宫，一定是受到了来自远古神秘力量的干扰！即是说，他的法术在这里失灵了！

这时，从黑暗深处传来一阵隐隐的轰隆声。

像是闷雷滚过天庭，又像是巨石碾过地面。在如此漆黑寂静的地腹之中，那声音极其细微，似乎从很远很远的地方传来却又清清楚楚的，仿佛就在眼前。向万成开始以为是李虎几人在墓室内掀动什么重物，后来又发现那声音是从另外的方向传过来的。

是他们来路的方向！

向万成悚然一惊，直觉让他想到了他们经过的那两道石门。他腾身而起，飞一般地穿出石幔，朝来路方向纵跃而去。

那声音响的时间不长，只持续了十来秒钟时间，正在值哨的黑鹰三号也听见了！惊疑之中，他见"大师"已纵身而去，虽不明白是什么声音，知道这事一定非同小可，却又不敢妄动。他看看时间，已经是早晨八点多钟了，他们在这里待了整整四个小时。他悄悄弄醒了黑鹰二号，向他说明了刚才的情况。

两人一时束手无策，在黑暗之中强摁着心中的不安，耐心等待着。

几分钟后，"大师"回来了。他径直来到两个弟子面前，小声说："洞厅尽头那道藏在洞壁中的石门，刚才又重新关上了！"

6

向万成的声音很轻，却是字字如雷，两位黑鹰听了大吃一惊！

他们都知道，秘道中的石门都由暗道机关控制着，坚厚无比，一旦关上，决非人力能够强启。黑鹰二号不由问道："会是谁？"

向万成摇摇头，没有言语。

黑鹰三号自言自语说："难道是七星老人藏在外面？可李虎几人也进入了秘宫，这是我们亲眼看到的！他不会把所有人都禁闭在这地腹深处吧？！"

此时，向万成早已冷静下来。他问："先前这圆形石门关上的时候，你们有谁看到过？到底进去了几人？"

刚刚升为黑鹰九号的小伙子，因为心中悲痛，一直没有入睡。"大师"的行动和黑鹰二号、三号的对话，他都听得清清楚楚，却不便于插话。此时听"大师"问起，知道二号、三号答不上来，他连忙回答说："当时，是我和师傅一起冲在最前面，我们只看到两个人影在门口一闪。那两人都被子弹击中了，是在石门关上的那一瞬间跌扑进去的。前头到底进去了几个人，我们也没有看到。"

向万成"唔"了一声，自言自语地思索着说："看来，只有两种可能，一是有人躲过我们的视线事先藏在外面，很可能就是七星老人。神训不准'比兹卡'进入秘宫，他躲在外面大概也不算是违背了祖训。躲在外面的目的，就是要暗中启动机关再将石门关上。第二种可能就是，那石门被设定了定时装置，过了一定时间便自动关上了。"

黑鹰二号说："那李虎他们呢？他们肯定也还在这圆门后面。"

向万成说："这很明显，他们也只能是两种可能，一是秘宫内另有出路，再就是……和我们一样了！"

"大师您……不能用其他办法打开那机关？"

"这地方很邪门，我的功夫一点儿也发挥不出来！"

"那……我们怎么办？"

此时，向万成仍然不失"大师"风范，他冷静地说："为今之计，我们得另寻出路了！三号领着你的两个徒弟在这儿守着！每人两把枪，把那道门看好！记住，一旦李虎他们出来了，千万要留下活口。假如那门能重新打开，我们想要出去，就只有依靠他们了！其余人，都把灯亮起，沿洞厅四周搜寻，看看有没有其他秘道。"

几位熟睡中的年轻人早已在他们说话时就醒来了，他们奉命亮起头灯，按照各自划定的区域，分头行动。向万成本人，也亲自参与搜寻秘道去了。剩下黑鹰三号和两个徒弟，各自手握双枪，分散隐蔽好，紧守着那道圆门。

黑鹰三号沮丧地埋伏在隐蔽点，心中充满了不祥的预感！

他估计找到其他秘道的可能性不大，出洞的希望十分渺茫。他们一行八人，已被斩首一个，其余七人被禁闭在巴王墓室外，难道要为两千多年前的死人殉葬？

他猛然想起那幅神秘的壁画，连忙起身，又回过头去细细看来。

画面上，连同那具匍匐在地的无头尸身，正好是八人！

黑鹰三号不过是无意中数了一数。待他弄明白这个数字时，只觉脑门处发出嗡的一声巨响，脑子里瞬间一片空白！——难道这是两千多年前就预设好了的一个结局？

第五十九章·殉葬

他想起七星老人在大安洞口对他们说的话：非分之物，得之不祥！眼下，果然是陷入不祥的困境之中了！他们还有出去的希望吗？

这时，出去寻找秘道的人陆续回来。黑鹰三号不用询问，只从他们脸上表情，便已知道结果。回来的人都阴沉着脸，默默无语，他们都把希望的目光投往"大师"。

黑鹰三号将那幅壁画指给"大师"看了。

向万成对着那画面认真看了半晌，只见他眉头一跳，脸色一下变得铁青。沉吟半晌，他忽然扭头看向新任的黑鹰九号，问道："你会爆破么？"

"略懂一点。"九号点头说，"可是，到哪儿去找炸药？"

"子弹里面有！把所有子弹都集中起来！"

于是，大家纷纷取出弹匣，要倒出里面的子弹。九号阻止说："不用这个！这种手枪子弹里面炸药很少，倒出来后更没有什么威力了。我看看枪榴弹还有多少。"

那支狙击步枪连同一个装有十发枪榴弹的弹匣，已随黑鹰九号被埋在坑里了。新任黑鹰九号打开他师傅遗留的那只金属提箱，发现里面还有一个弹匣，匣里满满当当地排列着十枚如汽水瓶般的枪榴弹。巴雷特狙击步枪是他师傅刚刚弄到手的，心爱得宝贝似的，徒弟们也只准看不准动。所以，他对这枪以及枪弹都不是太熟悉。

九号从弹匣中取出一枚枪榴弹，认真察看着，对向万成说："大师，我曾听师傅说过，这枪弹内装的是钝黑铝炸药，是由钝化黑索今和铝粉按80%和20%的比例配制而成的。如果是从枪里发射出去，至少能够穿透50mm的装甲钢板。只需一枚，就足可摧毁一辆轻型装甲车。但如果把里面的炸药取出来，它的TNT当量是多少，摧毁力到底有多大，我也不太清楚。按道理，应该先弄清楚那石门厚度和石质的硬度，由此算出需要多大的爆破力……"

不待他说完，向万成早已听得不耐烦了，面上红光陡盛，咆哮说："都这个时候了，还啰唆什么！快把这十颗枪弹的炸药全部拆出来！眼前处境，我们只能背水一战，毕其功于一役了！"

7

  黑鹰九号吓得浑身发抖，好不容易才静下心来，依言小心卸开枪弹，从里面取出呈条状密度很高的炸药。然后，他又找来一截绳子，将十条炸药小心地捆在一起，再装进一只塑料袋，系成一个药包。他这才直起腰来，擦擦额上的汗水，怯怯地望着向万成，小声说："这药包做好了！只能放在石门根下，然后……用手枪引爆。"

  "那还愣着做啥！"向万成没好气地说，"还是三号带着你的人在这守着，其余人跟我一起过去！"

  临走前，九号将他师傅那颗头颅用一只小袋子装好，慎重托付给黑鹰三号，小声道了一句："三伯保重！"然后不再言语，提着他自制的炸药包，带头走下石阶。

  他们来到洞厅另一头，黑鹰九号径直钻进了那道仅有六七来米的狭窄洞巷。他将炸药包贴着石门一角小心放好，回身见"大师"和黑鹰二号也跟了进来，便站立一旁，听闻他们的评判。

  向万成看了看，皱眉对黑鹰九号说："这道门我们进得匆忙，不及细看。第一道门我曾察看过，有近两米的厚度，估计这道门也差不多吧！你看，把炸药包放在中间，是不是更容易摧毁一些？"

  黑鹰九号轻声说："大师明鉴！"

  然后将炸药包移到石门中间安放好，又问："什么时候爆破？"

  "马上！"

  那巷道在洞厅一角，出口不到三米便是一堵洞壁，得向右边拐弯才能进入洞厅。黑鹰九号随"大师"和黑鹰二号走出巷道，便在拐弯处靠崖壁站着，只有这里才看得见巷道尽头，也只有从这里开枪才能击中那炸药包。他让"大师"和黑鹰二号几人走远一点，然后掏出手枪朝里面瞄着。

  "等一下！"向万成喊道，"你那里距离太近，不会有危险么？"

第五十九章・殉葬

"没办法了，我们找不到这么长的引线。大师保重！"

黑鹰九号刚刚说完，便扣动了扳机。

只见一团白炽火光从巷口闪出，宛若一条巨大的火龙，在洞壁上一碰便转向朝洞厅扑过来。随之而来的，是一阵剧烈的山摇地动，飞沙走石。向万成感到耳膜一阵剧痛，一股巨大的热浪掀来，几乎让他扑倒在地。他在一阵刺鼻的硝烟中屏住了呼吸，却是什么也瞧不见，到处都是浓烟滚滚，熏得他眼泪长流。

向万成感到头皮阵阵发凉，伸手摸摸，才发觉头套不知飞落到什么地方去了。此时，眼看满地狼藉，到处都是断落碎裂的钟乳石，向万成也无暇去寻找头套了。他晃动着一颗光溜溜的头颅，搜索到身边的另外两人，发现黑鹰二号和他的徒弟都躺在地上人事不省。用手探探，那徒孙早已气绝身亡，黑鹰二号也只有一点点微弱的心跳了。而站在崖壁下开枪引爆炸药的小伙子，刚刚提拔起来不过几个小时的黑鹰九号，则从整体上消失了。地上只见到几片带血的骨渣，还有一把严重变形的手枪。

再看那洞巷，也已经不见了。整个角落面目全非，大面积的洞壁崩塌下来，巨型石块将原先的洞巷壅塞得满满的。向万成气急败坏地朝一块石头踢去，那石头丝毫未动，他的趾骨却几乎被震碎了。

守在秘宫门前的黑鹰三号和他的两名徒弟，在周围石幔发出的一阵猎猎响声中，先是感到地面猛的一阵摇晃，然后，他们的耳膜也感受到了一股无形的巨大气浪的冲击与胀痛。随后，硝烟从黑暗中弥漫过来，浓烈辛辣的气味呛得他们直是咳嗽。

随后的时间过得特别漫长。

几分钟过去了，他们一直没有得到洞厅那边的消息。一个徒弟担忧地说："他们不会是打开秘道自顾自地出去了？"

"不许乱说！"三号正色道，"大师真正关心的，是秘宫内的宝藏。如果秘道炸开了，他更应该回来的！"

爆炸响过十来分钟后，才听到一阵单调的脚步声由远及近。他们扭头回望，只见灰头土脸的"大师"晃动着一颗硕大的光头，神情狼狈地走了过来。

几人连忙站起，躬身相候。三号问讯道："大师，秘道炸开了？"

"炸你妈个头！"向万成此时暴跳如雷，挥掌击向身边一幅石幔，只听哗哗啦啦一阵乱响,那石幔被震落好大一幅下来,摔成一地碎片。

向万成铁青着脸,指着黑鹰三号和他的两个徒弟,破口大骂,"奶奶个熊的!你们全他妈是一帮饭桶!一点儿也不让老子省心!"

黑鹰三号垂下头,痛苦地闭上了眼睛。他从"大师"变态的反应中,已经知道了事情的结果,同时也明白了他们自身不可避免的结局!他仿佛听到黑暗深处传来一阵怪异的桀桀之声,那是来自冥冥之中嘲弄的冷笑。

那时候,在黑鹰三号的脑海里,清晰地映出了洞壁上那幅用简约线条勾画出的远古巴人殉葬图。

——两千多年前预设好的一个结局!

第六十章　通天之路

1

秘宫内，夜明珠源源不断发出的清亮的光辉下，几位年轻人在两副巨大的棺木旁边睡得十分安稳，均匀的鼾息声轻微地震荡着寂静的空气。

李虎端坐一旁，任真气在体内自转周天，元神四巡，如阳光普照八荒。

眼下，外有强敌，内无出路，虎族子孙似乎已经陷于绝境。李虎心中没底，迫切需要寻求指导。他向空中发出讯息，试图与七星老人取得联系。上次，还是在沐抚大峡谷那个叫鹿垣坪的农家里与七星老人联系过一次，后来便再无消息。李虎心中一直隐隐担忧，他知道那位姓向的神秘老头法力高深，曾经与七星老人有过一场面对面的恶斗。三天时间过去了，也不知他老人家现况如何。

结果，李虎的几次努力，都是杳无音讯。

他又试图打开内眼，弄清门外那伙人的情况，特别想知道姓向的老头是不是也在外面；但他见到的只是一片混沌，什么也看不到。

也不知过了多久，他的意识渐渐从一片黑暗之中浮了出来，脑海中出现了清晰的景象，他在一处卷叠的石幔中看见了一道横向的裂口。那裂口很细，就像横飘在石幔上的一丝头发，很容易让人忽略，却又被他瞧得清清楚楚。

李虎猛然睁开眼睛，看着身旁熟睡的四个同伴，长长吐出一口气来。他轻轻拍了拍沈立，沈立如触电般翻身坐起，机警地四下瞧了瞧。

李虎朝石门那边努努嘴，示意沈立盯着，自己起身向旁边走了过去。他要去察看那道裂缝，虽然并不知道具体位置，但脚下走得毫不含糊，仿佛脑中有一个导航的雷达。

他绕过两具棺椁，走近顶端的洞壁，然后折向右边，经过一幕垂地的石幔，径直钻进一道由石幔卷成的缝隙间。那是一道陷入壁内的U形缝隙，仅有一米左右宽度，不到三米进深，刚好能够容一人走进。李虎打开头灯，明亮的光线映在白如凝脂的钟乳石幔上面，果然在缝隙一壁找到了那道裂口。

不，不止一道！仔细看去，在一整幅皱起一道道竖形条纹的巨大石幔上，竟出现了四道细缝，围成一个整整齐齐的"口"字形图案。

李虎心念一动，伸手朝细缝间按去，只听"啪"的一声脆响，还带着空空的轻微回音，一块矩形石幔应声而落。他连忙伸出另一只手，用双掌夹住。那一方落下的石幔薄薄的，不过二三厘米厚度，四周崭新的裂痕显得十分光滑整齐，仿佛受到某种自然外力瞬间而成，绝非人工利器所致。

石幔脱落处，出现了一个整齐的方形洞口。李虎小心地将那片石幔立在旁边，一猫腰钻了进去。洞子只有一米五六的高度，得躬着身子才能前进。走进约十来米，李虎脚下一虚，发现坑道中间有一条笔直的半圆形凹槽。他拂开凹槽中积淀的尘埃，发现那槽口十分光滑，明显是人工所为。再往前几米，被一条石头挡住了去路；石头不大，却显得很长，洞内有限的空间被它堵塞着，再也没法前进了。

李虎蹲在洞内，见四壁光滑整齐，虽无雕凿痕迹，也不像是自然生成。他想，洞口被小心隐藏起来，这洞巷一定是有某种用途的，为什么又要用石条堵塞着呢？

他想起从神堂湾出来时，也是被一方巨石挡住了洞口，是他运起神力一点一点挪开的。于是，他两手搭上那石头，扎起马步，行气三周，力贯双掌，将石头朝外推去。

那石头似乎并不很重，李虎稍一用力，便发出隆隆声响，顺利地向后退去。他倾伏着身子，推起石头向前走出十多步，忽听"乓"的一声，石头在前面撞上了障碍物，再也推不动了。李虎抬头一看，原来已经走出狭窄的洞巷，进到了一间宽大的洞室里。

他直起腰来，仔细看那石头，竟是一方有三米多长的石条，他推的这头仅有八九十厘米高，另一头却有近两米的高度，比李虎的个子还要高出一截。如此巨大的石头，自己怎么轻而易举就推了出来？难道突然间自己又莫名其妙地功力大增了？

再一看地上，他明白了。

第六十章·通天之路

原来那石头下面有一道光滑的浅槽，一直从洞内延伸出来，这一定就是他开始在洞内发现的那道凹槽了！而那方巨石的底部，则有一道突出的半圆形石楞，与坑道内的凹槽恰好吻合。利用滑槽减少巨石的阻力，这显然是人为的设计了！只是，它到底是何用意呢？

这洞室面积约有一百平方米，圆不圆方不方的，显得不太规则。李虎在石条旁边的洞壁上见到了一幅画，画面上有五个人，其中一人正将一块大石向洞内推去。

李虎一见之下心领神会，不由对先人的智慧钦佩不已！

如他期望的那样，李虎在洞室的另一端找到了一道洞巷的入口。入口处有一手绘的虎形符号，虎头指向洞内。那图形与他们所持石虎颇为相似：粗犷的线条，仍是用赭石所绘，与前面所见壁画并无二致；虎符图形的旁边，还有两个字符，李虎不知其意。

李虎进入洞巷探寻一番。巷道不宽，可容两人并排而行。开始一段很直，然后渐渐向右拐成了一道弧形。李虎发现一时走不到头，正犹豫要不要继续往前探，忽见洞壁上又有一个虎形符号，虎头向前。他再往前走，又见到这样一个符号。

李虎心中再无疑虑，知道这就是祖先专为他们精心准备的出路了！

2

当李虎回到秘宫的时候，地上三人还睡得沉沉的。沈立向他投来询问的目光，他点点头，悄声说："找到了！"

沈立看看时间，已快到早晨八点了。他征询李虎："现在就走？"

李虎指指他那条包扎着的左臂，问道："没妨碍吧，你手臂上的枪伤怎么样？"

沈立举起左胳膊挥了挥，说："一点皮肉之伤，本来就没什么！再说，从神堂湾带出的这药也确有神效，现在只是用力时稍微有点疼痛。"

躺在睡袋里的三个人，刚刚得知被困在这里的时候心中也曾掠过一丝惊慌，但很快就镇静下来，不以为意了。他们一路上多次面临绝境，最终都是柳暗花明，逢凶化吉。所以，他们深信冥冥之中自有神佑，睡得十分安稳。此时，他们刚刚睡了不到两个小时，被李虎叫醒后，一个个还睡眼迷离的，听说这里面另有出口，就要离开，似乎一时还没有思想准备，毫不掩饰地露出了失落的表情。

小樊不甘心地问："就这样走了？"

李虎笑着说："你还想怎样？要留下来陪着老祖宗？"

"不是。"小樊说，"我是觉得，我们这十多天来，闯神堂湾，穿越地下湖泊，最后被巨大的山洪冲进秘道，可以说是历尽千辛万苦，总算是来到了秘宫。难道就这样走马观花看上一眼，转过身就离开了？我总觉得有点……意犹未尽！"

向前进也说："我们进来的目的到底是什么？任务是不是就完成了？"

李虎听了，若有所思地说："是的，刚才我寻到出路决定离开的时候，也想到了这个问题！我们几人原本天各一方，互不相识，因为几只石雕虎形器的出现，我们阴差阳错走到一起，才知道我们原是虎族子孙，是同根同源的兄弟！十多天的历险，说是九死一生，一点也不为过。我们每前进一步都殊为不易，需要付出极大艰辛的努力，有时甚至是在用生命作赌注！现在，我们终于来到秘宫了，不但找到了在历史上神秘失踪的祖先的归宿，而且更为重要的是，整个寻找过程的历练和见识，也让我们成长了！所以，我们不只是走马观花地看上一眼，实实在在是实现了我们人生的一大跨越！现在，我们的使命已经完成了。临行前，漆大大曾经说过，进入秘宫后，一切行为由我们自行做主。现在，我们就统一意见，大家各自说说，离开前，我们还需要做些啥？"

几人听了这番话，一时均无言语，都默默收拾着行装。

郑雯背好包，走到巨大的棺木前，伸手轻抚着隐约闪烁金丝的棺面，回头问小樊："你拍的照片，有什么遗漏的么？"

小樊想了想说："应该不会吧！凡是见到过的，我都是拍下来了的。"

"回去后，"郑雯郑重其事地说，"把全套照片发一份到我邮箱里，一张都不能少！"

第六十章·通天之路

"自当遵命！"小樊调皮地说。

李虎沉思说："照片的事，我们恐怕得慎重！我们得考虑到，泄露这里面的秘密可能会带来的种种后果！出去以后再商量吧，小樊你可得保管好照片！"

小樊闻言色变，吐吐舌头说："我的乖乖！你要不提醒，说不定我出去忍不住炫耀，往网上一放，立时便天下皆知了！"

沈立朝李虎看看，提高声音说："没别的事，就行礼告别吧。时间不早了！"

五人收起杂念，怀着虔敬之心，一起排在两具棺木前，再次行了三跪九叩的大礼。

礼毕，李虎郑重说道："我们此行可算圆满成功，唯愿列位祖宗在此永保安宁！但天下贪婪佞邪之辈比比皆是，我们只有严守此间秘密，才能确保秘宫不受侵扰！我想，我们五人应该当着巴王和王后的面在这里发一个誓：决不泄露有关巴王秘宫的丝毫消息！"

几人均无异议，一起跪下，随李虎发下誓言，然后起身沿棺木绕行一周，又到编钟环绕的建木神树前伫立一会儿，再看看壁上灵动的云气图，这才跟随李虎躬身钻进隐藏在石幔间的那条窄小秘道。

秘道不过二十多米，他们很快便来到那个小洞室里。

李虎按照那壁画的提示，站到那块条石背后，运起神力朝前推去。条石慢慢滑动起来，发出隆隆声响，缓缓向洞口内滑了进去。

一旁看着的向前进，忽然担忧地说："要是……前面走不通了怎么办？到时候，这石头还能从洞里取出来吗？"

向前进刚说完，便听到那石头发出"嚓"的一声轻响。李虎感觉手中推着的条石猛地向下一沉，再也推不动了。他抬头朝前面看看，发现条石一端离洞口还有两米左右的距离，但洞口已经恰恰地塞满了。原来，地上那道凹槽在离洞口两米远的地方有一道十厘米高的小坎，在同一条直线上形成了一上一下两道连接的滑槽，先前被条石压在下面谁也没有看见。此刻条石已全部落入下面的滑槽，那道小石坎便挡住了条石的前行。整个条石被卡住，再难移动半分。

这个设计看似十分简单，其实十分巧妙，李虎见了心中钦佩不已。他回过身，拍拍手，笑着对向前进说："你都看到了吧，这石头重达几吨，四周又被紧紧卡住，再也没人能够掀动了！秘宫已被封死，回不去了！"

郑雯听了，摇摇头，担忧地说："这都是古人的设计。在他们那个时候，不可能知道现代科技有多发达。离这不远的利川，眼下正在修一条连通宜昌和万州的铁路，其间，穿越了无数这样的大山！"

这其实正是李虎暗暗担忧的。被堵在秘宫外面的那伙强盗，若是运用现代技术，再厚实的石门，又能堵得了多久？

一行人来到洞巷入口处，李虎指着那虎符图形旁边的字符，问郑雯什么意思。郑雯一看之下，即喜道："'通天之路'！老祖宗告诉我们说：沿着这条秘道，即可见到天日。看来，我们是走对路了！"

他们更不多言，当即钻了进去。沿着秘道，曲折前行不过一千多米，走在前面的李虎忽然立住了脚步，只见眼前横亘着一堵石壁！

——果然如向前进担心的那样，前面走不通了！

3

这是一堵色泽发亮的光滑石壁，像是刚刚被人从什么地方刨出来的。

尤其让他们惊讶的是，光滑的壁面下端赫然出现一个"卍"字符，与先前他们所见到的一模一样，在"卍"字符四个拐弯的地方各有一个深深的圆孔。

毫无疑问，这又是一道石门了！

沈立见洞壁四周都是被时光的尘埃熏出的陈旧颜色，唯独这堵横亘的石壁色泽如新。他断定说："这道石门，是刚刚关上不久的！"

李虎也同意这个看法，只是不解："会是谁呢？难道是算准了我们要在这个时候从这里经过？为什么这门上又要留下开启的锁孔？"

后面郑雯、小樊几人站在幽暗狭窄的洞巷里，心中有些着急，从包里取出黑色石虎，说："既是有锁孔，就赶快试试吧！"

四具黑色石虎放进相应的洞孔，都发出了"叽"的一声轻响，石虎被卡住了。接着，石壁微微向下一沉，发出"扎扎"的声响，四只黑虎同时弹出。

第六十章・通天之路

几人连忙取出石虎，眼睁睁看着石门轰轰隆隆朝左边洞壁内滑了进去，前方露出一个幽深的洞口来。沈立呆看半晌，忽然说："我明白了！"

郑雯也是两眼放光，恍然大悟地拍着手掌说："是的！古人的心思真是玲珑巧妙，居然会生出这种一门锁两洞的奇思妙想！"

李虎醒悟道："你的意思是说，先前我们走过的秘道就在隔壁？而这道门，与我们先前开过的是同一道石门？"

郑雯解释说："我是从这门的颜色判断出来的！因为它的另一头关着旁边的秘道，这一头一直在洞壁内藏了两千多年，所以颜色是新的。"

小樊提出异议说："仅凭颜色新就断定是先前那道门，我看这理由不充分！"

"雯雯姐还有一层意思没说出来！"向前进分析道，"为什么这门颜色是新的？因为是刚刚关上的！是谁关上的？是我们自己！因为，只有四具石虎同时到位才能开启这门，只有我们才能够同时拿出这四具石虎来！当我们打开隔壁那道石门时，这里就关上了；当我们打开这道石门时，隔壁又关上了！"

向前进解释得很透彻，连郑雯自己也忍不住点头。小樊感觉自己第一次输给了向前进，又无理由反驳，只好朝他翻翻白眼，扭过头去，暗自"哼"了一声。

他们继续朝洞巷深处走去。李虎一边走，一边沉思说："如果真是这样，秘宫外面那些强盗，不就被堵在里面再也出不来了？"

郑雯点头说："我相信，古人是早就料到会有今天的情况，所以他们精心设计了这样一个结局——让朝觐者顺利离开，将掠夺者堵在里面！被堵在里面的那些强盗，如果他们没有外援，这辈子就只能在里面养老了！"

向前进惊讶地说："他们在里面待的时间长了，没吃没喝的，还养什么老？多半是等死了！"

在一片哄笑声中，小樊朝向前进竖起大拇指，称赞说："聪明！简直是聪明绝顶！连这么复杂的道理你也讲得明明白白，真是了不起！"

向前进知道他是在奚落自己，以报前面反驳他的一言之仇。他知道自己说不过小樊，也不理会，自顾自跟着李虎朝前走去。

李虎默默走在前面，虽然脚下并不含糊，却是多了一重心事。郑雯一句平平常常的话，反而更加深了李虎的担忧。他知道守在宫门外的那伙人背后有一个实力强大的神秘集团，肯定不会是几个人的单独行动，一定是有组织有分工的集体行为。换句话说，他们肯定在外面留有接应的人，是有外援的！如果进入里面的人长时间没有出去，外面的人就会循着秘洞入口找进来。如此一来，这雪藏了两千多年的巴王秘宫，最终会被他们运用现代技术打开。到时候，恐怕秘宫就难逃灭顶之灾了！

有什么办法可以避免这种灾难呢？

这种担忧，李虎只能默默藏在心里，眼下也不便说出来。李虎开始以为，他们绕过一个圈子，打开那道石门以后最终会返回他们进来的路径。但他们一直走出很远，全是陌生的洞巷。这地腹深处不辨方向，他完全无法预知会走向哪里。

后面跟着的其他几人，心中反而一片坦然。因为这些机关巷道既是祖先们预先设置好的，就一定会顺利走出，平平安安回到地面。所以，他们默默地跟在李虎后面，心中十分笃定。

走了大约半个小时，他们来到一个椭圆形的小洞室。李虎觉出空气有异，似乎呼吸畅快了许多，他心中一喜，预感离出口不远了。

郑雯首先打破沉默，欣喜地叫道："哇！我闻到新鲜空气的味道了！"

但他们四处寻找，洞室内却没有发现其他出口。有几个小洞，进去不过几米、十来米，就到头了。他们又在一些光滑的壁面寻找记号，或是用力敲击，希望找到暗门之类的机关。随着一个个可能性的排除，他们的心也渐渐沉了下去，先前满满的信心此刻丧失了不少。

向前进情绪沮丧，咕噜说："天哪！难道这只是一个死胡同？"

4

这时，李虎站在洞室一角，将几人叫到身边，然后让他们都把灯灭了。

黑暗之中，只听李虎说道："大家抬起头来，看看头顶上面有什么。"

第六十章·通天之路

几人抬起头，一齐朝顶上望去。

开始，他们什么也没看见，除了黑暗还是黑暗。过了一会儿，黑暗之中似乎渐渐泛出一点儿淡灰来，仿佛浓厚的黑暗被人砸出了一点浅坑。

这时，李虎打开头灯远光，朝上照去，他们看到了一个很深很小的竖井。李虎用望远镜看了看，说："这竖井大概有二十多米深，新鲜空气就是从上面进来的。竖井顶上那片隐隐约约的灰色，应该就是从外面投进来的天光了！沈立把绳子给我，我先上去看看。"

竖井下端的口径很小，大概一米左右，离地面有四五米的高度。几人都在想，这么高怎么上去？却见李虎纵身一跃，两手轻轻松松便握住竖井口沿一块突出的石棱，然后曲肘引体，整个上半身都进入了井口内。

然后他伸出一只手，撑住了洞壁的另一端，再用两手两脚交替上撑，既快捷又轻松。上撑了二十来米，井壁一方忽然向外斜出，井口变大，再也没法撑住了。李虎仰头往上看去，见竖井在此弯成了一道约四五十度的斜坡。斜坡不过几米长度，尽头立着一块圆形石头，从石头后面投进灰蒙蒙的天光，将石头映成了一幅厚重的剪影。

他在斜面上摸索着井壁生出的褶皱细缝，用手指抠住，将身子一点点上挪，很快便到了那石头旁边。这里仍是斜坡，但已经缓和多了，空间也变得更为开阔。前面不远有一个藤蔓掩映的洞口，天光便是从那里投进来的。

李虎来到洞口，拂开藤蔓向外探望，只见外面是一个巨大的圆形大坑，四壁峭然如削，底部则是林森莽莽。金灿灿的阳光投射在对面崖壁上，他顺着峭壁引颈上望，终于看到了蓝天，心中一阵激动，朝着对讲机大声说："我见到阳光了！这里就是出口！你们准备好，我马上放绳子下来！"

他回到那圆形石头旁边，固定好铆钉，放下绳索。下面几人轻车熟路，很快就攀缘上来了。李虎见那里地势窄小，让先上来的都去洞口等着。

最后一个上来的沈立刚刚从腰间解下上升器，正要收回绳子，忽然感到脚下剧烈一震，仿佛整个洞壁都摇晃起来。沈立在猝不及防中几乎摔倒在地，旁边李虎连忙伸手将他扶住了。还没等两人回过神来，旁边那石头骨碌碌沿着斜坡滚了下去。随着一声轰隆的巨响，那石头严严实实卡在下面窄口处，再也不动了。

就在两人目瞪口呆之际，又听到竖井下面涌来一阵轰轰隆隆的闷响！

洞口那边,郑雯几人也被这突如其来的响动吓着了,慌忙跑过来察看。李虎叫住他们,说:"不要过来!只是石头落到井里去了,没什么事情!"

说着,李虎朝下望望那卡在竖井中的石头,禁不住打了一个寒战,十分后怕地说道:"天哪!要是我们再晚一步,这后果……真是不堪设想!"

沈立皱眉说:"看这阵势,威力着实不小!难道他们还真带了炸药进去?"

"你是说,"李虎惊道,"刚才这震动,是由里面的爆炸引起的?"

沈立点点头,又说:"不过,在洞内进行这样的爆破,实在是太过危险!"

李虎担忧道:"那秘宫会不会被震坏?"

"很难说啊!"沈立也显得忧心忡忡,"这种喀斯特溶洞,结构本身就比较脆弱!"

"你估计,他们是在什么地方实施爆炸?"

"不是进入秘宫的圆门,就是刚刚被我们关上的那道石门!我估计,刚刚关上的那道门可能性更大,因为那是他们逃命的出路!"

"他们会成功吗?"

"很难说!从刚才这震动看来,威力确实不小!"

李虎听后,不由心中一阵隐痛。他看看周围,忽然感觉这斜洞中一下显得空空荡荡了,心中若有所悟,不由生出一种莫名的安慰来。

他回忆说:"先前我从竖井上来,一眼瞧见这洞中立着这么一块圆不溜秋的大石头,只感觉有些突兀,却没有进一步细想。现在看来,这四周洞壁整齐,并无垮塌剥落的现象,这石头也不像是自然生成在那里的。那么,它是从何而来?所以我想,这又何尝不是古人运用超自然的力量早就安排好的一道机关!其目的便是巧借里面爆炸的震动,用这块圆石将这口竖井堵住。既然他们是早就预见到了今日之事,连时间都算得如此毫厘不差,我想他们对爆炸的后果也应该是有所防范,不至于危及秘宫吧!"

沈立将信将疑地说:"但愿如你所言。否则,如果秘宫真被他们打开,后果不堪设想!我们几人……恐怕这一生也难安心。"

这时,沈立发现绳子还垂在竖井之中,伸手一提,却拉不动了。显然是被那石头卡住了!李虎见状,忙接过绳头,说:"你手臂有伤,还是我来吧!我们得想法把绳子抽出来,不然,这外面四周全是悬崖峭壁,可就难办了!"

但李虎多方尝试,最终还是只扯出了几米长的一截断头,他不由心头一沉。一旁看着的沈立暗暗叹息一声,却不动声色地说:"算了,再想其他办法吧!"

两人来到洞口,见郑雯他们已将门帘般的藤蔓拂挂到两旁。从敞开的洞口望出去,外面阳光灿烂,空气新鲜,让人觉得襟怀一畅,不由自主大口呼吸起来。

李虎仰头望着对面崖壁顶上那个圆圆的山头,感觉似曾相识。他手把着洞壁,倾身出去,扭头四望,不由惊喜交集,回头对几人说:"真是没有想到,我们居然从这里钻了出来!你们知道这是哪儿吗?这里就是号称'天下第一缸'的云阳龙缸。你们看,这里四壁垂直,规模宏大,是地质上罕见的环形天坑。现在,这里开辟成为'龙缸国家地质公园'了,从全国各地前来观光览胜的游人也渐渐多了起来!"

沈立一时还没心情去欣赏眼前这罕见的地质奇观,他从洞口扯下一根青藤,试了试韧性,摇头说:"这个,不太保险!"

李虎说:"从这里下到坑底,约有四十米高度。往上估计不到高度,从对面的坑壁高度判断,大概不会低于二百米。这崖壁刀砍斧削一般,没有绳索恐怕寸步难行!"

沈立想了想,说:"用衣服吧!先下到坑底再说。我们身上这探洞服布料挺结实的,用五个人的衣服结成四十米的绳索应该没有问题。"

5

正在这时,忽听"唰"的一声,洞口垂下一块拴着绳子的石头。那是一根淡褐色的麻绳,足足有两个拇指粗细。

李虎一把握住,正想这份感觉十分熟悉,忽听一个熟悉的声音从空中缥缈地传下来:"是虎子么!你们上来吧,这绳子挺结实的!"

李虎听到这声音,只觉得喉咙一哽,几乎流下泪来。这正是他几天来朝思暮想的漆大大的声音啊!

其余几人听了，也都是惊喜交集，不禁齐声说道："漆大大？！"

李虎用手扯扯绳子，说声"我先上去了"，身子向外一荡，很快就消失在洞口上面。几分钟后，对讲机里传来他的声音："套好上升器，一个一个地上来。"

此时，正是上午九点多钟，久违的阳光迎面照来，暖人心扉。刚刚跃上缸沿的李虎，被迎面直射的阳光耀得睁不开眼睛。

他以掌护眼，好一会儿才稍稍适应过来。连忙四下搜寻，却看见漆大大正端坐在一块平坦的大石上笑眯眯地看着他。

阔别数日，七星老人似乎更显矍铄了。李虎快步走到老人身边，叫了一声"漆大大"，喉头竟有些哽咽。

老人伸手摸摸他，慈爱地说："好孩子，你们辛苦了！"

"可是……您是怎么知道我们会从这里出来？"

老人呵呵笑道："我已经在此守候多日了！快叫他们都上来吧。"

李虎见悬崖边有一根突出的石柱，那条粗壮的绳子便结结实实地拴在上面，下面还垫着厚厚的新鲜树皮，以防摩擦。李虎知道这绳子安全没有问题，趴到崖边向下望去，看见小樊正握着上升器一点一点向上攀来。他放下心，蹲到石柱旁一边守望着悬崖下面的同伴，一边迫不及待地向老人述说起洞内的经历来。

李虎特别担忧秘宫的安全，他估计那些入侵者已被关在里面，担心外面的同伙得知情况后会前去施救。那样一来，整个秘宫就将暴露无遗，从而遭到毁灭性的破坏。

老人神态安详，默默听着，并不插言。李虎一边说着，一边接应着上来的同伴。待李虎说完他们的大致经历，最后一位沈立也上来了。他们围在七星老人身边，沐浴着明媚的阳光，尽情地舒展着身肢，满脸都是卸下重负后的轻松表情。

老人用一双慈目，一个一个仔细端详着这一群虽然衣衫不整，却是浑身透出虎虎生气的巴人后裔，含笑着说："瘦了！黑了！显得更精神了！这一次，你们可不简单哩！几乎将整个齐岳山的地下世界都周游了一遍，最终找到秘宫，完成了你们的使命！真是不负重托，好样儿的！"

李虎说："现在，我只担心，我们不小心引狼入室，带进凶恶的戾气，

第六十章·通天之路

惊扰了列位祖宗的安宁！"

"呵呵，"七星老人不以为意地笑笑，宽慰说，"这原本不是你们的错，大可不必为此担心！说起来，也是列位祖先应有的劫数吧，早在他们的预料之中。贪婪的掠夺者只是自投罗网，成为新的殉葬者，这是祖宗们早就设计好了的结局。所以，秘宫不会有丝毫毁损的，祖宗们仍然会永享安宁！"

"要是他们在外面留有接应人员，时间长了没见出来，他们不会进洞去寻找么？"

"不错！他们在盖下坝还留着一辆车子，里面有几个黑鹰在那儿等着。但他们一直还以为入口是在大安洞，并不知道向万成也进去了。如果没有人对他们发号施令，他们是不敢擅自行动的。这事你们不用担心，我自有办法！"

李虎不解地问道："您刚才说的……黑鹰是什么？向万成又是谁？"

"你们对后面的跟踪者一点也不知情，我也是在你们出发以后才弄清楚的。之前与李虎同一个航班的那个老头，他现在的名字叫向万成，原是被我禁在威虎山上的黑鹰老头儿在晚年收下的一个徒弟。那向万成天资聪颖，尽得黑鹰老头儿所传，甚至青出于蓝，修炼得比他更为厉害。那黑鹰老头儿原本是清朝末年盘踞威虎山的山匪余孽，他自称是向大坤一族的后裔，手头藏有一张石虎秘符，是从当年巴家那具白虎上面描摹下来的。向万成出山以后，便开始想方设法破译那些秘符，一心要寻到巴王秘宫的下落。他为了培植党羽，招收了十名徒弟，以'黑鹰'为名进行编号。当年，他曾派出大弟子'黑鹰一号'去美国找到童恩正教授，请他破译秘符。童教授便因此神秘去世……"

郑雯听到这里，心里悚然一惊。忙问："童教授果然是被那谢……向万成害死的？"

"不！"老人摇摇头说，"这事我也问过向万成，他说童教授还有你的父亲郑教授，都不是他害的。我相信他没有说谎！现在我才明白过来，让两位教授神秘去世的，不是别的，正是他们破译的那秘符本身。"

这话让在场几个年轻人都大为诧异，郑雯说："为，为什么？"

"因为那些刻在石虎上的秘符，本身就是一种魔咒！"

"我的天哪！"听得津津有味的小樊忽然打了一个寒战，呆呆地看着郑雯，担忧地说，"那雯雯姐译出了那些秘符……"

老人说："两位教授原本是不该碰那些秘符的人！但雯雯是注定的解读

人，她对破译那些被称作巴人图语的远古符号有一种特别的天分。所以，她是受到保护的！"

此时，郑雯眼中贮满了泪水。

她想起和父亲在一起度过的那些快乐时光，有时父亲会和她讨论一些有关巴人的学术上的问题。自己在巴人图语识读方面，有时会有一些莫名其妙的顿悟，给父亲的工作带来不少的帮助。父亲欣赏地称她为半个老师，她则戏说自己是上天派来为教授磨墨的小使女。如今按照七星老人的说法，原来自己对图符的识读，竟是冥冥之中自有神助？！

6

老人继续说道："当年，向万成派他的大弟子去美国，实际上并没有从童教授那里得到什么有用的信息。于是，他把注意力转向那几只传说中的石雕虎形器。沈立那具石虎的出现，让他的爪牙一下子紧紧地跟上了你们。一开始，他们可能是打算抢劫石虎。几次失手后，加上郑教授的突然去世，让向万成改变了主意。他知道即便抢到石虎，如果不能破译上面的秘符，也无法找到秘宫。他因此决定暗中跟踪你们，让你们在前面引路，来个'螳螂捕蝉，黄雀在后'。没想到，向前进那具石虎在谋道镇一出现即被他手下发现，守护在那里的杨仙姑为了掩护向前进，意外地与向万成相逢。两人一场较量下来，他不但杀害了杨仙姑……"

"啊？！"向前进听后一惊叫，睁大眼睛结结巴巴说，"她！……她被他杀害了？"

几人中，只有向前进与杨仙姑有过一面之缘，虽然相见时间不长，却是印象深刻。杨仙姑的大名伴随着一系列诡异事件，一直在鄂西民间流传着，神秘之中带有一股妖气，向前进也早有过耳闻。初见之时，心中自是十分恐惧，莫可名状。但通过简短的交谈，得知自己离奇的身世，并莫名其妙地卷入一桩奇案，心中竟对那位神秘的本家溢满敬爱之情。此时乍闻噩耗，心中惊痛不已。

七星老人望望他，暗叹一声，说道："是的！他不但杀害了杨仙姑，还用最邪恶卑劣的吸魂术吸去了她的灵魂和一身功夫。这是向万成万万没有想到的一个意外收获，他由此得到了一个'比兹卡'能知道的所有信息。他一方面让人紧紧跟着你们，一方面亲自出马，想要除掉我。他知道，'七星老人'和'杨仙姑'都是你们的守护者，'杨仙姑'既除，'七星老人'就成为一道他不得不面对的门槛了！他早就知道我和他的师傅黑鹰老人在几十年前曾经有过一段恩怨，便十分谨慎地来到七星山，使出浑身解数，和我展开一场恶斗。幸有神灵相助，让我侥幸赢了他。向万成负伤而逃，躲进他的秘密窠穴自行疗伤。他害怕我赶尽杀绝，屏蔽了自身的所有信息。

"其实我并没有去探寻向万成的具体下落，只是去大安洞赶走了跟踪你们的几个黑鹰，然后就一直藏身在龙缸的望月洞里，一方面探知你们的行踪，一方面接收冥冥中的神明旨意。我曾试图规劝向万成放弃贪婪的掠夺行为，以免自蹈火坑。但一切都是天意，向万成早已经注定了要为巴王殉葬，这也是无可挽回的！"

几个年轻人坐在暖暖的阳光中，默默听着七星老人道出外面发生的一件件事情，回想这些天来他们在幽深黑暗地腹之中的种种经历，不由得背心阵阵发凉。

李虎说："那向万成他们……就再也出不来了？"

"是的！"七星老人冷冷地说，"是贪婪，把他们送进了早就为他们准备好的坟墓！"

沉默一阵后，李虎将他们在地下的经历告诉了老人，最后说："我把凭德公的骨殖带了回来，打算埋到老家故陵去。"

"好孩子！"老人赞许说，"故陵是巴国旧地，老祖宗能够埋骨于此，也算是魂归故里了！那李伯如原本不过是一个炼金术士，怂恿向大坤盗取黄金权杖不成，最后落荒山洞，食丹而亡，也是咎由自取。可见皇天在上，报应不爽！"

老人手中拿着那枚随凭德公骨殖一起收回的"天门之钥"，反复把看一阵后，摇摇头说："看来，这的确是来自远古的一件神秘之物。这非金非石又坚硬无比的质地，我怀疑，它甚至不是人类的产物！不过，既是祖宗传下来，你就好好收着吧。冥冥之中自有天意，总有一天，它会显现出自身功用的！"

几人听了，都是惊诧不已！

李虎说："不是人类产物？您是说，这个所谓'天门之钥'有可能是来自外星？"

老人点头说："这东西非金非石，坚硬无比，人类迄今为止都还没有见到过这样的材料。所以，我怀疑它是来自其他的智慧星球。"

不待几人回过神来，老人又问起秘宫内的情形。李虎依着记忆，具体地介绍着里面的每一件陈设。小樊忽然想起，连忙说："我这还有照片，您看看就知道了！"

小樊从包里取出相机，蹲到老人面前，打开电源，屈身挡住阳光，手中不停按着，忽然脸色大变，惶惑不安地朝众人望望，失声叫道："我的天！这到底是怎么回事？我在秘宫里拍的照片，一张也没有了！"

郑雯一听，连忙拿过相机一看，储存在里面的只有一些风光照了，那还是他们在云龙地缝中拍的。她也大感不解地说："难道……这也是天意？"

对此，李虎反倒觉得一阵轻松，他呵呵一笑，说："也好，了却我们一桩心事！"

但七星老人面色一下子凝重起来，他沉思片刻，叮嘱说："这……或许是祖宗们的一个暗示吧，他们不想泄露宫中之秘！相机虽然没有留下什么，但秘宫都已装在你们心里了，你们可千万要保密！"

几人心中惕然。李虎忙说："我们曾在巴王棺椁前发过誓：决不泄露丝毫消息！"

"好！"

说罢，老人看看天上明晃晃的太阳，站起身来，指着远处起伏的山岭说道："从这里过去，到双河口只有十来公里，步行三个小时可到。"

然后他又回头指指身后的一丛灌木，笑着说："你们一路辛苦，我特意准备了一点儿食物，犒劳犒劳。你们慢慢享用吧！"

小樊听说，忙走过去，扒开灌木，果然见地面铺着的鲜绿树叶上，躺着几只已经剖洗得干干净净的野鸡，一共五只，只只肥硕。几人一见之下，不觉食欲大开，腹中咕咕咕响起一阵欢腾。

向前进咽咽口水，说："这还是生的，可怎么吃？"

第六十章·通天之路

"哈哈！"小樊嘲笑说，"看你这急不可耐的样儿，不妨先啃几口解解馋，生鸡的味道更鲜些！"

郑雯说："这可是难得的野味，山上遍地是柴，我们抹些盐烤来吃！"

当他们再转过身来，却发现七星老人已经不见了！

李虎望着前面起伏的山野，心中不由一阵失落。一旁郑雯碰碰他，问道："漆大大干什么去了？"

李虎淡淡一笑，说："老人家独来独往惯了，随他去吧。我们吃了野鸡，也好赶路！"

郑雯开始兴致勃勃，给野鸡穿上木棍要亲自烧烤，结果鸡没烤熟就被柴烟熏得眼泪直流。她咳着嗽，将穿着野鸡的木棍往李虎手中一塞，赶紧躲到一旁去了。

一会儿，李虎提着烤熟的野鸡来到郑雯面前，却见她正望着远处金灿灿的阳光痴痴地发着呆，连野鸡诱人的香味儿也没让她回过神来。

李虎唤了两声，她才如梦初醒，回过头来，糊里糊涂问道："你说什么？"

李虎将烤鸡塞到她手里，笑着说："看你魂不守舍的样子，在发什么呆？"

郑雯望望天上太阳，若有所思地说："我想我明白了那个符号的意思。"

"什么符号？"

"秘宫中第一幅壁画的右下角，有一个神秘的图符。"

李虎脑中立即清晰地映出了那幅画面：两个如嫩芽般的夸张人像，阔大手掌迎捧着四周有光焰闪烁的圆球，还有画在圆球中间的那枚"天门之钥"。当时，郑雯没有弄懂右下角那图符的含义，一直成为他们心中的一个悬念。

他连忙问道："那是什么意思？"

"能量之源！"

李虎心中一动，反复念叨着这四个字，又取出那枚"天门之钥"左看右看。心想，按漆大大的猜测，这东西似乎是由外太空的智慧生物所馈赠。那么，是在什么时候什么情况下交到了巴人先祖的手中？又有什么样的具体作用？从秘宫壁画上的译文记载来看，似乎到了最后一代巴王手中已经不知道它的来历用途了。但最后那幅壁画上夸张的人像及神秘的字符又似有所指。"能量之源"，看似明明白白的字语，细究下去却又毫无头绪。看它这形状，似"巫"似"卍"，倒可以理解为一团燃烧的火焰，但它本身又显然不是能量之源。

良久，李虎摇摇头，迷惘地说："费解……"

郑雯正津津有味地啃着一只鸡腿，语音含混地说："总有一天，会明白的！"

尾声

2006年10月3日。

重庆大学A区某教授楼。

中午一点多钟,在二十九楼已故郑若愚教授家宽敞的客厅里,响起一阵阵欢声笑语。

9月17日从秘洞出来的五个虎族后裔,又在郑雯家中聚到一起了。

一个枣红色根雕茶几上,摆放着一个花花绿绿的大蛋糕。在蛋糕中央一束殷红的玫瑰花周围,鲜红的奶油写着"生日快乐"四个大字。

今天是郑雯二十六岁生日,是半个月前他们分手时就约定好了的聚会时间。

他们先在一家饭店碰头,刚刚从那里吃了午饭回来。在外面,根据事先严格的约定,他们的言谈之中不能带出任何与巴王秘宫有关的只言片语,甚至连电话中也不能说。此刻,到了郑雯家里,听她将房门"乓"的一声关上,几人都有些按捺不住了,心里憋着不少的话,既想询问,又不敢问。

李虎首先向沈立问道:"博物馆那边的事情,你们都办好了?"

沈立也不答话,与樊高和向前进各自取出一份精致典雅的文本来,三份都是一模一样,如一张对折的卡片。李虎打开一看,是盖有"重庆中国三峡博物馆"鲜红大印的"文物收藏证书",沈立他们三人上午刚去三峡博物馆办理好的。

沈立一回到重庆,就找到三峡博物馆的相关负责人,提出要将三具一模一样的巴人石雕虎形器交由博物馆收藏,但不是捐献。因为是祖传的家族圣物,只能委托博物馆保管,委托人不放弃对虎形器的所有权。由于是国宝级的罕见文物,博物馆可以用于研究、展出,但不能泄露委托人的相关信息。于是,在与博物馆签订一份保密协议的同时,他们也得到了由博物馆出具的这样一份"文物收藏证书"。

这是他们为了防止招惹不必要的麻烦,在分手时就商定好了的。

李虎和郑雯的两具石虎，由李虎负责分开保存在妥善的地方。尽管现在秘宫已被彻底封死，石虎已经失去了开启功能，但上面的秘符仍能指引路径。收藏在三峡博物馆的三具石虎，经沈立用一种特殊的树脂处理过后，其腹部上的秘符已经隐而不见了。这方法是郑雯教他的，石虎本身并不会因此而受到丝毫的损伤。这样，五具石虎分成两组，各藏一处，即便再有如向万成那样觊觎秘宫宝物的贪婪之徒，也是很难凑齐石虎并从中寻到路径的。

郑雯忙着给几人泡好了茶，从李虎手上拿过那几份"文物收藏证书"，一面看，一面笑着说："好！这件事儿办妥了，我们也算是卸下了一件包袱。"

沈立说："其实，这包袱已经落到我们心里，哪能说放下就放下了？即便有了博物馆的保管，我们也得时时暗中关注着才能放心！"

"说起这个事情，我和小樊都是远隔千里，只怕是力有不济了！沈哥是近水楼台，得麻烦你多多费心了！"

说这话的是向前进。此时的他，与沈立一个月前在柏杨镇见到的那个文弱的白面书生，已经判若两人了。沈立见他如今已经变得身体结实，肤色红润，两眼有神了，欣慰地点点头说："放心吧！我们都是虎族子孙，本为一体，何分你我！"

小樊笑呵呵地说："有你这话，我们心里也踏实了！人家向前进算计好时间，早就有人替他预订了明天下午去北京的机票，只等他老婆一到，就要比翼双飞了！"

向前进面色一红，急道："什么老婆？胡说八道！"

郑雯笑问："是你那同学温姑娘吧？你从她家中不辞而别，难道她一直还在等着你？"

"也不只是等我，"向前进十分愧疚地说，"她家里还出了点事情！就是这个……杨仙姑，为了……为了掩护我，在温家大院唱傩戏时神秘失踪了！这个事情，在谋道镇一直还是一个悬案。我虽然知道真相，又不能说……"

"但这事与温姑娘有什么关系？"

向前进忽然一脸通红，嗫嚅说："我离开温家时没有说明具体原因，一张字条写得语焉不详，后来杨仙姑又离奇失踪。她……温姑娘将两件事情联系在一起，说那杨仙姑生得妖娆，曾怀疑我们……我们……"

几人听了，心中都是一惊。

尾声

　　他们谁也没有见到过杨仙姑，但她作为一个"比兹卡"，他们相信她肯定是有一把年纪的人。郑雯奇怪地问道："她咋会生出这样的念头？那杨仙姑到底有多大年纪了？"

　　向前进摇摇头说："这个……这个可不大好说！她看上去不过二三十岁样子，听声音又像是一个小姑娘。看那眼神，确实是有几分……这个妖娆。"

　　郑雯说："那你又是如何消解了温姑娘的误会的？"

　　向前进摇摇头，说："其实，这只是她在我还没有出现的时候独自胡思乱想的。后来一见到我，她自己首先就消除了怀疑。她还向我赔罪来着，说自己不该一着急就胡思乱想。她害怕把我也牵涉到杨仙姑的案子里，所以一直忍着没有对其他人讲。当时，傩戏班的人还赖在温家不肯走，一定要温家赔人！"

　　郑雯听了，大奇："这人也能赔么？怎么赔？"

　　"实际是傩戏班见温家有钱，想要敲上一笔。这温家报了案，公安局也到现场做了勘察，但案子没了结，傩戏班死活不肯走，最后到底是给了一笔钱才了事！"

　　李虎感慨说："没想到这事……让温家也受牵连了！"

　　郑雯看向前进一脸腼腆的样子，不无羡慕地说："看你沉默寡言、文质彬彬的，其实福气不小啊！和女朋友既是同乡又是同学，还真是比翼双飞哩！什么时候毕业？"

　　向前进不好意思地笑笑说："明年。"

　　"毕业就是失业啊！"小樊感慨说，"不过你是名校，专业又好，不会和我一样！"

　　李虎趁机问道："小樊你是怎么打算的？还是继续行走天下以棋会友？不如和我一起干吧，或者去沈立公司上班也行！"

　　小樊摇摇头说："我这人闲散惯了，恐怕一时还适应不了那种朝九晚五的上班日子。流浪一段时间再说吧！这十多天来，为了掩藏那段秘不示人的行踪，我在网上做了不少虚假的解释，也逐渐得到了网友们的谅解，仍然期待我为他们带来一些新奇的游历体验。李虎哥什么时候去广州？我打算下一步去南方，有时间就去你那看看。"

　　李虎说："我也是刚从那边过来，暂时不会过去了。我们在广州的业务做得很好，现在准备到重庆开一家分公司。"

向前进忽然问道:"后来,你还见到过漆大大没有?"

李虎听后微微一怔,黯然说:"我从广州回来,第一件事就是去了七星山!原想老人上了年纪,将他请到家里来住,也好有个照顾。谁知到了七星山,见那巨石下的小茅屋早已坍塌,一片狼藉,老人也如飞鸿缈缈,不知去向。你问他,是有什么事么?"

向前进说:"我是想问问那杨仙姑的事情,也不知她遗体留在什么地方了。听她说,我们原本是一家人,供奉着同一个族神。如今她……因我而惨遭横祸,我想……去给她收收骨殖,好好安葬了,以后也好有个纪念!"

"这是你的一番孝心,原该这样!"李虎沉思道,"只是,当时是向万成下的毒手,最清楚的就是他了,如今向万成已在地腹之中为巴王殉了葬,又到哪里问去?或许,漆大大会有办法弄清楚,可眼下他老人家也不知去向,一时也联系不上。"

向前进担忧地说:"老人家年事已高,该不会有什么意外吧?"

沈立说:"不会吧!我估计,漆大大可能是为了保护秘宫,有一些善后事宜要处理。我相信他早迟会和李虎联系的!"

"是的,"李虎说,"前几天我也曾认真观察过老人的星宿,星光灿烂,说明老人很健旺。他眼下不与我联系,可能正如沈立所说,是有一些事情还在处理。"

"那,到时候,你记得要帮我问问。"

李虎点头说:"放心吧,这不只是你的事!杨仙姑也是我们大家的长辈,我一定想法找到她的骨殖!"

小樊问道:"虎子哥既然已决定到重庆,去登记了么?"

"昨天才去工商局备了案。"

小樊瞪大眼睛,一本正经地说:"去工商局干什么?你和雯雯姐应该去民政局才对呀!"

正在切蛋糕的郑雯冷不防将一块奶油抹到小樊脸上,笑着说:"你这小鬼头!满肚子坏水,先给你做个小丑记号!"

在一片嘻嘻哈哈的笑声中,一向不苟言笑的沈立也说:"今天我们聚在一起,是吃你的生日蛋糕。下次再聚,就该吃你和李虎的喜糖了!"

(全书完)